飞翔的姿势

FEIXIANG DE ZISHI

姜贻斌◎著

中国文史出版社

图书在版编目（CIP）数据

飞翔的姿势 / 姜贻斌著. -- 北京 : 中国文史出版社，2021.9

（锐势力·名家小说集）

ISBN 978-7-5205-3122-1

Ⅰ. ①飞… Ⅱ. ①姜… Ⅲ. ①中篇小说—小说集—中国—当代②短篇小说—小说集—中国—当代 Ⅳ. ①I247.7

中国版本图书馆 CIP 数据核字(2021)第 165842 号

责任编辑：全秋生

出版发行：中国文史出版社
地　　址：北京市海淀区西八里庄路 69 号　　邮编：100142
电　　话：010－81136602　　81136603　　81136606　（发行部）
传　　真：010－81136655
印　　装：北京温林源印刷有限公司
经　　销：全国新华书店
开　　本：787×1092　　1/16
印　　张：15.5　　字数：240 千字
版　　次：2022 年 1 月北京第 1 版
印　　次：2022 年 1 月第 1 次印刷
定　　价：49.80 元

目录

千年银杏

银杏树下，横一块青石板，大约两米长，尺把厚，知妹坐在青石板上，很孤单。

知妹什么事也不做，每天坐这里，默默地、安静地看着世界，然后，起身回屋。人们十分惊讶，知妹很准时就来到银杏树下，早上，七点来，下午，五点半走。

很有规律。

银杏树很古老了，据说已上千年，这种具有活化石之称的老树，有三十多米高，灰褐色树身，裂纹苍老，树叶却依然青翠，远远看，如一柄巨大的绿伞。

人们不明白的是，知妹为何每天坐在银杏树下，是它的凉快？还是它的翠绿？抑或是，它能够勾起知妹的回忆？

回村里的第二天，知妹就出现在银杏树下，选择了这个翠绿的地盘，似乎作为栖息之地。知妹爷娘呢，也不再劝，劝过的，劝不听。再说，知妹也没有惹什么麻烦，或哭闹，或寻死路，或拿刀子杀人，或脱衣剐裤，这些可怕的迹象，一点也没有，她是属于那种真正安静了的人，寂寞地坐在银杏树下。

所以，爷娘也随她去，很无奈。

第一天，知妹出现在银杏树下时，穿着淡蓝色工装，帽子也是淡蓝色的，很干净，也很整洁。鞋子呢，是翻毛皮鞋，一看，都是厂里发的。人们暗暗惊疑，大概，知妹还以为是在上班吧？或是，怀念上班的日子？知妹静静地坐在银杏树下，好像坐在宿舍里，随时准备上班，只等电铃嘀嘀一响，就要打飞脚朝车间跑了。

还有一个奇怪的现象，每过七天，知妹就换掉那身淡蓝色工装，悄然地穿起牛仔裤，红花上衣，脚下是黑色高跟皮鞋。那一天，知妹就像个闲散的女子了。那么，是不是她晓得今天是休息日呢？就换掉千孔一面的工装，穿一套有个性的衣裤了呢？

似乎，也成了一个规律。

知妹戴淡蓝色帽子时，就看不出她的乖态了，好像那些乖态被帽子遮掩了，况且，帽舌又长又宽，跟别的妹子没有太多的区别，一旦取下来，黑色的头发就蓬松了，就把脸庞衬托起来了。知妹的脸很秀气，眼珠子大，下巴有点尖，是圆圆的尖，尖得很好看。加之，衣裤也换了，一身的韵味就显露了出来，坐在青翠的银杏树下，红花上衣，就像突然爆出的一朵硕大的映山红。

知妹不吵，也不闹，好像这辈子没有吵闹过，回到屋里，也是默然的，吃饭，睡觉，洗澡，而且天天洗（有这个必要么），好像要把浑身的机器味通通洗掉，总之，就像一座活动的雕像，很安静。跟白天稍许不同的是，躺在床上的知妹，会从枕下摸出红色的手机，轻轻一揿，音乐就响起来了，是陈琳的，是《你的柔情我永远不懂》。每晚上，知妹都要听一遍，只听这首歌，听罢，把手机摆在旁边，似乎在等谁的电话。

听她爷娘说，其实，手机从来没有交过费，只充电，让她听听音乐，满足她一下而已。知妹似乎并不在乎，仍然像宝贝一样守着。

当然，知妹也不是一味不语，偶尔，竟然小声说，哦，想起来了，想起来了。那种声音，有时含有惊喜跟快乐，有时也包含痛苦跟忧郁。眼神呢，也倏地亮堂起来，不一会儿，火花就熄灭了。

然后，又沉入默然。

人们不明白，她究竟想起了什么，也问过她的，知妹知妹，你到底想起了什么？

似乎没有听见别人的问话，知妹不吱声，也不瞄人，目光沉静地望着远方的大山，一动不动，很固执。

哦，想起来了，想起来了。

那么，是不是想起了杨家后生呢？是的是的，肯定是的。

知妹的那个对象，村人都见过的，来过好几回，后生长得蛮不错，结实，高高的，穿着银灰色夹克，蓝色牛仔裤，头发梳得丝丝绺绺的，也很懂礼性，见人就笑，就喊，就说着南边那种半生不熟的普通话，很拗口。当然，村人是不会计较的，凡是出去的人，一年半载回来，哪个不是说这种拗口的话呢？知妹也说，只是说得很准确，南边的口音几乎没有，是纯粹的普通话。

村人都晓得，后生叫杨志纯，杨家坳上的，跟知妹在一个厂子。

当时，村人就对知妹爷娘说，知妹以后会离开你们的。知妹爷娘猛摇脑壳，不可能么，杨家坳上又不远，才八里路，这算什么离开呢？想看看她了，不就是几脚路么？村人又说，你们以为这些后生妹子还会回来么？还会像我们蠢里蠢气蹲在深山么？知妹爷娘就怀疑地问知妹，知妹说得很肯定，说她不会回来了。

第一次来时，杨家后生带来好多的礼物，肉呀、鱼呀、鸡呀、鸭呀、糍粑呀，当然，还有钱呀，还给知妹爷娘买衣服，给两个弟弟买鞋子。那天，知妹屋里就像过年，其实离过年还早，屋里就热闹起来了。准新郎官来了，看热闹的人去了一层，又来一层，潮涨潮落样的。杨家后生也不怠慢村人，是细把戏的，就笑笑地散糖粒子；是大人的，就客气地张烟。脸上始终是笑，没有一点不耐烦。

再说，杨家后生也不像其他后生，回来就好像是老虎归山，血汗钱往自个爷娘面前一板，大袋子朝桌上一摆，就卵事不探了，似乎要把一年紧张的神经彻底放松，打牌、喝酒，昏天黑地，个个像贪婪的赌棍，醉生梦死的酒鬼，跟自个爷娘都没有几句话说了，过完年，疲惫的眼珠一抹，就匆忙上路，把家乡甩在了屁股后面。

杨家后生不是这样的，喊打牌，不去，叫喝酒，也不去，一律笑笑地婉拒，坐在灶火边，陪着知妹爷娘说话，轻言细语的，还不忘给老人点火抽烟，或添茶。等到知妹爷娘知足地说，哦，你跟知妹到处走走吧。杨家后生这才客气地起身，跟知妹在山上或河边走走，两人说说笑笑的，说笑声随风飘去很远。或是，杨家后生给菜土淋肥松土，知妹也要动手，他不让，说，你就站在边上看吧。知妹就真的不动手了，很幸福地看。

村人赞道，这个后生少有嘞。

还说，知妹真是好福气嘞。

哦，想起来了，想起来了。

那么，是不是想起了先前对日子的憧憬呢？是的是的，肯定是的。

以前，知妹就对村人说过，在厂里做几年就不做了，太累人，她说，以后想开个店铺，在南边安家。她说，她不想回来了，要做城里人，这样，崽女也是城里人了。知妹的计划并不庞大，想开个粮油店，二三十平米就足够了，你想想，那么多打工的，需要吃多少粮油？她说，她跟杨哥四处看过的，一些内地人去开粮油店，都赚了钱。知妹还说，她以后卖的价钱要比别人便宜，这样，就能够多卖些，薄利多销么。还说，她也是打过工的，晓得几个钱来得不容易，便宜几分钱，人家心里就舒服多了。还说，如果还没有生崽女，她就看店铺，杨志纯进货。有了崽女，她就带崽女，雇人看店铺。还说了，如果生个崽，就起名叫杨柳，如果生个女，就起名叫杨梅。知妹解释说，我们这里不是叫柳梅坳吗？我把家乡的名字都嵌了进去，杨志纯的姓就更好了，杨既是姓，又有杨家坳上的杨，给崽女起这样的名字，真是太自然了，就是为了不忘记家乡，人不要离开家乡，就把家乡忘了。这番话，说得村人频频点头，又哧哧笑，知妹知妹，你还没有成家，就给崽女起名字，不怕丑么？知妹咧开嘴巴笑，很坦然，怕什么丑？结婚生崽女，是迟早的事么。村人又问，你给崽女起名字，杨家后生同意么？知妹说，当然同意，是我们商量的么。

知妹还说，她最大的心愿还是买房子，哪怕只有一小间，只要是属于自己的天地，那也是很高兴的，你们不晓得，那边的房价贵如金。说这些事时，知妹十分兴奋，眼珠子笑眯眯的，手指头一掰一掰的，好像计划很快就要实现了，她已经像个老板娘在说话了。村人听得很有兴趣，也很羡慕，心想，哎呀，这个看着长大的知妹，以后就不会在眼前生活了，所以，又觉得有几分不舍。当然，也有人故意逗乐，知妹，我们如果来你店里买粮油，要钱不啰？知妹鼓大眼睛，怎么不要呢？当然，第一次来，一袋米只收一分钱好不？以后就要全价收了，如果不收，我们喝西北风啵？说得村人呵呵大笑。

知妹还说过，以后在南边安了家，要接双方爷娘去住一段时间，老人们没有走出过大山，太可怜了，不晓得外面的世界几多好嘞，她要陪老人们四处看看风景，买些他们没有吃过的东西，当然，还要给他们买衣服。你看南边的老人，都七老八十了，不管男的女的，还穿花衣服嘞，你看看，我们爷娘穿的什么？简直就是一块大抹布。村人说，到时候，你们爷娘穿花衣服会怕丑的，怕人家笑话嘞。知妹说，怕什么丑？人家都穿，哪个笑你？我看只有你自己笑自己，是啵？村人说，老人硬不穿呢？这时，知妹一只手做出剪刀状，说，那也好办么，我只要把剪刀一拿，说咔嚓要剪掉，你看他们还穿不穿？咯咯咯，老人就是这样的脾性，好舍不得嘞。

哦，想起来了，想起来了。

那么，是不是想起了在南边上班的日子呢？是的是的，肯定是的。

听说上班很辛苦，有几句话能够概括，上班像菩萨一样站起，吃饭像土匪一样吞起，上厕所像机关枪一样扫起，睡觉像猪一样鼾起。妹子家打鼾好丑的，后来就不怕丑了，一屋子的人都打鼾，你还笑哪个？听知妹说，有时病了，也不敢休息，一休息，工钱就没有了，就强迫自己向车间走。所以，有时觉得车间是地狱，人走进去就等于死掉了，有时呢，又觉得车间是金库，从里面能够把钱一分一分抢出来，汗水滴滴地把它们转移到自个儿的存款上。每到发工资那天，知妹、杨志纯跟许多人一样，最高兴了，把钱存起来。两人的存折密码也很有味道，居然是相反的，知妹的密码是杨志纯的生日，杨志纯的密码则是知妹的生日。

听知妹说过，厂里有个姓张的妹子，吃不了苦，下班回来就哭，哭得人家很烦躁，人家就说，你既然吃不得苦，就走人么。张妹子哀哀地说，我一走，到哪里弄钱？我爷娘要诊病，我两个妹妹要读书嘞。有的姐妹就很坦率，你这么乖态，嫩得很，你就去卖么，卖的钱来得很容易，听说一年搞得十几万嘞。张妹子听罢，眼睛张得大大的，默想片刻，就提起行李去了夜总会，简直是毫不犹豫。等到再看到她时，张妹子像变了个人，打扮也大不一样了，颈根上圈着金项链，手上箍着金戒指，变得更乖态了。张妹子很感谢以前的姐妹，说，是她们给她指出了一条金光大道，所以，她还很念旧情，请姐妹们吃了海鲜。对了，这个张妹子是四川人，长得白嫩白嫩的。消息传开，厂里的许多妹子都稳不住了，也想去夜总会，又很犹豫，毕竟还是有顾虑的。没过多久，忽然听说张妹子死了，是生了那种鬼病掉的命，张妹子还只有二十岁，太可怜了。这个消息是报上登的，许多妹子一看，就害怕了，即使赚了大钱，又有什么味道呢？小命都没有了，爷娘不晓得有多么痛苦嘞。村人也问过知妹，你想过去夜总会么？知妹断然地说，我肯定不会去的，我跟杨哥在一起已经很满足了，苦就苦点，那个钱不是我能弄的，我想，跟杨哥再熬几年，我们就会实现自己的计划。

知妹还说过，她亲眼见过一个妹子跳楼，那个妹子姓李，湖北人，她那天跳楼，真是一点预兆也没有。平时下了班，我们哪里还有心思打扮呢？回来就像猪样地往铺上一板，鼾声四起了。那天李妹子回来，居然没有睡，对着镜子打扮，梳头啊、抹粉啊、安假睫毛啊，打扮完了，又穿上最好的白裙子跟白皮鞋。她这个举动很怪异，当时已是半夜了，这样打扮又给谁看呢？又有什么必要呢？睡觉都要争分夺秒嘞，眼睛还没有好生闭闭，等一下，天就要亮了。所以，谁也懒得管她，随她打扮，也许今天是她生日吧，没有时间庆贺，就趁睡觉前打扮，自己给自己庆贺吧。我对电灯很敏感，电灯亮着，我就睡不落，平时，姐妹们一上床就把电灯扯熄了，所以，我就说，你快睡吧，把灯熄了。她没有说话，站起来，突然爬到窗口，我一看，惊叫，李晓青，你要做什么？话没有说完，她回头对我苦笑一下，双手一展，就像一只白蝴蝶飞了下去。

说着说着，知妹的泪水出来了，又说，李晓青就这样死掉了，才十九岁嘞，她最后的那个苦笑，一直出现在我眼前，悬在空中，扇都扇不去，搞得我都有点神经兮兮的了。杨哥明白我受了惊吓，还去庙里替我烧了香，拜了菩萨，又不断地劝我，知妹，你不要去想她了，你有了什么意外，那我这一世呢？我怕杨哥过于担心，就说，我不去想她了。其实，李晓青最后的那个苦笑，一直没有我的眼前消失。

哦，想起来了，想起来了。

那么，是不是想起车间的那个工长呢？是的是的，肯定是的。

那个工长姓朱，朱工长想跟她好，甚至还动过她的手脚，知妹虽然很气愤，也给他留了面子，只是警告说，你再这样无聊，我就要告杨志纯听。朱工长就不敢下手了，晓得杨志纯的力气很大，一拳打得墙壁烂，自己根本就不是他的对手。朱工长也是湖南人，却没有一点老乡情谊，见知妹不上钩，就经常给她小鞋穿，左也挑剔，右也挑剔，扣了她不少的钱。当然，像这些烦恼事，知妹都没有对杨志纯说，担心他找朱工长算账，如果弄出麻烦来，就不好了，所以，一肚子的委屈埋在心里。

委屈埋在心里是很苦的，知妹很想向杨志纯倾诉，像这种烦恼事，也只能向他说，却总是不敢说。又想对姐妹们说，一考虑，也说不得，你不晓得哪个人是朱工长的耳目，所以，不仅要提防上头的人，还要提防内部人打小报告，有些人天生就像特务，你一不小心说漏了嘴，就会立即遭到报复的，或炒鱿鱼。

打工的人累得像崽一样，生活又很枯躁，所以，男女几乎都是一对一对的，不论两人是否合适，其实，是暂时找个心理安慰罢了，很难说以后会结成鸳鸯的，实在是命运难料。车间有个吴玉玉，好乖态的一个妹子，河北人，心气很高，不谈恋爱，也不跟男人来往，好像看不起身边的这些人，好像以后要嫁一个高级男人，甚至连星期天也不出去，躲在宿舍听音乐。后来，竟然被朱工长强奸了。朱工长是老板的亲戚，老板自然要维护自己人，迅速地堵住各方面的嘴巴，对外说是吴玉玉自愿的，说两人在谈恋爱，根本不存在强奸一说。再说，朱工长的确还没有谈对象，就赔了吴玉玉一点钱，这件事就死死地瞒了下来。吴玉玉仍然躲在屋里死哭，哭得不像个人样。有一天姐妹们回来，不见了吴玉玉，她的行李也不见了，不晓得到哪里去了，是被人害死了？还是回去了？谁也不敢打听，好像屋里本来就没有这个人。

知妹不想落个吴玉玉的下场，既想保住自己，又想通过自己的努力去摆平朱工长。说实话，朱工长还是十分英俊的，其一举一动，很有男子汉味道，就是品行太差，根本不像个工长，像个专门来耍弄妹子的流氓。

知妹想请朱工长吃饭，或送点礼，又做不出来，自己没有错，为什么要送礼请客呢？再者，杨志纯也会晓得的。除了朱工长想要她的这个秘密，他俩的一切都不瞒对方的。后来，朱工长对知妹虽然不敢动手脚，还是不断骚扰。有时，知妹从厕所出来，猛然发现他站在门口，看着她蠢笑，说，知妹，你差点就超时了，我是来提醒你的嘞。眼珠子在她胸脯上滑来滑去。有时知妹加班回宿舍，他突然从黑暗的角落溜出来，吓得知妹尖叫。他就无耻地说，知妹，你叫什么？是哪个强奸了你？你告诉我，老子去灭掉他。对于这样的无赖，知妹真是无奈，有时候气得浑身血液奔腾，恨不能一刀杀掉他。

知妹虽然很烦恼，却还算一个有忍功的人，杨志纯居然一点也不知情，不晓得她的苦恼。这个苦恼却一直折磨着她，朱工长像个幽灵，无时无刻不在她面前。有好几次，知妹梦到他强奸了自己，吓得哇哇大叫，猛地惊醒过来，仍是惶恐不安，一身水汗。知妹无法预料，这个苦恼要到什么时候才会结束？或许，要到离开厂子的那天吧？

哦，想起来了，想起来了。

那么，是不是想起了两个弟弟呢？是的是的，肯定是的。

两个弟弟还小，双胞胎，十六岁，都在离知妹百多里的地方打工，学汽车修理。知妹最心疼两个弟弟，年纪小小的，本来应该读书的，现在却出来打工了。知妹清楚许多后生不学好，打架、杀人、贩毒、拐卖妇女儿童，尤其是偷窃成风，钱、金银首饰、电脑、电视机、手机、高级衣服，凡是搬得动的通通都偷。偷了就拿去销赃，偷销一条龙，有些人都轻易地发了财。在乡村，有许多楼房就是这些人砌的，他们的钱来得太容易，虽然需要冒险。当然，也有许多人被抓，判刑坐牢。还有的人分赃不匀，双方大动干戈，或受伤丧命，或莫明其妙地消失了。

知妹担心弟弟们也学坏，他们如果出了事，爷娘肯定会寻死路的，那么，这个家就垮掉了。知妹简直是雷打不动，坚持每星期打个电话，叫他们安心，听老板的话，尤其不要跟外面的人来往，现在社会上乱得很，当然，她还要说几个惊心动魄的事例提醒他们。弟弟们很懂事，笑着说，姐姐放心，他们会注意的，他们一不会偷窃，二不会杀人，三不会吸毒，四不会拐卖妇女，他们言之凿凿，一连说出了八个不会。问题是，弟弟们越是这样说，知妹就越是不放心，好像弟弟们是在故意说些好听的，有意隐瞒了什么，就像她一样，对杨志纯隐瞒了朱工长的事情。久而久之，她就经常出现幻觉，仿佛看到夜色中弟弟们穿梭于某个小区，鬼鬼祟祟的，衣里藏着作案工具，悄悄地潜入屋子偷窃。她还经常梦见弟弟们被抓起来了，他们拼命大喊，姐姐，快来救我们。知妹惊出大汗，睁开眼睛，望着一屋子的黑暗，喘着粗气，好像在分辨究竟是不是做梦。

所以，知妹就更加不放心了，每次叫弟弟们接了电话，还要叫老板接，老板不在，她就说你们不要哄我，老板分明在的。弟弟们说，姐姐，老板的确不在，你怎么就不相信呢？后来，弟弟们告诉她，老板很不高兴，老板说，你们姐姐不是神经有毛病吧？知妹就反驳说，姐姐不是神经有毛病，是实在太担心你们了。

后来，知妹打电话的时间更久了，所诉说的犯罪案例也更多，一二三四五，一二三四五，甚至连时间，地点，人数，还有刑期，都说得一点不漏。弟弟们就更不耐烦了，反感地说，姐姐，你太啰唆了。到后来，弟弟们接电话也就不太积极了，有时接一个，有时不接一个，或是刚刚接了就放下，急促地说，姐姐，我们要做功夫了，没有时间嘞。惹得知妹很是恼火，不断地拨电话，那边呢，或是不再接了，或是接了就讨厌地说，姐姐，你不要打了好不好？我们要做事嘞。叭地挂掉。

其实，关于两个弟弟，知妹还想到了更远也更现实的事情，他们以后要成家，屋里却是破破烂烂的，起码还要砌两间屋子吧，拿什么砌呢？难道靠爷娘喂猪喂鸡的钱吗？难道靠弟弟们打工的几个钱吗？显然是不可能的。另外，他们还要办婚事，这两样加起来，需要的钱就更多了。这让知妹很是头痛，有时竟然怪娘生了双胞胎，如果不是双胞胎，就不用想这么多了，那她就轻松了。而她是姐姐，不能光顾着自己，有时候她甚至想去夜总会，搞几年赚一把就走，只是这样的念头冒出来，又觉得对不起杨志纯。

哦，想起来了，想起来了。

那么，是不是想起了自己被送回来的那天呢？是的是的，肯定是的。

按说，知妹跟杨家后生的婚事是铁了定的，上天都掰不脱的，只等着喝喜酒进洞房了，知妹爷娘只等着抱外孙了，谁料两人却突然分了手。

那天也是热得出奇，叫人出气不赢，狗躲伏在阴地，咻咻地吐着猩红的舌子，那些知了呢，拼起嗓子疯叫，叫得人十分烦躁。村人都记得，是杨家后生送知妹回来的，他肩上背着大包，手里提着小包，满头大汗，像背犁的水牛，一边辛苦地走着，一边不时地返过头看看知妹，好像时刻担心知妹会跑掉。知妹戴着白色的遮阳帽，低栽着脑壳，根本没有逃跑的意思，简直像听话的小狗，默默地跟在主人后面。看到爷娘，知妹不喊，也不笑，目光陌生淡然，一脚尺就进屋里，坐在板凳上，取下遮阳帽，双手绞在一起，望着屋梁上的燕子窝，怔怔地。

知妹爷娘一看，立即就蠢住了，惊疑地问杨家后生，哎呀，知妹怎么成了这个样子？杨家后生放下行李，拿纸巾替知妹擦汗，伤心地说，伯伯伯母，知妹成了这个样子，还算是好的，还总算有个人留在世上，你们不晓得，那边每年要死好多的人，跳楼的、服毒的、割手腕的，送回家乡就是一个骨灰盒了。你们问我知妹怎么成了这个样子？我也不晓得，十几天前，我就发现她忽然不说话了，问她，也不作声，像耳朵聋了。我就问她的那些姐妹，她们说，知妹是突然不说话的，像个哑巴，也不上班，坐在屋里呆呆的，好像是放长假了。厂里有几个人也是这样的，都被送回去了。我想，只有把她送回来，就问她回去不，送你回到你爷娘身边去好不，她也不吱声，要么是呆呆地看我，要么就怔怔地望着窗子……说着说着，杨家后生就呜呜地哭起来，哭得叫人生痛。

又说，知妹好可怜的嘞，我跟她没有缘分嘞。

说罢，杨家后生拿出一沓钱，说，这是知妹的存款。又拿出一沓钱，就没有说话了。他擦着泪水，哀哀地走出屋门，突然又返回来，抱着知妹大哭。

知妹爷娘也是老泪纵横。

然后，杨家后生松开双手，忽然发疯般地朝太阳底下跑去，再也没有来过了。

哦，想起来了，想起来了。

知妹知妹，你到底在想什么呢？有固执的村人总是问她，想问出个名堂来。

有一天，知妹竟然出人意料地回答，淡淡地说，我没有想什么嘞。

知妹很固执，无论是天晴，还是下雨飘雪，都要来银杏树下坐着，爷娘看她太可怜，就在银杏树下搭个小棚子遮挡风雨，小棚子是木板搭的，木板跟银杏树的身子是一样的颜色，都是灰褐色，裂痕纵横，就仿佛是天然生成的，也好像是银杏树生出的一个巨大的树瘤。

知妹天天坐在银杏树下，银杏树也默默地陪伴她，很忠诚的样子，它仍然挺拔俊美，叶子玲珑奇特，还随了季节不断地变化。到了四月，就开出黄色的花来，到了秋天，则白果粒粒，煞是好看，到了深秋呢，就徐徐地落叶了。天晴时，知妹就坐在外面，下雨落雪时，就坐在小棚子里，小棚子没有门，是便于她看外面，看那远远的景致。

回来的时候，知妹二十二岁，已经在银杏树下坐了八年。

八，的确是一个好数字。

把　柄

张屠夫杀猪。

上班很远，肉食加工厂在田家渡，十来里。

张屠夫每天骑一部烂单车，咣当咣当，一路痛快地响到田家渡。

那时候吃肉困难，肉是有计划的，要肉票。当然，屠夫们想吃点肉还是有优势的，不是拿钱买，拿钱买也没有那个必要。

比如说张屠夫吧，只需略施小技，就能够吃到肉。

上班时张屠夫在屠桌上偷偷地抓碎肉，其实也谈不上是碎肉，准确地说应该是肉末，一点一点地，滚雪球一样，然后就滚成拳头般大小的肉球了，一两多吧，用报纸包了，悄悄地塞进衣袋里，鬼也不晓得。

像那些大块的肉，谁也没有狗胆拿，拿了肯定会被开除的。

所以张屠夫屋里总有肉吃，两个崽女跟婆娘吃得红光满面，像吃了高丽参。小街上的人都很羡慕跟嫉妒，羡慕嫉妒又如何呢？没卵用。张屠夫每天回来，从衣袋里摸出一个纸包，往碗里一放，婆娘就笑，咿呀，又有肉巴巴吃了。

婆娘是个好婆娘，洗衣煮饭，一色的家务都包揽下来，从不要男人动手。还给男人打洗脸水，在床上把男人招呼得十分舒服。张屠夫很满意，只管上班，只管偷点肉，其他的基本上就不要操心了。

那年中秋，张屠夫下班推着单车刚出厂门，一只脚踩在了踏板上，忽然听到有人喊张晓明。张屠夫抬头一看，是个女人，再一看，哦呀，原来是初中同学范晓文。自从毕业就没有见过面了，张屠夫听说她没有工作，嫁了人，在屋里带崽女。

张屠夫惊喜地说，哎呀，是你呀，怎么来这里了？

范小文一脸愁容，说，张晓明，能够碰到你，是我的运气嘞。

张屠夫说，今天是中秋，你怎么跑到这里来了？

范小文叹口气，说，我也是逼得没有办法了，才来找你的。

张屠夫说，都是老同学了，莫客气，有话就说吧。

范小文歉然地说，我小崽病得蛮恼火，一时也好不了，他老是闹着要吃肉，你说我哪有这么多的肉票？肉票早就吃完了，所以只好找你来了。

哦，张屠夫终于明白了。当然，衣袋里还有一个纸包，那是他要带回去的，况且今天是中秋。一时张屠夫犹豫了，为难了，送给她？还是不送呢？看着范小文的样子，张屠夫心软了，范小文长得很乖态，是班花，当年自己想跟她说说话都没有勇气，没想到如今变成了这副样子，一脸憔悴，水色没有了，苍白苍白，穿得也很差，一身旧衣服。

张屠夫沉默一下，最后硬硬心，对范小文使个眼色，叫她跟自己走，一直走到离加工厂很远了，张屠夫左右看看，才从衣袋里拿出那个纸包，说，这是一点肉，你拿去吧。

范小文一看，明白这点肉是怎么来的，推辞说，你屋里还要过中秋嘞。

张屠夫说，我毕竟还是方便些，拿去吧。把软软的纸包塞到范小文手里。

范小文的泪水忽地流出来，呜呜哭。

张屠夫心里很难受，没有料到范班花落到这个地步，说，你快回去吧。

就骑着单车匆匆地走了。

张屠夫回到屋里，仍然习惯性地往衣袋里摸，摸了摸，才意识到纸包送给了范小文，一时呆住了。婆娘正等着肉炒菜，看到男人没摸出纸包，惊讶地说，肉呢？

张屠夫装着很沮丧地说，今天上头来人检查，不好拿。

婆娘很理解男人，说，拿不得还是不要拿，抓起就不好看了。

那天过节，张家居然没有肉，崽女就吵，张屠夫说，莫吵，你们天天有肉吃，人家呢？十天半个月还看不到肉星子。

第二天，张屠夫下班之后骑到半路上，忽然看到范小文又站在路边，像在等人。

张屠夫下车说，你在等人？

范小文有点不好意思，栽下头，说，我在等你。

张屠夫有点惊讶，等我做什么？

范小文看着他，欲言又止。

张屠夫顿时明白了，说，哦，你崽好些了吗？

范小文感激地说，好些了，只说还要吃肉，昨天那点肉打汤给他吃，他好高兴的。

张屠夫像昨天一样沉默了，衣袋里有个纸包，还给不给呢？说实话他比昨天犹豫多了，如果她天天来要呢？是不是天天给她呢？当然，如果多偷点，也能解决这个问题，问题是多偷的话，保险系数就小多了，搞得不好，自己这把屠刀就没有戏唱了。

张屠夫心肠一硬，推着单车就走，范小文也跟着走。张屠夫岔开话题，问她住哪里，范小文说住在聋子巷七号。又问她男人是做什么的，范小文唉声叹气地说，快莫讲了，本来在汽车修理厂上班，去年出了事故，把脸烧坏了，像个鬼样的不敢出门。

张屠夫同情地说，那就苦了你。

范小文说，唉，这是我的命。

临分手时，张屠夫犹豫一下，终于还是把纸包拿出来，往她手里一塞，也没有说话，就匆忙地骑车走了。

范小文家的状况，让张屠夫真正操心起来。如果没有看到她，他几乎忘记了这个女人，这一见面，又让他放心不下。虽然读书时没有多少交道，现在却让张屠夫生出了义气，决心帮帮这个可怜的同学。

从此，张屠夫麻起胆子准备两个纸包，其实，也就是把一个分成两个，每个纸包只有几钱肉，藏在衣袋里不显形。张屠夫的胆子还是太小，不敢多偷。而且叫范小文不要来厂子这边，路太远，他说他会送去的。那天下班，张屠夫先来到聋子巷七号，把一个小纸包送给范小文，范小文感动不已，眼泪一下子滚了出来。

那天张屠夫还看到了范小文的男人，她男人居然没有一点感激之情，阴着眼睛盯他，好像来了个敌人。张屠夫很害怕看到他，他的脸不像人脸了，像个鬼，也不说话，警惕地看着他跟范小文。张屠夫是个杀生的人，按说也不害怕的，他就是害怕那个男人，在屋门口站了站，赶紧走开了。

临走时，张屠夫委婉地对范小文说，你以后就站在巷子口等我吧。

后来张屠夫每天先到聋子巷，把一个小纸包送给范小文，然后再回去。其间转了很多的路，当然也就需要时间了。婆娘问，为什么现在回来晚了？他说，加班。婆娘说，那为什么以前没有加班呢？张屠夫说，你个猪嘞，我们要支援阿尔巴尼亚，所以就要加班。婆娘嘀咕，阿尔巴尼亚的人也真是的，娘卖肠子的，我们自己都没有肉吃，他们还要来挖一瓢。张屠夫不耐烦地说，你这个话到外面说，你这条狗命就没有了。

婆娘好像被他的话吓倒了，其实她并没有被吓倒。她开始怀疑男人了，这么多年都没有说过加班，为什么现在说加班了呢？是不是有女人看到他能够搞到肉，就勾引他呢？

这一想，婆娘怔住了，难怪近来不太跟我斗榫子了。

打算跟踪男人。

当然，婆娘跟踪张屠夫是不可能的，她要煮饭菜，根本没有时间。叫崽女跟踪吧，也不可能，崽女要读书，再说叫崽女跟踪也不合适，就回娘家跟妹妹说了，娘家只隔几条街，妹妹一听，胯下都冒火，说，这不是欺侮我姐姐吗？又说，姐姐你放心，这事包在我身上。

妹妹在化工厂上班，也在田家渡那边，跟踪十分方便。

第二天妹妹提前十分钟下班，骑车到肉食加工厂附近，远远地盯着厂门口。没过多久，看到当屠夫的姐夫已经出来，咣当咣当地骑远了，妹妹就在后面悄悄地跟着。张屠夫哪料得到姨妹子在跟踪呢？只顾踩着单车飞快地朝聋子巷骑去。

二十多分钟到了聋子巷，范小文在巷口等着。

张屠夫也没有下车，一条腿撑在地上，把小纸包摸出来递给范小文，话也没说就走了。其实，张屠夫不想多跟范班花说话，他发现范班花眼里有了那个意思，那个意思就是想用身子报答他，张屠夫想不想骑这朵班花呢？说实话也是想的，只是觉得这是乘人之危，太不义道。所以，每次跟范班花默默地相视几秒钟，就迅速离开，担心自己经不起那种诱惑。

姨妹子的跟踪大有收获，马上告诉姐姐，又交代说，千万不要说是她发现的。姐姐说，这个放心，我不会出卖你。

这个婆娘很有心计，装着无事一样，照样煮饭菜洗衣服，等到夜里张屠夫兴致很高，要跟她斗榫子，婆娘却说，你跟别人斗过榫子，再来跟我斗榫子，你好会想的嘞。张屠夫听罢，一头雾水，说，我跟哪个女人斗榫子？婆娘说，跟聋子巷的那个女人呀。张屠夫不禁哑然，哎呀，这个秘密她怎么晓得呢？又觉得自己无愧，就原原本本地说了出来。婆娘哪里相信？哼，她不把那两块肉给你吃，你会天天送肉给她吃吗？婆娘认为男人很不老实，更生气了，说，姓张的，你不老实说出来，我要跟你大吵一场，你信不信？张屠夫叫苦不迭，发誓说，我如果跟她斗了榫子，我是猪弄出来的，好啵？

即使发了毒誓，婆娘也不相信。张屠夫想，看来只有叫范小文来，或是喊婆娘去范家看看，这个猪婆才会相信。

张屠夫说，那你跟我去看一眼，好啵？

婆娘不去，你是想丢我的丑吗？想让那个骚货笑话我吗？

张屠夫哭笑不得，那你叫我怎么搞？

婆娘说话也粗俗，你还是像以前一样呀，搞了那边，再搞这边。

张屠夫很想打人了，又想，打了她会闹得更大，好像自己护着范小文，如果她吵到厂里，手里的屠刀岂不是丢掉了吗？张屠夫忍气吞声的，也不敢给范小文送肉了，就觉得自己很窝囊，也很愧疚。他想叫范小文到厂子附近等着，以便把肉送给她，又担心婆娘跟踪，一时竟然毫无办法了。

想起范小文的状况，张屠夫十分不安，好像没有尽力，甚至从车上摔下来好几次。

有一天张屠夫回来得早，发现婆娘不在屋里，心想，这个猪婆哪里去了？起先他还没有起疑心，后来看到婆娘还没有回来，就上街去寻。一寻一寻，寻到菜场，突然发现婆娘在跟一个男人说话。男人提着竹篮子，留着分头，戴副眼镜，胸脯上还插支钢笔，两人在低低地说着话，很亲切的样子，好像一时也结束不了，婆娘居然还间或地擦眼泪。张屠夫暗暗一惊，娘卖肠子的，原来婆娘在跟野男人相会。这个野男人是谁呢？是婆娘的同学？还是她的老情人？

张屠夫很冷静，没有惊动他们，婆娘回来，他也装着无事一般。

第二天，张屠夫是有意提早回来的，进屋一看，婆娘居然又不在，他想也没想，就去菜场，娘的肠子，婆娘又在跟那个野男人说话，又在擦眼泪。张屠夫的怒火燃烧起来，他没有冲过去，回到屋里抓一把菜刀，看到婆娘进来了，举起菜刀砰地砍在桌子上。

婆娘一惊，手中的菜篮子掉落在地，说，你发癫了？

张屠夫没有说话，一手紧紧地箍住婆娘，菜刀架在她的颈根上，吼道，你说，那个四眼狗是谁？你不说实话，老子就要你的四两狗命。

婆娘起先还嘴巴硬，说哪个四眼狗？哪个四眼狗？说着说着，菜刀就逼紧了，只要轻轻一动，血就会被割出来的。婆娘明白，如果不说肯定交不了差的，然后呜呜地哭起来，说，他以前跟我谈过对象的，没有谈成，他屋里出身不好……

张屠夫气愤地说，好啊，娘的肠子，这么多年你们还偷偷相会，你想死了吧？

婆娘抽咽地说，是偶然在菜场碰到的，我哄你的不是人。

张屠夫说，老子看到范小文屋里困难，想帮帮她，你娘的就发癫，你晓得她的崽吗？你晓得她的男人吗？那个屋里穷得滴水嘞。娘卖胡子的，从明天起，老子要天天给她送肉，你再啰唆，老子一刀剁死你。

金　　器

杨八爷隔几天便来队长家里哭穷，缠着队长要救济。一坐，就赖着不走。

队长不耐烦，八爷，队里的底子你又不是不清楚，拿什么卵救济你？

杨八爷也不气，一手伸过来，抓过队长的旱烟杆吱吱地抽几口，又递回去，从口袋里摸出烟叶来，一卷一卷，卷成个喇叭筒，对我说，老姜，你看队长还能巴旱烟，我呢，我巴的是什么？丝瓜叶子。

又把一张老脸瘦向队长，说，拿什么卵救济我不管，我屋里七八张嘴巴，我不找你队长找哪个？

队长说，我不当这个卵队长！你当。队长将烟杆磕凳脚，磕出梆梆梆的声音。

杨八爷说，我没有这份卵福气，我杨八爷只有当长工的命。

队长口气便严肃起来，杨八爷，你讲话放点分寸，你如今也在当长工？

杨八爷自知失言，慌慌地说，我是讲我过去，没讲如今，如今我是个社员。

队长一听，便不再说了。然后瞟我一眼，说，我要屙尿了。我说，我也屙。我和队长便走出来，在村子里乱走。屙尿是借口，队长不耐烦杨八爷死缠。

我去过杨八爷的家，那屋里的确一点像样的东西都没有，稀稀烂烂。又出奇地邋遢，屋里散发出一股刺鼻难闻的气味。老也好，小也好，男也好，女也好，垢头蓬面，衣裤烂得筋筋条条，实在不成个样子。幸好老小还不是面黄肌瘦一个个。若是稍微爱干净一点，应该都还像个人样。不过，碗里确实没有什么东西。我常看见碗里就是些汤汤水水，没漂一个油星子。

我对队长说，杨八爷那一家也是可怜，队里还有些豆子，补他一点么。

队长将烟杆摇几摇，补不得。

我问，为什么？

队长说，老姜，我总觉得杨八爷一家不对头。

我说，哪里不对头？

队长巴一口烟，又巴一口，说，你发现没有，他那一家子人，又破烂又邋遢是实，可细一看，一家老小并不比人家瘦呢。

我点点头，说，我也觉得是这样，可是，我发现杨八爷家的确没有卵东西吃，油星子都没有一粒呢。

队长停下来，说，问题就在这里。

有什么问题呢？我不懂。

队长说，杨八爷以前给王宝生当长工，王宝生很放心他的。听说土改那年，王宝生有两小布袋金器，急得不知往哪里藏，就交一袋托杨八爷藏起来。杨八爷当时答应了，就把那袋金器偷偷地埋在村头那棵樟树下。过了好几年，王保长悄悄地问杨八爷要回金器，杨八爷却一口咬死那袋金器不知被谁挖走了，至今还是个谜。本来这件事谁也不晓得，杨八爷也不曾说过。还是早两年，王宝生的大崽喝醉了酒，才漏出来。

我哦一声，说，杨八爷兴许没这个胆量拿呢。

队长说，也难讲。

又说，所以，杨八爷越是哭穷，我越发怀疑这里面有问题。

我说，你问过杨八爷没有？

问过的。队长说，杨八爷见我问起这事，跳起发誓，说如果他吞了那袋金器，就是狗卵弄出来的，是从猪婆屁眼拱出来的，誓发得很恶。又说，他蠢里蠢气帮地主藏浮财，本来就做了蠢事，哪里还敢私吞。

我说，那可能叫别人挖走了。

队长不置可否地唔一声，还是没答应给杨八爷救济。

我从心底里还是同情杨八爷，可后来却有点讨厌他了。我每回吃饭，他就来了，蹲在一边，望着我吃，口水一下一下地咽，咽得我心里不好受。又说，老姜，你们知识青年倒好呢，几粒饭还是有吃的。我们呢，唉！又经常抱着满女来一起看我吃。说，老姜，你帮我在队长那里讲几句么，给点救济。我说，队长肯听我的？他说，你跟队长好么。我说，好又有什么卵用。

我开始都还忍着，不便怎么说他，杨八爷一家的确穷。后来我就忍不住了，碗一放，阴阴阳阳地说，杨八爷，王宝生的那袋金器是哪个拿了？

谁料杨八爷陡地站起来，换成了一副凶相，吼道，难道是我拿了？我拿了么？口水就飞溅起来，手脚劲鼓鼓的像要打人。又发誓，谁拿了，娘偷人！

说罢，气冲冲走了。

杨八爷自此不再来看我吃饭，见了面，也是一副冷脸。他或许知道再求我向队长讲好话已是不可能了，便不太理我。理不理我倒无所谓，懒得跟他计较。谁知我不计较他，他倒是很计较我。

那天车水，我跟杨八爷一组。掮水车时，我想去掮，杨八爷说他来掮。我当时还真感动，掮水车我力小，又不里手，便随他掮。那水车好久没用了，放在保管室，风一吹，又干又轻。杨八爷双手一抓，身一侧，水车就轻轻巧巧上了肩。

到塘里车水时，我渐渐觉得很费力，手都是麻的，就发现杨八爷没费力。我憋不住，说，杨八爷，要用点力。

杨八爷就一恶声，我哪里没用力？我做了一世的功夫，还要你教我？眼珠鼓起老大老大。

我便知道杨八爷在计较我。那天，累得我四肢像瘫了一样。下午收工时，杨八爷冷冷地说，我掮水车来，你掮水车回去，说罢，一摆一摆，独自走了。

我知道今天杨八爷是想扎扎实实整我一回了。那水车被水浸了一天，就不像干水车那样轻巧了。我咬紧牙，试了试，死重死重，根本没力气掮起来。我骂了杨八爷一句娘。后来是队长帮我掮回去的。

我把这事跟队长说了，队长说，他就怕别人戳这件事。杨八爷也是过于计较，只要跟我在一起出工，他就要为难我，弄得我开始恨他了。我想你杨八爷整我，我也要整整你。可是，我从哪里入手呢？出工的事，我整他不倒，他是老把式，样样事里手。可是，我便想到了那袋金器的事，我决心要揭开这个金器之谜。

我这想法对队长也没说，我想等有个水落石出的那天再说不迟。

我那天破天荒地买了一两糖粒子，然后把杨八爷的满女喊到我屋里。杨八爷的满女才五岁，头发像一蓬乱草。

我把一粒糖粒子拿给她，她开始半天不伸手。我说，吃吧，看甜不甜？

他满女望着我，许久才迟迟疑疑地接过去，剥开纸，将糖塞进了口里。

我说，好吃不？

他满女点点头。

我于是干脆把糖粒子全部送给她，说，我从家里带了好多，你吃吧。

他满女迟疑地望着我，好像看出我有什么圈套似的。我轻松发笑起来，拿着拿着，你没吃过吧？

他满女这时接了过去，说，吃过，只是我爸爸不准我们说，他说谁说了出去，要打死谁。

我说，我不会说的。

他满女便放肆地嚼起来。全部吃完之后，抹了几下嘴巴，临走时又说，我家吃好东西都是睡了一觉起来再吃。白天吃好东西，我这是第一回。他满女有点不放心，又说，你不要讲啊，我爸爸晓得了，会打死我的。

我又说，我不会说的。

他满女走了之后，我站在门边，万分感叹，这个杨八爷真不简单哪，这么多年了，竟没让人看出一丝破绽，去搞特务是块好料子。

为了证实他满女的话，我当夜就去偷偷地看了一次。果然不出所料，是真的。杨八爷很里手，怕灯光透出来，用什么东西把窗户死死地封住，连鬼都看不出。我听见里面有吃东西的声音。

这时，又听见杨八爷低低地说，肉巴巴好吃吧？

家里人说，好吃。

杨八爷又凶凶地说，谁要是讲了，我要打死谁，饿死谁！

我想象得出杨八爷的那副凶样子。我冷笑，说，队长，金器之谜让我破了。

队长揉着眼睛，说，谁？

我说，是杨八爷。

于是，我把来龙去脉一一说了。

队长听罢，呆了，喃喃地自言自语，真让我猜着了？

我说，队长，你好眼力！这下子，要把他狠狠地整一回！我咬牙切齿。

又说，队长，我明天就去大队报案。

队长望着我，沉下一张脸，缓缓地说，报什么卵案？若整了杨八爷，他一家几口问谁要吃的？

我问，那怎么办？

队长说，装个聋子，装个瞎子。人生一世，不容易。

说罢，长长地一个哈欠，挥挥手，说，去睡吧。

于是，我就回屋里睡去了。

忘　魂

1

志杰从金子般的阳光底下走进朽败如絮的褐黑色的茅草屋时，眼睛被屋里暗淡的光线糊住了。的确有那么一阵，志杰觉得眼睛像瞎了一样。志杰干脆站在原地一动不动，一直等眼睛渐渐适应了屋里暗淡的光线之后，才轻轻地哎了一声。声音显得空阔而单调，并且干涩，像一截无了水分的枯草。

志杰这时看见一张破旧的床铺上，邋遢且单薄的棉絮拥着一个极薄小的人。那人翻动了一下，床铺竟吱咯吱咯地响起来。如清女人从棉絮下面伸出一只苍白枯瘦的手，在空中抓了抓，像在企图抓住那条绿色的生命希望之线。

哪个？

如清女人发出那种似乎从遥远的地狱传来的声音。

志杰说，我呀，志杰。

哦，志杰呀，什么事？如清女人的声音微弱如游丝。

志杰望着如清女人那枯瘦的似死人一样苍白的脸色，便支支吾吾极尴尬起来。志杰这时才闻到满屋弥漫的冲鼻的草药味，仿佛才想起如清女人是个老病秧子，志杰便一身不自在，刚才进屋之前那满腔的愤怒和报复的心理，便随了如清女人病恹恹的情景渐渐消失了，等她病好了再说吧。志杰想。志杰艰难地咽了咽口水，又望了那形容枯槁的如清女人一眼，说，没什么事。志杰本来想说，我是来跟你睡觉的。志杰却只说了一句没什么事，便掉转脑壳，垂头丧气地走出如清的茅草屋，让太阳火爆爆地将他涂成一个耀眼的金黄。

2

志杰慢腾腾地在村子里走着。走过乱糟糟的禾场，志杰看见屋檐下趴着一条黄毛大狗，正咻咻地吊着淡红的软塌塌的长舌，没精打采地望着自己。志杰突然火起，弯腰捡起一块石头，凶狠狠地朝狗甩去。黄毛大狗立刻像被火烫一般，慌跳起来，发出尖厉的叫声。

志杰骂，叫叫叫，叫你娘！

那屋里这时伸出一粒泛青的光脑袋，朝志杰骂道，志杰，你吃多了？它没撩你么。

志杰的脸上涌起一丝愧疚。志杰没说话，低着头，踽踽地走过去。志杰知道自己实在没有什么道理，便干脆把嘴巴紧紧地闭着。

志杰一直走进自家的那间土坯屋，才粗痞地骂了一句。好像是骂那条黄毛大狗，或是骂那个泛青的光头，又好像都不是。

志杰坐在一张极矮的丁凳上，望着外面酷热的天气，才发觉浑身的汗水不要命地往下滚动着，弄得肉皮痒痒的，像有无数的小虫在爬。

志杰想，自己如果不睡如清的女人，那就太亏了，等如清女人病好之后，一定要睡她一回，不然，简直就不是个男人。

志杰恨如清那个狗杂种，恨那个结结实实牛高马大的如清。志杰没有想到，跟自己喝一口井水喝了几十年的如清，这么不仁不义，竟然睡了自己的女人。

这时，志杰的女人坐在床边给崽喂奶，时不时害怕地望自己男人一眼。女人眼睛浮浮的，红肿得如桃子一般。屋里寂静得很，唯有崽吃奶发出吧唧吧唧的声音。志杰瞟一眼便看见崽那乌黑的头发贴着女人圣白的胀鼓鼓的胸脯。

志杰便暗暗地骂道，如清猪弄的，睡了我的女人。

阳光在屋外面肆无忌惮地照射，将人呀房屋呀树木呀以及牲畜呀都熏烤得垂头丧气。地面上冒着一股一股的热浪，张狂而又颤颤抖抖。一只黑蚂蚁不知趣地从志杰的脚板上爬上来，又顺着光滑黝黑的脚杆往上爬。志杰发觉后，静静地看了一阵，然后伸手小心拈住，一用力，蚂蚁便被挤得稀烂。志杰仿佛听见了蚂蚁那最后的微弱的惨叫声。

有一种快感的志杰忽然开始有点悔恨。如果不是自己叫女人给半夜回来的他留门，如清那猪弄的也就无机可乘。志杰的女人本来不肯留门，说她害怕，说她宁愿半夜起来开门。志杰说，怕什么？怕鬼？我夜夜喊门，我耐烦吗？志杰的女人便依了他。每夜听着男人趿着鞋子，吧嗒吧嗒地远去后，便只把屋门轻轻地虚掩着。谁料让如清那贼钻了一回空子。

3

志杰那夜回来，就感到屋里好像出了什么事。平时，女人总留着门的，那夜晚屋门却闩得死死的。他叫开门，一进屋，似乎闻到了一种陌生男人的气息在屋里弥漫。女人躺在一旁，辗转反侧。志杰那夜心境很好，赢了钱，便搂着女人问怎么不留门。女人半晌没作声，后来才试探地问你是否回来过一次。志杰说没有啊。女人惊恐起眼睛，说，没有？志杰肯定地点点头。女人这时便呜呜地抽泣起来，那声音挤在漆黑的屋子里，直想往外面钻。满屋里就回荡着一种羞怯和深深的悔恨。

志杰那种赢钱的胜利心境，顿时被女人不妙的哭泣破坏殆尽。他翻起身，一把抓起女人的衣襟，厉声问道，说！什么事？志杰怒眼圆瞪，在漆黑的屋子里闪烁起两团鲜红的火。

女人像一只马上将被杀掉的鸡，浑身不停地颤抖，毛发稀乱，哭声从狭窄的颈根里憋出来，有一声，无一声，充满绝望。女人幽幽咽咽地说，她当时困死了，后来觉得有人压着她。她在朦朦胧胧之中以为是志杰。因为志杰也常常半夜赌钱回来这样睡她，她没在意。她最终突然感觉到这男人有点异样，不像自己的男人。等意识到的时候，睁开睡眼一看，天啦，好像是如清那个畜生。她羞怒万分，低低地骂道，挨炮子的！如清竟不慌不忙地系着短裤，也不说话，便夺门而去。

志杰怒不可遏，凶狠地朝女人打了两个耳光，骂道，骚货！人家睡了你还不晓得吗？

女人只是嘤嘤地哭着，说，真不晓得……往常你也是总这样，我只当是……我讲过不留门的，我困死了，只当是你……

志杰一时竟说不出话来，谁叫自己让女人留门呢？志杰那只抓住女人前襟的手松开了，忽然痛不欲生地捶着自己的脑壳，嘴里发出一串哎呀呀含糊不清的古怪叫声。哀哀哭着的女人连忙拉住男人的手，死死地搂住不放。志杰的双手浸满了女人滚烫的悔恨的泪水。

志杰之所以捶打自己，是因为他觉得此事的确不能完全怪在女人的头上，留门是自己逼女人留的。如清那杂种晓得志杰女人留门的事，也是志杰自己不小心走漏嘴的。那是志杰、如清还有狗生和明瞎子几个人赌钱时说的。志杰他们几乎夜夜去狗生家里打牌。有天打着打着，如清不知怎么问起大家每夜回家是喊门还是留门的事来。明瞎子说他家里反正只有老娘一个人，屋门无所谓闩不闩。志杰说，我女人给留着门的。志杰说这些话时，胸膛里膨胀起许多的骄傲。明瞎子的女人进屋不到几个月，便跟一个货郎私奔了。如清的女人长年一个病怏怏的样子，也不知什么病，反正崽女也没生下一个，便骨瘦如柴终日卧床了。志杰当然为自己有一个好女人，加上一个飞快就生下来的崽，感到这日子的温馨。志杰还不无得意地重复了一句，说我女人给我留着门的。手中打出去的那张牌在昏黄的灯火照耀着的桌子上都显得十分快乐。唯有如清愁容满面地叹息着说，你们都有老娘或女人留门，我却只有自己给自己留门。志杰当时听罢如清的话，就很有些怜悯那个长得结实如牛的如清。

志杰的牌运算不错，赢多输少。狗生和明瞎子基本上不输不赢，保本。只有如清的手气差，赢的日子很少。手头输得精光，便老是借钱。志杰曾经劝过如清，手气不好暂时歇几日再来。如清却不肯，两眼输得上血火，总想赢它几回大的，扳回本来。谁知越想扳本，却越扳不回，气得如清老甩牌骂娘。

志杰还是很轻易地记起了当天夜里的事情。如清打着打着，后来就有点神不守舍地说，肚子不好，要上茅厕，让出板凳叫旁边的人打。当时，志杰他们信以为真，谁也不在意。大约过了三袋烟的工夫，如清又回来了，继续打。志杰还笑着说你干脆睡在茅室里算啦。如清说，有什么办法呢？这几天肚子不利索。

愤怒至极的志杰，断定如清那狗杂种就是借口上茅厕去睡了自己女人的。志杰那夜里实在憋不住这口气，甩开女人紧搂的手，站起来，朝同样是漆黑的夜地里愤然走去。

4

如清的那间茅草屋歪歪斜斜地坐在村子的左边头，一棵巨大的樟树黑乎乎的如一头形状古怪的巨兽。志杰浑身气冲冲地走到如清门前，喊道，如清，你出来！

志杰连喊了几声，如清才吱呀地打开那扇破旧不堪的门，走出来，说，志杰呀？什么事？

志杰狠狠挖了如清一眼，说，你搞了我女人，我也要搞你的女人！

如清并不慌张，也不赖账，竟还笑着说，去吧。又说，其实我不是故意的，志杰。

这话又惹得志杰来了火气，说不是故意的？不是故意的搞得到手么？

如清说，我是忘了魂了，其实，我自己做了什么，我根本不晓得。你女人看清是我了？

志杰说，看清了，难道还诬赖你么？

志杰是晓得有忘魂这事的。有些人一旦忘了魂，即使是做了杀人放火偷人投河的事后，自己还不知道。一般都是要请师公道士来烧香念经帮着收魂的。志杰却不相信如清是忘了魂，他觉得如清这贼是在哄他。便说，你骗我。

如清说，我骗你做什么？我忘魂很久了。

志杰说，那你为什么不请师公道士来收魂？

如清说，我请得起么？！女人病得这副样子，连药都捡不起。牌桌上的手气又不好，你都晓得的。

志杰一时没吱声。后来又说，你自己的女人不晓得用么？

如清说，用不得了。

志杰的火又冒了上来，说，用不得了就用我的女人么？想想又说，要么，赔钱也行。

如清说，赔多少？

志杰说，你看赔多少？凭良心。

如清说，你晓得我连给女人捡药的钱都没有呢，我只好自己在山里试着采药。这日子过得太紧了，十块钱吧。

志杰想想说，十块就十块。

志杰伸出一个食指来，如清也伸也一个食指，两个指头互相勾住在夜色里紧紧地拉了一下。

5

如清白天除了做田土功夫之外，便上山采药。一个破烂的篾篓子背在肩上，出没在莽莽丛林的绿色背景之中。采了药，又回来将草药洗净，煨药，一口一口喂女人的药。那女人的病也怪，药恐怕喝了百十个水缸那么多，就是不见好转一丝丝。如清的女人灰了心，总是哀哀哭泣着要寻死路。倒是如清很有耐心，总是劝女人不要讲蠢话。其实，如清的女人是村里最耐看的女人，若不是生病，男人们见了都是有些起邪念的。

如清在后来的一个夜里竟手气大发，赢了整整四十块。那夜里，如清把志杰拉到禾坪里，把十块钱送过去，说，志杰，我们两清了。

志杰竟不肯接，说，十块太少了，要二十！

如清说，志杰，你怎么说话不算数呢？

志杰说，不然，我太亏了。

如清这回不肯了，就说，那你看怎么办吧。

志杰说，怎么办？我也要去睡一回你的女人。

如清说，那你去吧。

志杰说，我现在不去，等你女人病好了再去。志杰很想告诉他，自己已经去过一回。

如清说，那就难说了，说不定明天就见了阎王。

志杰说，你女人若真的见了阎王，算我背时。不过，我倒盼你女人快点好起来，让我睡一回。

如清说，那你就等吧。

志杰说，你猪弄的到底什么时候把女人的病治好呢？我是看你女人可怜，现在不好用。

如清说，我怎么晓得呢？你看我不是在天天采药么？

志杰说，那你就快点，不要故意挨日子，我迟早是要睡你女人，不然，我就太亏了。

6

半年之后的一个星月明亮的夜里，志杰从屋里悄悄地走出来，来到湛蓝的天穹之下，让那寒风吹刮着浑身的燥热。志杰今夜是下了狠心要睡如清女人一回的。他觉得划不来。志杰几乎每夜都要问如清，你女人好了些么？如清总是说没好。狗生和明瞎子颇感诧异，问志杰，你老是问如清女人好了没有做什么，难道想睡如清的女人么？志杰说，你们说些什么蠢话。

志杰和如清那夜里勾了手指头之后，志杰对如清说，这事对谁也别说，行么？如清说，行。所以，志杰和如清之间发生的事，狗生和明瞎子都不知道。

志杰本来想等如清女人病好之后再去的，他却终于隐隐约约从如清的话里品出一丝令人激动的东西。他断定如清女人的病肯定好了，因为如清后来说女人的病没好总是说得有些犹犹豫豫，志杰便明显地感觉到如清是在哄自己，肯定是如清怕自己睡他的女人，所以即使女人病好了，也不让女人出来露面。

站在禾场上，志杰暗暗地骂了如清一句娘。志杰晓得如清今夜不在家，如清昨天就对志杰说过，他今天要去岳父家里，岳父带信来说帮女儿买到了一味好药，叫如清去拿。志杰听罢暗自高兴，他觉得这个机会无论如何也不能丢掉了。

其实，志杰去如清家之前也想忘魂，也想以同样的方式去睡如清的女人。他觉得这样做就十分公平了，谁也不亏。所以，在这夜色诱人寒风凛冽的晚上，志杰开始琢磨着怎样才能进入忘魂的那种境界，就像如清所说的什么也不知道。志杰先微闭双眼，什么也不去想，不想自己的女人和崽，也不想如清以及如清的女人，总之，包括这朗朗月色和清冷的寒夜，也统统抛于脑后。志杰开始挪动脚步，朝如清的那间茅草屋慢慢走去。的确有那么一刻，志杰感觉到浑身轻松，大脑一片空白。自己极像一个忘魂的人，飘然于夜地里。

仅仅只有那么短暂的一刻，刚才那种飘然欲仙的感觉倏然消失了。志杰无论怎样努力地去捕捉，去平心静气地召唤，那种感觉再也没有了。满脑袋里乱糟糟的。这时，他竟然很想问问如清，问他到底是怎样做的。志杰有点慌神。

就在他无法忘魂的时候，他竟然推开了如清那间茅草屋破烂的门。随着吱呀一声，如清女人从床上一弹坐了起来，问，谁呀？

志杰含糊地嗯了一句。

如清女人利索地点上油灯，见是志杰，便有些惊讶，说，志杰，有事么？

志杰仔细看了如清女人一眼，大为惊讶，这女人好端端的，满脸红润，丰腴，洁白的颈根，全无了病人的样子，就像她刚嫁来的那样俊俏，眼里水汪汪地望着志杰。

志杰站在屋中央，心里怦怦地跳起来。被灯光罩出的一个巨大的黑影映在墙壁上。他想忘魂之后把这女人睡了，却无论怎样，总忘不了，一切都是明明白白的。

志杰便有些手足无措起来。

如清女人见志杰这副坐立不安的样子，便扑哧笑起来，又说，有事么？

志杰却有些奇怪地问，怎么没闩门呢？

如清女人说，他不让闩。

志杰说，为什么？

如清女人说，不知道。

志杰哦了一声，这时才嗅到屋里已经没有一点刺鼻的药味了，空气变得十分清爽。屋里的一切也捡拾得整整洁洁。先前那破烂且邋遢的棉絮也不见了。一床深蓝色的被子，温暖地拥着一个穿白内衣的俊俏女人。

如清女人笑着说，你这深更半夜地来，莫非有什么急事？

志杰低下头，竟不敢与那双清澈的黑漆漆的眼睛对视，慌慌地说，如清不在，你有没有需要我帮忙的。

如清女人感激地望着志杰，说，没有。

志杰说，没有，那我就走啦。

志杰也不等如清女人再说什么便赶紧溜了出来，像做贼一样，全身竟然冒出了汗。志杰边走边骂如清讲话不算数，女人好了这么久竟不肯说实话。

志杰准备等如清明天回来再跟他算账。

喇　叭

响响说，她要去公社当广播员了。

我唔唔地啄脑壳，不说好也不说不好。我知道心里其实有点舍不得。

村子里有十四个响响一般大小的妹子，其他的都长得不顺眼，不是矮了，就是丑了，鼻子什么，眼睛什么，一眼看去就不是个味。唯响响生得不一样，简直令我惊讶。我弄不懂这穷乡僻壤为什么生出了响响。苗苗条条，皮肤又白。一样的担子，又一样的太阳，怎么单单没把她压下去黑下去？眼睛又大又黑。小小的嘴，一开口，那话就似一道山涧溪水清清甜甜流进你耳朵。

我曾无数次为响响遗憾，说，响响，你要是生在城里就好了。

响响说，有什么好？

我说，那起码就不是现在这样子。

响响就眨眼睛，那是个什么样子？

我便很老气地扳起手指头，若不是演员，就是运动员，若不是运动员，就是演员。

响响说，那怕也难讲，隔壁大队的于美华生得天姿国色，还不是从城里下来了？

我一时被响响哽住了，无法再说出更多的理由。

响响又说，我不是也快当广播员了么？那脸上光泽出许多得意。

我想说我舍不得你走，又怕响响笑我。我又不是你老姜的什么人，有什么舍得不舍得？

响响就两姊妹。一个老娘，老子又死得早，屋里就很不如何了。在村里算比较穷的。响响的姐姐叫枝枝，比响响大四岁。令我疑惑的是，同是一母所生，枝枝就生得差远了。但枝枝很懂事，屋里屋外的事都由她掌本。心又极好，比方我跟她出工，她总是劝我别累着，慢点来，可自己又不慢。

枝枝跟我同岁，竟又同月，只比我大五天。老庚在一起，话于是就多了。枝枝常常站在田里，望田那边的响响。望着望着，就很坚决地对我说，我要想办法把响响弄出去。又告诉我，她老子临死前，托付她一定要给响响弄个好事做。

我说，你有办法？

我知道枝枝家没一点门路，也知道枝枝不忍心看着一个好响响整天晒在太阳下累。

枝枝却很倔地说，办法在肚子里。

我说，你肚子里有什么办法？只有蛔虫。枝枝说，老姜嘴巴不干净。我就笑起来。

望着枝枝，我真不知道她会有什么办法。

后来听说公社要个女广播员，我想那个于美华这回靠得住了，人漂亮是一个，普通话标准是一个，无人能与她匹敌的。隔壁大队的人说，于美华这一向跑公社勤快不过。又说，全公社的人，只要有一点门路的都在跑。就可想象那种激烈的竞争了。

村子里就枝枝一人跑。我劝过枝枝，这么多人争，你争得赢么？

枝枝说，争一回看看。

村里离公社不远，两三里路。枝枝白天出工，夜边上就跑公社。我几回在村边碰见她，见她两手空空的，也不带一点东西，就摇脑壳。

枝枝说，老姜你摇脑壳做什么？

我说，别人肯定大包小包送，你呢？

枝枝笑着说，不怕，竟没有为难的样子。然后，又一冲一冲，往黑夜里冲去了。石板路上传来很响的脚步声。

大约半个月之后，公社传出消息，竟要响响。说响响是本土本乡人，靠得住些。不像知青，屁股还没坐热，又要走人。我猜想是指于美华。

我为这消息大吃一惊，惊讶之余，又惊喜。没料到这枝枝真是个枝枝，天天跑，竟跑出名堂来了。

便悄悄地问枝枝，你到底用的什么办法？

枝枝那样子很高兴，咯咯笑。笑一笑就说，我有什么办法？只有天天去磨，讲好话，作揖，求菩萨显灵。

我也很高兴，说，枝枝，总算没白跑。

枝枝长长地松口气说，没白跑。

村里人也很高兴，说响响有个好姐姐。又对响响说，你不要忘恩负义呢，你这个姐姐世上少有呢。

响响说，我不是那号人。

响响不久就去当广播员了。那声音从挂在队长屋檐下的那个喇叭里传出来，实在悦耳，只是不标准。村里人说，还亲切一些。每回一开广播，枝枝就惊喜地指着喇叭说，我妹妹又开始讲话了呢。老姜，你说响响讲得好不？

我说，好。

枝枝放心地说，响响这下好了，又不用晒太阳，又不用累了。

我说，这全是你的功劳，你老子在土里也放心了。

枝枝点点头。

队长那天派我跟枝枝去山坡下翻红薯藤。枝枝又劝我慢点翻，说翻快了手累。我便慢慢翻。枝枝照样不慢，弓着腰身，翻着翻着，就翻到我前面老远去了。我说，枝枝，你也慢点翻。

枝枝反转头说，我……

枝枝话没说完，就哗一声呕起来。人一下就蹲了下去。

我说，枝枝，你病了么？

枝枝没回话，又一声大呕。

我三脚几脚，赶忙走拢去，问她哪里不舒服。枝枝脸色变了样，一手揉着肚子，无力地摇摇头，说，没什么。

我说，那不可能，是不是有蛔虫？我去喊杨赤脚来。

我想跑，枝枝突然一手死死地拖住我的衣，脸色十分难看起来。

我想枝枝可能是痛得十分恼火了，我得赶快喊杨赤脚来，便使劲去扳她的手，却奇怪，枝枝的手像焊在我的衣上了，怎么也扳不开。

我蹲下来，焦急地说，枝枝你到底怎么啦？你不要命啦？

枝枝抬起那张苍白的脸，呆呆地望着我，半天才有气无力地说，老姜，我只告诉你……

我说，什么事？她说，你千万不能讲。我说，不讲。

这时，晶莹的泪水慢慢地从她的眼眶里掉下来，一滴一滴，打在红薯叶子上，叭叭作响。枝枝又大呕一下，哀哀地说，我能有什么办法呢？那个畜生说，要我跟他睡，他才肯要响响去……

我脑壳一下全蒙了。怔怔地望着泪水满面的枝枝，我的内脏顿时像一把利刀无情地割着，一块块，一条条，稀烂，稀烂。

我欲哭无泪。我默默地站起来，朝那只喇叭望去。

响响清甜的嗓音这时又从喇叭里响起来了……

痞　人

队长老催我跑玉成屋里。硬起头皮跑一回，便不再去。

队长说，怎么不去了？

我说，他一副卖牛肉的样子，我受不住。

队长就急，受不住也得去，招工指标在他手里，想把哪个就把哪个。

我说，随他把哪个。

队长脸便板起来，那你想在乡里一世？又说，那你把我做崽算了。

我说，放狗屁。

队长一张黑得出油的皱脸便笑起来。我也笑。

队长五个女，想个崽，却老想不到手。我说过队长，再生么，总会生个崽的。队长说，生？拿什么生？你没看见我老奶（老婆）像老猪婆一样的，自身都保不住了，还生？生条卵。我笑着说，真的生条卵那就好了。队长一掌拍在我脑壳上，老姜到乡里几年，也学着痞了。

玉成是大队书记，姓李，大家都喊玉书记。我刚来都晓得，问队长为什么喊玉书记，他明明姓李么。队长说，乡里人这样喊，为的是显得亲切一些。但我发现玉成却并不亲切，整天板着一副脸，像个杀猪的。五十几岁人，背就驼得有些水平了。那双满是血丝丝的眼睛里，时刻走出一些痛苦和忧郁。这是我的感觉，不知乡里人有没有这个感觉。大约玉成屋里曾经发生过或正在发生着什么令人十分痛苦的事。三个崽，当兵的两个，其中一个还当了排长，满崽进县里一家工厂当工人。老婆吃得，也做得，猪一样地壮实。不说全大队，就是方圆几十里，玉成一家也是一等一的，令人眼红不已。尤其那房子，一色的红砖，一正两横，屋坪里还铺了水泥。在全大队是独一无二的。尤其砌在山坡上，离院子百把米，就更加显眼，红的红，黑的黑。

我平时跟队长扯淡时就说，玉成两口子独家独户的，难道不怕什么？

队长说，怕什么卵？哪个敢打抢？如今又不兴土匪了。莫说还喂了那条灾狗。

那条灾狗，我是恨透了。一身黑毛，四脚趴在地上，两粒眼珠滴溜溜转。见人来，又不叫，趁人不防，嗖的一声便飙上来，张口就咬，咬人的狗不叫，我被吓过一回蠢的。幸亏被玉成的婆娘看见及时喊住了。当时我吓出一身冷汗，双腿发软。

我然后进屋去，玉成正坐在凳上巴烟，一脸闷闷不乐，像有什么心事。我说，玉书记，听说大队有个指标……话没说完，玉成便冷冷地说，你么，下来才几天，就想上去？眼珠不高兴地睃我一睃。我说，反正大队只有两个知青，再说我比王桂香早下来三天。玉成把烟丢地上，一脚碾了。说，你就不想想，人家是一个妹子。说罢，就把眼睛闭了，一直不开。

我下在七队，王桂香在六队。七队与六队只隔一条田垄，五六十米，两两相望。玉成也在六队，指标肯定给王桂香。

我跟王桂香交道不多，见了面最多只点点脑壳，听说她是贵州下来的，这里是她娘的老家，她娘十多年前从这里嫁出去的。人是有几分姿色。但我看不惯她老往玉成家里跑，无非是去拍马屁。我恨恨地对队长说，若拍得不好，哪天她那身肉会死在玉成手里。队长说，几十年了，倒没听说玉成痞女人的事。我说，你怎么晓得？你又不是狗卵天师，天上的事晓得一半，地上的事全晓得。队长说，那你是狗卵天师？我说，我也不是，我只是猜。

玉成那天的意思再清楚不过，指标给王桂香。我把底细说了，队长说，那也不见得。只是你两手空空地去，人家就买账了？白给你？

我父母被斗得要死，工资也停发了，我拿什么送？队长晓得我家的事，见我半天不语，便说，到我家提一条干鱼去。我说，那不行，你都舍不得吃的。队长说，还讲这么多卵话干什么？今夜送去。队长果真把熏得黑黄的干鱼从灶屋里提出来。我固执地说，我不去。队长说，那我去。

天一黑，队长便提着干鱼去了。我就在屋里等，很紧张，不知队长去效果如何。

等了老半天，队长终于回来了，干鱼还在手里晃，像条晒得开坼的小船。

我说，他没要？

队长也满脸疑惑，说，出鬼了，玉成平时不管帮人家办成没办成，东西是一律要收的，可今夜生死不要。手一扬，干鱼落在桌子上，叭，响一声。

我气愤地说，不要就不要，你自己留着巴酒。

队长没接腔，栽着脑壳，还在说，怕是出鬼了。又说，出鬼了。

我说，出什么鬼？还不是王桂香那身肉死在那痞人手里了。

队长望我一眼，喃喃说，可能……不太可能。

我说，可能！

玉成的那条狗也怪，连六队的人都咬，却偏偏不咬王桂香，还摇着尾巴，去舔王桂香的脚。我把这个发现告诉队长，队长说，大概连狗也跟着痞了。又皱起眉，自言自语，玉成这个人平时不痞的呀……

我看见队长这副疑疑惑惑的样子，就想发笑。那天我去公社供销社买盐，回来时，正在山路上走，屎就胀起来了。山路两旁都是松树，又生一蓬蓬密密的杂草。我急急地几跳几跳，就跳了下去，蹲下来。

蹲下不久，便听见有脚步声过来。我从杂草缝里一望，是玉成，后面跟着王桂香。大约是去公社。玉成脸上没有平时的那种卵神色，竟然笑着和王桂香说话。

玉成走着走着，便停下来，朝小路前后望了一望，就说，桂香，让我抱一抱。

王桂香果真温顺地扑在他怀里。我暗暗惊异，果然不出所料，王桂香那身肉死在玉成手里了。又凝神呆看，却又不见玉成再有什么痞动作，两手只搂着王桂香，在背一拍一拍。下巴抵在王桂香脑壳上，一圈一圈地摩挲着。

抱一阵，只听玉成说，桂香，喊我一声。

桂香就喊，爸爸——

我心一跳。

玉成应着，哎。我的好女——

我心又一跳。

玉成几颗老泪就落下来。桂香也一声一声嘤嘤哭起来。玉成这时连忙揩揩眼泪，又帮桂香揩，说，莫哭了，怕有人撞见。我们走吧。

一直等脚步声消失之后，我才抖抖地站起来。然后发癫一样地跑回去，告诉队长。队长惊出两粒眼珠，说，有这个卵事？有这个卵事？人就像一下子掉了魂，在屋里乱转起来。

麻婆的麻烦

麻婆吃十九岁的饭了。

按说，十九的妹子家要找对象了，起码也有媒人牵线了吧？

竟然没有。

麻婆怎么就没有媒人牵线呢？麻婆的家境不错，爷老倌在木工厂当木匠师傅，娘老子在街道上糊火柴盒子，麻婆还没有工作，每天帮娘老子糊火柴盒子。

只一个弟弟读书。

街坊不明白，麻婆怎么没人找她谈对象呢？其实麻婆还是蛮不错的，苗条清秀，手巴子上看得出蓝色的血管，手脚又勤快，帮着屋里糊火柴盒子，一糊就是一天，也没有怨气。不像有的妹子家，屋里好像堆着臭牛屎，一起床就抬屁股走人，到大街上耍去了。

麻婆还是读了初中的。

有的街坊坦率地说，麻婆麻婆，你要嫁人了嘞，至少也要找对象了嘞，再不找的话，黄瓜就落摊了嘞。

麻婆羞怯地说，这是要讲缘分的，我喊嫁人，就能够嫁出去么？

又等，等了大半年，终于有媒人上门了，媒人是大正街的，住在邵水河边，生一张瘪嘴巴，是个五十几岁的女人，她七拐八弯地打听到麻婆待字闺中，就来探口风，说她有个远房亲戚住在南门口，后生是机械厂的，搞电工，今年吃二十四的饭，还没有谈过对象的，只有一个妹妹，爷娘都是造纸厂的。

麻婆的爷娘听罢，一口答应，男方这么好的条件，麻婆嫁过去，岂不是从糠箩跳进米箩吗？就问麻婆要得不，麻婆缩在一堆火柴盒子中间，抬起头说，我听爷娘的。

星期天，瘪嘴巴媒人陪后生来了，后生姓周。周后生懂礼数，提着一包饼干，一包干柿饼。人也长得干净，眉清目秀，一米七以上。穿着也干净，白衬衫，蓝长裤，咖啡色网鞋。

麻婆还在糊火柴盒子，爷娘就喊，麻婆，快出来。

麻婆洗手出来，羞涩地扯扯衣服，看见周后生的长相不错，眼珠子一亮，心里就默许了。周后生看见麻婆苗条清秀，又不是个懒妹子家，心里也很高兴。两人就你一句我一句地搭上腔，把大人们丢到一边，兴奋地说起了朝鲜电影《卖花姑娘》。麻婆惊恐地说，听说看电影的人好多，还踩死人了。周后生火上加油地说，是的是的，我厂里一个妹子家脚都被踩断了，还在住院嘞。

大人们看他俩说得投机，就眨眼睛，悄悄地去了里屋，把机会留给他俩。

麻婆跟周后生很有兴趣地说了看电影，又说了东风桥上的车祸，又说起南门口打架流血事件。

说罢社会上的新闻，周后生忽然转移话题，问，哎，我不明白，你脸上根本没有麻子，为什么喊你麻婆呢？

麻婆坦然地说，我也不晓得，反正从小起，爷娘就这样喊我。麻婆没有觉得这个小名有什么贬义，反正自己又不是麻子。不像有的人是瞎子，人家喊他某某瞎子，有的人是聋子，就喊他某某聋子。麻婆习惯了，也不认为这个小名有什么不好听。

周后生对麻婆很满意，对她的家境也相当满意，唯有对她这个小名不满意，你说，好好的一个妹子家，怎么叫麻婆呢？简直难听死了。

周后生来到里屋问麻婆的爷娘，麻婆的爷老倌说，哎呀，她脸上的确没有麻子，那还是她出生时，我看到桌子上有碗芝麻，顺便就给她取个小名叫麻婆，你千万不要当真。

周后生对于这个答复并不满意，他想，你既然看到了芝麻，为什么不叫她芝麻呢？叫芝麻，毕竟还是让人容易接受些吧？也好听些吧？周后生嘴巴上好像相信了麻婆爷老倌的话，心里还是有所怀疑的，麻婆是不是生过麻风病呢？所以，给她取个小名叫麻婆呢？

周后生又问，那她以前是不是生过什么病呢？

麻婆的爷娘想了想，说，我们麻婆从小到大不怎么生病的，只发过几回高烧。

瘪嘴巴媒婆说，你看她像个病壳壳吗？

周后生说，哦，那请你们把她的病历本拿出来，让我看看好吗？

麻婆的爷娘心想，你要看病历本做什么呢？莫不是怀疑她的身体有病吧？

又急于把麻婆嫁出去，就在屋里乱翻，把两只安于现状的老鼠翻得惊慌地逃窜，终于把揉得稀烂的病历本找出来了。

周后生接过病历本，拍拍灰尘，说，嘿嘿，这个病历本像出土文物嘞。走到窗口，借着光亮翻起来，他看得十分仔细，连医生写的年月日都不放过，病历上写的都是发高烧，一次，是某年某月某日的。一次，又是某年某月某日的。没有看到“麻风”两字，周后生终于放了心，把病历本放在桌子上。

然后，咧开嘴巴笑了笑，说，她身体还是蛮好的。

麻婆的爷娘也嘿嘿地笑了，说她身体好得很嘞，我们基本上没有操过心，你看她天天糊火柴盒子，也没有说过腰酸背痛。就觉得周后生虽然认真，毕竟还是讲道理的。

麻婆的爷娘以为没有什么问题了，双方通向婚姻之路的障碍业已排除，然后你来我往地有了感情，就能够商量订婚的事宜了。

麻婆的爷老倌很大度，笑眯眯地问，小周，你还有什么问题尽管提吧，一生的大事，认真一点也好。

瘪嘴巴媒婆也说，认真好，认真好，千百年的好事马虎不得。她心里早就高兴了，这桩媒事是跑不脱的。

周后生伸出两根手指头，掸了掸裤子，说，其他的我没有意见，只有最后一个问题，那就是你们要让街坊们，当然还包括小街外面的人，比如说，她以前的同学啦，熟人啦，以后都不准叫她麻婆，这个小名实在太难听了，人家喊她麻婆，以后就会喊我是麻婆的男人，你们说难听不？

麻婆的爷娘点点头，说，那是难听。

周后生又说，从现在起，你们要做点工作，等到你们把工作做好了，我就跟她订婚，明年五一节办喜事。

麻婆的爷娘一听，眼珠子瞪得老大，瘪嘴巴媒婆也张大了嘴巴，麻婆的爷老倌惊讶地说，哎呀，这个工作怎么做呢？街坊们还有那些街外面的人，他们喊麻婆都喊了十七八年，哪里改得了这个口呢？

周后生抹了抹一丝不乱的头发，说，那我不管，这是你们的事。说罢，起身就走，却被麻婆的爷老倌拖住，说，喂，她嫁到你那条街上，不就没有人喊了吗？不就会喊她的学名王小玲了吗？

两个妇人也连连说，对呀，对呀。

周后生看着麻婆的爷老倌，十分耐烦地说，我如果跟她回小街来看你们，还不是有人会喊麻婆吗？如果在大街上，碰到她以前的同学跟熟人，不是还会喊麻婆吗？说罢，丢下瘪嘴巴媒婆独自走了。

望着周后生的背影，麻婆的爷娘感到非常后悔，他们绝对没有想到，当年随随便便给女取个小名，谁知造成这么大的麻烦，连个好好的妹子家都嫁不出去了，难怪没有人来找麻婆谈对象，这个周后生虽然答应跟麻婆谈对象，却叫人家都改口，那是一桩多么大的工程。不堵死人家的嘴巴，周后生又不会答应，两人就向瘪嘴巴媒婆讨主意，媒婆说，那你们只能听他的，这个后生的脾气蛮愣，没有顺他的脾气，这桩婚事怕会打水漂的。说罢，拍拍衣袖上的灰尘，也走掉了。

无奈之下，麻婆爷娘兵分两路，迅速地行动起来，迟行动不如早行动。娘老子负责堵街坊们的嘴巴，爷老倌辛苦一点，负责堵街外面那些人的嘴巴。

相对而言，麻婆娘老子的任务稍轻一点，街坊们都住在左右，相对集中，长不过百十米，还不是那样麻烦。麻婆爷老倌的任务就相当繁重了，麻婆以前的同学跟熟人，都散落在城里的各个角落，那等于要把全城走遍。本来，他想动员麻婆参加这个行动的，以减少他的劳动强度，麻婆却不答应，断然地说，我不去，烦死人。心里对周后生的印象就差了许多，这个人愣得太没有名堂了，哪有提出这个要求的呢？

麻婆不去，也强迫不得，爷老倌却不晓得她以前有哪些同学跟熟人，又住在哪里，就说，妹子，既然你不去，那你就把他们的名字跟住址写给我，我好去找。

麻婆本来还想犟的，娘的尸，我干脆不嫁人了，冷静一想，不嫁又行吗？还不会把爷娘活活地气死么？再说，爷娘也是为自己好，这么大的年纪了，还要满城奔波，麻婆心里很是不忍，就陆续地写。今天想起几个，写几个，明天想起几个，又写几个。

无论是街坊，还是小街外面的人，看到麻婆爷娘兴师动众，都惊讶不已，说，哎呀，有这个必要吗？哎呀，不就是一个小名吗？人家还有叫粪桶尿勺猴子黄鼠狼地老鼠的，那是不是男的就讨不到婆娘，女的就嫁不出去了呢？麻婆的爷娘耐烦地解释，说我们碰到了一个纠毛（固执）的后生了，他硬不准人家喊麻婆，以后也不准喊，不然他不答应嘞。别人就劝，哎呀，一个后生这么纠毛，那以后还不会翻天么？麻婆的爷娘只想把麻婆快点嫁出去，又苦苦哀求说，你们就不要讲了好么？求你们不要喊麻婆了好么？你们喊她王小玲好么？

别人看麻婆的爷娘这般哀求，嘴巴上就像喝了甜酒般，说好好好，说我们喊王小玲吧。等到麻婆爷娘的脚刚出门槛，又像喝了白酒，说，嘁，难道喊麻婆会死人吗？

总的说起来，麻婆娘老子的工作做得彻底些，当然，人家的嘴巴是否能完全堵住，是否会死灰复燃，那是另外一个问题，至少，她家家户户都走遍了。相比之下，麻婆爷老倌有点偷工减料，他白天要上班，脱不开身，只有晚上跟星期天才能去奔跑。在那些日子里，可以看见一个白发老人，手中拿着一张白纸条，在阳光跟月亮下奔走呼号。当然，他偷工减料，也不能完全怪罪于他，麻婆虽然提供了许多名单，而有些人早已搬了家，问不到详细住址了。麻婆的爷老倌也就放弃了，没有挖山打洞地去寻找了。他侥幸地想，娘的麻皮，老子也懒得寻了，虽然有些人的嘴巴没有堵上，未必以后就会碰到周后生跟麻婆吗？

那一向，麻婆的爷娘在各家门口进进出出，简直像两个忙碌的外交家，在不断地进行游说，累得腰酸背痛，舌子发麻，喉咙沙哑，每夜躺在床上，麻婆的爷老倌就问婆娘，哎，你累不累？婆娘说，哎呀，累嘞。又问男人累不累，男人说，哎呀，累嘞。

两人又说，只要能够把麻婆嫁出去，再累也值得。

如果偶尔听到小街上的细把戏仍然喊麻婆，两个老人就不客气了，举起拳头骂，麻你娘，你爷娘没告你吗？非要逼着细把戏喊一声王小玲。

前前后后，麻婆的爷娘忙了五个多月，觉得把众人的嘴巴堵得差不多了，即使有漏网之鱼也不多了。然后，迫切地向周后生汇报，说他们已经把工作做到岸了，凡是认识王小玲的人，都把他们的嘴巴堵上了，共计三百八十二人，还各自伸出一只拳头，往自己的嘴巴里塞，做出堵嘴巴的样子。

说罢，夫妻还得意地笑了笑，像两位功臣。

其实，麻婆的爷老倌虚报了一百二十五人。

周后生的嘴巴哦哦地应着，似乎是对他们辛勤劳动的肯定，眼里却隐藏着一丝怀疑，难道像他们所说的那样容易吗？难道都把他们的嘴巴堵住了吗？然后，有点敷衍地说，既然如此，我过四五天来，我们就商量订婚的日子吧。

周后生一走，麻婆的爷娘非常高兴，一人一句地唱起花鼓戏《三毛箭打鸟》，还唱得抑扬顿挫的，唱着唱着，忽然发现麻婆不怎么高兴，一直在埋头糊火柴盒子。

爷老倌说，小玲，你怎么不高兴？你的终身大事就要解决了。

麻婆冷冷地说，未必。

爷老倌脾气来了，说，你这个妹子家，怎么这样不会讲话呢？要讲吉利的话么。

麻婆又淡淡地说，未必。

第五天上头，周后生果真如约而至。

麻婆的爷娘睁大眼睛一看，哎呀，这个周后生哪像是来商量订婚的架势呢？怎么像个卖牛肉的呢？怎么礼物也没有带呢？怎么瘪嘴巴媒婆也没有来呢？

一个小心地搬板凳，一个小心地泡茶。

周后生坐定之后，很不高兴，坦率地说，是这样子的，本来我决定今天跟王小玲订婚的，昨晚上我跟几个朋友说起这件事，其中有个妹子家是我朋友马桶带来的，那个妹子家问我跟哪个订婚，我说跟小街上的王小玲，她说，哦，就是麻婆吧？我跟她是小学同学。看看，你们根本没有堵住他们的嘴巴，不是还有人叫她麻婆吗？

说罢，乜了麻婆爷娘一眼，又遗憾地望望糊火柴盒子的麻婆，也不顾他们高不高兴，起身拍拍屁股，很果断地走掉了。

防空洞里的琴声

1

我跟王健康的关系是断断续续的，说不上好，也说不上不好。

二十世纪八十年代初，我们就认识了。认识的缘故，当然是我们都学画画。

我们在一个地区，他在顺庆城，我在一个小煤矿，相距好几百里。地区每年办创作班时，我们才能从四面八方来相聚几天，所以，其他时间是不太来往的。当时，王健康在我们这班后生中，是画得最好的。他很有灵气，悟性也高，所以，他的构图跟功力，是让我们非常羡慕的，老师往往拿他的作品做示范。王健康这个人却不气傲，十分平和，总是谦虚地说，哎呀，我的画很不行嘞，还隔了许多功夫嘞。

教我们画画的老师姓刘，是个错划的右派。其来历却赫赫有名，是中央美院毕业的。刘老师曾经无数次感叹地说，我的画笔虽然废了二十一年，教你们还是绰绰有余的。还说，只要你们发狠，我相信，你们一定会冲出来的。

我们当然想冲出来去，尤其是我。

在这些画画的后生中，只有我是干苦力的活，煤矿工人的艰辛跟危险，一般人是无法想象的。在井下，除开危险不说，我只要你跟在我的屁股后面，在大大小小高高矮矮凹凸不平的巷子走它一趟，你就晓得其中的滋味了。所以，我极力想通过画画来改变自己的命运，况且，我历来就有这个爱好。我的工友们都说，哪怕我们调到食堂喂猪，或者打扫茅厕，都十分乐意。而我的想法，可能要高一点，最理想的去处，是调到矿子弟学校教美术，或调到矿工会写标语画墙头画。当然，最最理想的是，能够调到县文化馆，一是能够脱离枯燥单调的煤矿生活，二是能够静下心来画画。看起来，我的要求也并不太高，却也能够看出我内心的急迫性。

王健康没有我这个急迫的心情，他当时是市机械厂的电工，工作轻松，悠闲，其条件比我不晓得强了多少，至少，不要上三班倒吧？至少，没有什么危险吧？

再说，刘老师在市文化馆，王健康若登门求教，也就是几步路而已。哪里像我身处偏远的小山沟，出山一次都很不容易。再说，我是个挖煤的，要上三班倒，每天累得要死，另外，还要画画，你说，能吃得消吗？

所以，王健康的画技进步很快，像坐火箭样的飙到我们前面去了。

后来，在市里举办的一次美展中，王健康一举夺得一等奖，这是毫无争议的作品。他画的是一幅油画，叫《山村炊烟》，其构思之新颖，画技之老练，给人以十分温暖的感觉。刘老师非常高兴，竟然请王健康喝酒，我们几个人当然是陪衬的。那个时候，王健康喝酒很一般，只要喝它两口，脸膛就迅速地绯红起来，像个猴子屁股。我们当时还笑他，说谁若把王健康这张喝酒的脸画出来，一定会成为名作的。对于我们频频敬酒，王健康十分腼腆，连连说，哎呀，我实在喝不得嘞。被我们逼得实在没有办法了，他才小小地抿上一口。

我这个矿工，喝酒是非常厉害的，一杯一杯地往喉咙里灌。其实，我内心里有一种嫉妒，妒忌王健康冲到了我的前面。我这般喝酒，也是一种发泄。所以，刘老师都有点不高兴了，不断地瞄我一眼。本来，他是庆贺王健康的，结果呢，好像我是个获奖者。

喝到最后，刘老师语重心长地说，你们都要向健康学习，要刻苦画画，不要三心二意嘞。

我们都点头说，刘老师，您放心。

王健康不太说话，总是听我们说笑。一直到快要结束了，他才细言细语地说，刘老师，我要争取到省里拿个奖。

刘老师听罢，哈哈大笑，酒杯一顿，说，健康不错，有志向，你先冲省里，以后还要向全国美展冲刺。

总之，刘老师对我们的鼓励很大。当然，我们心里是非常明白的，王健康才是佼佼者。虽然，我们表面上十分佩服他，却也少不了嫉妒的心理。

我没有任何办法，除了上班流汗吃苦，业余时间只有发狠画画，所以，耽误了不少瞌睡，耽误瞌睡，又怕在井下出事故，所以，心里是十分矛盾的。那个时候，通讯又不发达，人们联系的方式就是写信。所以，我经常给刘老师写信讨教。刘老师这个人真是太好了，几乎每信必复，而且，非常有耐心，所以，我是十分感谢他的。后来，尤其是听到王健康调到市文化馆（这肯定是刘老师退休，力荐了王健康），这件事情对我的刺激相当之大，我如果也能像他那样专门画画，那该多么理想。

时隔五年，王健康的油画作品竟然在省美展夺得了金奖。这个消息，顿时轰动了整个画界。媒体大肆报道，这让我们更是羡慕不已，当然，也十分失落。

他那幅作品叫《撕裂》，构思怪异，几朵玫瑰花四分五裂，掉落在地。偌多的花瓣，或曲卷，或干枯，或沾着泥土，或沾有一滴微小的水珠。整个画面，呈现出一片忧伤跟痛苦。观众只要仔细欣赏它，就会感到一种深深的刺痛跟战栗，给人们心灵的冲击十分震撼。

我不明白，王健康为什么画出了这样一幅画，这跟他以前作品的风格截然不同。他以前的作品整个基调是平和的，温馨的。或是乡村的一条黑狗，或是面含微笑的乖态的苗家妹子，或是沉静的瑶族大嫂，或是小桥流水，或是青翠起伏的丘陵。当然，我也不得不承认，这幅《撕裂》给人的感觉更富有冲击力，更富有内涵跟充满想象。

也可以这么说，这是他一次重大的超越跟突破。

这次省展，我当然也去了，这是一次很好的学习机会。遗憾的是，没有我自己的作品参展，这让我感到十分沮丧。所以，我只能像个普通观众，在那些作品中慢慢游动，羡慕跟嫉妒不时地涌上心来，心里非常之难受。我想，如果这展厅也有我的作品，我还会是这种低落的情绪吗？当然，我强装着笑容，跟王健康握了握手，说了些祝贺之类的话。我却明显地感觉到，王健康并不怎么激动或高兴，甚至，还十分冷静，简直像训练有素的特务。他对我淡淡地笑了笑，含糊其词地说了几句话，就忙于应付去了。我感到十分奇怪，他的作品能够在省里拿头奖，这是多么的不容易。它需要过五关斩六将，包括那些有名的老画家，也都被他杀得个七零八落。

那么，他为什么不兴奋呢？

难道不是吗？作为一个青年画家，这等于跨上了一个很高的台阶。

刘老师也来祝贺了，几年过去，他已是垂垂老矣，银发无力地卧伏在硕大的脑壳上，似乎透露出过往生活的艰难跟痛苦。他跟王健康的神态很不一样，竟然非常激动，站在王健康的作品前面不走，甚至，还主动地耐心地向每个前来欣赏的观众讲解，似乎比自己获奖还要高兴。

我走上前去向他问好，刘老师拍拍我的肩膀，说，张玉喜，你还要努把劲嘞。

我尴尬地点了点头。

也就是在这次美展上，我听到了一个不妙的消息——王健康跟他的婆娘离婚了。还说，这幅油画就是他离婚之后画出来的。哦，我似乎明白了，难怪在《撕裂》里面，包含着那么多的痛苦跟无奈。对于他离婚的消息，我感到十分惊讶。我曾经看到过他的婆娘，那是一个乖态的女人，说话细声细气的，身材苗条，眼里水汪汪的，是电机厂的工人。当时，我非常羡慕他们，他们是双职工。那么，接下来的问题是，他们为什么要离婚呢？难道有跨不过的坎吗？以至于要分道扬镳吗？另外，刘老师是否劝过他们？王健康有那么好的条件，又有乖态贤惠的婆娘，如果一心一意地画画，那是多么地惬意跟愉悦。

你们有所不知，我这个矿工，虽说长得还不错——人家都叫我阿尔巴尼亚（当时，风行过一阵子阿尔巴尼亚的电影），意思是说我长得像那个国家的人——而且，还爱好画画，却也找不到合适的对象。是不是没有妹子可找呢？怎么没有？要么，你就找乡下的妹子，要么，你就找矿山年轻的寡妇。而这两类人，我又是多么地不情愿。至少，我也要找个有工作的未婚妹子吧？你想想，我当矿工之前是个知青，插队三年，然后，就招到煤矿来了。如若再找乡下妹子，我岂不是又被打到乡下去了吗？当然，矿里那些年轻的寡妇，根本就不在我的法眼之内。现在你们看看，在我还没有找到满意的对象时，王健康居然就离婚了。

2

后来，我才断断续续地听到一些关于王健康的事情。

听说，他调到文化馆之后，竟然不再画画了（这是怎么让人也想不通的，难道说条件好了，人的斗志就涣散了吗）。他除了做些分内的辅导工作，居然一头钻进了麻将桌上。他好像以前痴迷画画那样，现在却痴迷麻将了。若一天不打，双手发痒。当时，工资只有那么多，哪里还有钱打麻将呢？

有一天，王健康的婆娘伍晓芳在家里寻找一对金耳环——这是王健康结婚时送给她的礼物——她连屋旮旯都找了，竟然也没有寻到。伍晓芳急了，担心王健康责怪他不爱惜这个礼物，所以，心里斗争了好几天，才小心翼翼地问王健康。

王健康听罢，并没有责备她，只是淡淡地说，我哪里晓得？耳环不是每天戴在你耳朵上的吗？

伍晓芳生怕王健康发脾气，在那个年代，金耳环还是很让人羡慕的。伍晓芳的眉毛皱了起来，焦急地解释说，大前天上班走得急，我忘记戴了，现在四处都找了，也没有看到。

王健康仍是极其平淡地说，哦，那肯定是贼牯子偷走了吧。这个口气，似乎金耳环并不是什么贵重的东西。

伍晓芳疑惑地说，我们家里没有进贼牯子吧？

王健康淡然地望着她，说，你怎么晓得没有进贼牯子？我们这栋楼房，不是经常有人掉东西吗？

后来，王健康家里又莫明其妙地掉了几次东西。

据说，第二次掉的东西，是伍晓芳一块崭新的手表，那还是结婚时她父母送的，上海表。在当时，这也算是贵重的礼物，一百二十块钱。

接连丢了两件东西，而且，都是比较贵重的东西，伍晓芳终于伤心地哭起来，哭得眼睛像两粒山泡。她原以为，王健康会劝劝她的。比如说，面包还会有的，牛奶也还会有的之类，那么，自己心里也会好受一点。谁知王健康竟然像无事一般，回来就往床上一倒，呼呼睡觉，好像连连丢失的东西，不属于自己家里的财产。有时候，看到伍晓芳哭得十分厉害，他担心邻居有意见，或邻居以为是两口子吵架，所以，王健康最多只说一句，哎呀，哭什么啰？真是的。

其实，伍晓芳明显地感觉到，王健康结婚之后沉默多了，不像以前还喜欢讲点笑话。你就是不讲笑话也不要紧，而他现在连话也懒得说了。两人结婚已有一年，伍晓芳的肚子还没有巴驮（怀孕），所以，她心里十分焦急，生怕王健康怪罪于她。其实，王健康从来不提婆娘巴不巴驮的问题，或是说两人去医院检查。他好像要做中国最早的丁克家庭。若是这样，倒也佩服他。

伍晓芳的手表丢失不久，大约两个月之后吧，王家第三次丢失东西的怪事又降临了。这次，竟然是伍晓芳的一双新皮鞋。她舍不得穿它，一直是装在纸盒里的。按伍晓芳的想法，等到生了崽女才穿吧。所以，平时只是拿出来欣赏欣赏而已。这双皮鞋不同寻常，是她在台湾的伯伯送给她的。这一次，伍晓芳伤心得大哭起来，骂贼牯子是短命鬼，还骂这里的风水不好，而且，大闹着要搬家。王健康呢，竟然也不生气，说，你说搬到哪里去？搬到看守所去吗？一句话，就把婆娘的嘴巴封住了。是的，搬到哪里去呢？

伍晓芳接连三次丢失东西，而且，都是在家里丢失的，这真是令人感到太奇怪了。她每次伤心地跟王健康议论此事时，王健康还是不痛不痒地劝道，你哭又有什么用？人生还是要记住李白的一句诗，千金散尽还复来。

伍晓芳气恼地说，千金？我们哪里有千金？这么一点可怜的东西，经得起这样丢失吗？

等到王健康出去了，伍晓芳继续哭。伍晓芳很有意思，王健康不在的时候，她甚至哭得还厉害些，痛苦地在床上滚来滚去，像在锅子里翻炒的秋丝瓜，反正王健康又不在家，她想翻炒多久，就翻炒多久。她虽然哭得十分厉害，又收得很迅速，突然就不哭了。好像吃了一粒止哭药，忽然翻身起来，怔怔地坐在床上，眼睛看着挂在墙壁上的结婚照，仔细地端详微笑的王健康。

她似乎想起了什么，对，一定是想起了什么异常的情况。

是呀，王健康现在夜晚经常不归屋，到底在做什么呢？是在馆里画画吗？却很久没有听他说过画画了。他出不出作品，伍晓芳倒不是十分担心，明白画画需要构思，需要沉淀，更需要灵感，并不是天天能够画的。

伍晓芳天生胆小，王健康若不回家，她晚上就睡不着觉，像个标准的神经官能症患者，耳边听着闹钟嗒嗒的走动声，像刀子在一刀一刀割她的皮肉，这让她痛苦不堪。第二天又要上班，这搞得她焦头烂额，下眼皮都是乌青的。别人还笑话她，哎，是不是晚上跟王健康斗榫子太发狠了？伍晓芳真是有苦难言。她曾经多次问王健康去哪里了，王健康平静地说，去县里搞辅导了。伍晓芳说，为什么连个招呼也不打？王健康淡然一笑，说，就到附近县里，还要打什么卵招呼？你还怕我丢掉吗？

直到这个晚上，联想起家里连连丢失东西，伍晓芳这才警惕起来。

莫非这个贼牯子经常来我家揩油吗？我家里又没有什么钱，他冒这个风险值得吗？当然，丢失的三件东西价格不菲，也算是一笔财产，问题是，却没有任何翻动的迹象。难道这个贼牯子有千里眼吗？能够非常清楚地看到她家摆放的东西吗？所以，一进屋，就准确地拿走了吗？

有时候，伍晓芳也怀疑过王健康。

俗话说，家贼难防。似乎这个怀疑的理由，又不太成立，他拿这些做什么？这都是我的东西，难道是拿去卖吗？那是不可能的。哦，是不是他外面有女人了呢？所以，把这些东西送给她了呢？对，难怪他经常夜不归屋，是不是睡在某个女人家里呢？当然，伍晓芳还是不敢总是怀疑王健康，因为从他那张平静的脸上，实在看不出有什么异样的表情。

那么，肯定是贼牯子偷走的。她却猜测不出，这个贼牯子到底是何方人士。

有一次，伍晓芳路过文化馆，走进去问人家，王健康是否经常到县里搞辅导。馆里的人回答说，县里的辅导还是要搞的，却很少去，更多的情况是，让几个县的人集中到市馆来培训。伍晓芳心里一惊，这才多了个心眼儿，然后，悄悄地跟踪王健康。

其实，王健康每次去搓麻将都很警惕的，他总是前盼后顾，好像晓得伍晓芳会跟踪他似的，同时，也担心抓赌的人跟踪自己。伍晓芳当然不会让他发现，似乎具有破案的侦察能力。她看到王健康先是在大街上悠闲地走着，忽然，悄悄地走进一条小巷子。巷子七拐八弯，好几次，差一点就看不到王健康了。后来，终于看到王健康在别人家门口站住，伸出手指头，轻轻地敲门，然后，像一条幽灵样地溜了进去。紧接着，伍晓芳把耳朵贴在门板上，立即听到里面隐约传来哗啦哗啦的麻将声。

伍晓芳这才终于明白，男人原来死在麻将桌上了，难怪夜里经常不归家。同时，也可以肯定，他把家里的东西拿去抵债了。一定是这样的，不然，就没有办法解释。顿时，伍晓芳的怒气从全身冒了出来，却暂时没有惊动屋里的人。她明白，自己如果吵闹，里面的人是不会开门的，若自己进不去，岂不是功亏一篑？所以，她像张纸样地紧紧地贴着墙壁，很有耐心地等待着开门。一直等了半个多小时，终于有人出来了，伍晓芳则像特警般地冲了进去，双手用力一掀，把桌子哗啦一声掀翻，然后，吼着嗓子，痛哭流涕地细数着王健康的种种劣迹。皮鞋啦，手表啦，以及金耳环啦，这都是她最有力的证据。伍晓芳简直不顾一切，尽情地发泄着满肚子的怨恨。她边说，边骂，边哭，你这个害人不看日子的家伙，我真的没有想到，这个贼牯子竟然就是你呀。

当时，谁也劝不住，不如让她痛痛快快地发泄。

王健康呢，坐着纹丝不动，更没有躲避的举动，竟然是一副秘密败露便听从发落的样子。他一不生气，他二不反驳，似乎还有某种终于被婆娘发现了的轻松。他默默地抽烟，眼睛望着地上残兵败将的麻将，似乎还在细心地研究，怎样才能把它们码成一副绝牌。伍晓芳骂呀，哭呀，一直哭骂到声音彻底嘶哑，然后，端起摆在男人身边的茶杯，一饮而尽，再把秀脸愤怒地伸到男人的鼻尖上，决绝而果断地说出了两个字，离——婚。

两人竟然就这样离掉了。

其实，如果伍晓芳没有当着众人指责王健康，生生地丢了他的丑，王健康可能还不会痛苦地答应离婚，离婚毕竟不是一件好事。再说，伍晓芳还是很不错的，自从结婚以来，从不干涉他的行动，甚至连问也没有问过他外出的理由，所以，至今才晓得他在偷偷地赌博。可以这么说吧，在市文化馆，王健康是第一个离婚的，创造了一个新的纪录。其实，伍晓芳的脾气是一等一的，从来也没有跟他吵过架，跟邻居也没有红过脸。而伍晓芳这次大吵大闹，王健康就觉得自己很没有了面子，心里也十分明白，娘卖肠子的，这次婚姻到此为止。他若不答应离婚，伍晓芳的吵闹肯定就会无止无休，那么，自己这辈子就很不好过日子了。

房子是市文化馆分给王健康的，他们又没有另外的房子，这的确是个很大的难题。王健康也不作声，看婆娘怎么处理。伍晓芳倒是十分硬气，提着一个皮箱净身出户，似乎只要离开了王健康，她就没有任何怨言。

听说，伍晓芳临走之前，在屋门口默默地站了很久，似乎心里还有些不舍。然后，抬起脑壳，只对王健康狠狠地说了一句话，姓王的，算是我瞎了眼睛。

离婚的第二天，麻将桌上突然不见了王健康的身影。麻友们觉得十分奇怪，按说，你离了婚，没有人干涉了，你应该更要大张旗鼓地在麻将桌上昼夜鏖战，再也用不着偷偷摸摸的了，再也用不着说假话了。

而事实的确如此，王健康居然不见了。

这个家伙，藏到哪里去了呢？

竟然无人知晓。

三个月之后，王健康终于露面了。

他娘卖肠子的，头发胡子一大把，简直像个粽树蔸蔸，毛蓬蓬的，浑身散发出一股臭味，衣服上油彩斑驳，简直像个叫花子，或者像个疯子。他之所以这副邋遢的样子走出来倒垃圾（家里已经垃圾成堆），其实，是想给邻居们一个预告，我王健康还活着，请各位不必担心。他要把家里的卫生全部搞好，才来搞自己的卫生。

听说，有邻居很久没有看到了王健康，还以为他在家里生病了，或死了，所以，曾经多次敲过他的屋门，王健康也不答应。当然，又以为他到乡下画画去了，所以，也不是十分在意。

那天，王健康在家里洗了澡，所花费的时间，足足有两个小时，肥皂用了一大坨，然后，换上衣服来到理发店。理发店的光脑壳师傅一看，头顶上居然发出一片惊呆的光芒，说，你的头发胡子这么多，这么长，这么密，那是要加钱的嘞。王健康大手一挥，说，加吧。

晚上，王健康终于又出现在麻将桌上了，麻友们非常高兴，热烈欢迎他的归来。问他这么久哪里去了，怎么没有一个信呢？还以为你去阎王那里报到了。王健康听罢，只是淡淡地笑了笑，没有说话，熟练地摆放着麻将，似乎是不屑于回答。所以，弄得麻友们一惊一乍的，觉得他离婚之后，变得有些神秘起来了。

其实，王健康这三个月并没有消沉，他沉浸在画画的境界里面。其作品在省展一举夺冠，简直是轰动一时。人们这才恍然明白，哎呀，原来是躲在家里画画哦。这个家伙面壁三月，能够画出这样好的作品，实属难得。

那么，王健康是不是要用这幅心血之作来向人们证明，自己不是吃冤枉饭的呢？是不是向伍晓芳证明，自己毕竟还是个有本事的人呢？或者说，是不是以此想来挽回已经破裂的婚姻呢？

后来的事实足以证明，似乎也不是。

王健康虽然获了大奖，还是像以前那样沉默，还是像以前那样低调，并没有获奖的兴奋跟激动。听说，连宝贵的奖证，也是随意地丢在家中的角落，像一块废弃的材料。若是换了别人，早已显赫地摆在最显眼的地方，供人欣赏跟羡慕了。而且，他并没有低声下气地去向伍晓芳求饶，企图重新建立这个家庭。

当然，无论如何，王健康的获奖给身处沉闷的小城人带来了一股巨大而惊喜的春风。可以这么说吧，这是全地区多年来第一次在省展获取的大奖。所以，人们纷纷都在预料，别看王健康不声不响，整天沉溺在麻将桌上，其实，他只要发狠创作，肯定还更会有长足的收获，他的作品往后一定会在国展中一展雄风，崭露头角。

应该说，人们的预料不无道理。

按说，王健康也会一鼓作气，画出更加令人惊喜的作品来。

3

这时候的我，已经调到煤矿子弟学校教美术了。

对此，我是十分满意的。

毕竟不需要在五百米深处挖煤了，更没有了安全之虞。众所周知，在煤矿井下工作，若不是身体有病，或四肢残缺，要想调到地面来，无异于上青天。而我张玉喜，终于调到地面来了。当然，我少不了给矿里的头头脑脑送礼，以表达感谢之情。

说实话，这是我平生第一次给人送礼，开始，自己心里还是十分犹豫的，总觉得这是很丢丑的事情，有侮自己的人格跟尊严。再说，我是凭本事调上来的，为什么要给人送礼呢？工友们却一再劝我，你还是要感谢人家吧？没有他们，你能够调上来吗？其实，我没有把礼物当面送给他们，而是送到他们的崽女或婆娘手里，我红着脸，把礼物往他们手里一塞，就匆匆地走掉了。我害怕看到别人的嘲笑跟讽刺。所以，我估计，对方连是谁送的礼物，可能都不晓得，而对于我来说，实在是抹不开面子。

自从当上教书匠，显然就不是矿工所能相比的了，所以，也开始有人给我做媒了。妹子叫谷明玉，矿灯房的工人。对此，我当然十分满意，两个人都有工作，在当时是求之不得的。谷明玉比我小三岁，身材苗条，大眼睛，奶子跟屁股翘翘的，比较符合我的审美标准。两人恋爱之后，她痛快地答应给我当模特儿，所以，我先后画过她三张裸体画，那应该是我画得最好的作品。当然，我是绝对不会拿出来参展的。

现在看起来，谷明玉是个旺夫的女人，她很是助我，下面所说的事情，就能够充分证明。

我除了上课，就是拼命地画画。说实话，我还是不甘心一辈子待在煤矿的，所以，要想跳出这个小山沟，唯有努力地画出惊人之作来。况且，在那个年代，只要有点本事的人，都纷纷地调到比较理想的单位了。谷明玉十分疼我，给我倒茶端饭菜洗衣服，总之，生活上的一切琐事，都不需要我操半点心。她说，玉喜，你只要发狠画画，我心甘情愿给你当服务员。

不久，我的一幅作品在市展中获得了二等奖。这是我的第一个重要收获，当然，我是不会知足的。其实，能够获得二等奖，我也是事先给评委疏通过的。本来，我根本不想这么做，我还是愿意让作品说话，是谷明玉要我去的。她说，你不去疏通疏通，他们凭什么要把奖给你呢？为什么不能给别人呢？何况，竞争是这么激烈。

我婆娘真是个好婆娘，她无须我操半点心，就把礼物办妥了，还满有信心地说，你只要把刘老师攻下来，你就能够看到胜利的曙光。她简直像个运筹帷幄的将军，指挥着我十分技巧地向画坛高地冲锋。那次，我趁着星期天，去了刘老师家里。我晓得刘老师是权威，他的话一言九鼎，是能够左右局势的。

那天，很不凑巧，先是火车晚点，后来，再转汽车，汽车又抛锚，我急得不得了，担心到顺庆已经天黑了。而且，我感觉这个兆头很不好，心里想打退堂鼓，而我婆娘的眼睛，又一直在死死地盯着我，你说，我怎么敢退缩呢？加上天气十分炎热，很可能是我出生以来最热的天气，太阳好像停在空中不愿意走了。我的衣服全部被汗水浸湿，简直像个从河里爬出来的水鬼。我气喘吁吁，一点也不敢耽误，我要抓紧时间去刘老师家里。

来到刘老师家里时，已是下午五点多钟了。刘老师看到我满头大汗地走进来，手里还提着礼物，他感到十分惊讶，也很生气。他坚决不愿意收下礼物，并且，狠狠地把我说了一餐，张玉喜，你这样做，会败坏风气的嘞。

我却厚着脸皮，苦苦地求他收下礼物。

我十分诚恳地说，刘老师，你如果不收下，我是不会走的。再说，这点东西真是拿不出手。再说，没有你多年的指教，我哪能有这个进步呢？再说，学生感谢老师，也是应该的。还有，我在那个小山沟的煤矿，离你这么远，想来请教都不方便。还有，那个煤矿除了我，连个爱好画画的人都没有，我是孤军奋战嘞，好不孤独。

我说，我这次如果能够获奖，肯定会对我的处境有很大的改观。

我一口气说了很多，一直说得泪花闪闪。

因为我始终记得，临走时谷明玉说过的话。她说，你的前途在此一举。

刘老师被我左磨右缠，加上他的心肠很软，终于被我说服了，并且，非常严肃地说，那下不为例。

其实，我送给刘老师的礼物，若现在看来，的确是很可笑的，就是岳麓山牌子的烟买了十条，共计二十块钱，还有，谷明玉从她父母家带来的一块两斤左右的腊肉，再加上家长送给我的一包新茶。那时候，我们的工资都很低，才三十多块钱一个月，若要送份重礼，是根本没有这个能力的。

好不容易说服了刘老师，我又一头大汗地从刘家走出来。

这时，太阳快要落山了。我望着夕阳，喃喃地对着远在煤矿的谷明玉说，婆娘，刘老师终于松口了。

刘老师或许是同情跟理解我吧，听说，后来在评委会上力挽狂澜，最终让我获得了二等奖。消息传来，我激动得要命，谷明玉更是激动，买来酒菜，陪着我喝了一晚上的酒，最后，两个人喝得大醉。总之，获奖的消息，兴奋地充满着我那间小小的屋子，我居然恍惚地看到，金光闪闪的奖牌挂满了满屋子。

喝着喝着，谷明玉居然像个八字先生，先在我脸上打了个啵，然后，一脸红晕地说，我告诉你吧张玉喜，你的命运将会发生根本性的转变。

我兴奋地说，还能有什么转变？

她却故意卖关子，举起酒杯跟我一碰，说，你就走着看吧。

谷明玉像高举着一盏闪闪发光的矿灯，雪亮地照耀着我人生的道路。

我的这幅作品叫《矿灯》，画的是谷明玉发放矿灯的姿势，她给在黑暗井下劳动的矿工，送去明亮的灯光。画作在市里获奖之后，我开始引起县里的重视（当然，我更希望能够调到市里去），他们准备把我调到县文化馆，专门从事画画。这对于我来说，真是一件大好事，我已经感觉到，自己在人生的道路上开始了三级跳。虽然教书也很不错，如果我能够专心画画，那是最理想不过的了。再说，县里的条件跟环境，这个煤灰漫天的煤矿，怎么能够跟它相比呢？这时，出现了一点麻烦跟波折，矿里竟然不愿意放我走。还说，我们好不容易把你从井下调上来教书，当时很多人就有意见，现在你又要调到县里去，人家的意见会更大。

这个说法，我是能够理解的，而矿里不可能让我专门画画。所以，这样一来，矿里跟县里都在暗暗地争夺我，我居然成了一块令人馋涎欲滴的肥肉。

说实在话，此时的我十分苦恼，县里能够给我这样好的位置，矿里却生生地卡住我。

这时，又是谷明玉悄悄地给我准备了两份礼物。她那双精明的眼睛，无时不刻不在捕捉、观察我的情绪，然后，替我想出绝妙的对策来，以对付这个复杂的局面。她父母家在十多里外的乡下，那里水利方便，所以，比一般村子的收成要好得多。她从父母家提来米酒各十斤，三斤重的叫鸡各两只，叫我送给矿里跟县里的关键人物。说实话，我非常感激谷明玉，她总是在我的事业处在转折之时，毫不犹豫地帮我解围。

这样，我才如愿以偿地调到了县文化馆。

既然谷明玉已经教会我怎样拉关系了，所以，我的脸皮也渐渐地厚起来。我已经深深地体会到，在这个人情社会里，礼物是最好的润滑油，它能够让难办的事情，忽然变得容易起来，具有势如破竹柳暗花明之功效，简直是屡试不爽。

县城离煤矿并不太远，四十多里。每到星期天，或是我回煤矿，或是谷明玉来县城。而我明白，分居两地，总不是个路子。所以，我以画作为诱饵，暗暗地打通了关系，终于把她调到了县城的电机厂。这件事情，我一直是瞒着她的，希望给她一个大惊喜，这也是对我这个师傅的回报吧。所以，快到办手续了，谷明玉才晓得这件事情。她惊喜地说，哎呀玉喜，看来，你这个徒弟，已经超过我这个师傅了嘞。我双手作揖，笑着说，哪里哪里，比起师傅你来，我还差得很远嘞。

我们夫妻就这样脱离了单调而枯燥的煤矿。

4

有一次，我到顺庆去找曾老师。自从刘老师去世之后，曾老师坐上了权威的宝座。

这次，地区要送作品去省展，我担心自己的作品送不上，就决定去找他，请他多多关照。我画画虽已多年，却还没有作品被选送省展，这不能不说是我的一块心病，能够参加省展，是我们这些基层画家求之不得的美事，不然，永无出头之日。刘老师在世时，我也曾经求过他的，是否能够选送我的作品。刘老师说，在这个地区，我说话还是算数的，也可以选送你的，问题在于，如果我挑选的作品不够水平，省里的评委该怎样看我呢？我并不是为难你玉喜，只要你发狠画，够水平了，我一定会选送你的。

我的运气很不好，还没有等到刘老师选送我的作品，他就不幸去世了。

所以，我只能来求曾老师。

现在，我已经无须再让谷明玉提醒我了，我晓得该怎么去做。其实，我也明白，地区的一些画家也在暗暗活动了，谁都想自己的作品能够进入省展。

那天，我提着一壶茶油（大约五斤）、两瓶白酒（白沙液）找到曾老师屋里。其实，我来找曾老师是需要极大的勇气的。因为曾老师以前跟刘老师是死对头，两个人老死不相往来。刘老师的水平高些，属于学院派，曾老师是草台班，所以，刘老师很看不起他。当然，曾老师也处处贬低刘老师，而且，曾老师很不喜欢我们这些刘老师的弟子，平时若是碰到我们，看也不看一眼——我们不是他那个圈子的人。即使是曾老师的那些弟子，跟我们之间也是相互不齿的。

按说，我也不应该去找他的，若要开这个口，实在很难很难，很可能会遭到曾老师的拒绝，甚至呵斥，最终讨个没趣。问题是，若不去找他，我的作品肯定会扼杀在摇篮中，其命运完全掌握在他的手里。所以，我已经充分地做好了心理上的准备，无论曾老师骂也罢，指责也罢，我都要默默地承受下来。

那天，去的时候还比较顺利。县里有个便车，直接把我送到曾老师居住的那条街上。天气非常寒冷，北风呼呼地刮着，人都有些走不稳当。

我提着东西，怯着胆子地走进了陌生的曾家。

一进去，就闻到了一股淡淡的煤烟味。幸亏曾老师没有作画（若在作画，可能就见不到他了，听说，他很不喜欢有人在他画画时前来打扰），独自坐在火炉边，戴着老花眼镜，脑壳上坐着一顶咖啡色绒帽。我把礼物放在门边的墙脚下，厚起脸皮，道歉地说，曾老师，我以前没有尊重您，真是该死，所以，一定要请曾老师原谅，千万千万不要跟我一般见识。今天，我来拜访您，就是特意来赔礼道歉的。其实，我们都晓得，您老是宰相肚子，不会跟我一般见识的。

曾老师却对我要齿不齿，板起冷峻的脸色，眼皮往下耷着，也不看我一眼，似乎是一副看透世事的神情。而且，也没有叫我坐下来。这时，他简直像个无言而威严的判官，逼迫我做出应有的忏悔或认错，以弥补长期以来我对他的不敬。

所以，我十分尴尬地站立着，双手不晓得怎么放才好。屋里虽然温度高些，我却感到十分寒冷，浑身禁不住发抖。当时，我是硬挺着的，一副死猪不怕开水烫的架势，要骂要杀随他去罢。当然，我希望他的态度能够慢慢地缓和下来，以消除这种尴尬的气氛。我明白，现在自己只有低声下气，以求得他的谅解跟宽恕，一笔勾销以前的沟沟壑壑。这样，我才能攻克这个顽固的堡垒。如果这个堡垒攻不下来，我的作品想要选送省展，几乎是不可能的——他掌握着作品的生死大权。

我一边小心地说着话，眼睛一边瞟着放在墙脚下的礼物，以期引起他的高度注意。他却似乎没有看到，也好像这点可怜的礼物，还不足以成为我们握手言欢的重要纽带。而且，连礼物们好像也都在嘲笑我，哼，张玉喜，你这个老套路，这回失灵了吧？

我几乎没有了一丝信心，那种极其尴尬令人窒息的气氛，已经让我恐惧而胆怯。我真的不晓得，怎样才能破除这个令人难堪的局面。我想，如果谷明玉站在我身边，她一定会通过眼神教给我一个绝招的。

当时，我差一点要向他跪下来了。

正在这时，曾老师的孙子哭哭啼啼从里屋走了出来，伸出双手，要曾老师抱抱。曾老师没有理他，似乎讨厌孙子打破了这种僵局，也好像他十分喜欢这种僵局，这可以让我更加无地自容吧。也好像是有意让我久久地尴尬着，以此让我深深地忏悔过去对他的不尊。

他的孙子却哭得更尖厉了，手舞足顿的，好像爷爷不齿他，他就要继续哭喊。

我却忽然觉得，这个细把戏的出现正是时候，至少是帮我解了围。

我连忙伸出双手，说，来，叔叔抱抱。

细把戏居然也不愿意，继续着他的哭闹。

我急中生智，忽然一下子趴在地上，说，来，叔叔让你骑马马，好吗？

细把戏很有味道，突然停止了哭泣，好像把哭声一下子关在了喉咙下面。他小心地爬到我的背上，我呢，就像一匹断腿的老马，在地上慢慢地蠕动起来。

终于，细把戏咯咯地笑了起来，清脆地说，爷爷，几好耍的嘞。

这时，我终于看到曾老师笑了起来，说，你这个崽崽太不听话了，这样是很辛苦叔叔的。

我立即明白有戏了，这个顽固的堡垒，终于被我攻克下来了。

我笑着说，曾老师，我不辛苦，细把戏是很好耍的。

我没有再说话，围着墙脚，尽职尽责地在地上爬了好一阵子。有时候，我还故意把身子颠簸一下，让细把戏感到更加刺激。果不其然，细把戏发出一阵阵尖厉的惊叫，咯咯地大笑起来。我想，只要细把戏喜欢这样玩耍，他不叫歇气，我就要做一匹吃苦耐劳的老马，让他们祖孙高兴高兴。

曾家的气氛陡地变得轻松活泼起来，尴尬难堪以及窒息的状况竟然一扫而光。曾老师嘎嘎地笑着，细把戏也咯咯地笑，我没有笑出声，却满面流露出讨好的笑容。我估计，大约玩了二十分钟吧，细把戏才终于说不骑马马了。我立即把他从我背上放下去，然后，站起来，发现自己居然浑身大汗。

这时，曾老师指着炉子边上的板凳，说，歇歇气吧，晚上就到我家吃个便饭。

我抹着额头上的汗水，恭敬地说，谢谢曾老师，就不麻烦您了，我还要赶回去。

曾老师也没有挽留，缓缓地说，哦，你的事情我晓得了。

时间不太早了，回县城已经来不及了。其实，我还是想赶回去的，至少能够节省几个钱。又想，既然赶不回去，睡一晚就睡一晚吧，还有什么比攻克曾堡垒高兴的事情呢？

我随意地走进一家小旅馆，来到服务台，问，是否还有单间？

我这个人有个坏习惯，不愿意跟陌生人同住一室。

服务员说，没有了。

我有点失望，正准备离开，这时，站在我旁边的一个男人，把房卡放在柜台上，说，退房。

服务员拿起房卡一看，然后对我说，你来得早，不如来得巧，腾出单间了。说罢，又朝我身边的男人看了一眼，似乎是代替我感谢他。

我觉得这个声音很熟悉，侧过脸一看，哈哈，娘卖肠子的，原来是王健康。

我惊喜地说，你怎么在这里？

王健康却没有那种久违的惊喜，平静地说，我在这里已经住了两晚。

我这才注意到，他的侧边，还站着一个年轻妹子。

然后，他对那个妹子说，你先回去吧。

我办好手续之后，对王健康说，走，到房间坐坐吧。

王健康没有说话，默默地跟着我来到了房间。

我说，你看，如果不是你退房，我还住不进来嘞。

他淡然一笑，点点头，说，的确是太巧了。

我们坐了下来，我丢根烟给他，说，哎，你还画画不？

王健康嘴角微微一抿，说，很久没有画了。

他这个习惯性的表情，我不明白到底是微笑呢。还是自嘲。

其实，我十分清楚，他自从画了那幅《撕裂》之后，就再也没有画过画了。这对我或我们来说，实在是巴不得的事情。王健康如果继续画画，对我或我们的威胁是很大的。依他画画的水平跟悟性，我们想要超过他，恐怕还需要多年的努力。后来，好几次市展或省展，都没有他的作品了。为此，朋友们感到莫明其妙。他是我们中间最有前途的人，为什么不画了呢？是不是离婚之后画了那幅《撕裂》就开始消沉了呢？难道离婚对他的影响有这么大吗？竟然会让他一蹶不振吗？

哦，对了，王健康离婚后的第二年，刘老师就去世了。其实，刘老师的年纪并不大，才六十七岁，还能够带我们很多年，他却不幸地离开了这个世界。我们十分清楚，刘老师在那些年月吃了不少的苦头，挖煤，挑砖，挨批斗，已经把身体搞垮了，腰腿经常疼痛，迈不开步子。刘老师曾经对我们说过，当年，他好几次准备割腕自杀，想到自己还有家室，又无奈地把玻璃片放下来。他还说过，我们这几个后生都还不错，本来想把我们都培养出来的，现在看来，已无力回天，因为肝脏已经频频地向他发出了警告。刘老师住院期间，我们都轮流去看望过，看着日渐消瘦的他，我们都禁不住哭了起来。王健康真的不错，天天守在医院，给刘老师端屎尿，喂饭菜，抹澡换衣，简直比刘老师的两个女儿还要孝顺十分。

听说，刘老师去世前，紧紧地抓住王健康的手，说，健康，你要发狠嘞。你很有天赋，很有才华，就是吃不得苦，你一定要勤奋哦。王健康唔唔地点着头，流了下痛苦的泪水。

刘老师去世之后，我们都去参加了他的葬礼，唯有王健康哭得最厉害，简直比刘老师的亲人还要伤心。刘老师只有两个女儿，所以，王健康竟然作为孝子出现在葬礼上。他戴着长长的白布托头，每来一个人，他都要跪下磕头。他膝盖的裤子已经被磨破了，像两片残缺的树叶。我估计，他的膝盖已经红肿跟酸痛，这让前来参加葬礼的人感动不已。

我们以为，刘老师走之后王健康会重新振作起来，画出更好的作品。而其实，王健康并没有振作，他好像忘记了在病床前对刘老师的承诺，居然更加沉溺在麻将桌上，好像刘老师之死，已经把他的精神彻底地击垮了。所以，他现在的任务，就是沉醉在麻将的世界里，忘记一切世俗的痛苦。

在房间里，我们没有继续说画画的话题了。

王健康默默地抽着烟，眼睛望着窗外。窗子上，有一只麻雀在撞击着玻璃，好像要钻进温暖的房间来。这时，王健康把烟屁股往烟灰缸里一戳，忽然，从衣袋里拿出一个黑色的 BB 机，说，你看这个怎么样？

我对 BB 机没有任何兴趣，说，哦，是你配的吗？

BB 机像个大型的甲壳虫，散发出黑色的光泽。

王健康解释说，这是珠海产的，质量还不错。我是在搞批发，一个可以赚几十块钱。说罢，他无声地笑了起来，嘴角勾起了两道细细的笑纹。

我的情绪陡然下降，连一点说话的兴趣都没有了，我甚至希望他快点离开，我需要仔细地回忆曾老师对我的态度，以及猜测我作品的命运。

王健康却谈兴大发，还在不停地说着，说他赚了多少钱，还说，他已经跟几个妹子上床斗过榫子。他似乎是在以这些看得见的利益跟好处，想发展我这个下线吧？

其实，我心里已经有些鄙视他了，鄙视这个不务正业的家伙。而在以前，我是多么地羡慕他，这个无声的转变，让我暗暗地感到惊讶。

所以，我故意岔开话题，问，刚才那个妹子，长得蛮不错嘞。

这时，王健康又流露出小小的得意，说，娘卖肠子的，其实，我们才认识两天。她说要买BB机，我说，你就不要买了，送你一个BB吧。说罢，独自笑了起来。

我悄悄地瞟了一眼床铺，可以想象得出来，他跟那个妹子昨晚上激烈战斗的情景。虽然服务员已经换了床单，我却强烈地感到了一种不快。至于这种不快，是因为厌恶，还是羡慕，实在是说不清楚。其实，想来也是好笑，你说，哪个旅馆不是这样的呢？

王健康看我对他的生意并不感兴趣，这才问我来顺庆有何事。

我张了张嘴巴，差点说是来拜曾老师码头的。

所以，我急忙改口说，我一个远房亲戚家里有点事情。

又马上说，晚上我们一起吃饭吧，我请客。

我以为，王健康肯定会答应的，况且，自从刘老师去世之后，我们一直还没有见过面。

他却说，不吃了，我还有点事情。说罢，起身就走了。

虽说我们很久没有见过了，他跟我坐在这里说话，却不到一刻钟。

我把他送到旅馆门口，两人居然连再见也没有说。望着他匆匆的背影，我突然生出一种怅然。难道离婚就把自己的追求也离掉了吗？当然，除了那幅给他带来很大声誉的《撕裂》。那么，难道是刘老师的去世让他痛苦无比，就忘记了自己的追求吗？

我不得其解。

当然，我心里其实还是有点高兴的，至少在我们地区来说，这个对于我或我们的一道极大的障碍，已经用不着我们来费力地搬开他了，他已经主动地放弃了，或者说，主动地堕落了。

5

自从在顺庆的那家旅馆一见，我跟王健康又有很久没有见面了。

当然，我能够想象得到，他在推销BB机的生意场上，或许做得风生水起，或许也不尽如人意。总之，他现在既是推销员，又是麻将员，这两大员已经替代了他画家的身份。当然，我还不遗余力地给他做免费广告，说王健康在做BB机生意了。人家听了，很难判断我这样说是含有某种恶意的，而我的暗喜，却是免不了的。

王健康离婚之后，我们以为他会再婚的，就凭着他多年前那幅有名的《撕裂》,应该还会获得一些学画画的妹子的青睐跟崇拜吧？他如果想把其中的某个妹子揽入怀中，应该不是一件难事。难道他跟那些妹子没有了任何联系吗？还是他根本就拒绝跟她们来往呢？抑或是，他觉得《撕裂》已是多年前的历史了，如果还躺在它的功劳簿上睡大觉，心里是否有愧疚呢？

当然，我还是断断续续地听到关于他的消息。

有人说，经常看到他在大街上，跟不同的妹子并排走着，很亲昵的样子。这样的消息，我认为还不能说明什么问题。而他邻居传出来的话，是足以能够采信的。说晚上他们的楼梯间，经常有高跟鞋的声音响起，一路响着响着，就响进了王健康的家里。甚至说，从这些高跟鞋的声音来判断，绝对不是同一个妹子。我觉得，这也是可以理解的，王健康早已离婚，他跟哪个妹子来往，都可以凭借谈爱的名义进行，谁也不能干涉。我想，王健康难道就没有再婚的想法了吗？他不想生崽女了吗？听说，他只有一个妹妹，自己是王家的独苗，难道他父母不逼他再婚吗？眼睁睁地看着王家断了香火吗？

总之，王健康简直像个无形之人，已经消失在画坛上了。

唯有地区或县里举办采风活动或美术培训时——我都应邀参加——这才能够看到王健康。王健康虽然不再有新作问世，而作为市文化馆的美术专干，理所当然是要参加的。况且，他多年前在省美展夺得头奖的影响还在，所以，我们还是能够见面的。

王健康每次出现时，居然没有什么神采了，简直像个初学者，胆怯地悄无声息地出没着。而且，没有什么话说，若看到了我，也只是微微点头而已，好像时光已经把我们的友谊冲淡了，也好像是刘老师已不在人世，我们就像一盘散沙，再也凝聚不起来了。

既然活动安排有会议这项内容，所以，大家还是要发言的。发言的顺序，一般是从主持人的左边开始，这样，就没有人能够逃避发言了。而每次轮到他发言时，王健康却轻轻地摇了摇脑壳，说，我不发言。任凭主持人劝说，他也不说话。

这让与会者既感到失望，又觉得很迷惑。

这个王健康，到底怎么回事？

按说，王健康作为市文化馆的人，是带有某种权威性的，应该对画界发表自己的看法，或对本地区某个作者的作品，提出自己的一孔之见。且不论你的观点正确与否，至少，也是对大家有某些启发吧。不然，要你的这个兼有辅导工作的人做什么呢？你卖 BB 机也好（后来，我不晓得他还代理 BB 机没有），搓麻将也罢（这个他肯定没有金盆洗手吧），那都是你的业余活动，人家是管不到的。而你还是个辅导员，仍然有一份责任。王健康却无视主持人的催促，也无视与会者期待的目光，硬是一言不发。所以，主持人只好指着下一位发言。可以这么说吧，王健康不发言，的确是一个特例。像这样的人，还能够继续留在市文化馆，或许是馆里看在他曾经获过省里大奖的面子，所以，让这个已经多年不动画笔的人坐吃老本吧。

话说回来，其实，王健康发不发言，我觉得已经没有多少意义了。现在，他早已远远地落在我们后面了，他所谓的权威性，早已被我们淡忘，谁也不把他放在眼里。说白了，他只是一个落伍者而已。尤其是那些后起之秀，竟然招呼也不跟他打，因为他们画画的观念，早已把他打倒了，所以，眼里都对他流露出一种不屑。在这个名利场上，你除非是天才，靠着一幅或几幅惊世之作稳坐江山。而对于其他画家来说，唯有好作品不断问世，加上自己强劲的活动能力，才能获得人们的赞赏或羡慕，才能在这个名利场上活得非常滋润。

作为我来说，只不过是在念点旧情而已，不然，我也不会齿他的。

王健康有点畏缩地坐在桌子拐角，虽然不发言，却也是心神不定，似乎马上有重要的事情等着他去处理。我不晓得他到底在想些什么，是还在想着 BB 机的收益吗（BB 机曾经风行了几年，现在已呈衰落之势）？或是开始悄悄地经销其他产品？比如手机之类。其实，我还是想听他说说话的，老朋友了么，况且，也是个交流的机会，他或多或少，还是能够谈出一点道道的吧。或许，他虽然多年不画画了，却对画画还是有某些深层次的思考，那么，他若说出来，对我们也许有点启发吧。

王健康却一言不发，也似乎对别人的发言充耳不闻。

到半上午时，王健康好像酒瘾开始发作了，两片紫色的嘴唇在不停地巴动着，像鱼喋水，我似乎听到了细微的喋水声。然后，抽烟更加厉害了，简直是一根接着一根，没有断火，好像在以烟代酒，暂时缓解酒瘾吧？其实，他抽的烟十分低劣，仅仅是几块钱一包的，最多是十几块的。而我们一般都是三四十块或五六十块一包的。他抽烟有个特点，他会接过别人发的烟，却从不把自己的烟发给别人，似乎是不想让别人看不起吧？其实，依我看来，实在是没有这个必要。摆在他面前的白瓷圆形烟灰缸，仅仅供他一人所用，所以，特别显眼。烟屁股插在里面，像高高矮矮歪歪斜斜的黄色丛林，赫然地出现在大家眼前。

这个时候，他抽烟也很不安静，烟屁股在烟灰缸里弹了弹，没过一秒钟，又要弹一下。简直像一只饥饿的鸡婆，在不停地啄米。

我还仔细发现，他的手指头在不断地颤动，像有神经质，又像有风湿病。当然，还像是在弹琴，却又没有任何章法。再说，他又不是弹琴的人，为什么有如此举动呢？他尖尖的下巴上，那些稀疏的淡黄色胡子，也在凑热闹样的微微抖动，像一只激动而好斗的大蟋蟀。他的眼睛哪里都不看，不像我们都要相互用眼神打个招呼，或会意地笑笑。他呢，总是栽下脑壳，像颈椎断了，久久地沉浸在自己的世界里。即使偶尔抬一下脑壳，眼里也是飘浮着迷茫的神光。

我仍然在猜测，他在想什么呢？

是不是还在想离婚的痛苦？或是在想他婆娘的种种优点？抑或是对离婚后悔莫及？按说，这么多年了，离婚所带来的痛苦应该消失了吧？或许，他是不是在反思自己不再画画的错误？是不是面对着这么多已有成绩的同行，感到不好意思或苦恼呢？或是，他屡屡出现在会场，也是迫不得已呢？

按说，王健康多年来也没有画画了，这些问题，他应该早已想清楚了吧？哦，他或是在不动声色地羡慕同行们的长进？按说，他也不必羡慕别人，尽管我们这些人多多少少地取得了一点成绩，他却仍是我们地区第一个获得大奖的人。这个光荣的历史，谁也不能够否认，这个荣誉应该还是要记在他脑壳上的。当然，我们其中有些人，包括我自己，已经在向全国画坛冲刺了。

这一点，他不可能不晓得吧？

每次座谈会开始时，发言或不发言的人，开始都还是要看看他的，想听听他的高论。后来，就不再看他了，大家都明白，他就是这么个人，所以，有他无他已毫无意义。不论谁发完言，大家都会报以掌声，这至少也是一种礼貌吧。唯有王健康从不鼓掌，好像没有听到，烟像一根钻机似的伸进嘴巴，然后，深深地叭一口。

尤其是快到吃饭的时间，王健康忽然把手机从口袋拿出来，迅速地看一眼，轻轻地摆在桌子上。然后，不时地拿起看一下，又拿起看一下。他那个急迫的架势，似乎恨不能让主持人立即宣布散会。

其实，即使散了会，大家还要三三两两地耳语一番，或亲切地打着招呼，毕竟平时难得一见。唯有王健康，突然一下子不见了人，像幽灵般飞快地消失了。

我估计，大约去厕所了吧？

大家边说边走，慢吞吞地朝饭店走去，走进包厢一看，嗬，娘卖肠子的，谁知王健康早已稳稳地坐在了椅子上。他阴沉着眼睛，冷冷地叫服务员快拿酒来。服务员小声地提醒说，会议组织者已经告诉我们，中午不能上酒，因为下午还要座谈。

王健康一听，冷漠的脸色顿时生动起来，他怒目而视，一只手重重地拍着桌子，大声说，这是哪个讲的？叫他来跟老子讲清楚，画家喝点酒还不行吗？你快点拿上来，不要让老子生气。

服务员奈何不了他，也不晓得他究竟是何方人士，只好赶紧把酒摆上来。

其实，王健康喝酒的标准并不高，也就是二两一瓶的低价酒而已。说句实话，像这样的酒，我早就不喝它了。我喝酒的标准是，要么是很好的酒，比如茅台、五粮液、水井坊之类，也就是说，要喝名酒，或者是价钱比较贵的，要么呢，干脆喝啤酒。

服务员把酒小心地摆在他的面前，王健康立即拧开瓶盖，抓着瓶子就喝了起来，也不倒进酒杯里，更不问人家喝不喝。其实，这个时候，菜还没有摆上桌。所以，他喝的是空肚酒，喝空肚酒是很容易醉的。看他那个架势，好像是一个人在喝酒，其他的人，都被他的眼睛忽略了。

我发现，王健康一旦喝起酒来，其神态就比较自如了，双手也不颤动了，浑身显得十分轻松。

我认为，这是他状态最佳的时候。

吃晚饭时，大家自然都喝酒，一喝，就纷纷相互敬酒。当然，人家也是出于礼貌，频频地敬王健康的酒，他却一点客气也不讲，居然不站起来，只是侧过身子，举起酒杯跟别人碰一下，其实，有时候根本还没有碰到，他就把酒杯子往嘴巴里一倒，也不管人家喝了没有，就迅速地把身子重新坐正。再者，人家既然敬了你的酒，你也要回敬吧，这也是礼貌。王健康却不同，不敬任何人。无论是年长年幼，是男是女，或职务高低。这时候，他似乎有种超凡脱俗的味道，你们喝酒，关我鸟事。所以，不论别人高声大嗓，热闹非凡，他却一动不动，像一个极有定力的老僧，对世俗之事视而不见。

我想，他之所以这样冷淡，是不是他平时独自喝酒太多的缘故呢？

我曾经听人说过，多年来，每到晚上，在王健康住所附近的小夜宵摊子上，经常可以看到他一人在喝闷酒。而且，喝的都是低劣酒，当然，再加上一碟花生米，或一碟海带丝。若是夏天，他就打赤膊，穿短裤，脚下是一双拖板，独自悠悠地喝酒，像是要给炎炎夏日再增添一点热源。若是下雨或冬季，他就坐在帐篷里面，也是一小瓶酒，一碟花生米，或一碟海带丝，孤独地打发着漫漫长夜。说实话，我很佩服他这种独自喝酒的功夫，若是没有经过一定的操练，是不可能达到这个境界的——权当把它当成境界吧。

如此说来，他跟我喝酒的风格大不相同。我一贯喜欢吆三喝四，叫来一众狐朋狗友，尽情地痛饮一番。我喜欢那种热闹的场合，喜欢你敬我，我敬你，喜欢大家边喝酒边喷着口水做报告。所以，我是绝对不可能一人喝酒的，即使在家里，我也根本不喝。所以，我十分担心的是，像王健康这样长期独自喝酒，若不喝出神经病或抑郁症，那才是怪事。

6

经过多年的奋斗，我终于从县城调到了省城。

不可否认，这得益于曾老师的帮忙。别看他平时不太齿人，似乎很高傲，难以接近，而只要你跟他把关系搞好了，他还是非常随和的，甚至把你当作崽女看待，且不分内外。公正地说，他这一点要比刘老师好。刘老师虽然十分乐意教我们画画，水平也很高，却还是跟我们有一种距离感，也就是说，只有师生间的感觉，没有父子间的感觉。打个比方吧，我们可以随意地到曾老师家里吃饭，而且，可以自己动手炒菜，像一家人。而在刘老师家里，我们还是有点拘束，如果想随意吃饭，那是不可能的。

所以，我只要有空闲，就往顺庆跑，顺庆是我的希望之地，是我通往省城的一个重要阶梯，我不能放弃这个阶梯。当然，我不仅向曾老师讨教画画方面的诸多问题，还争抢着帮他做点事情。比如说做煤球吧，这是最费力气的。虽然街上有煤球卖，价钱却太贵。所以，那些年，我主动地挑起了做煤球的任务。你有所不知，我一口气可以做一千二百个，这是顺庆城里的人不可想象的，而且，根本无须别人帮忙。我每次做煤球时，曾老师则坐在屋檐下，一边跟我谈画画，一边跟我添茶。所以，对于我来说，爱好跟义务两不误。其实，做煤球我并不害怕，我是矿工出身，有的是一身狗力气，还害怕小小的煤球吗？

我的一片诚心，终于感动了曾老师。

有一天，他竟然主动对我说，玉喜，我看你还是要调到省城去，码头不同，造化也不一样。

我听罢，内心十分惊喜，这是我人生的重大目标，只是我不敢说出来罢了。所以，当我看到机会终于来了，赶紧皱着眉头，故意说，哎呀，我没有任何关系呀。

曾老师微微一笑，说，慢慢来吧，莫性急。

曾老师真的有三板斧，他仅仅只花了一年的工夫，就把我调进了省城。这是我人生重大的转折点，所以，曾老师的恩情我没齿难忘。

来到省城，对于我来说，真是如虎添翼。凭着曾老师在背后的推动，以及我自己的活动能力，现在，我在省城的画界也排得上位置了，谁也不敢小视我。我能够悄无声息地调到省城，就已经让他们刮目相看了，弄不清我到底施展了什么惊人的手段。当然，要说清楚这其中的种种环节，这些简约的文字，是远远不够的，所以，在此不赘。

其实，我能够发达的最重要的因素，还是我跟曾老师多次商量的结果。若想在省里或全国造成比较大的影响，除了画画，还必须需要通过其他的途径来得以实现。我说，应该要给当今世界最有影响的人画一张画，而这个人，又不是别的画家随便能够见到的，我却能够见到。曾老师平时是很有主意的，听我这样一说，黑白相杂的眉毛皱了起来，似乎有点为难。他试探性地说，美国总统？我摇摇脑壳，说，应该是联合国秘书长，他才是各国人民能够接受的人。曾老师一惊，说，加利？我笑了起来，说，对，就是加利。这时，曾老师闭上眼睛，在脑壳里面运神。我明白，他是在寻找通向遥远的加利的神秘门路。我更明白，曾老师肯定是有把握的，不然，他就没有必要做思索状。我轻轻地起身，给他添加茶水，不敢打扰他。果然，二十多分钟左右，曾老师突然眼睛一张，一只手激动地打在大腿上，说，有了玉喜，等我联系好了，再告诉你吧。

曾老师果真厉害，不到两个月时间，就兴奋地打电话来了，把联系人的地址跟电话告诉我，还叫我带三幅油画作品，再加上几件贵重礼物。就这样，曾老师通过他同学的关系，让我竟然接触到了联合国秘书长加利，当然，这里面还是尝到了许多的艰辛跟委屈。而能够见到加利，这些艰辛跟委屈又算得了什么呢？我晓得，加利先生的一段话曾经风靡一时。他说，我什么都做不了。我没有军队，没有经费，没有专家。我的一切都是借来的。当时，我在美国等了十八天。我想，这个十八是个好数字，它预示着我今后能够发达起来。其实，当那天我见到加利先生时，他的态度十分温和，给了我两个小时。所以，我给他画了一张素描。然后，我按照这张素描，又画了一幅油画。就是这幅来之不易的油画，给我带来了极大的声誉。

接下来，我邀请了曾老师给我助阵，在省城、京城、广州、上海等地，巡回举办大型画展，并且，请出了当地极有名望的画界人物，甚至，还有省级官员来给我捧场。当然，按照江湖规矩，我并没有亏待他们，而且，还不能给得太少。另外，我还亲自撰写新闻通稿，让手下人发给当地媒体，如电视台、报纸、电台以及网站，一个都没有漏掉。当然，也少不了给他们好处。

在通稿中，我把自己称为具有世界声誉的画家，是给加利作画的唯一的中国画家。以往，我还在通稿中特意标明，自己是从矿山走出来的著名画家，后来，我连这句话都删掉了，因为它显得很不大气。当然，我首先要串通几个大企业家，让他们当场买画，把气氛一下子搞了上去。这样一来，我以为，自己在省城无疑是坐头一把交椅了，其江湖地位，是无人能够撼动的。当然，我心里也非常明白，在画界这个江湖上，是非常复杂的。当你没有名气时，人人都会踩你压你看不起你。你一旦有了名气，又有许多人在暗中觊觎你，千方百计要扳倒你，使你尴尬十分，下不了台。真可谓处处有暗箭。所以，我也时时刻刻保持着警惕，嗅觉灵敏，只要出现不利于我的消息或动向，我就会奋不顾身地扑灭它。

果然不出我所料，不久，画界发生了一件大事。

我听说，京城画界的某位权威人士，竟然对我地的画坛指手画脚，甚至，还发表了一番谬论，说蒯大焦是我地第一画家，说他的油画已经达到了非常高的境界，可与吴冠中一比高低。这个消息传来，让我非常生气。这位权威人士的屁话对于我来说，简直是非常致命的，也是一个沉重的打击，我却又不敢得罪他。他在画界的声誉是极高的，以后还得要沾他的光。当然，请你不要误会，蒯大焦跟那个在“文革”中声名鹊起的蒯大富毫无关系。蒯大焦是北方人，所以，我们一直不能容忍他。这个姓蒯的善于钻营，拉虎皮当大旗，四处吹嘘自己是某某人的关门弟子。所以，用不着怀疑，京城那位权威人士说的那番话，肯定是他用重金贿赂的结果，不然，那位权威人士是不会轻易说出这种惹麻烦的话。蒯大焦得到这番话之后，如获至宝，回来就大肆宣扬，借此抬高自己的声誉。所以，对此狂妄至极的举动，我不能坐视不管，否则，我的声誉将一落千丈。所以，我要立即采取行之有效的措施，闯到京城去，封住那些权威人士的嘴巴，若不如此，天下则不会太平，若不如此，这种谬论会越传越广，其恶劣的影响是不可估量的。所以，我准备了一份重礼，然后，像个扑火队员单刀直入，连夜直闯京城，悄悄地溜进了他家里。

这位权威人士鹤发童颜，保养得仍然极其润泽，只是眼袋像吊着的两粒褐色核桃。以前，我在京城办画展时，曾经邀请过他出来捧场。当时，他对我作品也称赞有加。所以，虽然算不了什么深交，毕竟还是有过交道的。

他对我的突然来访，感到十分吃惊，凭着他对江湖的敏感，自然也嗅出了我前来拜访的动机。他却显得十分淡定，似乎并不清楚我的来意，故意问我来京城有何好事。我喝口茶，开始还是很礼貌地说了说其他的事情，然后，我话锋一转，非常严肃地说，您老有所不知吧，您老对蒯大焦说的那番话，已经在我地掀起轩然大波，很多画家都很有意见，所以，他们推选我来跟您老说说。其实，我是根本不想来的，我明白，这会得罪您老的。他们却坚决不答应，非要叫我前来不可。所以，我也是不得而为之，这一定要请您老多多原谅，多多理解。既然，这次我是代表许多画家来见您老的，就是想请您老收回这句话。

我终于把要说的话说出来了，浑身顿时有了一种轻松，同时，也含有一种紧张，万一他不收回去呢？万一他是个脾气很犟的人呢？

当时，我的确没有丝毫把握。

我怔怔地望着他，希望他能够明白自己惹了大祸。他听完我说的话，居然闭起了双眼，苍老的脸皮在微微跳动。我明白，他的内心很矛盾，又很无奈。当时，房间里的气氛很紧张，似有马上崩裂的感觉。大约过了十五分钟吧，他才慢慢地睁开老眼，用蚊子样的声音坚决地说，其实，我没有说过这样的话。

好，我当时差一点惊呼起来。娘卖肠子的，只要有了他这句话，还有什么摆不平的呢？而且，我去他家时做了手脚，口袋里插着录音笔，所以，他的一字一句，清清楚楚，简直是铁证如山。

可以说，这次直奔京城，我是满载而归。回来之后，我四处宣扬这位权威人士并没有说过这样的话，以前的那些话，只是传言而已，并不足为凭。而且，我把录音笔拿出来，放给几位好朋友听，让他们广为扩散。

我非常明白，如果我不把这股歪风打压下去，那个姓蒯的就会跳到天上去，眼里哪还有我们？平时，这个家伙也十分张狂，什么活动也不组织，天天就是炒作自己，报刊电视时常有他的消息。比如，他到某县画一幅油画，然后，跟县里说好，说这幅画能够卖到八十万。县里也同意这个搞法，因为媒体一旦炒了出去，县里就有了新闻知名度，他也能够掀起新一轮高潮，骄傲地出现在公众面前，能够达到双赢的效果。其实，他的油画根本没有卖出去，而是悄悄地收藏在自己画室里。这个人，有诸多的恶劣行径，早已引起了大家的反感。他却我行我素，一点也不收敛。这次行为更是恶劣，居然用重金撬开了京城那位权威人士的嘴巴，来为自己脸上贴金。我若不压住这股歪风，让他大行其道，还不晓得他会猖狂到何种地步。所以，我必须要直赴京城，封住权威人士的嘴巴，同时，也让他明白我地画界的复杂性，叫他以后不得胡言乱语。

不晓得为什么，我悄悄去京城的行踪，还是让人晓得了。这让我不得其解，我这次去京城，是十分秘密的，只有我婆娘晓得，怎么又透出了风声呢？也许是，我把录音笔放给朋友们听，所以，他们就晓得我去了京城？而我把录音笔放给他们听时，只说是从别人那里获得的，并没有说我去过京城。

说实话，我平时跟姓蒯的见面，还是打招呼的，都在一个圈子里混么。虽然，两人都心怀叵测，表面上还是点点头的，其实，心里都看不起对方。自从我去京城的消息透露了出去，这个姓蒯的家伙跟我碰面时，竟然眼睛都不朝我看一下。娘卖肠子的，不看就不看，反正老子的目的已经达到了，出丑的是他这个厚颜无耻的家伙。

当然，我也明白许多人在说我的闲话，说什么我的画作独创性不强，还说什么我是拉虎皮当大旗，甚至，还包括我的私生活，等等。说实话，对此我都是一笑置之。就说独创性吧，中国有几个画家有独创性呢？你有吗？他有吗？既然都没有，为什么单单对我如此苛刻呢？不，不是苛刻，完全是嫉妒。说我拉虎皮当大旗，当然是指我能够画到加利先生，而这是我拉虎皮当大旗吗？这只能牵涉到一个人的机遇和幸运，你会碰到吗？他会碰到吗？既然都碰不到，那只有我碰到了，这只能说明是我的机遇和幸福罢了。自然，说虎皮之类话的人，也是出于一种嫉妒而已。另外，人活在这个世上，谁不说谁呢？谁又没有毛病跟缺点呢？除非是圣人，是超人。那你见到过圣人跟超人吗？

再说说王健康吧，我调到省城多年，他只来过两回。

有一天，我正在家里为去京城找那位权威人士苦苦思考，心想怎样才能封住他的嘴巴，所以，我几乎是在斟字酌句。我明白，这一去，必须打赢这一仗，才能刹住这股歪风，不然，肯定是白走一趟。

当然，我必须要说明的是，我已经换了婆娘。黄玉彩比我小二十五岁，我们又生了一个崽。黄玉彩是我调到省城之后才认识的，她才貌双全，知书达理，又爱好画画，是个难得的女人跟伴侣。当时，听说她已经谈了爱，所以，我心有不悦。为了达到揽她入怀的目的，我动用了极端而又秘密的手段（在此不赘），竟然把她夺了过来。此时，她已经怀孕，又不愿意打胎，最后，我只得跟我人生的师傅伍晓芳离婚，我和她所生的女儿跟着她。

这时，门铃音乐地响了起来。

黄玉彩打开门一看，她不认识王健康，问，你找谁？

王健康说，我找张玉喜。

黄玉彩晓得我正在屋里苦思冥想，就想替我阻拦他，说，哦，对不起，他不在家。

其实，我已经听到了王健康的声音，本来我也想装着不在家，因为我晚上就要去京城，他来得真不是时候。又想，我自从调到省城，他一直还没有来找过我，他这次突然来找我，是否会带来什么意外的消息呢？也可能他带来的消息，对我有某些好处吧。

所以，我连忙走了出来，笑呵呵地说，哎呀，这是我的老朋友王健康嘞，快请进来。又说，这是小黄，真是对不起老朋友，来找我的人太多了，她也是替我挡挡驾而已。

王健康似乎看也没看她一眼，就直接走进了屋里，这让我心里隐隐不快。

我们在客厅坐下来，黄玉彩泡好茶，就进了卧室。

我递烟给王健康，然后，故意问他到省城有何好事？其实，我是想听听下面的画家对此事有什么看法。

谁知让我十分失望的是，王健康什么话也没有说，只是埋头抽烟，然后喝茶，半天才说，我这次是出差，是顺便来看看你的。

我试探性地问道，你没有听到什么风声吧？

王健康一怔，迷惘地看着我，然后，摇摇脑壳，说，什么风声？

我猜测，他肯定还没有听到这个风声，也许是，他根本无心去打听画界的事情吧？所以，我觉得他再坐下去，只会耽误我宝贵的时间。催他走吧，我又说不出口，时间却已经很不宽裕了。

我不由得焦急起来，只好不停地看看手机。

王健康好像没有看到我这些动作，仍然低着脑壳抽烟，似乎在等着我请他喝酒。其实，喝酒是没有任何问题的，只是他哪里晓得，这个时候，我还有心境喝酒吗？

王健康仍是一副憨憨的样子，这让我终于忍耐不住了。我说，健康，我马上就要去广东，今天就不能陪你喝酒了，实在是对不起。

说罢，我果断地从酒柜里拿出两瓶五粮液，用袋子装好，塞到他手里，说，你拿去喝吧。

王健康没有拒绝，有点惊讶地看了看酒，又默然地看我一眼，然后，站起来说，那我走了。

我把他送到电梯口，又说一声，实在是对不起，老朋友。

然后，我走进屋里，继续斟酌怎样对那位权威人士说话。

哦，现在想起来了，我去京城的秘密行动，是不是王健康透露出去的呢？我虽说是去广东，他是不是一眼就看透了我的秘密了呢？或者是，有人指使他来试探我的呢？

不得而知。

第二回，王健康竟然找到了我的画室。我的画室离家里有点距离，在很有名气的字画一条街上。看到他出现在画室门口，我心里不由暗暗叫苦，后悔开门。

你有所不知，有个大老板愿意出大价钱，请我画一幅油画，时间十分紧迫，我又不得违约。王健康这一来，岂不是耽误了我的时间吗？我手里拿着画笔，并没有让他进来坐的意思，连烟也没有拿给他。当然，我觉得这毕竟还是有点让他尴尬的，他却没有这个意思，拿出手机看了看，说，哦，我那个地区有个叫周和生的人，他的作品想参展，现在他活动得非常厉害，还送礼给我了，我当然拒绝了。我今天来，就是想告诉你，像这样的人，作品质量很差，活动能力又太强，我希望你把他的作品筛选下去。

我一听，顿时惊住了，说，健康，你就是为这个事情来找我吗？你打个电话，不就行了吗？

王健康固执地说，不，我一定要当面对你说清楚，不然，我不放心。其实，我那个地区比他画得好的有几个人。好，你忙吧，我走了。

我没有留他，而且，我对他这么远来找我说这样的小事，觉得十分好笑。

我关上门，暂时没有画画，坐下来抽烟。心想，娘卖肠子的，这个王健康，好像还生活在真空里面，现如今，哪个领域不是这样的呢？参展也罢，获奖也罢，你如果没有三板斧，根本就不要去做什么幻想。所以，许多好作品照样不能参展，不能获奖，这是不足为奇的。想当年，我如果不活动，能有今天这个地位吗？能有这个话语权吗？唉，王健康岂不是太较真了吗？你有手机，随便打个电话就可以了，何必跑到省城来呢？况且，你又不画画了，又何必操这个心呢？

我想了想，脸上流露出嘲讽的笑容，然后，起身站在画案前，刚想动笔，门又被人敲响了。娘卖肠子的，没有看到我在忙吗？本来，我是不想开门的，装着不在画室。只是在开展之前，是会有许多人来找我的。

所以，我还是把门打开了。一看，原来是个陌生的后生，长长的头发掩盖着半边脸。我仔细端详，他的脸上刻下了道道疤痕，好像是被火烧坏的，十分恐怖。

他怯怯地说，是张老师吗？

我说，是，你有什么事？

他小声地说，我叫周和生，这次有幅油画会送到省里来参展，请张老师一定多多关照。又强调说，我也是顺庆地区的。说罢，走进屋里，放下手里的烟酒，又从口袋里拿出一个信封，愧疚地说，张老师，实在是不成敬意。

我故意没有去接信封，周和生却快步地走到画案边，把信封放在上面。

然后，又谦卑地说，张老师，不打扰您了。说罢，就匆匆地走掉了。

我想，这个周和生的行动的确很快，这两天，已经有八个人来找过我了。虽然他们都是惊鸿一瞥，却都留下了意味深长的爪痕。就说眼下吧，王健康前脚来告状，他后脚就跟着来活动了，似乎是合谋好了的。

我拿出手机，把周和生的名字打进记事簿里，以防忘记。我还是遵守业界的游戏规则，接钱办事。放下手机，我这时似乎隐隐地看到了年轻时的自己，看到自己在曾老师家里趴下来做马给他孙子骑的镜头，还看到了挥汗如雨做煤球的场面，还看到了给许多人塞红包的情景，等等等等。这些富有历史性的细节，有时竟然十分清晰，有时呢，则非常模糊。

当然，我立即伸出手来，在眼前匆匆地拂了一下，好像要把过去的回忆迅速地忘记。

7

去年冬季，我们到县里搞活动，为期三天。

县里准备得十分充分，安排了几个很不错的风景点。两天时间看风景，留下一天画画。县里的动机是十分明确的，无非是让画家们把当地的风景画出来，权当旅游宣传，以期引起大量游客的注意，带来丰厚的经济效益。

由此可见，画家的活动是比较轻松的，无非是看看风景而已，或是发现乡村有特点的人物。有的画家带着照相机，有些人就用手机拍照。

这次，王健康也来了。

第一天下午报到。吃过晚饭，大家休息了一阵子，然后，当地的画家朋友刘上明请我们吃夜宵，这也是我们下去参加活动的内容之一。我们可以坐下来边喝边谈，说画界的趣事或绯闻，或评价其他画家的得失，用以打发乡下漫长的夜晚。

吃夜宵的人不多，有十来个吧。

我走下电梯时，突然想起了什么，哦，还有王健康，我赶紧叫刘上明打电话给他。

我们都在大厅等着，很久，才看到王健康慢吞吞地走出来。

夜宵就在宾馆不远的摊子上。其实，我们可以到宾馆的美食街喝酒，温暖而安静。我们却不喜欢那种环境，不能大声说话，让人感到十分拘束。

冬天的寒风很大，把夜宵摊子的红色或绿色的帐篷吹得一鼓一瘪，好像在进行某种技巧比赛，也好像在鼓动我们走进它的温暖。

我们随意地走进一家帐篷，里面居然十分宽大，摆着十几张桌子。吃夜宵的人并不多，也许是时间还早吧。当然，我们这桌人是最多的。

我跟王健康挨着坐下，然后，我对刘上明说，来两箱啤酒吧，你们不能喝冰的，就喝常温的吧，我是要喝冰的。

大家惊呼，张老师真是了不起，这样的天气还能喝冰的。

我笑着说，这是我父母给了我一副好肠胃。

王健康却说，我喝白酒，就是那种二两一瓶的，来两瓶吧。

刘上明马上给他叫来了两瓶。

我晓得王健康晚饭时喝多了，就劝他，还喝两瓶？

王健康点点头，说，没事。他把瓶盖打开，倒进玻璃杯里，也不管别人，自己就喝了一口。

在座的都是画画的，唯有王健康不再画画。其他人都在谈论作品，我不便插嘴，以恐引起王健康的不快跟尴尬。所以，我只是跟他碰杯喝酒，似乎也没有什么话说。

忽然，王健康低声地对我说，你不晓得吧？多年来，我虽然不画画了，却在拉小提琴。

你拉小提琴？这让我感到非常惊讶。

当时，我能够感觉到自己的表情，不亚于听到他踏上了月球。我的眼睛嘴巴像被牙签撑开了，久久也没有恢复原样。我真的不晓得他竟然还有这个爱好，也没有听别人说起过。看来，没有生活在一起，对方还有什么爱好，其实，是不太清楚的。

我接着说，那很好么，只是你每天拉提琴，不会影响邻居吗（这个我已经深受其害，我的邻居就是天天弹钢琴，闹得邻居日夜不安）？

王健康喝口酒，摇摇脑壳，小声地说，我不会影响别人。

我猜测说，难道你的房子是封闭式的吗？或是别墅？或是单间独屋？

他摸出一根烟点燃，抽一口，说，哪里？我租了一个防空洞，在那里面只有我一个人拉琴。

我的眼睛瞪得更大了，他娘的肠子，竟然还有这种莫明其妙的举动吗？

对于现在的年轻人来说，“防空洞”是个比较遥远而生疏的词汇。其实，在“文革”时，为了响应广积粮不称霸深挖洞的号召，全国人民谁敢不挖防空洞？所以，在城市的楼下挖，在工厂的食堂边挖，在学校的山坡上跟球场边挖。我估计，在这块古老的大地上，地下已是纵横交错，若把它们连接起来，不晓得有多少个万里长城。我们当年的青春跟汗水，都消耗在一条条长长而无用的防空洞里，除了一两次罕见的演练，它们早已被人们渐渐地遗忘了。当时，许多地方甚至还相互学习取经，暗暗比赛，看谁的防空洞挖得更长，更坚固。洞里面的材料，有各式各样的，有石头垒的，有红砖砌的，有水泥糊的，还有钢板砌的。当然，那些不长而且矮小的防空洞，就没有必要用什么材料了。原以为，这些被历史遗忘的防空洞，已经毫无意义跟价值了。谁也没有想到，多年之后，这些充满着阴湿散发出霉气的防空洞，极少部分又有了利用的价值。有些用来做餐馆，或冰室，或卡拉 OK，或跳舞厅，等等。

我没有想到，居然还有租来做琴室的。

我试探性地问道，多少租金？

王健康说，年租一万。

我简直惊呼起来，一万块钱，租个防空洞拉小提琴？

王健康肯定地点点头。

其实，对于有钱的人来说，这自然算不了什么。而对于他来说，我认为还是有点奢侈的。他的工资并不高，这从他的穿着来看，也是极其普通的。若说得出格一点，几乎跟小街上收破烂的人差不多。而且，他抽的烟，喝的酒，都是很便宜的。我这不是在故意贬低他。按说，如果早年凭着他的才华跟努力，他不应该处在这个生活水平吧？

我可以想象，每到夜幕降临，王健康提着小提琴，独自来到那个由他租赁的防空洞，打开洞门，默默地走进去，再扯亮电灯。他看了看防空洞这个独特的琴室（也许是石头砌的，也许是红砖砌的，也许是水泥砌的），然后，摆开架势，安静地拉起小提琴。这是他唯一的藏身之地，或许，只有到了这里，他才精神焕发，目光炯炯，腰身直立，浑身的沮丧衰老以及颓废，顿时一一逃逸。他肯定沉醉在美妙的音乐里，把一切琐事以及痛苦彻底忘记。他在这个封闭的防空洞内，陡然像变了个人，状态十分饱满（不知在麻将桌上是否也是如此）。

当然，我不晓得他拉的是哪些曲子。

也许有《新疆之春》，也许有《月光》，也许有《花儿与少年》，也许有《沉思》，也许有《圣母颂》，等等。每当拉累了，他就坐下来，抽根烟，享受着这静谧的时刻，回味着刚才美妙的琴声，咀嚼着刚才的激动与兴奋。然后，又继续拉起来。

我估计，他应该拉上两至三个小时，然后，才悄悄地走出防空洞，锁上门，提着小提琴，朝灯光闪烁的街上走去。当然，他还会去那个小摊子喝酒，叫一瓶或两瓶小瓶子酒，一碟花生米，一碟海带丝。这时候，他竟然又恢复了浸透在身上的沮丧跟衰老，以及颓废，酷似一个失意而早衰的老人，慢慢地喝着那种低劣的白酒，以及重新咀嚼着生活的苦涩。

我不由对他肃然起敬。

在这个看起来十分消沉的朋友身上，仍然有他自己的精神寄托，他已经把世俗名利抛得远远的了。他哪里像我们这样你争我斗，相互贬低，甚至诬陷栽赃。总之，为了名利，任何卑鄙的手段都可以施展出来。

他又小声地说，我已经过三级了。

哦，我暗暗地替他感到高兴，相比之下，我的内心也有了某种愧疚。

突然，我终于记起来了，还在三十多年前，我似乎记得他说过一句话，说他的前妻喜欢拉小提琴，我却不晓得他后来也拉小提琴了。那么，王健康多年前放弃画画的爱好，然后，悄无声息地拉起了小提琴，这跟他的前妻是否有什么关系呢？他居然舍得丢弃本来很有前途的画画，而去学小提琴，这里面，到底有什么刺激他的某种东西呢？

我们坐在帐篷里喝酒，寒风不时地吹进来，幸亏脚下摆着一盆大炭火，所以，还不至于感到寒冷。

这时，我的手机突然响了，拿起一看，是个陌生的号码。

我问，哪位？

对方小声地说，张老师，我就在你们的帐篷外面，请您出来一下。

我明白，毫无疑问，是走关系的人来公关了。我是省城的评委，来找我的人很多。这时，我不由想起自己多年前也是这样找关系的。当然，这些回忆，仅仅在我头脑里一闪而过。

我走了出去，外面灯光暗淡，只见隔壁的一家帐篷门口，站着一个清秀的后生。

他向我招了招手，我慢吞吞地走了过去。

后生说话的语速很快，似乎担心有人看到。

他说，张老师，我叫李玉山，我的作品这次参加了比赛，叫《欢乐》，请老师一定要高抬贵手。说罢，从口袋里拿出一个信封来，悄悄地塞到我的衣袋里。

我说，不必，只要作品好。

我把信封抽出来，在手里抛了抛，估计有五千吧，然后，又还给对方。

这个后生十分精明，马上又从口袋里拿出一个信封来，充满歉意地说，哦，你看我这个鬼记性，还忘记了一个。说罢，不由分说地把两个信封塞进我的口袋里。

然后，他似乎担心我把信封退给他，急忙作个揖，说，那就拜托老师了。说罢，匆匆地走掉了。

我借着灯光，把李玉山跟《欢乐》打进手机里的记事簿，然后，慢吞吞地回到帐篷里面，像无事一样，坐下来，仍然跟王健康说着话。

说着说着，只见有个叫张小军的跟朱大厦的人，突然争吵起来。仔细一听，原来他们是为了给各自的作品争高低。张说朱的基本功很差，朱说张还没有入门，每幅画的构图都大有问题。两个人竟然捡最刺激对方的话说，恨不能把对方说得像一坨牛屎，然后，再踩上一只脚。

大家劝他俩不要吵了，说，你们的画好与不好，明眼人一看，就能够看出个高低来，争什么卵呢？

张小军跟朱大厦怎么也劝不听，两人把手里的烟屁股往地上一甩，紧接着，酒杯朝桌子上砰地一蹾，然后，站起来争吵，吵着吵着，竟然相互推了起来。

我说，你们不要吵了，好吗？

还是没有效果。

张小军一脸胡子，简直像个土匪。朱大厦戴着鸭舌帽，倒像个特务。现在，张土匪跟朱特务拳打脚踢了起来。这时，张土匪突然抓起板凳，朝朱特务狠狠地打去。朱特务身子一偏，板凳落空，由于张土匪的力气过于凶猛，产生的惯性使他跟板凳一起摔倒在地。大家以为，朱特务肯定会放过张土匪的，谁料朱特务抓起桌上的啤酒瓶子，猛地往张土匪的脑壳上打去。

砰……瓶烂血流。

张土匪大叫哎哟，鲜血从脑壳上流了下来，脸上都染红了，胡子也浸湿了，像冰冻的海带。

我对画界这样的明争暗斗已经麻木了，见怪不怪了。其实，有的人为了利益，甚至还动用了黑社会。所以，像张土匪跟朱特务这样吵架，实属小打小闹。也所以，我并不去劝架阻止，任他俩打去吧。

我边喝酒，边望着动武的他们。

夜宵摊老板看来是军人出身，高大而威猛。他看到张土匪跟朱特务还有继续打斗之势，二话不说，抄起两把菜刀，冲上来大吼，娘卖肠子的，你们要打，就出去打，不要在这里面打，如果再打，我就把你们的脑壳上各插上一把菜刀，信不信？

这一招很是见效，张土匪跟朱特务终于收了手，两人骂骂咧咧地走了出去。

摊主看了我们一眼，气愤地说，我先还以为你们是文化人，哪里晓得比土匪还不如，娘的尸。他放下菜刀，把板凳扶起来，然后，走了出去。

我们几个人为了避免尴尬，大声地指责张土匪跟朱特务，说，这两个人也太没有修养了，争什么争呢？至于作品的好与不好，是要由时间来决定的。

骂了一番，我们继续喝酒。

在张土匪跟朱特务的争吵打斗的过程中，王健康居然一句话也没有说，好像这场打斗没有出现在他眼前，他很不屑地看了一眼，仍然像在顺庆一样，独自喝酒，好像世上的事情已经跟他无关。他什么菜也不吃，就是一口口地喝酒，当然，也不跟别人碰杯。若别人要跟他碰杯，他就懒洋洋地端起杯子，仅仅做个样子而已。其举动，仍然像以前那样，简直是纹丝不差。

打斗的硝烟消失之后，帐篷里又恢复了平静。我们的谈兴正浓，丝毫也没有回房间的意思，虽然王健康没有参与说话。我想，夜宵对于王健康来说，应该也是一件高兴的事情，他肯定会跟我们战斗到最后吧。

我刚想罢，王健康却端起杯子，把最后的酒一口喝掉，起码有一两酒。

这时，刘上明正要给他倒酒，他突然说，我要回房间了。

我没有挽留他，我明白，他是挽留不了的。

我朝刘上明眨了眨眼，意思是扶王健康回去。

刘上明马上说，王老师，我扶着你走吧。

王健康没有拒绝，站起来，佝偻着腰身，踉踉跄跄地走着。若不是刘上明紧紧地搀扶着他，他似乎有随时倒地的可能。冬季的夜风吹起他的头发，像一缕缕破烂的黑旗。

他老得真快。

第二天，八点半吃早餐，我在餐厅寻找王健康，却没有看到他的身影。

我问刘上明，健康呢？

刘上明解释说，他昨晚上喝醉了，今天就不去参观了，他对我说回去算了，所以，我叫车把他送回了顺庆。

哦。

我怔怔地望着空荡荡的马路，恍惚听到了悠扬的小提琴声，从防空洞里飘逸而出，向我轰然袭来……

孤独的灯光

送你一盘鸭，吃了会想家。
还有一碟菜，天天有人爱。
配上一碗汤，一生都健康。
再来一杯酒，爱情会长久。
加上一碗饭，恋人永相伴。

（摘自张茜茜发来的短信息）

1

我将要说的这个故事，你也许会非常感兴趣，也许，不会感兴趣，这都没有关系。

你肯定没有听说过张茜茜这个女人吧？这当然不怪你。因为我以前也不知道。但后来，我差点就跟她成了情人关系——如果我的立场不坚定的话。

情人是一件叫人既幸福又拖泥带水的事情，一般是要死要活地相爱了一段时间，闹到最后，则不欢而散。

我当然想有一个情人，既幸福而又不拖泥带水，但这是不可能的。我早就知道，上帝是一个爱开玩笑的老家伙，他既然给了你幸福，那一定还会赐予你痛苦的。所以，我时时地防备着与女人打交道时，不得有防线上的溃堤。

冬季的某一天晚上，我的一个远房亲戚突然叫我吃饭，并说有一位女士认识你。他说到“一位女士”这四个字时，哈哈大笑起来，好像他知道我跟这位女士有什么暧昧关系似的。我与这个远房亲戚的交道并不多，他年纪比我小几岁，但他像游击队员一样，几年前还在这座城市里，突然又从这座城市里消失了，再没有了联系。而现在，他又突然出现了。

于是，我赶了过去，我的亲戚便将在座的人一一给我介绍，这位戴眼镜的先生是谁谁谁，这位穿绿色毛衣的女士是谁谁谁……当介绍到坐在我对面的一位女人时，那个女人则大大方方地自我介绍起来，说她叫张茜茜，并说好些年之前在某某地方见过我一面，说她一直记得的，而我肯定不记得了。

我看了看张茜茜，头脑里的确没有印象了，便抱歉地笑了笑，哦哦。

张茜茜四十多岁——而且在座的三个女人都是四十多岁了，徐娘半老了——唯有这个张茜茜虽然也皱纹满面，便毕竟因为年轻时的漂亮，仍然在顽强地做着最后的挣扎，所以，她比那两个女人至少要经看一些。她的头发蓬松，眼睛很大，眉毛浓黑，嘴唇尚有点性感。她穿一件很宽大的红毛线衣，而裤子是一条果绿色的类似灯笼裤的那种。

很像一个曾经漂亮过的印度女人。

我笑着对她说，你的眉头中间如果生了一粒黑痣，那活脱脱就是一个印度女人了。

张茜茜听了非常高兴，便举杯向我敬酒，说，我尊敬的胡老师，我很珍惜这个宝贵的时间。

我以为她是在调侃，便也说，我也是。

看来她很能喝酒，竟然一连敬了我六杯，博得满座喝彩。我一再声明我不胜酒力的，她却说，胡老师你瞒不了我的。她朝我的亲戚笑了笑，满脸的兴奋和激动。

她而且是唯一抽烟的女人，这倒是引起了我的好感，我喜欢年轻的抽烟的女人，我并不在乎她是否将烟雾吞进了肺部打个转再吐出来，而是在乎她抽烟的姿势。女人抽烟的姿势显得很优雅，而且悠闲。张茜茜虽然不再年轻了，但她抽烟的姿势同样具有欣赏的价值，她打着兰花指，淡蓝色的烟雾徐徐从嘴里吐出来，然后，将烟灰轻巧地往烟灰缸里一弹。

我喝了很多的酒，但还不至于醉。我的酒量一般人是难以胜过我的。说说笑笑吃罢饭之后，张茜茜便叫服务小姐将一些剩菜残饭打包，居然打了四个包，然后装在一只很大的黑色塑料袋子里。我想，这个张茜茜肯定喂了宠物狗的，而且不是一只。

这时，大家闹着要去唱歌，我就说我不去了，因为我实在不知道唱，而且也不喜欢那种闹哄哄的气氛。大家却不放过我，说那不行，机会难得。

张茜茜尤其反对，好像生怕我离开了，便急忙说，我尊敬的胡老师，你看这么多的朋友请你，你也总要给点面子吧？

我见她当众这么说，便知道再推脱就不够意思了，终于拗不过大家，也就跟着去了。

我们那晚上是去了一个叫“朝天吼”的歌厅。在包厢里，张茜茜一个一口我尊敬的胡老师，而且在她唱歌之前，一定要郑重地说，今天和胡老师以及这么多的朋友在一起，我感到万分高兴，现在特献上一首《无言的爱》。

她的嗓子曾经肯定是不错的，但现在肯定是不行了，如果说她的嗓子像破砂罐，那又肯定有点贬低了她。尤其是往高音唱，她便轻巧地虚晃过去了，像省略号一样。但我要承认的是，她唱得很认真，很投入，还不时地配以动作，很像那么一回事。但这个女人一口一个地叫我尊敬的胡老师，我便暗暗地觉得这个女人是不是有点毛病？说出来的话，总是那样煞有介事，是不是有点过分认真了？

她每唱罢一首歌，便拍拍胸部，谦虚地说，唱得不好，唱得不好。然后将话筒递给我，请我唱。我说我真不会唱。但她似乎很照顾我的情绪，见我硬是不唱歌，便总是敬啤酒，而且一杯一口。又郑重其事地说，尊敬的胡老师，我的确珍惜这个宝贵的机会。

于是，我心里开始在拒绝这个女人了，不想再理睬这个女人，对于她所说的话，有时故意装着没听见。但她却并不计较，反而热情有加，不时地邀请我跳舞。我说我不跳，她便站在我的面前不坐下，于是，我只好站起来，很勉强地与她跳。我发现，其他的男人邀请她跳，她总是将身体隔得远远的，好像要避什么嫌似的，而跟我跳，则紧紧地搂住我，尤其是扶着我腰部的那只手，手指头还在不断地轻轻地抠着我，好像在给我什么暗示。而眼睛呢，多情地一直盯着我，一点也不怕人家说。我当然拒绝她的目光，把眼睛左盼右顾的，一直也没有与她对视过一眼。她的心理承受力却无比坚强，居然没有流露出一丝失望，好像愿意跟我一直跳下去，甚至跳到天亮。若是一首歌唱完了，她还要埋怨似的说，怎么这样短啊？好像很不过瘾似的。

她一直坐在我的身边，她的挎包和那四个饭盒就坐在她的身边。那晚上，她居然小声而认真地对我说，尊敬的胡老师，请你一定要将我看成一个中性人，这样，我们之间的来往才可能长久。

我笑着答应她说，好，我会把你看成一个中性人的。我心里则在嘀咕，你哪怕就是叫我将你看成一个男人，我都会毫不犹豫地答应的。我当然没有把这话说出来，我还得顾及人家的自尊心。

一起来的有个姓王的小老板，就是戴眼镜的那个，好像是搞网络的吧，人长得极瘦小，皮肤白净，一边唱，一边则像女人一样十分夸张地跳着，扬眉鼓眼，摆腰扭臀，令人肉麻死了。我尽量不去看，只是低头喝酒。

包厢里充斥着音乐声歌声叫声笑声掌声，我的心脏好像马上就要爆炸了，我后悔来这里。我对亲戚说了好几次，说我要走了。张茜茜在一边听见了，却坚决不让我走。她说，胡老师，大家难得一聚呢。

我的亲戚笑逐颜开地说，你要走我没有意见，只要张女士愿意让你走你就走。

张茜茜举着酒杯说，我当然不愿意让胡老走的。

我只好硬着头皮说不走。

张茜茜见我不走了，非常高兴，说，谢谢胡老师，这杯酒我敬你，你可以不喝。然后将啤酒一饮而尽，丝毫也不担心她发胖的身躯更加地胖起来。

她似乎很喜欢这种热闹的场面。

我在饭桌上曾经结识过许多的男女，一般都是过去了就过去了，不再有什么联系了，也不再记起了。我们的记忆在这个喧嚣的时代，已受到了严重的挑战，并且渐渐地失去了它的功能。即使是我的这个远房亲戚，他如果没有跟我联系，我也会将他淡忘的。那么，我认为这个张茜茜也毫无疑问是属于此类人物，用不着几天，便会将她彻底地忘记。

那天晚上唱罢歌之后，各自便回家了。临分手时，张茜茜问我要电话号码，家里的和手机的都要。我犹豫了一下，还是告诉了她。

深深的情谊与祝福，
绵绵的思念与问候，
愿这封短信，
能为你带来平安与幸福，
健康与快乐。

（摘自张茜茜发来的短信息）

2

谁知第二天，我还在睡梦中，正做着有关一个童年的温暖的梦，电话便刺耳地响起来了。我在猜想，这是谁呢？因为我的朋友都了解我，除了地震火灾抢银行的急事，一般来说，上午起码要到十一点才打我的电话。

我很不耐烦地接了电话一听，原来是张茜茜的。

我问有什么事情，她兴奋地说，她认识了我，很高兴。

她肯定听出了我的声音是懒洋洋的，便敏感地说，不好意思，你还在床上吧？我再说一句话好吗？

我不便拒绝，说，你说吧。

她用一副伯乐的口气说，尊敬的胡老师，我发现你这个人好有气质的，而且骨子里特别地傲，一般的人你是看不起的，但你表面上却根本看不出来。

我冷冷一笑，说，怎么会呢？我没有什么资本傲啊。

她立即打断我的话说，不不不，你听我说，我从你的眼神中就可以看出来，别人或许忽略了，但我却可以发觉，我的眼睛里有毒呢。她自嘲地笑起来，又说，好，我再说一句话好吧？你不讨厌吧？

我敷衍地说，我哪里敢呢？

她却说，不过，你讨厌也没有关系，我就是这么一个人，肚子里瞒不住话的，你会原谅我吗？

我说，谈不上原谅嘛，有话就说吧。

她热情洋溢地说，今天下午，我请你吃饭，至于在哪个餐馆由你定，就我们两个。她再也没有提到我的那个亲戚了。

说实话，如果是一个可爱而漂亮的女人请我吃饭，而且只有两个人，我会毫不犹豫地答应的，我接电话的情绪顿时会高涨起来，可是她请我吃饭，我却提不起精神来。我昨晚上已经领教了这个女人。

于是，我懒懒地说，不必了，谢谢你，因为朋友已经约了我的，我不便推辞。我顺便撒了个谎。我实在是不喜欢她，尤其是不喜欢她说尊敬的胡老师。

可她紧追不舍地说，尊敬的胡老师，那你一定要给我面子，难道说我第一次约你吃饭，你就要推辞吗？你是不是看不起我？你是不给我面子吧？

我最听不得这些话的，便急忙说，哪里话？的确是因为别人约了我的。

她好像无计可施了，停顿了一下，想了想说，那……你可以带我去吗？我也好认识认识你的那些朋友，现在，朋友多，路子就多，是丰富的资源啊。

这个女人也真是的，竟然自己开口说要跟我去，我还真是没有碰到过这样的女人。你是我什么人？朋友？谈不上。情人？更不是。不过，她这倒是搞得我无话可说了，我总不能说带你去吃饭不方便吧？即使有朋友约我吃饭，我也不可能带上她去的，那无论如何也会解释不清楚。而且，最关键的一点是，你既不年轻，又不漂亮，不可能光彩夺目了，那么，在朋友面前我脸上就光彩了吗？

我只好应付地说，那这样吧，你到下午五点钟的时候与我联系，看我能不能推掉朋友的饭局？我采取的是缓兵之计，因为我希望她的记忆力突然出现了问题，到了下午就把这件事情给忘记了。

她立即高兴起来，笑声从话筒里高山流水般涌现出来，连连说，尊敬的胡老师，我非常非常地感谢你。我还可以说一句话吗？

我嗯了一声。

她这时有点迟迟疑疑地说，胡老师，我想想问问，你那个远房亲戚究竟怎么样？

我老实地说，我也跟他联系不多，这一次也有好几年没见了。

哦，她沉默了一下，说，他不是一个好人。

我惊讶地说，为什么？

她委屈地说，我们昨晚上不是挤在一起坐的士去唱歌吗？他却突然紧紧地抓着我的手，想占我的便宜，我便拼命地想扳开他的手，却怎么也扳不开，如果我生气，或者说动作太大，又没有顾及他的面子，这真是让我感到耻辱，我一直没有跟你说，昨晚回家之后，我大哭了一场，我想，这个男人怎么能这样呢？一点也不尊重女人。

哦，是这么一件事啊，我惊讶地说，我也坐在旁边的，我怎么却一点也没有发觉呢？又分析说，他可能是喝多了吧？

她伤感地说，唉，不说了，那我挂上电话了，你好好地睡吧。

娘的脚，我哪里还睡得着？我看了看手表，天啦，她竟然一直从九点十分打到十点十分，活生生地将我童年的梦掐断了，再也捡不回来了。其实，这个电话用不着十秒钟就可以说完了，不就是请人吃顿饭吗？可是，她却用了整整一个钟头。

看来，这是一个饶舌的女人，而且不是一般的饶舌。本来一句话可以说清楚了的，她起码要用上五十句，或是一百句，一千句，甚至一万句。我真有点受不了了，但又为了顾及她的面子，没有委婉地阻止她的滔滔不绝。总而言之，人家也是一片好心吧，并无恶意吧，起码也是信任你吧，那为什么要阻止呢？何况，人家又没有什么事情求你办。

可是，我哪里知道，因为我的没有阻止，没有采取果断的措施，倒是助长了她的无限的恶性发展。

不因换季而不想你，
不因路远而不念你，
不因忙碌而疏远你，
更不因时间的冲刷而淡忘你，
你永远是我心灵深处的朋友。

（摘自张茜茜发来的短信息）

3

张茜茜的记忆力并没有出现问题，她居然在下午五点钟准时打来电话，我接着电话的那一刻简直后悔莫及，倒是我自己把这件事情忘记了，我如果不接这个电话，不是可以免去了吗？可是，我生性却偏偏喜欢接电话。我在家里而且是一个优秀的义务话务员。不论是我父母的也好，老婆的也好，女儿的也好，我总是一如既往地义务为他们服务。

我只好告诉她，我已经推掉了朋友的饭局。她一听，非常愉快地说，谢谢胡老师给我面子。并约我五点半在四季路上的张家酒店见面。

我通常是很守时的，但不知出于什么心理，我故意在家里待着，一直到了六点半钟才来到了那个叫张家酒店的地方。她显然早已坐在里面等着我了，见我走进来，便立即从沙发上站起来，满面春风地迎接我，没有一点等人的烦躁，也没有一点责怪，并说，这家酒店是她堂哥开的。紧接着，还带我认识她的堂哥。她用充满骄傲的口吻介绍说，胡老师是一个非常有名的作家，曾经写过许多非常有名的文章。她这时甚至从挎包里拿出一本新到的杂志，在她堂哥眼前扬了扬，说，这一期就有胡老师的文章。

这话说得我浑身直冒冷汗，脸上发烧，我甚至不敢直视她的堂哥。我暗暗地责怪张茜茜，怎么搞的嘛，随随便便介绍一下不就行了吗？为什么非得要用上两个“非常有名”？真是俗不可耐。因为我知道自己是否有名，也清楚所写的那些东西究竟是一些什么玩意儿，我这些年来，只不过是给那些婚姻爱情家庭之类的杂志写点奇奇怪怪的东西骗几个稿费而已，我只不过是一个碌碌无为的尚还有一口饭吃的庸人而已。

她的堂哥是一个不太说话的男人，皮肤黑黑的，年龄可能比我还小，他只是礼貌地淡淡地对我笑了一笑，那笑容里有一种意味深长。所以，我心里却在嘀咕了，这个城市里有多少酒店，她怎么偏偏往这里带呢？说不定她的堂哥还误以为我是她的什么情人哩。

张茜茜今天穿的是黑色的灯笼裤子，一件白底带大红色圆形的衣服，另外，还披了一条极其宽大的深灰色的披风，脚上呢，是一双样式很古怪的白色鞋子。于是，我发现她非常讲究穿戴，而且样式都是怪里怪气的，色彩的搭配也是不伦不类的。光是那条披风，我猜测面积至少有两平方米。

酒店很大，下面是吃饭的大厅，上面有一面墙伸了出来，大约有三米宽，也是吃饭的，整个装修也显得比较洋气。张茜茜带我走到上层，边走边说，胡老师，你写的这篇文章我已经读了三遍，太动人了，我流泪了。我们在一张桌子边坐下来，这样可以对整个酒店一览无余。她坐之前，便将那条宽大的披风取下来，放在椅子上。然后，总是说她每天好忙好忙的，接着她说了上午在做什么，下午又做了什么，似乎她每天就像一个竞走运动员在这座城市里窜来窜去的。

我对她请我到她堂哥的酒店里来感觉很不好，所以情绪已经很低落，也所以，我其实没听清楚她究竟忙的什么，炒股？还是帮人家买东西？还是拉广告？还是去医院看某个病人？还是抽彩？还是拖煤气？她人反正显得非常疲惫，好像日理万机。而她，却一定要在吃饭之前将这些事情一件件一桩桩说给我听。好像她绝对不让我吃一顿轻松的晚餐。

她终于说完了，然后又呆呆地坐了一阵，才开始漫不经心地点酒菜，点了一个辣椒鱼头，一个三鲜汤，一个苋菜。酒呢，是一瓶酒中酒霸。酒菜上来之后，她亲自给我倒上了酒，然后给自己也倒上。我以为她要举杯了，因为我已经有点迫不及待了，想赶紧吃完走人，我才不想听她那些乱七八糟的事情。

可是，她偏偏却不举杯，好像还有什么人没有来似的，所以，我也不便焦急地说吃吧吃吧，总要客随主便吧。

于是，那三碟菜就一直晾在桌子上，酒杯里的酒似乎在用奇怪的眼光看着我，弄不明白我为什么还不把它喝下去。站在旁边的小姐也觉得很是惊讶，这两个男女怎么搞的，菜上来这么久了，却居然不吃。弄得我也不敢再看小姐了，因为我无法回答她眼神里所提出的问题，而且我也觉得很委屈，这并不是我要这么做的啊。那家酒店看来生意极好，来了一趟客人又来一趟，桌子都是满满的，那些小姐其实恨不得每桌的客人在五分钟之内吃完便马上离开，以便把桌子腾出来。

可是，我们却久久也没有开吃。

我有点坐不住了，不时地扭动着身子，想把一身的烦躁和不安扭出来，扭给她看。可是，她却视而不见。我又不停地喝茶，想提醒她举起酒杯来。可是，她也视而不见。于是，我也只好耐住性子，抽着烟，装模作样地听她说话。我而且好像觉得她的堂哥的目光时时从下面向我射来。

她大口大口地抽着烟，十分伤感地说，她的女儿现在搞得不错，自己买了房子，还买了汽车，可是她这个做娘的，却还是过得这么可怜。

我的嘴巴里面没有酒菜塞着，所以我只好说说话。我而且估计得到，她不把所有的话说完，这个晚餐就休想动筷子。于是，我劝她说，这又有什么呢？青出于蓝胜于蓝嘛，难道说，你的女儿比你生活得还差你反而高兴了？

她摇摇头，说，那倒不是，我只是觉得自己太没有出息了，害怕女儿看不起我。

我便安慰她说，那只是你的敏感而已，不必放在心上。

她忽然眼睛一亮，说，胡老师，你不知道，我曾经想当画家的。

我说，当画家好啊，现在只要有了一点名气的画家，一张画出手就是几千上万。

可是，我没有画出名堂。目光又暗淡了下来。

她的眼睛然后又一亮，说，我还想过当作家的。

我说，当作家好啊，一本书如果畅销，几十万上百万的米米都有可能进来的。

可惜的是，我没有这个恒心。目光于是又暗淡了。

她的眼睛又忽然一亮，说，我本来还想做一个歌唱家的。

我说，当歌唱家好啊，一个个走穴走得金盆银钵的。

她伸出手摸了摸脖子，皱着眉头说，可是，我有一次病了之后，嗓子再也恢复不了了。

她颇为伤心地看我一眼，求救似的说，胡老师，你说我做一些什么才好？

我叹息地说，是呀，这倒是需要好好考虑考虑的。

心里却在想，如果她还只有一二十来岁，或者说二三十岁，那我还可以给她指出多个前进的方向，让她沿着我所指引的光明道路大踏步地前进。问题是，她现在已经是四十七八岁的女人了，那我也就不知道她到底要做点什么才好了，因为我一旦面对这类年龄的女人，就再也不是一个主意很多的人了。本来，我想建议她到公园里去，把一张脸涂得像妖魔鬼怪似的，扭秧鼓呀，或是跳扇舞之类的，但又担心这话说出来会对她有刺激，因为那只是出于休闲或健身的目的。

但我想，她一定也在做些事情的，至于做的什么，我一直没有弄明白，也没有打破砂锅问到底。所以，她真实的身份便显得十分可疑。

她说，今天她的女儿还开车来接她去看了女儿新买的别墅，女儿年龄才二十多岁。

我听罢，也没有问她女儿到底是做什么的，如今有许多的男女，你真是不便问他们的身份或者说职业，一旦问得不好，便会出现尴尬。心里却在想，她女儿仅仅是一个中专生，凭什么就得到了车子和别墅了呢？又不是得了百万大奖，如果再恶毒一点地想，她不是某个官员的小蜜，就是某个大款的二奶。

便又问，你女儿的爸爸呢？

她淡然地说，我与他早就离婚了……想起来，我那时也真是蠢啊，我那时才十七岁，为了逃避下乡，便嫁给了他。我父亲早就去世了，母亲也是一个没有什么主意的人。这个人是哈尔滨的一个技术员，他对我们信誓旦旦地说是能够办好我的迁移户口，而且还能够给我安排工作。我们都相信了他的话。其实，他是一个大骗子，他根本没有这个能力。我虽然也有满腹的怨言，但事已如此，独自一人从南方来到了北方，也只好认命了，况且，已经生了一个崽……

你还有一个崽？我惊讶地问。

她点点头，说，我生了崽之后，家里的事情他却什么也不管了，喝酒，打牌，嫖女人，甚至还把野女人带回家里，当着我的面玩，那种屈辱真是太让人难受了，我恨不得就去死。我跟他吵架打架，但都没有用处，因为我奈何不了他。他牛高马大，轻轻地就把我像甩小鸡一样甩到了地上。他一点也没有改，仍然我行我素，根本不把我放在眼里，而且一点工资也不拿回来。我那时真是苦啊，什么苦事情都做过，冰天雪地的，帮人家搬煤球，拖板车。二十一岁那年，我终于忍无可忍了，坚决与他离了婚。那时，我又已经有了这个女儿，他说他要崽，我说我什么也不要，只要这个不满周岁的女儿，就这样，我一个人抱着小女儿又回到了湖南。幸好，我在湖南还有户口，不然，真是连个退身之路也没有了。后来，又有人给我做介绍，找到了一个基建公司的一把手，那人死了妻子，四十多岁了，我虽然带着一个女儿，但我还毕竟有点姿色，年轻嘛。嫁过去之后，本来日子也是可以好过的，但是因为我这个人很随和，那些工人只要有事找我，我就一定叫他给人家解决。为此，他很讨厌我，居然说我连一点官太太的味道也没有，搞得他在单位一点威信也没有了，我们为此大吵了几场，再后来，就离了。

我问，那你后来再也没有嫁人了？

没有。她摇了摇头，猛猛地抽了一口烟，凄然地说，其实，我第二次离了之后，还只有二十五岁，而且也有许多人来做介绍，但是，我实在不想结婚了，实在不想了。她重重地叹息着。

我说，那你这么多年来，不可能只一个人过吧？

她直爽地说，对，不是一个人，但也可以说是一个人。因为一直是与他同居，也算是事实婚姻吧。我现在只有一套三十多平方米的房子了，两室一厅，是我母亲死后留给我的。这个男人也是离过婚的，没有房子，十年来一直住在我这里，一人一间。我们约定好的，除了双方不能够把男人女人带回家之外，不论在家里，还是出了这个家门，谁也不约束谁。唉，我与他根本谈不上感情，就是这样过罢。

哦，我轻轻地叹息道。我实在是没有想到，这个年轻时漂亮的女人，命运居然对她如此不公平。

我又问，这么多年了，你后来还见过你的那个崽吗？

这时，张茜茜的嘴唇微微地颤动，像想哭的样子，然后，又马上控制住了自己的情绪，说，见过，他十七岁那年，我突然接到了前夫的电报，说崽病故了。我怎么也不相信，一个十七岁的崽怎么会突然死去？我是搭飞机去的，我终于见到了我多年不见的崽，但是，是在停尸房里，他静静地躺在那里，闭着眼睛，脸上没有什么痛苦。可是，对于我来说，他是显得那样的陌生，他小时候的样子，一点也不存在了。我离开他时，他还只有三岁多呵。他得的是白血病。

张茜茜说这番话时，居然很冷静，一点激动或痛苦的神情也没有，淡淡地说着，似乎在说着别人的小孩，她将手中的烟在烟灰缸的边沿上一弹一弹。烟灰缸里已经聚积了好些烟蒂。

一直等了五十分钟之后，她好像才突然想起要吃饭了，便一再抱歉地说，尊敬的胡老师，实在是对不起，菜都凉了。她这才举起酒杯，与我碰了一下，说，一饮而尽。

她真是很能喝酒，简直是一口一杯，脸色陡然红了起来，醉眼蒙眬地望着我，一点也不回避站在一边的小姐。我劝她慢慢喝，她说，胡老师，我知道你很能喝酒的，我一定要陪你喝好。

我的确能喝酒，但眼下，我其实一点酒兴也没有，只好漫不经心地对付。

终于，将这一顿十分漫长的饭吃完了，我想买了单，然后赶紧走人。可是，她坚决不让我买单，而且那些小姐她都认识，叫她们不要收我的钱，同时，又叫她们将剩余的饭菜打包。那天因为点的菜不多，所以只打了两个包。

她挎着挎包，手里提着饭盒，像一个阿拉伯女人一样与我一起走出酒店。天已经大黑了，街上的灯光一片明亮。我望着宽敞的大道，暗暗地松了一口气，刚想对她说我要回家了，可是她却说，胡老师，我们喝茶去，你买单啊。

我本来想推脱的，因为跟她在一起心里太有负担了，好像一定要对她负什么责似的，所以很不轻松，没有什么意思。但是，她既然已经说出了这样的话，我如果不去，她还以为我是小气，不想去买单。这可是抓住了男人的弱点。

事业正当午，身体壮如虎，
金钱不胜数，干活不辛苦，
悠闲像老鼠，浪漫似乐谱，
快乐莫你属。

（摘自张茜茜发来的短信息）

4

我无可奈何，我一时居然无法摆脱这个女人，想想也觉得好笑，我连编个理由离开她的间隙都没有。

我们于是搭了一辆的士，我问她去哪里喝茶，她说春雨。于是，便按她所说的，我们来到了五一路大桥下面的一家春雨茶馆。那茶馆很大，在城里有点名气。看样子她对那里很熟悉，摇摇晃晃地一走进去，便跟那个高个子的女领班打招呼，说张老板在不在？那个女领班说，是茜姐啊，张老板不在，去邵阳了。

哦，张茜茜似乎有点遗憾，然后，便又向那个领班隆重地推出我来，也带了两个“非常有名”，好像不说这个，别人就只收钱不会上茶似的，弄得我的脸色一阵红一阵白。那个领班也是意味深长地看了我一眼，又看了张茜茜一眼，然后微笑着点点头说，欢迎欢迎。

我一坐下，张茜茜放下挎包和饭盒之后，便摸出手机，给那个张老板打电话，高声大叫地说，张总，我每回来怎么都没有碰上你呢？你怎么这样忙啊？今晚上我带了朋友来喝茶……

我把脸别到了一边，生怕别人投来惊诧的目光。心里却在埋怨她，打个电话用得着这样吊嗓子吗？好像这个空间只有她一个人。我愤愤地想着，却根本没有心思去听她打电话了，不知道她在说一些什么。

于是，我又出现了在吃饭时的那种坐立不安的感觉。我不明白的是，这个女人到底怎么搞的，吃饭到她堂哥那里，喝茶又上她的熟人这里来，而且每到一处就要隆重地介绍我，这究竟是怎么回事？好像她是有意而为之，是在向世人表明，我尽管离婚了，也尽管有了一把年纪，但我的身边却不缺男人，而且是有品位的男人（我不是在此自我吹嘘，我是站在她的角度来猜想的）。我便暗暗地窥视着她的心理，我想看见她心灵深处那不由自主地漫延出来的最隐秘的想法。

张茜茜好不容易打完电话，然后对我说，胡老师，你说你有那么多的朋友，今天你一定要叫他们来，哪怕是一个也行。

他娘的脚，这我就又搞不明白了，这个女人到底怎么啦，我坐在这里陪着还不行吗？我买单还不行吗？还非得要叫我的朋友来做什么？是不是要给这个茶馆的老板拉客呢？似乎不像。因为即使来一两个也赚不了多少钱嘛，这么个大茶馆并不在乎一两个客人的。是不是要显示她的朋友多呢？好像也不是。因为多来一个就显示朋友多了吗？

那又是为什么呢？我暗暗地想了想，哦，也许是她希望早日进入我的朋友圈子里吧？以便让我的朋友们也知道她是我女朋友？我只能做出这样的解释了。

你今晚一定要叫你的朋友来，张茜茜张大眼睛看着我，突然又说，这既像是一种命令，又有一种乞求。我于是很不高兴了，但幽暗的灯光隐藏了我不快的神色。

我搪塞地说，这么晚了，人家都睡了。

那时已经是十一点半了。

你一定要叫，一定，你真是太不给我面子了。她醉醉地说，一只手软软地指着我，像一块在风中摆动的布。

我别过头去看墙壁上的那些充满着山村风情的画，那画上有一个牧童吹着笛子，悠闲地坐在牛背上。我没有理睬她，她大概醉得头很疼了，双手捧着头伏在桌子上，不再说话了。我却非常地难受，坐也不是，走也不是。不过，她暂时不再跟我说话了，我的心里相对来说，还平静了一点。我倒是愿意她一直睡下去，我买了单就走人，反正这茶馆她熟悉得很。同时，我还得感谢这家茶馆，它幽暗的灯光让我们躲藏在阴影之中，别的茶客很难看清楚我们的表情。

我正准备拿钱实施我的计划，她却似乎有一种预感，仅仅只是伏了一会儿，然后便抬起头来对我说，我尊敬的胡老师，很对不起你，我喝多了一点。你不见怪吧？我一定请你要原谅我啊！

我只是说，你以后再不要喝多了。

她说，谢谢你。

我们出来时，已经十二点多钟了，街上几乎没有什么人了，只有的士像贼一样地在来回地流动。我也非常地疲倦了，恨不得早点离她而去。可是，张茜茜却还没有回家的意思，她抓紧我的胳膊，说，胡老师，我们去洗脚吧？

我推脱说，以后再洗好不好？

她居然扭了扭身子，有点撒娇地说，不嘛，就去。

我心里暗暗地叫苦，我好像是一条大鱼被她死死地钓着了，怎么挣扎也是徒劳。便又想，老子今晚上也就豁出去了，倒要看看你是怎样的一个女人，你总不会把我吃了吧？你总不会把我杀掉吧？你总不会让我陪你到天亮吧？陪你万万年吧？一旦洗罢脚，老子就永远地与她拜拜了，再也不来往了。这个女人，真是他娘的没有什么意思。

我们坐的士来到了北路的一家洗足城，要了一个两人位的房子。也许是那家洗足城的生意太好了，小姐们一时忙不过来，我们躺了好久居然也不见有人来。所以，我就发脾气，怎么搞的？鬼都不见一个？她却闭着眼睛，漫不经心地说，急什么急胡老师？我们可以休息休息嘛。

我想，我休息何必到这里来休息？我搂着我那个漂亮的老婆在家里休息不是舒服得多么？

我的眼睛一时闲着，扫视了自己和她一眼，便突然发觉我俩并排躺在沙发上很有些滑稽，因为我没有发福，还比较苗条，而她却像一大堆乌贼肉臃肿地摊在沙发上。我差点扑哧地发出笑来。

推门是关着的，张茜茜这时突然伸出一只手来，紧紧地握着我的手。她的手很热，像一团火。

我想抽回来，她却抓紧不放，我便说，这样不好。

她却说，为什么不好？我喜欢这样。

我冷冷地说，我不喜欢。

我又说，你不是说过，要我把你看成中性人吗？

她的脸色很红，眼睛脉脉含情地看着我，低声地说，那天……我说过的话不算数。

这时，两个小姐端着木盆进来了，我连忙想抽出手来，以免尴尬。可是，她却死死地握住不放，好像她这个大姐根本没有将小姐们放在眼里。我也不知道她哪里来的力气，我感到有点羞辱，气愤，但又不便发作，只好无奈地对那两个小姐说，她……喝醉了。

两个小姐抿着嘴巴笑了笑，并不将它当一回事，也许是这样的事情她们见得多了。

可是，这个该死的张茜茜却说，我没有喝醉，没有醉。

她这时终于放开了我的手，然后，又忽然打起手机来，对方肯定是一个男人，她与对方说了一通长长的废话之后，居然叫那个男人也赶紧出来，说她在这里洗脚，另外还有一个朋友。我一听，却暗暗地叫苦不迭，想立即抽身而逃。她是不是想叫对方赶来认识认识我？以显示她有了一个有品位的男朋友？我暗暗地祈祷，希望对方千万不要出来，不要听这个疯婆的话。我的祈祷居然显灵了，那个男人怎么说也不肯出来了，大概是因为时候不早了，明天还要上班，或许是老婆紧紧地抱着他，休想动弹一寸。

幸亏是小姐的手法很到位，才慢慢地按去了我心里的烦躁。我再也不跟张茜茜说话了，我只跟小姐说话。可是张茜茜很不满，总是千方百计地打断我们之间的话。两个小姐只是嘿嘿地发笑。

洗罢脚，已经是深夜一点半了，她毫无顾忌地一只手紧紧地挽着我，一只手提着那个装着两只饭盒的塑料袋，一晃一晃地走了出来，说，尊敬的胡老师，你今晚上不回去了可不可以？

我断然地说，那不行。

张茜茜说，怎么不行啊？我们可以在这寂静的街道上慢慢地走，谁也不来打扰我们，或是去河边上坐着，尽情地说话，让河风轻轻地吹拂，那该是多么的惬意啊。

她倒是很有一点年轻时的浪漫。

我愤愤地说，那你不睡觉了吗？

睡觉？哼！张茜茜说，其实，如果家里没有我喂的那三条狗，我真是不愿意回家，因为那个屋子里长期以来就没有过爱，也没有过温暖，你说我回家做什么？我愿意跟着你一路慢慢地走，一直走到天亮。

我知道我不能再跟她纠缠下去了，再这样下去就会没完没了。再说，我不愿意与她一直走到天亮。我只有与我老婆谈爱时走过一回，以后再也没有走过了。走到天亮是需要巨大的动力的，除非是一个疯子。

于是，我赶紧叫了一个的士，让她坐进去，她居然不肯，一手死死地抓紧我，说，我不回去，我不回去。

我不耐烦地说，太晚了，你一定要回家。我也不知道哪里来的力气，拼命地将她塞进了车子里，像塞一只麻袋。

她却乞求地说，我要你送我回去。她的一只手仍然抓着我。

我用力地将她的手扯开了，然后不假思索地将车门重重地一关，坚决地说，那不好。然后急忙叫司机开车。

我望着渐渐远去的暗红色的车灯，默默地说，张茜茜同志，拜拜了。想起她提着那些打包的饭盒，也跟着她在这个夜晚的城市里旅游，就不免觉得好笑。

再抬头望着遥不可及的夜空，看着那一颗暗淡而孤独的星星，我终于深深地透了一口气，浑身顿时变得轻松起来。

本年度天气预报：
您将会遇到金钱雨，
幸运风，友谊雾，

爱情露，健康霞，
幸福云，顺利霜，
美满雷，安全雹，
开心闪。

（摘自张茜茜发来的短信息）

5

第二天下午一点多钟，张茜茜又来了电话，我心里顿时便闷闷不乐起来，我后悔把我的电话告诉了她，不然，不是没有这个烦恼了吗？看样子，这个女人一时恐怕还真是甩不掉了，她就像一条贪婪的蚂蝗一样，紧紧地叮在我的腿上吸血，扯也扯不下来了。她老是来电话，也幸亏我老婆不是一个吃醋的女人，她因为漂亮，所以自信心十足，不然，一场硝烟弥漫的家庭战争肯定是避免不了的。

我阴沉着声音问，有什么事情？

她好像丝毫也不计较我的态度，却滔滔不绝地说，尊敬的胡老师，我今天可没有惊醒你的美梦吧？我知道你的生活习惯了。我只说一句话啊，我觉得昨晚简直是太愉快了，但我原以为你会送送我的，可是你没有送我。你不知道，我所住的那条狭窄的黑暗的巷子，有多么的令人可怕。但是，我不怪你，真的，我只是希望我们每天能见见面，你知道我没有得到过父爱，也没有得到过男人的爱，但是我觉得，这两者在你的身上都能够充分地体现出来。尊敬的胡老师，一定要请你原谅我，我明白这只是我的奢望而已，可是，你知道吗？我昨晚的确感到好温暖啊……说到这里，她轻轻地抽泣起来了。

想到她不幸的身世，我的心里不禁一软，喃喃地说，你感到了温暖就好……但是，这话一出口，我又有点后悔起来，因为我不想在以后再给她这种温暖了，我不是一团随时随地就可以燃烧的火，我不想搞什么送温暖工程。我是担心过多地与她来往，一定会惹出事来。可是她却还说希望天天见面，我凭什么跟你天天见面？现在还只与你见两次面，我已经烦透了。

我是不是过于自私了？

过了一会儿，张茜茜又说，尊敬的胡老师，今晚上你能够出来吗？

我果断地说，不能，我有点事情。

她非常失望地说，那……明天行不行？

明天再说吧。我飞快地将电话挂掉了。我在埋怨我的那个亲戚，如果他不叫我出来吃饭，就碰不到这个女人。同时，我又埋怨自己，那天为什么要去呢？其实，跟那个亲戚也没有多少来往，推掉不就没事了吗？

第二天下午，居然有个娘娘腔的男人打电话给我，说请我吃饭，并强调说张茜茜也在。

我问你是谁，他哈哈地大笑起来，你不记得了？头一回我们见面的那天，你亲戚和张茜茜也在哩。

哦，我这才想起来，原来是那天也在座的王先生，一个搞网络的小老板。此人像一个女人，那天唱歌时，他居然搔首弄姿的，让人肉麻死了。

于是，我抱歉地说，谢谢你，我吃过饭了。

放下电话，我就知道这一定是张茜茜的主意，她大概已经意识到我不是很愿意与她单独在一起了，而担心我会一口拒绝她，便叫王先生打我的电话。她的想法一定是，你既然不愿意与我单独相处，那我叫上一帮朋友，你应该没有意见了吧？你一来，我不是又见到你了吗？

我想，这个女人每天晚上喜欢出来跑，一定是不愿意待在那一间三十多平方米的房子里，虽然，那房子里有一个与她同居了十年的男人，虽然有她喂养的宠物狗。她一定是对那狭窄的房子里的一切，当然也包括那个男人感到厌烦了，毫无感觉了，才跑出来的。如果他俩之间还有一点感情，还有一点牵挂，她也不至于如此。就像她那天晚上对我说过的，那间屋子没有爱，也没有一点温暖。

哦，我这才终于悟出来了，她一定是害怕寂寞，害怕冷落，害怕无人理睬。还有，这个张茜茜是不是因为青春已逝红颜不再，而感到了一种莫大的恐慌和自卑呢？于是，千方百计地叫一些男女来陪同她，以免消除那种孤独感？是不是像她所说的那样，这一辈子既没有父爱也没有得到过男人之爱，而想在我或别的男人身上得到呢？

也许是，也许不是。

但是，这个张茜茜似乎并不心甘就这么白白地放弃了与我的来往，她总是要在中午时给我来一个电话，我尽管不乐意玩这样毫无意义的游戏，但也不必粗暴地挂了电话，于是，我就耐着性子让她说上一通。

那天下午，突然有一个陌生女人给我打电话，我问你是谁。她自报家门，说姓黄，是张茜茜的表姐，说是请我吃饭，要我一定给个面子。而且说，她们几个人已经到了我的楼下。我一听，就知道这又是张茜茜的伎俩，她在逼宫呢。便心想，这个张茜茜又是何苦呢？难道说她没有感觉到我对她不耐烦了吗？难道说她的感觉随着年龄增大变得麻木了吗？我想拒绝，却又说不出口，何况人家都已经站到了我的楼下了，与其让她们像一伙女土匪一般闯进我的家里来，倒不如我亲自下楼去挡驾。

于是，我慢慢地下楼来，她们果真站在楼下耐心地等待，阳光的余晖照在她的脸上。一共四个女人，年龄应该在四十岁以上。除了张茜茜之外，其他三人我不认识。张茜茜见我终于露面了，笑逐颜开，就一一地介绍说，这是黄女士，我多年的朋友，这是蒋女士，这是董女士，她们两位是黄女士带过来的，我也刚刚认识。然后，又必不可少地将我隆重地推出，好像我是某种新上市的产品。

张茜茜那天又换了衣服，穿一件宽松的果绿色的上衣，紧身的大红色裤子，一双红色的皮鞋，惊人地尖而长，就像是两条古代的船，从遥远的年代里突然游到了她的脚下。

在离我家不远的一家酒店坐下来时，三个女人都递给我一张名片，我仔细一看，黄女士是礼品公司的总经理，蒋女士是传销公司的代理，董女士则和蒋女士是一个公司的。

仔细一看，黄女士肯定五十多岁了，脸上的皱纹和卷曲的头发，以及高档的服装，交织地流露出创业的艰辛和成功的喜悦。她对我说，以后需要礼品之类的，可以跟她联系，并要我多多关照。

黄女士刚刚说完，蒋女士和董女士呢，则见缝插针滔滔不绝地对我大谈特谈起传销带来的好处，并说传销实在是帮了政府一个大忙，因为它的确让许多的人脱了贫致了富。

蒋女士似乎为了说服我，还赶紧从挎包里拿出来一本印刷精美的传销杂志送给我，眼睛里充满羡慕地指着上面的相片说，这个外国人是某某人，胡老师你看得出来他有多少岁了吗？看不出吧？他已经快八十了，可是，他最多只看得五十岁！还有这个台湾女人是某某人，胡老师你看得出她有多少岁了吗？看不出来吧？她已经七十二岁了，可是，你看她只显得五十多岁吧，他们为什么这样年轻呢？都是因为吃了传销的产品，又都是因为传销而一举成了大富翁的。

毋庸讳言，这个蒋女士极富鼓动性和煽动性，而且不至于让人讨厌。然后，她又一页一页地给我介绍上面的产品，非常耐心。那上面的产品真是琳琅满目呀，从美容美发系列，到营养品系列，到清洁剂系列等，大大小小的都有。

见我喝酒，蒋女士又劝我不要多喝酒，说酒是伤身体的，而他们的产品，最终的目的就是两个字：健康。

人来到这个世界上，还有什么比健康更加重要的呢？她说。

于是，她又从包里拿出来类似药片的东西，说这是保健品，也可以解酒性的。她生怕我不相信，便将一片药片似的东西压碎，放在了啤酒里，过了一会儿，就叫我喝，问我啤酒的味道是否淡一些了。

我点点头，如实地说，的确淡了一些。

蒋女士意犹未尽，继续大谈传销中动人的典型的发了大财的例子，并且还列举了她自己的例子。她说，她以前在深圳开了三家店，自从搞了传销后，三家店也不开了，一心一意地来搞传销，收获比开三家店还要大得多，而且人又轻松又愉快。按这位蒋女士的想法，她似乎一定要在今晚上迅速地一举将我拿下。

我则脸露笑容，兴味盎然地听她说。其实，我的心却坚如磐石，一点也不动摇，因为这样的人我碰得多了。曾经有一个年轻漂亮的女人到我家里不止十次企图说服我买她的产品，并且刺激我说，不就是一百块钱嘛？我却怎么也不答应，我觉得她那明亮的眼睛就像一对黑暗无底的陷阱，我不愿意乖乖地往下跳。一百块钱是不多，但我买一瓶酒喝靠得住得多。我并不反对人家这样，但我肯定不会这样。

张茜茜一直沉默不语，好像受到了某种冷落，脸色也很是难看。她绝对没有料到，黄女士带来的居然是两个不遗余力地进行传销活动的女人，而粗暴地剥夺了她与我说话的机会，这显然让她的自尊心受到严重的损伤。

这个局面是她所没有料到的。

后来，她终于忍无可忍了，将烟蒂狠狠地往烟灰缸里一揿，便直通通地对蒋女士说，我是一个很直爽的人，我们也是第一次见面，你就不要老是在我的朋友面前说什么传销传销的，我们难道不能说点别的话题吗？

蒋女士一怔，显然十分尴尬。但我对蒋女士并不反感，因为她虽然也是上了年纪的女人，但她显得很有气质，脸上光泽，头发染成了淡黄色，也显得比在座的女人年轻。当然，也还有一点漂亮，而更重要的一点是，她还保持着比较苗条的身材。

我于是便打圆场，对张茜茜说，你怎么打断人家的话呢？人家蒋女士也肯定是因为从中得到了不少的乐趣，就抑制不住心中的快乐嘛，人有了快乐，就需要让朋友们来分享嘛，是不是？

张茜茜没有反驳我，脸色也好看了一些。我知道我只要与她说话，她就有了快乐。她的快乐与蒋女士的快乐有所不同。一个是需要钱，而另外一个需要的是温暖。除了张茜茜不说话之外，其他三个女人都附和我的话。蒋女士特别感激地看了我一眼，因为我无疑地给她解了围。

这时，张茜茜想起了什么，忽然从挎包里拿出来三本杂志，一人给了一本，她说，这上面有胡老师写的文章，你们看看吧，简直太感人了，一个动人的婚姻传奇故事，杂志就送给你们了。彩色光洁的封面，在灯光下闪闪烁烁。那三个女人便礼貌地翻了起来，异口同声地对我说，我们一定会好好地拜读。

张茜茜的脸上这时才有了一点胜利的笑容，好像用这样的杂志战胜了蒋女士的那本传销杂志。我狠狠地白了她一眼，意思是你搞的什么名堂嘛，这样的东西还值得向别人推荐么？我心里其实并不高兴，真正高兴的是这家杂志。

那天一直边吃边说到了十一点多钟，我以为是黄女士买单，因为是她打的电话呀，她而且也说过是她请我吃饭呀，可是她一直不说，装着在跟蒋女士说话。

张茜茜便手一招，对小姐说，买单。又说，请给我拿三个饭盒来。

黄女士这时却显得非常大气地说，下次由我来买。

因为说话多，吃得少，点的菜基本上没吃多少，三个饭盒还不够，于是又加了一个。张茜茜每回出来吃饭，都忘记了屋子里的那个男人，却没有忘记她的宠物狗。

一出了酒店门，黄女士她们便朝东走了，我和张茜茜往西走。

我说，不是说黄女士请客的吗？

张茜茜说，她也说了是她来买单的。

我笑了笑，说，你这是自作自受哩，你搞得赢她们做生意的人吗？她们的头脑精明极了。然后，我担心她又会叫我再去哪里坐坐，便马上挥挥手说，再见，我回去了。

我走了几步，听见她似乎在自言自语沮丧地说，你就要回家吗？她站了许久，然后才慢慢地走开。

我那天其实并没有立即回家，我居然躲在街角拐弯的地方没有动，因为我忽然发现她没有坐的士，而她的家又是那么远，难道说她走路回家吗？何况这个时候了，她家的那个方向早已没有了公共汽车。

说来连我自己也不相信，我不知出于什么动机，竟然悄悄地跟踪了她，我倒要看看她怎么回家。走了一段路，令我惊讶的是，她竟然没有朝她家的方向走，而是向河边走去。我倒是有了一点担忧，她莫不是想投河吧？不然，她这时候去河边做什么？

她没有朝后面看，肩上挎着挎包，手里提着打的包，一直慢慢地走着，她没有发现我就跟在她的后面，她肯定以为我早已回家了。她走到了漆黑的河边，河边上砌了防护栏，还有水泥桌椅，供游人休息的。现在，那里已是空寂无人了，只有街上的灯光很远地射去，光线变得十分暗淡了。风很大，让我感到一阵阵发抖。我缩着头静静地躲在一棵大树的后面。

她坐了下来，把挎包和那几只饭盒放在水泥桌子上，点燃一根烟，一动不动地坐着，暗红色的烟火像鬼的眼睛一眨一眨。我想，难道说她就是这样默默地坐着吗？一直坐到天亮？难道说她不怕冷吗？她一定在想着些什么，那么，她又在想些什么呢？

但是，一切都出乎我的意料。

这时，只见她忽然把烟一丢，站了起来，然后激动地说，你终于来了。

我以为是她要等的男人来了，可是我睁大眼睛四处看，也没有看到什么人出现。这时，只见她冲上前几步，张开了双手，做出了一个紧紧拥抱的姿势，埋怨而高兴地说，我整整等了你一晚上啊，你不知道等待是怎样的滋味？你难道说一点也不理解我这颗心吗？你为什么这个时候才来？我不用你说理由了。好好好，来了就好，我不会怪你的。你所做的一切，我都不会责怪的。我知道你是爱我的，你也知道我是爱你的，在这个世界上，我觉得只有我俩之间的爱情是最最真实的了，最最宝贵的了，你说是不是？你也知道的，我这一辈子从来也没有得到过爱情，我的心早已成了一潭死水，只有碰到了你之后，我的爱情才闪出了火花，像冲天的大火熊熊燃烧，我真是感到幸福极了，真的，幸福极了……好，我一定答应你，把那个男人赶出去，明天就叫他走。哦，你也不喜欢狗，那我明天就把它们送给别人，好不好？我一切都会依着你。你看，我现在就把它们的食物丢掉。

张茜茜反转身来，果真从桌子上将打的包拿起来，朝防护栏走去，然后用力一甩，将包朝河里扔去了。她回过头来，走了几步，说，你看，我把它丢掉了，我不再喂它们了。她双手交叉紧紧地抱着自己的胸部，说，你紧紧地抱着我，对，抱紧一点，我真的害怕你走掉。如果没有了你，我真是太孤独了，太孤独了……说着说着，张茜茜低声地哭泣了起来，像一个孩子一样。

夜色掩盖了她的身影，但我仍然还是能够借助暗淡的灯光看见她抽搐的背。我一时怔住了。我深深地被这个女人的举动震撼了，谁也想不到，在这座城市冬天的夜晚，在寂静无人的河边上，有一个孤独的女人，在寒风之中，居然在臆想之中抒发着她心中的幸福和爱情，她在假想着有一个深深爱着她的男人。

她然后一直坐在椅子上哭泣，声音低沉。我甚至看见了泪珠一颗一颗晶莹地掉下来，我甚至发现泪水湿透了她的衣服，然后渐渐地湿透了身边的树，接着居然湿透了一片黑暗的寒冷的天空。我浑身情不自禁地感到哆嗦，不是由于寒冷。我曾经有一个念头，想走过去安慰她，但我最终没有走过去。我胆怯，没有一点勇气。我只是小心地躲藏在树的背后。

我不知道她会坐多久，她会投河吗？如果她要投河，那我还可以奋不顾身地救她一命。幸亏她好像没有产生这个死亡的念头，又坐了不多久，便依依不舍地说，我走了。她从桌子上拿起了挎包，默默地走了一阵，响起橐橐橐的空洞的脚步声，然后她站住了，招手叫的士。

我然后才放心地往家里走去，心里不禁大发了一通感慨，这女人呀女人，这痛苦呀痛苦，这孤独呀孤独，这寂寞呀寂寞。张茜茜她会每晚上来这里吗？来这里抒发一通没有过的幸福和爱情吗？来这寂静的寒冷的河边上与她假想的男人约会吗？我不得而知。我只是担心她哪一天实在是绝望了，肯定会在浑浊的河水里结束自己的生命的。

愿每一缕阳光都赐予你幸福与安康，
成功与你同行，快乐伴你左右。

（摘自张茜茜发来的短信息）

6

张茜茜那晚上的举动，让我叹息不已。她让我产生了一种深深的同情，仅仅是同情而已。但我不会过多地与她接触，因为我既不会给她什么感情，也没有一味立竿见影的良药。

后来，张茜茜又约了我好几次，我都没有出来，我觉得与她在一起简直是太累了，便借故委婉地拒绝了她，我当然没有愚蠢地说出她在河边的事情。

有一回，她又来了电话，说她请客，只请我和那个搞网络的王先生。你们也知道，王先生我是不喜欢的，主要是那种不男不女的样子令人作呕。

我便说，算了吧，我还有事。

她却说，你跟王先生还是老乡哩，人家想跟你喝喝酒，难道说你一点面子也不给？

我想，王先生人倒是不坏，就是喜欢做女人状。但我记得第一回见面时，不论是吃饭还是唱歌时，他总是一杯一杯地跟我喝，也不失爽快。他如果改正了女人状，也算是一条汉子。

因为我推脱了多次，再拒绝她也说不过去，我沉默了一下，说，好吧，那由我来请客。又补充说，店子则你来挑，最好挑一个安静一点的店子。

张茜茜见我答应了，高兴得不得了，说，哪能叫你请客呢？你能够答应来，我就非常高兴了，我一定挑一个非常安静的店子，以便说话，你就放心吧。我尊敬的胡老师，那就定好时间，六点，在张家酒店。她还特意强调，不是上次那个张家酒店，这个张家酒店是在建树路。

既然答应了人家，就按时去吧。我六点钟准时来到了建树路的张家酒店，走进去一看，他娘的，店子里哪里安静？真是人满为患呀，大厅里的桌子几乎都是满座。而且，我四处寻找，竟然连张茜茜的影子也不见，王先生呢，也没有来。

我这时倒是看到了张茜茜的堂哥，他正在忙着，没有注意到我。哦，我突然恍然大悟，其实这也是她堂哥的连锁店。哎呀，这个张茜茜怎么搞的，又叫我来我不喜欢来的地方。

我的心情一下子变得非常糟糕，恨不得拔腿就走。但一想，何必如此呢？如果我一走，张茜茜不是更加尴尬吗？于是，便忍着性子，占领了一张桌子，抽着烟，闷闷地等着。可是，左等右等，也不见张茜茜的影子，时间已经六点半了，我于是便生气了，拿出手机打电话给她，电话倒是通了，可就是不接。这是怎么回事？这不是把我当作猴子玩吗？于是我继续打，如果她再不接，我便坚决走人。

这时，她却接了，对方的噪声很大。我烦躁地问，你为什么不接电话？

她急切说，对不起，我正在车子上，人太多了，我没听见。

我恼怒地说，你请人家的客，你自己又不准时，你到底搞些什么鬼？

她连忙抱歉地说，我马上就到，马上就到。

她还没到，王先生倒是姗姗来迟了。他冲我女人似的一笑，说，张茜茜还没到呀？我苦笑着摇了摇头。

又过了好一会儿，张茜茜才匆匆地赶到，她连忙说，对不起，我有事情去了，我真是太忙了。

我冷嘲热讽地说，你真是比总理还忙碌呀。

张茜茜抱歉地笑了笑，甚至有点神秘。她今天穿的是一条宽大的白色的裤子，衣服则是大红色的，还披了一条同样也很宽大的绿色的披风，鞋子却是很厚的黑色的松糕鞋。她好像为了讨好我，赶紧拿来菜牌请我点菜，我把菜牌一推，说我不点，还是王先生点吧。王先生说他不点。

我以为张茜茜自己点菜，可是她也不点，她好像突然才记起来，拍了拍脑袋，哦，还有几位朋友哩。

我不客气地说，你不是说就只有我们三个吗？

她笑着对我说，先的确是三个的，后来又约了几个。说罢，又站起来，马上往店门外走去，忽然就消失了。

她到哪里去呢？

唉，这个女人也真是的，明明说好是三个人的，为什么又要约人？这不是出尔反尔吗？王先生与我说话，我也是有一句没一句的。闹哄哄的环境让我心烦意乱，坐立不安。其时，旁边一桌的人碰杯，居然不小心把酒洒到了我的衣服上，我还没有等到他们向我道歉，便朝那一帮男女低沉地吼了起来，你们搞什么搞？

过了许久，张茜茜才气喘吁吁地提着一只白色的大塑料袋进来，小心翼翼地把它摆在桌子上，然后，一样一样地从中拿出几瓶酒和饮料来。哦，我这才明白，她是去外面的店子里买酒水去了，在这酒店里买是很贵的。所以，从这一点上就可以看出来，她的经济其实并不很宽裕，既然如此，又何必老是请客呢？

她这才坐下来点菜，点一样，便问我可不可以，我不理睬她，充耳不闻，只是埋头抽烟喝茶，她便与王先生商量，点好菜之后，她居然还交代小姐，暂时不要上菜，说客人还没有到齐。我嫌店子里面太吵闹，便走出来透透气，她似乎生怕我走掉了，马上追了出来，乞求地说，胡老师，请再等一下，他们马上就来了，真是对不起啊。她一直陪着我站在门外面，不断地拨打那几个人的电话。

一直快到七点钟了，才陆陆续续地来了三个人，这些人我都不认识。张茜茜顿时笑逐颜开，拍手称快地说，好好，朋友们都来齐了，然后便一一地介绍。

她首先当然免不了又将我隆重地推出，照例少不了两个“非常有名”。而且迅速地从挎包里摸出了四本杂志，一人一本，说，喏，这是刚刚新到的，这本杂志上有胡老师的文章呢，真是太精彩了。那些人连连说，回家一定好好地拜读。

我一脸苦笑，哎呀，这个张茜茜真是让人受不了了，何苦来哉？这家杂志看来不给她评一个铁杆读者就真他娘的没有道理了。

我马上声明说，不要听她乱说啊。

张茜茜却毫不介意，说胡老师真是太谦虚了。他们听罢，都一律意味深长地微笑着。张茜茜好像已经将我当成了她的什么人，并且高兴地对大家说，他今天批评了我哩，说我没有按时到，其实，我是去买杂志了，这本杂志好俏的呢，一个书摊上只有一本了，我连跑了好几个书摊。

哦，我这才恍然大悟，难怪她晚来了，而且居然还对我保密。

据张茜茜介绍，其中一个是音乐家，那人的年龄起码在五十岁以上，留着长长的头发，宽脸，但我一直没看出来此人到底是男还是女。因为女人到了这个份上，由于脸庞的变形和声音的变形，就会模糊得像男人。另一个呢，是某报的老记者，满头白发，年龄在五十五至五十八岁之间。还有一个人是某局的一个小官吏，也快到了退休的年龄。

我真的一点情绪也没有了，尤其令我讨厌的是，酒店里闹哄哄的，好像大家不是在吃饭，而是在进行叫喊比赛。你想说说话吧，起码要撕起嗓子喊。我因为不想喊，所以，我一直沉默不语。还有，说好三个吃饭的，现在却有了六个人，而且我又不认识。我不满地看了张茜茜一眼，这个女人总是将事情办得糟透了。

倒是其他的四个男人谈兴颇浓。那个不知是男是女的音乐家，则大言不惭地谈自己发明的树叶音乐，他说他的叶乐比谭盾的水乐不知动听了多少倍，并且毫不留情地将那个谭盾狠狠地臭了一回。我不知道远在美国的谭盾此刻是否大打喷嚏？

老记者呢？则慢条斯理口若悬河地说，他这一辈子呀，没有白做，他上了多少多少的头版头条，另外呢，他带的徒弟们一共上了多少多少的头版头条。还说，他去年就上了多少头版头条。

那个小官吏有了一把年龄，大概也没有能够升迁的机会了，便不谈官场上的事情了，他侃侃而谈的是麻将，说他这一向的手气如何如何地好，一连出现过几个大方子，清一色，七小对，碰碰胡，总而言之，收获不小。

王先生本来也不想说话的，因为他的女声说起来很吃力，别人也不一定听得清楚，后来见他们滔滔不绝，也就憋不住了，将酒杯一放，大谈特谈他的网络，他牛皮哄哄地说，请在座的各位相信他，他要不了多久，就会占领全省的网络。

这根本就不是说话的地方，但是他们偏偏要说，好像不说，就会白白地失去了一个极好的机会。因为环境过于嘈杂，所以，他们说话需要太费力气，不撕着嗓子叫，人家就很有可能听不清楚。所以，每人的脸上涨得通红，激动不已。

谁知吃到半路上，又突然冲来了背着挎包的一男一女，于是又摆椅子和餐具，我暗暗地叫苦不迭，这个张茜茜哪里是叫我和王先生吃饭啊，她简直恨不得想把全城里的人全部叫来。张茜茜于是又不厌其烦地一一地介绍了一遍，然后，又变魔术似的突然从挎包里面拿出两本杂志送给他们，强调说，这杂志上有胡老师的精彩文章。我这才知道，这刚来的两个男女是某个很不景气的电视台的，他俩在这张桌子上算是最年轻的了，三十五六岁的样子，一坐下来，连连抱歉地说，对不起，叫各位久等了。

他俩刚一坐下来，喝了两口酒，见那四位在大吹特吹，也便跟着吹了起来，说他们刚才还跟宋祖英和刘欢通了电话，他们去北京时，都在宋祖英的家里刘欢的家里张也的家里李谷一的家里冯巩的家里吃过饭。他们各吹各的，你吹了一阵，我再接着吹。那个瘦得一塌糊涂的女人还毫不客气地把激动的口水，喷到了我的脸上。

依我看，张茜茜是最忠实的听众，她一直兴致勃勃地专注地听着，连眼睛也不眨一下，生怕漏掉了一个字。她似乎非常满意这种局面，她吃得很少，手只是拿着筷子不夹菜，她好像不是来请客吃饭的，而是来听朋友们吹牛皮似的。当然啰，在别人说话的间歇，她便趁机亲自一一给大家倒茶斟酒，还给我夹菜，并不时地说，你们说呀，说呀，好有意思的啊。

我暗暗地想，她为什么要这样做呢？也许，正是这种热闹的场合，能够使她暂时地忘记了寂寞，忘记了孤独，忘记了忧愁。她的眼睛闪闪发光，不时发出一声声惊叹，而且一动不动地盯着那些吹牛皮的男女。但在换一个人吹牛的短暂的间隙之中，她没有忘记迅速地看我一眼，好像在暗暗地观察着我的情绪。

我已经烦不胜烦了，早就打定主意走人了，我不愿意再待在这闹哄哄的环境之中，不愿意看着眼前这些牛皮兮兮的男女。但我知道，我如果说走，张茜茜是很掉面子的（我怎么也喜欢讲“面子”这个词了），再怎么说，她并无恶意吧。

这时，转机终于出现了，那两个电视台的男女匆匆地吃罢饭，说，他们还有急事，一定要赶紧回去，然后抱歉地给每人打招呼，说罢，提着挎包就像风一样地离开了。

于是，我也紧跟着站了起来，趁机说，对不起，我也有点急事。张茜茜赶紧扯着我的手，欲劝我留下，我却甩开她的手，像一只见了猎狗的兔子似的，便赶紧溜了出来。

我不知道他们会吹到什么时候，这当然不关我的什么鸟事了，反正我已经脱离了苦海。可是，我还没有到家，就接到了张茜茜的电话，她幽幽地说，胡老师啊，今天真是对不起你，我让你不高兴了。

我冷漠地说，不，哈哈，我很高兴。

便立即断了电话。

祝你：

一帆风顺，二龙腾飞，
三羊开泰，四季发财，
五福临门，六六大顺，
七星高照，八方来财，
九九同心，十全十美，
百事亨通，千事吉祥，
万事如意。

（摘自张茜茜发来的短信息）

7

我在想，张茜茜既然有了那么多的朋友，又何必再叫我呢？难道说，我就是那种她所说的既有父爱又有男人之爱的那种男人吗？我怎么一点也感觉不到？我知道我是根本不可能给她什么爱的情的，出于人道，仅仅是同情她而已，而更多的是，我有点讨厌这个女人。她过于地热情洋溢了，也过于地婆婆妈妈了，属于那种难缠的女人。但我还是要承认，张茜茜的身上没有多少的世故，也可以说，她非常的天真而幼稚，她似乎还没有长大，不然，她不可能老是花钱请客了，她也不可能去河边与她想象中的男人约会了。甚至连王先生都说过，张茜茜是一个非常愿意帮忙的人，而且尽力而为。

这一点，张茜茜也曾经对我说起过的，她举了一个例子，说有个朋友打经济官司，对方欠了这个朋友十多万，并说，如果她帮他打赢了这个官司，答应给她三万块酬金。虽然她不是律师，但她到处找人，还买来许多的法律书籍仔细地研究，甚至还帮朋友出庭答辩，九个多月过去了，官司终于打赢了，钱也要回来了，可是，那个朋友给了她多少呢？两千块钱。这连她的车马费电话费都不够啊。九个多月来，她风里雨里，四处奔波。现在，她却有苦难言，因为她太过于地相信她的朋友了，而且两人之间也没有一个合同。诸如此类的事情，还发生过很多。

虽说我们不是天天见面，但她每天一定是要打个电话给我的，而且不断地给我发短信息，有时一天居然发来五六个，现抄录三段如下：

1. 祝你事业通程，人际友谊，收入家润多，生活阿波罗，家庭平和堂，日日新一佳，事事家乐福。

2. 每天送你888，顺心顺意天天发；每天送你999，前前后后都富有；每天送你555，日日上班不辛苦；每天送你333，无论做啥都过关。

3. 在这特别的日子里，愿天下所有的幸福都陪伴着你，仰首是春，俯首是秋；愿天下所有的欢乐都追随着你，月缺是画，月圆是诗。

第一则短信息，我还能够理解，她将这座城市里的有名的商店或宾馆的名字串联在了一起，还不失有点味道。第二则当然容易理解。而后面这一则短信息发来的时间是十二月五号，我他娘的就想不清楚这个日子，到底特别在哪里，既不是五一、六一、三八节，也不是春节、端午、中秋节，又有什么特别的呢？我甚至还特意地在日历上看了一眼，上面却清清楚楚地写着，不宜出行。

我不知道发短信息，也不想学着发，所以，她发来的短信息，总是有来无回。我即使知道发，我也不会发给她的。但我发现，她发短信息的时间，除了极个别之外，一般都在凌晨三四点钟发来的，难道说她不睡觉吗？而且，她又不是顺手牵羊地将人家发给她的再批发给我，她还要绞尽脑汁重新想，而这些短信息也不是一时半刻就能够想出来的，这得要耗去她多少的时间啊。

后来，她总是不断地给我打电话，热情洋溢地说要给我织一件毛衣，并说她织的毛衣非常好看，她说她晓得织许多种花样，波浪形的，圆形的，菱形的，玫瑰形的，不知我喜欢哪一种。她说她曾经给许多的人织过，人家都一味地夸奖她。我急忙说，谢谢你的好意，我有好几件毛衣，毛线的，羊毛的，薄的厚的都有。再说现在有几个人还打毛衣？都是买的。她见我不要毛衣，便又说，要给我买一套进口的名牌西服。她说，胡老师，你这人穿西服最漂亮了，要比现在精神得多了。我又急忙说，也谢谢你，因为我从来不穿西服的，我最不喜欢那种正儿八经的样子，你见过我穿过西服吗？她见我不要西服，仍不心甘，又说，要给送我一打进口袜子，她说我最适合穿那种浅灰色的袜子了。我还是急忙地说谢谢，我说我家的袜子一打一打的，简直可以开铺子了，不必让你再费心了。

张茜茜好像不送点东西穿在我的身上，她就不罢休似的。她肯定是这样想的，每回见面之后，她看到了自己送与我东西——或毛衣或西服或袜子——穿在了我的身上，她就会像情人一样的有一种甜蜜感，但我没有让她的阴谋得逞。其实，在这个世界上，有另外的一个女人在悄悄地关心你，体贴你，温暖你，你应该感到幸福才是，你更没有拒绝的理由。但是，我早就说过的，我却不想与她有过多的纠缠，其中的道理你们也不是不清楚。直爽地说，如果是一个年轻美貌的女人这么关心体贴温暖着我，那又另当别论了。

过春节时，她又是给我打电话，又是给我发短信息，祝我节日快乐。其时，我已经离开了这座城市，去了我父母那里。

张茜茜幽幽地说，尊敬的胡老师，你回来之后，一定要给我打个电话，我们再好好地聚一聚，我保证不再叫别人了，好不好？

我答应了她。

我从父母那里回来之后，其实并没有给她打电话。我这个春节过得非常愉快，兄弟们把老婆小孩都带回来了，大大小小十五六号人，唱啊说啊玩啊，把父母忙得不亦乐乎。我不知道张茜茜春节过得是否愉快，她是去了她女儿的别墅里过春节？还是和那个我从来也没有见过的与她同居了十年的男人在一起过春节？或是跟她的那些宠物狗一起度过春节？她会在这个特别的日子里，在她那孤独的灯光下，想起她去世的父亲吗？想起她去世的母亲吗？想起她那死去的可怜的崽吗？想起她几十年来坎坎坷坷的道路吗？想起她这一辈子都没有得到过的爱情吗？

她的那些朋友是否给她打了电话或发了短信息，祝她新年快乐了呢？抑或是，她是否给每一个朋友都发了拜年的短信息？

我也不知道。

我所知道的是，她竟然画了一张很大的男人头像，用金黄色的框子框了起来，挂在自己床铺的墙壁上。据说很像我，这令我非常震惊。

这件事情，我是偶然在街上碰到了王先生，听王先生说的。他说，你不知道吧？张茜茜有一次喝醉了，简直是烂醉如泥，那已经是深夜了，我实在是不放心，便送她回家。当时，她那个男人还没有回来，他便将她扶到了她的床铺上，就突然看见了那张画。他说，当时张茜茜醉醉地指着墙壁上那张画像，不断地对我说，你知道那是谁吗？那是谁吗？我没有问她，我知道她画的是谁。

我听罢，脸上有点不高兴，皱起眉头说，这个女人真是的，画我做什么呢？他娘的，世界上有这么多的男人，为什么偏偏画我呢？

王先生见我生气了，赶紧递烟给我，解释说，这也不必怪她，只不过是一张画而已，她想画谁就画谁。

王先生还说，张茜茜那天还从枕头边上拿起一个大笔记本，硬叫我看看。我不知道那里面写的什么，便说不看了，天太晚了，以后再看吧。她却拼命地扯着我的手，不准我走，硬要我看，于是，我就只好看。我翻开一看，天啦，都是写给你的，真的，我不骗你，写得真是情意绵绵，动人心弦，我没有想到她写得竟然是这么动人，简直是催人泪下。

我几乎有点愤慨了，把手里的烟一丢，愤愤地说，这个女人真是令人不可思议了，太自作多情了，你想想，我会跟这种女人有什么事吗？

肯定没有的，王先生认真地说，他倒是没有一点嘲弄和暧昧的意思，又连连感叹地说，我也理解她这个可怜的女人，但你一定相信我，我不会再说给别人听的，她那晚上如果不是喝醉了，也不会给我看的。

我却没有将张茜茜在河边上发生的事情告诉他，等他走开之后，我又突然想起，她在河边上假想的那个男人莫非就是我？

三月九号那天，我正在外地采访一个老妇人，她半个世纪来，一直照顾着现在已近百岁的孤寡老人，而那个老人只是她的邻居而已，事迹非常感人，听着听着，好几次我都忍不住掉下眼泪来。我想，这个稿子肯定会引起震动，在那些杂志上发个头条是没有问题的。

当采访完了之后，我突然接到她的电话，她兴高采烈地告诉我，她今天生日，晚上准备请一帮好朋友来吃餐饭，地点在张家酒店，她还特意地强调，就是和我第一次吃饭的那家酒店，时间是六点钟。她还告诉我，她订了五桌酒席，请我一定要来。还说，她第一个电话就是打给我的。还说，胡老师，我不要求你什么，只是请你送一束百合花给我好吗？又补充说，告诉你胡老师，这一期新到杂志上又发了你一篇文章，我读了之后，感动得哭了起来，我一下子买了五十本，准备送给来吃饭的朋友们。

哦，我只是轻轻地应了一声。我非但没有感动，反而对她的这种做法实在是很反感，我的那些东西值得她这样一本本地送人吗？

按说，我也可以赶回去的，因为我的任务已经完成了，况且我所说的在外地，其实离我所在的城市不足一个小时，我本来是打算回去的，但一听到她的这个电话，我却不想再回去了。

我遗憾地说，哎呀呀，那太不凑巧了，我正在外地采访呢，我只能在电话里祝福你生日快乐了。

你就不能赶回来吗？听得出来，她非常失望。

我轻描淡写地说，没关系嘛，你有那么多的朋友在呀，况且，我在很远的地方，一时也赶不回来。

她没有再说话，只是不挂断电话，沉默着。我知道她是在坚持着，希望听到我一定赶回来的话，但我最终也没有给她这个希望。于是，她难过地说，尊敬的胡老师，谢谢你的祝福。

我能够想象得出来，她的许多的朋友都会来捧场的，因为平时她也待朋友们不薄，那么，她的生日一定会非常热闹，她一定会沉浸在幸福的气氛里。鲜花，美酒，祝福，会始终地围绕着她。她也很可能会激动不已，经不起大家的敬酒，喝得个酩酊大醉。这个晚上，她一定是感到幸福的。但我却想象不出，她今天到底会穿什么样式的衣裤与鞋子，以及它们的色彩。

可是，七点钟的时候，我正在和一伙朋友兴味盎然喝酒的时候，突然又接到了她的电话，她那边很安静，一点喧哗声也没有，我估计是在洗手间打的，她不说话，手机里只是传来她低低的哭泣声。

我疑惑地问，你怎么啦？是不是喝醉了？

她半天才沮丧地说，朋友们原来都答应来的，可是，到现在，只有王先生一个人来了，他等了很久，见没有人来，就说他还有人等着他去谈合同的事，也就匆匆地走了。

我感到不可思议，惊讶地问，那是怎么回事？不可能的嘛。

张茜茜伤心地说，我再给他们打电话时，他们不是说突然有急事不能来了，就是关了机，怎么也联系不上了。尊敬的胡老师，你今天如果能够来该多好啊，哪怕就是他们都不来，只要你一个来了，我也会感到非常非常高兴的，可是……

我想劝慰她几句，谁知她将手机断掉了，我再打过去，她的手机却关了机。可是，我的耳边却还响起她低低的哭泣声。我似乎看见了她孤立无援地可怜地靠在洗手间的墙上，让伤心的泪水汩汩地无声地流淌着。我也可以想见，那空空荡荡的酒厅里，没有高朋满座，没有欢言笑语，没有觥筹交错，没有鲜花和祝福，只有那无边无尽的凄凉和冷落，还有那些小姐不明就里的惊诧的目光，以及那寂寞的怔怔的灯光。

祝您：

吃好，喝好，玩好，睡好，乐好，
想什么好，
什么就好，
总之，一切都好。

（摘自张茜茜发来的短信息）

8

我其实在那天晚上十点钟就回来了，是朋友们拿车送我回来的。他们本来坚持叫我住一晚再走的，可是我却没有留下，我说，又不是天远地远的，即使要见面，天天都可以见面的嘛。

从第二天起，张茜茜就没有再像以前那样给我打电话，或发短信息了。我觉得有点奇怪，也许是她生日的那天，对她的打击太沉重了吧？同时，我却也觉得轻松了许多。渐渐地，也就没有把她再放在心上了。

可是没过几天，我突然接到了一个电话，这是一个陌生的年轻女子的声音，那声音有点悲伤，嗓子沙哑。

我说，你找谁？

她说，你是胡先生吗？

我说，是，请问你是谁？

她然后哀哀地说，她是张茜茜的女儿，她说她妈妈昨晚上已经死了，是打开煤气死的。她说，她妈妈临死之前，在桌子上留下了一张纸条和一本通讯录，上面写道，她的死与任何人无关，还说她死了之后，叫女儿务必按照她通讯录上的所有的人一一地通知到，如果有时间，一定要给个面子，请这些朋友前来为她送行。

我听罢，唏嘘不已，半天没有说出话来，我不知道该说一些什么。这个张茜茜呀，她没有在河里结束自己的生命，却以这种方式告别了这个喧嚣的世界。她是否把我的画像和那个记录着催人泪下的文字的笔记本通通地烧毁了？

我想，如果在她生日的那一天，我们都去参加了酒宴，让她高兴高兴，那她会不会去寻死路呢？那么，她可能还不至于对这个世界感到绝望。

又暗暗地想，对于张茜茜的死，我也是不是间接的凶手之一？

又想，到底会有多少人去殡仪馆为她送葬呢？

白　　雨

天空这时就飘洒起细细的雨来，像满世界抖开了白色的缥缥缈缈的纱幔。没有一点声音。原本充斥于高沙镇上的喧闹之声，就陡地减去了许多，似被那漫天的白纱无声无息地一网罩了去。整个镇子，也变得朦朦胧胧起来，似真似幻。

这样奇特的情景，高沙镇每年总要有三四回，每回三四天。每回遇上这如雾如纱的白雨，人流如潮的小镇便突然空寂起来，十分文静。人们连说话也不像平时那样高声大叫，轻轻地、低低地、细细地，似乎生怕破坏了柔柔细细的白雨所带来的那种极其安谧的气氛，就尽量地与其和谐起来。

坐在店铺柜台后面的匡老板，脸色逐渐地阴沉下来，稀疏的眉毛，开始皱成十分糟糕的一团。这个情景，令店员七桂暗暗惊讶，他不明白，刚才还有说有笑的老板，为什么顷刻间便换成了一副似乎痛苦的脸色。七桂手脚麻利地打发走到店铺里买蜡烛的女人，走过去，弯下瘦薄的腰身，在匡富生阴沉的脸上一看，又一看。

病了么？他说。

匡富生怔怔地望着街上那个被白色细雨笼罩的世界，半天才回过神来，轻轻地说，没。

没就好。七桂松缓过一口气来，也顺着匡富生呆滞的目光，朝白茫茫的街上看了一眼，自言自语，这雨也是怪。

怪。匡富生喃喃地说。

匡富生不喜欢老天落这号怪雨。每日一落，匡富生的心情就变得沉重起来。这种感觉原先没有。原先落这号雨的时候，匡富生还惊叹，还兴奋，还激动地手朝天上一比一比地说，这号雨落得很有味道哦。自从去年把香月讨进屋之后，匡富生就开始发现，这号白雨是一种令人不痛快的东西，心情也随之沉甸甸的，再也听不到他对白雨发出的一串赞美了。

匡富生能够断定，香月此刻肯定又默默地独坐在楼上的窗口边。他想控制自己不上楼去看，却又无法控制，便站起来，一步步登上楼梯，脚步轻轻的。

楼上是睡房，睡房显得宽敞而空荡。除了一张雕着龙凤花草做工精细的暗红色大木床，两把古香古气的太师椅，以及一张几乎可以照出人影子的八角桌，屋里什么都没有了。不像其他有钱人那样，把睡房装扮得富有而臃肿。其实，匡富生有能力把睡房装扮得比较富丽堂皇，香月却不愿意。香月说，这样子还显得空爽舒服一些。香月很固执。匡富生呢，也就随了这个固执的比他小二十一岁的女人。

香月果然静静地坐在窗台边，两只如莲藕般嫩白的手，屈放在木质的窗沿上，一动不动。那苗条的微微凹着的背影，以及高耸的发髻，呈现出一种光滑如丝的极美的线条。香月穿一身白色的绸缎衣裤，浑身唯有那乌黑的头发探出窗台，有外面满世界缥缈如纱的白雨，作为巨大的衬景，那头发便越加漆黑得注目和可爱了。

匡富生每回伫立在楼梯口，暗暗地惊叹女人的背影，久久地不忍心惊动。他已经把香月那印在白雨宽大背景之中的文静的坐姿，当作一幅十分美妙诱人的图画来欣赏了。

只是这种欣赏的心情，终究随着时间的流逝，在匡富生稍胖的身体内一丝一丝地渐渐消失。此刻，他害怕看到香月的那张乖脸。他晓得，香月那张极其乖态的脸上，此刻没有一丝笑意或安详，眼里一定流露出一种淡淡的忧郁。那种忧郁虽然是淡淡的，而在匡富生看来，不啻是一种折磨人的残酷，比用刀子杀人还要无情。每回落下这号白雨，活泼泼的香月，便像变成了另外一个人，哪里也不去，且不笑不语，久久地忧郁地坐在窗台边，呆望着窗外那漫天飘舞的白雨。

而且，还有令匡富生惊讶不已的是，平素总爱穿红色或绿色旗袍的香月，一旦看见天上落起白雨，立即一声不响地褪下红色或绿色的艳丽旗袍，换上一身白色的绸缎衣裤。更是叫匡富生奇怪的是，在落白雨的那三四天里，香月在夜里，是无论如何也不准他上身的。这跟平时的香月截然两样，平时，在夜里或不在夜里，香月随他怎样的凶蛮冲撞，而且，香月自己也无所顾忌地放肆和大声快乐的。香月甚至连白色衣裤也不脱，和衣默默无语地侧身睡着，腰背冷冷地对着他，也不管是如何一落千丈地冷落自己的男人。所以，匡富生便感觉到，这女人酷似一条满身流动着剧毒的白蛇。

匡富生尽管欲火很旺，却并没有下蛮去扳过那条冷冰冰曲着身子的白蛇。然后，一如既往勇敢地骑上去。他只是觉得，这一切简直不可思议。他皱着眉头，不明白这白雨与香月到底有什么不可示人的秘密或联系。匡富生曾经多次轻言细语地问过香月，为什么落白雨你就不高兴呢？

香月从未回答过他。若是依了以往的脾气，匡富生早已怒火三丈了。

匡富生的脾气是很暴躁的，这在高沙镇上，已有了不小的名气。镇上人对他的评价是，匡老板从来不把女人当人打。所以，匡富生便是以暴跳如雷的脾气，已经先后打走了两个女人。那两个女人，也长得很是乖态。最终呢，都再也无法承受男人那如铁铸铜浇般的拳脚，哭哭啼啼地被娘家人接走了。

匡富生毕竟还是一个不愿把固执带到坟墓去的男人，在先后两个女人都被自己吓跑之后，他深深地感到，自己的鲁莽并予以自责，以致在那个夏天的某个黄昏，用锋利的菜刀，剁下左手一截小指尖，以此来惩罚自己，发誓不愿再打走第三个女人了，不再愿意让高沙镇的人继续嘲笑了。

他果然实现了自己的诺言。

匡富生在楼梯口驻足许久，终于还是轻步来到香月的背后。他每回都是这样在香月的背后站上一阵，也不说话，双手放在后背，眼睛也凝凝地望着窗外白花花的绵绵不断的细雨。从楼上的窗口朝外看，那如雾的白雨，所展现的范围更大了，往天上望去，无边无际。

这时，楼下的七桂在用沙哑的嗓子喊道，匡老板，徐大少爷来了。

匡富生惊醒过来，想转身下楼，谁料刚走几步，徐大少爷就独自噔噔地上楼来，被细雨打湿且泛出光亮的头发首先升上来，然后，一下露出了那张因走路匆匆，或因上楼涨出了一点红色的白胖的脸。

哦，匡老板——

匡富生搓着手说，进贵呀，什么事？

徐大少爷有点气喘喘地说，喊你太太去打牌呢，只差一个人了，江太太和李太太催得急。

这时，匡富生脸上露出一丝高兴的神色，也不停地说，那好那好，香月，你赶快去吧。他唯恐香月不去。

谁料香月竟然转过身来，见是徐大少爷，忧郁和沉默居然一下子从脸上消失了。香月点点头，又微微一笑，站起来，轻轻地说，我去。

三个人便一一地下楼来。

匡富生赶忙从墙壁上取下一把红色的花伞，一下忽又想起了什么，把红色的花伞又挂回墙壁上，取下一把白色的伞，递给香月。

香月接过白伞，率先走到店铺门口，撑开雨伞，独自朝雨中走去。香月整个人和那把白伞，立即全部融进了白雨之中，唯有那高耸的发髻一动一动，在白色的背景中，像一粒一眨一眨的黑眼珠。跟在香月后面的徐大少爷那魁梧的身躯，竟然像一只老大的笨拙的狗熊。街上已没有了行人，显得非常寂静。

匡富生站在店铺门口，轻松地舒了口气，望着徐大少爷匆匆忙忙的背影，便有点想笑。只是那笑还来不及浮在嘴角上，已经明显凸起泪囊的眼窝里便隐隐地浮出一丝疑光。

所以，刚才心情有了一些轻松的匡富生，此刻，又轻松不起来。他决计去看看，兴许能看出点什么奥秘来。匡富生对七桂交代了几句，站起身，绕过柜台，径直朝白蒙蒙的街上走去。

七桂在喊，带伞呀，匡老板。

匡富生似乎没有听见，挪动着肥胖的身躯，匆匆地消失在白雨之中。

牌局开在江太太家里。江太太的男人——布店的江老板去宝庆进货去了。匡富生若无其事地走进江家牌房时，桌上的四个人——香月、江太太、李太太和徐大少爷一齐朝他望了一眼。显得有些富态的江太太笑着说，匡老板，我看这世上像你这样的男人不多呀，总是抽空陪太太打牌。像我和李太太，男人哪里来陪过？

李太太叹一声，一只长瘦的手把牌发在桌子上，说，我们哪有匡太太的命好？

匡富生只是笑了笑。

香月没有作声。徐大少爷连忙递根烟过去，匡富生伸手接下，并不抽。这时，匡富生突然想起问一个人。话走到了嘴边，又被他悄悄地用舌尖机智地卷了回去。他觉得，如果直截了当地问桌边的人，那无疑是很愚蠢的，甚至，可能还会引来一阵嘲笑。匡富生晓得，江太太和李太太的嘴巴是很厉害的，丝毫也不肯饶人。

匡富生耐着性子坐了一阵子，心中暗暗地打定了主意，他漫不经心地站起来，朝大家说，我去店里看看就来。

桌上的人，除了徐大少爷把香烟熟练地挪到嘴角，并对匡富生客气地说快点来呀，其他三个女人都没有说话，甚至，连头也没有抬，一律把眼光很投入地注入手中那像一只小花扇子的纸牌上。

匡富生离开江太太家，站在街上，望一眼漫天飘舞的白雨，并没有朝自己店铺那个方向移步，而是匆匆地往镇子的西头走去。

街上很寂静，偶尔也有三二人掠眼而过，由于雨雾的原因，相互间都看不实在，幻变成模糊不清的一条条动态的影子。稍隔远些，这幽灵般的影子也看不见了。只有那街边的房屋，由于结构庞大，所以，还能艰难或固执地透出其黑色的隐约的轮廓来。那些高悬在屋檐之外的色彩不一的店幌，却因了白雨的大肆渲染，根本没有了先前的显眼和艳丽。整个镇子像睡在梦里，若隐若现。

丁老爷家门口，坐着一对老大的雄踞的青石狮子，正鼓着眼睛，张口狰狞地望着他。匡富生冷冷地看了石狮一眼，然后，踏上了大门的台阶。

这时，丁老爷家的一个男下人，幽灵似的从门后边显出来，见是匡富生，便堆出一脸笑，说，是匡老板呀，找丁老爷么？他不在家。

匡富生说，找二姨太。

也不再准备听丁家下人说些什么，匡富生径直朝丁老爷二姨太的卧房走去。

丁老爷的家产是镇上第一的，这个大院的规模，也是首屈一指。丁老爷虽然六十多岁了，竟陆陆续续地讨了六房妻妾。对于丁老爷的其他几个女人，匡富生仅仅只是相识而已，并没有过多的接触，对丁家二姨太，却是再熟悉不过的了。二姨太与香月与江太太李太太四个女人，都是老牌友了，四个女人又很合得来，而且，在一般情况下，是不愿意人家参与进来的。她们几乎整天混在一起，形成了一个小圈子，嬉嬉哈哈，颇为快乐。今天，匡富生有点惊疑的是，为什么天天与香月她们在一起的丁家二姨太，竟然没有去江太太家打牌呢？

匡富生来到二姨太的卧房门口，只见朱红色的房门是紧紧关闭的。匡富生轻轻敲了两下，也不见有人开门。把耳朵贴在门上一听，听见里面有女人低低的哭泣声。

颇感惊诧的匡富生，两道眉毛立即皱成了浓黑的一团。他想看个究竟，便轻轻地走到由木质方格子组成的窗户下，伸出一只沾着口水的手指，浸开棉纸，然后，朝里面窥视。

在屋里哭泣的是二姨太。这个平时极为快乐似无忧愁的丰腴的女人，此刻，却坐在梳妆台前，呆呆地望着那柄半月形镜子，一抽一抽，一对好看的浑圆的肩膀，也跟着一耸一耸。也不见她用手绢揩脸，任泪水肆无忌惮地流淌。令匡富生更为惊奇和困惑的是，这时，二姨太竟然往头上戴一个色彩斑斓且十分古怪的东西。那东西又不像是帽子，也不知是用什么东西制作而成的。匡富生平生从没见过，也无法把那个稀奇古怪的形状描绘出来。

他很想进去问问这个二姨太，究竟发生了什么事，为什么这样伤心，真是令人疑惑不解。正犹豫着，只见丁家二姨太的丫鬟正春，从走廊的一头走过来，匡富生赶忙迎上去，轻声地问正春。

正春摇摇头，满脸也是疑惑，说，我也不晓得。我问过二姨太，她总不理睬我，连门也不开。

匡富生说，哭了多久？

正春说，落白雨开始的。

说罢，正春的眼睛就一寸一寸地移到庭院，怔怔地看无声无息的飘洒的白雨。庭院中的花坛里，那多彩多姿的花朵，也看不出许多的艳姿来了。

这时，原以为可以问个清白的匡富生，不免生出满肚的怅然，也不知正春是什么时候走的，便独自站在空寂无人的宽宽长长的走廊上，朝白色茫茫的天空望了许久，两只老眼里堆积罕见的疑惑。

毫无收获的匡富生，失望地从丁老爷家慢慢地走出来，原想回到自己的店铺去，走到半路，又突然改变主意，返身又朝江太太家走去。

这次，匡富生上楼之后，没有直接走进江太太家的牌房。他轻轻地不露点声响地来到仅有一墙之隔的房子里。那间房子，平时是用来供客人休息或聊天的，此刻，没有一个人。匡富生在贴着窗户的椅子上坐下来，不声不响，隔壁房里的笑声牌声，以及喝茶的声音，都能够一滴不漏地传过来。

如果有人发现他坐在这间屋里，他可以借口说，自己突然觉得有些疲累了，只是想独自坐在一处歇歇而已。

匡富生坐在椅子上，只需稍稍地转过脑壳，窗户那边的一切，便都清清楚楚地揽进了眼里。

徐大少爷的确潇洒风流。白绸衣上，吊一根金光闪闪的链子，链子在胸脯上又呈一道弧形，一头落进了衣袋里。匡富生晓得，那挂的是一只怀表，是近来富家子弟时髦的做派。烟几乎是一根接一根地叼着，且不断地从一个嘴角娴熟地滚动到另一个嘴角，十分洒脱。

匡富生发现，徐大少爷的眼睛只是盯着手中的纸牌，或是，看一眼牌桌上，很少抬头望对面的香月。即使看一眼，也很正常，并没有匡富生企盼看到的那种难以觉察的却在递情传意的眼神。所以，这反倒叫期待着的匡富生，多少生出一点沮丧或失望来。

这时，忽然响起香月咯咯胜利的笑声。匡富生看见其他三个人，各自把钱一一地丢在香月的面前。

香月把钱一张一张地齐起来，然后，放在旁边。

李太太说，洗手去，洗去点晦气。

江太太站起来，扭动着肥肥胖胖的身子，和瘦疲的李太太走了出去。

屋里便只剩下了香月和徐大少爷。原本情绪有些低落的匡富生，顿时又兴奋起来，瞪大眼睛，连呼吸也感到有点急促。他倒要看看，他俩在独处时有些什么暧昧的表现。

屋里一时显得寂静起来。徐大少爷一边抽烟，一边玩着牌。手指上一只硕大的金戒指，以及胸前的那根金链子，不断地晃动着耀眼的光芒。嘴角上的袅袅烟雾，把右眼熏出一条细细的颤动的缝。

匡富生却无法看到背对着自己的香月的脸。香月靠在椅子上，也不曾有些什么言语或动作，只是端起那只花瓷茶杯，喝了口茶。在徐大少爷的表情中，没有获取一点可取的东西，匡富生便有些急切地想看看香月那看不到的眼睛。此刻，那双眼睛是不是痴痴地盯着徐大少爷呢？是不是此刻的那种凝视已经没有了忧郁呢？

一直到江太太和李太太说笑着走进来，匡富生也没有发现香月和徐大少爷之间有什么可疑之处。他转过脑壳，开始放松地软软地靠在椅子上，这才觉得颈根酸痛，便左右扭动了几下，然后，呆呆地望着对面壁上挂着的一幅山水画。那奇峻的高山，被一缕缕白云缠绕，已经显不出真实的面目了，隐隐约约，整幅画面给人以似真似幻的充满神秘的意味。

香月一直到点灯的时候才回来。这时，匡富生正呆呆地坐在饭桌旁。桌上的饭菜显然摆上很久了，没有了一点热气。饭菜是七桂煮的。七桂刚雇来不久，先前的一个店员，因为太懒，被匡富生辞了。七桂是个无依无靠的单身老人，匡富生干脆让他来店铺帮忙，吃住也在店铺。七桂曾经多次催匡富生吃饭，匡富生竟也不拿筷子，说，等太太回来再一起吃吧。谁知香月直到点灯时才进屋。

匡富生今天尽管心情不太愉快，却还是耐着性子，亲手给香月炒了一碟猪尾巴。这是香月最喜欢吃的一道菜。他不明白，这世上的菜有百样千样，香月为什么单单喜欢吃猪尾巴呢？当时，香月刚嫁来不久，匡富生问香月最喜欢吃什么样的菜，香月说猪尾巴，匡富生还以为自己听错了。香月说，没错，是猪屁股后面长着的那根辫子。香月说罢，就咯咯地笑起来。匡富生也笑起来，他仿佛才知道，这世上竟有女人也喜欢吃男人们用来下酒的猪尾巴。从那时开始，匡富生决心亲自下厨，做自己女人最喜欢吃的菜。而且，他背着香月悄悄地去街上的那些大酒楼，走进伙房问掌勺的师傅。刀功是一个，佐料是一个，火候是一个。匡富生初步掌握了这三个要诀，就如法炮制起来。其实，匡富生完全没有必要亲自给自己的女人炒猪尾巴。无论如何，他说起来，在高沙镇上大小也是一个老板，又不是少钱，女人爱吃猪屁股后面长着的那根辫子，喊七桂去酒楼端一碟来就是了，十分的便当。

七桂也曾经劝过匡富生，说，匡老板你也真是的，这岂不是无事找事做么？麻烦得很嘞。

老板说不麻烦，七桂自然也就不好再说什么了，自讨的事情，尽管让他去做好了。香月却从不劝男人罢手。而且，香月看见男人尽心尽力极有耐心地做猪尾巴，脸上一笑，眼睛就眯出两条细细的缝来。她兴奋地叫着，一只手便伸进碟子里去了，拈起一片送进嘴里，然后，小嚼小嚼起来。那吃得尽兴的样子，真是令人垂涎。

匡富生的手艺日渐长进，可说是达到了炉火纯青的地步。一碟猪尾巴炒出来，看刀功，猪尾巴切成了薄薄一片，呈透明之色，不像欠功夫的人弄得一截一截的。再看色气，有绿色的小葱，黄色的姜末和红色的辣椒粉。然后，尝味道，微微的香，微微的辣，又有点嚼头。用来下酒是盖一的。

匡富生每次并不炒得很多，小白瓷圆碟子平平的一碟。七桂说，老板你就干脆炒它一大海碗，让太太过个饱瘾。匡富生说，你懂什么？七桂说，我是不懂，老板懂。

平时，香月一边自己嚼着猪尾巴，一边也喊匡富生和七桂伸筷子，匡富生只是应着，并不伸筷子。其实，这猪尾巴又不是什么金贵菜，想吃多少就有多少。匡富生并不少猪尾巴吃，是想让香月独自津津有味地吃完一小碟。看香月那样嚼得有滋有味，心里就很开心。七桂只埋头扒饭，老板不伸筷子，他自然也不伸，只是惊讶香月怎么会百吃不厌。

香月回来之后，端起饭碗就吃，也不像往常那样喊匡富生和七桂夹猪尾巴，只顾自己夹，也没有什么赞扬的话，也不像平时嚼得那样开心。脸上没有什么表情，平平淡淡的。这使匡富生又感到一些委屈或失落。

香月在落白雨的那些天，唯一没有改变的习惯，恐怕就是吃猪尾巴了，只是没有了言笑。她一如既往地把一小碟可口的猪尾巴，一点不剩地嚼个一干二净，然后，端着七桂早已给她准备好的一杯茶，慢慢喝着。香月喝一口，就望一眼外面。又喝一口，然后，又朝外面望一眼。匡富生偷偷地瞥一眼，觉得香月那双乖态的眸子里，散发出除了忧郁的神色，另外，还有一种类似要做某件事情的欲望之光。这种夹杂在忧郁神情中的欲望之光，匡富生从来也没有见到过，因此暗暗惊讶。他无法猜测出，香月眼里射出的另种光芒的意义和实质，心里不免有点乱起来。他觉得，这是一种比忧郁还要可怕的兆头。

这时，香月轻轻地放下那只靛蓝色的茶杯，用白色的绸帕揩揩嘴，然后，果断地站起来。匡富生以为香月准备上楼去，谁知香月一声不吭地沿着一线柜台，竟然朝门外走去，连那把白伞也不带。匡富生想问她，这个时候你还去哪里，又马上意识到，即使是问，也是白问，香月肯定不会在落白雨的日子里，给他一个满意的回答。匡富生木木地拿着筷子，一动不动，眼睁睁地望着香月重又消失在夜色里的白雨之中。

匡富生不免有些烦躁起来，他却没有把这种烦躁流露在似乎浮肿了的脸上。他不愿让七桂发觉自己内心的不安，怕七桂笑话。其实，七桂也在端着饭碗，对老板娘重又独自外出的行动表示惊愕。油灯的光亮，铺在他皱巴巴的五官不甚端正的老脸上，嘴巴便呈现出一个很大的丑陋的黑洞。

匡富生用短了一截小指的左手，敲了敲饭桌，说，七桂，饭还没吃完吧？

匡富生没有立即跟随出去。他估计，香月又是去江太太家里打牌了。匡富生觉得不同寻常的是，平时在江太太家里打牌，若是大家兴致来了，都是在江太太家里随便吃点饭，再继续玩牌。

为什么今天竟然回来吃呢？

总之，匡富生今天是下了决心，准备跟踪到底，查个水落石出。他不相信摸不到一点蛛丝马迹。香月在落白雨的日子，就已经够反常的了，而今天，更是反常中的反常。匡富生有份自信，却又有许多迷茫。现在，他很后悔打走先前的两个女人。在那两个女人光洁白嫩的身上，没有一点怪异的不可思议的举动，是一清二白的，像养在水缸里的小鱼，连每一片鱼鳞都暴露在他的眼皮底下，想抓上来耍一耍就耍一耍，想放进水缸里，就放进水缸，哪像香月满身都充满着诡怪和神秘呢？叫人猜不透，问不出，陡地生出许多的烦恼。

匡富生边剔牙边上楼，让七桂收拾碗筷。他之所以没有立即追随香月而去，是想佯装从容一点，不必让七桂看老板的笑话。他来到香月经常坐着观看白雨的那个窗口，朝外面下意识地伸出脑壳，企图看香月到底往哪个方向走去。实际上，这完全是一种徒劳。黑夜吞噬了整个镇子，继续在绵绵不断落着的白雨，只能显出十分微弱的颜色了。即使在白天，隔几步远的距离，就已是人影模糊了，又何况，在这天黑的时候呢？

匡富生开始发现香月在落白雨的日子的反常之后，曾经悄悄地背着香月去了她的娘家，她娘家离高沙镇足有八十里路。他想向岳父母打听一下，香月曾经是否在落白雨的日子里，发生过什么悲伤的事情，不然，为什么在白雨飘落的时候，总是那样忧郁和一言不发？当然，匡富生是以极其委婉且含蓄的口气，来叙说以上这些意思的，来表明自己实在是为了关心他们的女儿。白发苍苍的岳父母，明确且显得惊讶地告诉他，这里从未下过什么白雨，而且，女儿也从没有什么悲伤的事情，平时呢，也不忧郁，活活泼泼的像条鱼。两位老人反问道，富生，香月为什么嫁给你之后就变成这么个样子了呢？到底怎么回事？然后，又一齐老泪潸潸而下，弄得匡富生窘迫至极，嗫嚅地不知怎么说才合适。

站在楼上窗口前凝思不动的匡富生，此刻，不由自主地伸出一只大拇指，抚摸着那只短去一截的小指，他似乎感到，小指有了微微的痛感。当他让大拇指离开残缺的小指时，也终于觉得，自己应该离开这里了。

走在黑夜之中的匡富生，抬头望了天上一眼，白雨依然无声无息地飘洒着。匡富生感到了白雨扑面而来的虽然纤柔的气势，脸上有些湿，还有些凉意。街上的灯光，在落白雨的夜里，也显得含含糊糊起来，似乎有了犹豫，也似乎底气不足，让人看去，总没有平时的亮度和果断。那些光亮仿佛一上街，就马上被细细柔柔的雨丝吸走了，变得胆怯起来。街上更是少有行人，整个世界寂静得有点令人恐惧。在这种气氛中，如果屏住心跳，尖着耳朵倾听，便可以听见白雨发出的那种声音，十分微弱，又十分动听，沙沙沙——那是一种类似蚕虫贪吃桑叶的声响。

被白雨和夜色笼罩着的小镇上，似乎只有匡富生在独自行走。走着走着，突然生出一种巨大的孤独感。这种孤独感，是在他打走两个女人之后才有的。总之，这种孤独感很久没有过了。今天夜里，又无端地悄悄涌了上来。

此刻，匡富生很想找个什么人，倾诉心中的郁结。而街道两旁的店铺，都已经紧紧地关闭了，一律以拒绝的方式，无言地回答了他。他觉得，那些紧紧关闭的店门冷漠而无情，即使是从门缝里透出的一线光亮，也显得冷冰冰的，没有丝毫理睬他的意思。

当匡富生走过大街的一半，开始拐弯向江太太家里走去时，两条狗冷不防地从他脚下横着出现，险些把他绊倒。他吓得差点惊叫起来，一身虚汗便汩汩地冒了出来。他骂一句灾狗，仔细一看，原来是两条狗在巴驮。两条狗也低低地怪叫了一声，然后，互相扯着狼狈地逃走了。

匡富生自语道，背时。又厌恶地呸呸呸，朝地上吐了三泡口水，并伸出一只脚使劲地踩了几下。

终于，匡富生站在了江太太家门前的街边上，仰头往楼上一看，只见那间牌房里亮着灯，窗纸上并没有人影晃动，就觉得有点奇怪。便对自己刚才以为香月又是来打牌的判断，开始怀疑起来。

难道香月不是来打牌么？

江太太家的大门是闭着的。匡富生走上前去，举手想敲，又把手放了下来。他晓得，江老板去宝庆进货去了，江太太也给下人放了几天假，让下人回乡下的家里去看看。香月肯定没有再来江太太家里打牌了，那么，香月又去了哪里？匡富生一阵犹豫，还是问问江太太罢，或许江太太晓得。

匡富生迟疑地把手放在门上，不经意地轻轻一推，谁知大门竟然无声无息地闪开了，这使匡富生颇感意外。他觉得，这扇门不像镇上所有的门，它缺少了一种吱吱呀呀如村歌一般的韵味。

他放轻脚步，走进漆黑的厅屋，厅屋没有人，便仿佛有了一种做贼的感觉。匡富生小心地摸索着上楼，来到牌房，只见纸牌整整齐齐地摊在桌上，屋里没有人。这一下，他心里真正有点慌张了，他记起了香月吃罢晚饭后喝茶时，眼里与忧郁同时射出来的那种欲望之光，那是一种类似要做某件事的光芒。莫非香月已经去做要做的某件事了？那么，这件事又是什么呢？

匡富生禁不住用干涩的嗓子喊起来，江太太、江太太——

他相信江太太总归会在家里的。不然这门没闩，灯也亮着，难道不怕盗贼溜进来么？匡富生望望后面的睡房，发现也有灯在亮着，准备进去看看，刚起步，又觉得不妥，所以，才放下了这个打算，重又干涩地喊了一声。

直到这时，睡房里才传来江太太惊慌的声音，是匡老板么？我就来，就来。

江太太终于出来了，显得有点慌张。头发蓬乱，连衣裳也没有完全扣好。胖胖的一身肉，似乎还在抖动。脸上的红晕没有褪去，加上受惊时的苍白，所以，那驳杂的颜色十分难看。

江太太的双手还在毫无章法地整理着衣裳，有点掩饰地说，有些累了，睡了一会儿。

匡富生哦一声，说，香月没来么？

江太太眼里还泛着受了惊吓的神色，说，没有来呀。

匡富生说，那我走了。

江太太说，匡老板走好呀。那口气里，明显有种讨好的意味。

匡富生下楼来，走出江太太家。没出大门几步，匡富生便听见了江太太手忙脚乱闩门的声音。

走在街上的匡富生，断定江太太不是因为累了才睡在床上的，若是那样，根本用不着惊慌失措的表情。匡富生凭直觉，睡房里肯定还有一个人，而且，是一个男人。那么，那个男人又是谁呢？又怎么疏忽得连门也没有关呢？难道是徐大少爷？不像。像徐大少爷那样的风流男人，是绝不会看上江太太这种胖女人的，这时，他又想起刚才狗巴驮的情状。匡富生绞尽脑汁，也猜不出这个男人究竟是谁。当然，他毕竟还是佩服江太太的心计，趁男人去宝庆进货，再把下人打发走，然后，便在家里放心大胆地偷情。只是没有闩门，这一重大且不应疏忽的细节，却被匡富生不小心地发觉了。

匡富生不由生出一点小小的得意。只是连这点小小的得意，也没有持续多久，就又被自己否定了。或许，江太太的确是累了睡在床上。在众人的嘴里，江太太是个守规矩的女人，从来没有听说她不轨的事情。不然，世上哪有偷情的人，连门都不晓得闩死呢？几乎没有这种蠢货。

这时，匡富生暗暗地骂起自己来，管他娘，江太太偷人也罢，不偷人也罢，管自己什么事呢？那件东西生在她的身上，她想怎样就怎样。自己的事都管不了，操人家什么卵心呢？

在被黑色和白雨浸淫着的无人的街道上，匡富生仰天长长地叹口气，香月哪去了呢？

匡事生犹豫了一下，然后，定了定神，立即选定了下一个寻找的目标——去徐大少爷那里。

徐大少爷在高沙镇是个有名的骚男人，只要他想勾上的女人，一般都逃不脱他的手心，而且，被他勾上的那些女人，竟然没有一个反口咬他的。这就很要本事。徐老爷曾经一度对这个臊气熏天的儿子睁只眼，闭只眼。只是后来这个忤逆之子，跟徐老爷的四姨太有了风言风语之后，徐老爷终于忍不住气愤起来，甩给他一笔钱财，把他赶到了宝庆，眼不见为净。而徐大少爷似乎特别留恋这个小镇，时不时就从宝庆回来住几天。对此，徐老爷也很无奈，因为开口一骂，儿子拔腿就走。

今天，尽管匡富生白天在江太太家里没有发现徐大少爷与香月有什么可疑之处，却绝没有因此放下心来。也许，白天的那些清白，都是一种假象。一到夜里，什么东西都开始暴露了，只不过是有夜色的呵护罢了。

在这个小镇上，大约不嫉恨徐大少爷的唯有一个人，那就是他匡富生。这是因为匡富生与徐老爷之间曾经为生意上的事情有过过节，那回生意，徐老爷狠毒地吃了他一下，让匡富生亏了血本。为此，匡富生十分痛恨那个口蜜腹剑的徐老爷，两人从此再无了来往，即使在街上碰面，连招呼也没有一个。匡富生总想找个机会狠狠地报复徐老爷一下，却无奈徐老爷家大业大，匡富生势薄力单，一个小老板对他是无可奈何的。所以，徐大少爷这个忤逆之子大把地花钱勾引女人，这对于匡富生来说，多少有了一点快慰，他巴望徐大少爷一夜之间把徐老爷的家财挥霍一空，那真正才叫解了心头之恨。尤其是徐大少爷与徐老爷的四姨太有了勾当之后，匡富生兴奋得大呼报应，痛快地喝了一夜老酒，喝得酩酊大醉。

匡富生感觉得出来，光光滑滑的石板道，已被白雨细细柔柔地像涂了一层猪板油，有点滑脚，一不小心，就有摔倒的危险。匡富生故而走得极其小心，像在冰上行走。他不愿意摔伤了手脚，尤其不愿意因摔伤而误了大事。

当徐老爷的院门上那悬挂着的灯火，朦朦胧胧出现在匡富生眼前时，匡富生不由戛然止步。匡富生望着那些红色灯笼，看见灯笼周围的白雨被染成了一片紫红。他发呆了。这时候，他才想起徐老爷的屋门是不能进的，他与徐老爷的那次过节之后，几乎断了来往。如果贸然进去，好叫徐老爷看不起。

匡富生一时无了主意，心中不由十分懊丧。进也不是，退又不甘心。他朝前走了几步，又往后退几步。突然，当他看见院门外出来一个矮瘦的男下人时，一个主意又涌了出来。

匡富生快步朝徐老爷的院门走去，似乎忘了摔跤的担心，他生怕那个下人立即又缩了进去。

匡富生站在离那个下人两步远的地方，朝他招了招手。那人便走过来，睁着眼睛看了看，说，是匡老板呀，什么事？

匡富生拉着他走了几步，低声地说，帮我喊徐大少爷出来，如何？

那个下人说，徐大少爷不在这里。见匡富生脸上隐隐泛出的焦灼，又神秘兮兮地说，不过，我晓得他在哪里。

匡富生明白，这家伙故意在卖关子，便塞了一块银洋给他，说，我有急事找他。

矮瘦的下人朝院门望了一眼，然后，踮起脚，嘴巴凑到匡富生的耳朵边，轻轻地说，大少爷住的地方只有我晓得，你千万不能说呀。然后，说出了徐大少爷的住址。

那个下人说罢，赶紧溜了回去，生怕有人看见似的。匡富生深深地透了口气，终于还是找到了徐大少爷。无论如何，他也没想到，徐大少爷回小镇竟然没有住在家里，而是租了房子。这只骚骡子。

匡富生照那个下人所说的地方找去，心里却越加疑心重重，莫非徐大少爷真的勾引了香月？不然，香月又去了哪里？

白雨还是连绵不断地落着，落得也奇，只要开始落，就再也不歇气。落得很有耐心，不再大，也不再小，一直要落三四天。若一声喊不落了，就再也没有一丝一缕飘下来，像被利刀齐齐地斩断一样。匡富生希望天上那把无形的大刀，这时能一下斩断这漫天飘洒的白雨，就像自己用刀斫去那截小指一样。

徐大少爷的秘密处所，终于模模糊糊地看见了。那是一幢并不与街巷的房屋连接的独立的房子。它处于小镇的最边缘，像一只脱离了群体的牛，黑黝黝地卧伏在一旁。四周栽满了密密麻麻的树，若不经意看，还难以发现有一幢房子立在其中。匡富生不晓得这原来是谁家的房屋，他却不能不惊叹徐大少爷的精心的算盘。这房子的精妙之处，在于它既居于小街的边缘之地，又不与街巷的房屋相连，且又有相当的隐蔽性。那么，任凭徐大少爷跟女人怎样的寻欢作乐，叫也好，笑也好，那些淫淫荡荡的声音，都不会让街坊们闻见。这也只有像徐大少爷这样的花花公子，才能想得这么周全。

这时，匡富生更是放轻了脚步，一弓身，一弓身，朝那被树木环绕的房子走去。当他穿过树木，接近房子时，发现四周没有围墙，心里不禁暗暗高兴。若是砌了围墙，他怎么办？又不是飞墙走壁的高人。

房子的窗口里面，透出不甚明亮的灯光。四周静得像深山老林般。匡富生发现窗口不仅透出昏黄的灯光，还隐约地透出男女作乐的嬉笑声。匡富生不由浑身一紧。

匡富生轻轻地走近那扇窗口，贴在一边，担心被里面的人发现，他感觉那被桐油油过的木板墙壁，是冰凉冰凉的。

他尖着耳朵听。里面的男女始终没有说话，只是一味地轻轻嬉笑，那声音令匡富生十分厌恶。

匡富生相信自己的耳朵，那男人无疑就是徐大少爷，而那女人呢，却一时难以辨别。像香月，又不像香月。同样笑得清甜，而这个女人笑起来：哧——哧——，像岔了气，中间有些许的停顿，不是像一道小山溪样地笑开来。而香月却不同，那笑咯咯地不间断，一口气一口气长长地把笑送出来，就让你觉得，这笑声像水源丰富的山溪水从不断流。

也许，女人有两种笑法？在一个男人怀里是一种笑法，在另一个男人的怀里又是一种笑法？匡富生有点拿不准。

匡富生暂时还不想离开。他想多停留一下，以便进一步甄别。或许是自己听得不准，或是听觉突然出了毛病？

匡富生很想贴着窗口去看，又担心被人发现。所以，只好谨慎而小心地把一只眼睛滑出窗口，偷偷地往里面看，却什么也看不见。而且，他发现这窗户并非像街上的那些房屋那样，是糊了棉纸的，只需用口水一浸，就会有一个小洞。这窗户，安的竟然是宝庆城里的玻璃，而且，玻璃上又糊了一层白纸。匡富生便更加觉得，徐大少爷用心良苦，考虑周全。

对于屋内的女人究竟是不是香月，其实，匡富生完全没有了十足的把握。若不是香月，那又是谁呢？香月又到哪里去了？若是，这笑声和叫床又不像是。这时，匡富生很想喊个人来，帮他做出正确的判断，当然，又立即觉出这种念头的幼稚和可笑。

白雨不断地向窗口前轻轻飒飒地扑来，那种模糊的感觉，像无数撕烂的白色的蚕丝。这时，有一股冲动在匡富生的心里泛起，一不做，二不休，干脆破门而入，是香月或不是香月，则一目了然，免得这种折磨再无休止地延续下去。他已经经受不起这种痛苦的折磨了。

所以，匡富生一时很难决定离开，还是不离开，冲进去，还是不冲进去。此刻，他非常痛恨自己的这种踌躇不定，他不明白，自己何以养成了遇事犹犹豫豫的性格。这时，沮丧的匡富生想起还有李太太那里不曾去问过，就顿时觉得事情毕竟还有一丝希望，终于，就有些无奈地放弃了眼前这个似是非是的机会。

离开那幢秘密的充斥着男女苟合声的房子，匡富生仍然禁不住回头望了一眼，心里还在猜测那床上躺着的女人是否是香月。香月在落白雨的日子里，从来不准他上身，而且，一律和衣而眠。如果从香月的这个习惯推测，那么，香月是决不会跟徐大少爷苟合的。而人，谁又说得清呢？也许，香月在落白雨的日子里坚决不同他上床，是否就能够保证，她不跟别人上床呢？就像她在落白雨的日子里，从来独处在家，忧郁地望着天上飘洒的白雨，为什么徐大少爷喊她去打牌，她竟然就去了呢？

被无数次否定和肯定互相冲撞的匡富生，昏头昏脑地走在黑暗的小巷里，他被这些琢磨不透令人困惑的事件，已经搅得五心不安，以致好几次撞到了潮湿的板墙上，或差点摔倒在地。这时，匡富生真的想放肆撕开喉咙喊几句，吼几声，让寂静的小镇上，还有那黑暗笼罩和飘着白雨的上空，突然回响起愤怒和迷茫的声音，借以宣泄心中那挥之不去的郁结。那实在无法控制的叫喊声，在喉管里不要老命地往外面冲，像即将冲垮堤坝的汹涌咆哮的洪水。匡富生拼命地憋着，死死地咬紧牙唇，脸上不多久便憋成了猪肝色。最后，他朝天上看了一眼，咬牙切齿地骂了一句，这该死的白雨。这骂声竟然显得十分微弱，刚一出口，就被夜色吞噬了，就被白雨飞快地吸走了，悄无声息。

匡富生穿过曲曲弯弯的狭窄小巷，来到街上。他定了定神，长长地嘘了一口气，努力让自己的脸色平静下来，他不想让那个瘦瘦的李太太发现自己内心的不安。现在，他觉得自己清醒了许多，当他刚挪动脚步时，便想起李太太这时候决不会待在家里的，所以，便朝街的另一头走去。

街上比起那些小巷来，仅仅多了一些昏黄的灯光，却仍然无法抵抗浓重的夜色。而刚从极黑极窄的小巷里走出来的匡富生，顿时有了很好的感觉。平时，匡富生不说在夜里，即使在白天，也很少涉足那些充满腐臭长满青苔潮气浓重的小巷。匡富生虽然长在这个小镇，而那些小巷，似乎与他没有什么关系。

匡富生想，既然江太太不晓得香月去了哪里，既然正在跟徐大少爷上床的那个女人不是香月（但愿不是），那么，李太太一定晓得香月去了哪里。香月总不是个来去无踪行动诡秘的高人吧？再走，再走，也不会离开这个镇子吧？自己哪怕是找个通宵，也要把香月找出来。

把拳头捏了捏的匡富生，暗暗地给自己鼓起寻找的勇气和信心。

匡富生由于经常陪香月打牌，故而，也就晓得在香月江太太李太太和丁家二姨太四个女人当中，唯有李太太抽鸦片。而且，李太太不喜欢在家里抽，一旦烟瘾来了，就去烟馆。那里人多，闹热，边抽边讲话，比一个人默默地在家中抽有意思得多。在这个小镇上，烟馆有好几家。匡富生依稀记得李太太说过，她最喜欢去姓左的老板开的那家烟馆，烟室干净，服侍也很周到，尤其是那些烟具，比别的烟馆要高级得许多。所以，左老板的那家烟馆的生意最好。

匡富生径直朝左老板开的那家烟馆走去。那家烟馆开在回春街口，码头不错。远远看去，一只红色的灯笼悬挂在门上，白雨在无声地围着灯笼飞舞。匡富生一直走到烟馆门口，灯笼上的“左记烟馆”四个扁黑体大字才清晰可见。

匡富生虽不抽鸦片，却还是晓得烟馆的规矩。烟馆一般有大间小间之分，又有男女之分。这小镇上的男女鸦片鬼，一旦进烟馆过瘾，是不能在一间房里抽的。大间是普通间，许多的男烟鬼在一间，许多的女烟鬼，又在另一间。自然，大间的收费也低一些。小间只有两个位置，收费当然就有些高了。烟鬼们一旦进了烟馆，就不能随便走动。男的不去女的烟室，女的也不去男的烟室，很讲规矩的。若想喊什么人，只能托烟馆的人去喊，自己是不能贸然进去的。据说，这个规矩已形成许多年，主要是那些男女烟鬼，不想让自己的女人或男人晓得，怕闹出许多的是非来，那么，连烟也抽不成了。男人若找上门来，女人对烟馆里的人说只说她不在，男人是不会冲进去看的，只好悻悻而去。烟馆自然是向着这些烟鬼的，它要靠在烟鬼们身上赚取白花花的银洋。

匡富生走上青石台阶，一脚进了门去，对烟馆的一个老男人说，看看李太太在不，只说有个姓匡的找她。

光脑袋老男人望一眼陌生的匡富生，要他等等，便独自去了大间，不多久，走来告诉匡富生，李太太不在。

匡富生说，那麻烦你再去小间看看。

老男人面色淡漠地说，请稍等。

老男人转过身子，佝着腰背，又去了小间。匡富生似乎这才闻到了一股弥漫的香气。淡淡的香气，令人闻之舒服至极。再看厅堂，灯火辉煌，桌椅光可鉴人，厅正面的神龛出奇地阔大，财神菩萨赵公元帅正圆眼盯着自己。匡富生就想，这些开烟馆的真是赚了大钱。

正怔怔地望着，老男人走了回来，说，李太太不在。

匡富生说，那不可能的。

老男人哑着嗓子说，的确不在。

匡富生想想，摸出一块银洋，说，我实在是找李太太有点急事。

谁料那老男人却把泛光的脑袋摇几摇，退了两步，说，银洋我是不能收的，李太太的确不在。

匡富生只好无奈地把银洋放进衣袋，眼里仍放出央求的光来。他坚信李太太一定在烟室里，不是在大间，就是在小间。他急得直跺脚。老男人却早已不再看他，转身到神龛下面换香火去了。

唯一的线索突然断掉了，匡富生又觉心中咯嚓地响了一下。他垂头丧气地走出左记烟馆，怔怔地望着门上的灯笼迟迟不走，眼里充满浓重的怅然。他怎么也不明白，嗜烟成癖的李太太，为什么不在烟馆里呢？那么，又去了哪里？匡富生怀疑李太太肯定躲在烟馆里，如果在，又为什么不肯出来见见？况且，又不是她男人李老板，她又有什么顾忌呢？

曾经被匡富生多次鼓起的自信心，此刻，已经彻底地崩溃了，他陡然觉得浑身软沓至极，没有了一点力气。简直像柔弱的白雨那样东摇西飘，浑身疲惫酸痛。石板路在灯光的照耀下，泛着湿漉漉的光。

现在到哪里去找呢？是回家？还是盲目地在街上寻找？匡富生这样的大男人竟然一时没有了主张。他垂着脑壳，拖着无力的双腿，像乞丐一样，毫无目的地、孤苦伶仃地慢慢行走。

匡富生偶尔也想起丁家二姨太。香月是否在她那里？或许，二姨太晓得香月的去处？只是想起白天时，丁家二姨太关在屋里的那种怪异而有点恐怖的行为，匡富生断定，二姨太也大约不会比他多晓得一些什么。回想一天来的紧张跟踪，到头来居然一无所获，匡富生不由满腹的失望和愤懑。

在夜色中摇摇晃晃走着的匡富生，这时，突然听见一阵急促的脚步声朝他迎面响来。他没有打算抬头，也没有打算让路。谁料那人与他重重地撞了个满怀。匡富生正想开口大骂，骂出一肚子的烦恼，睁大眼睛一看，竟然是李太太。

李太太许是碰痛了，哎哟尖叫了一声。

匡富生像看到了希望再现，立即抓住李太太，急忙问道，你晓得香月在哪里？

李太太一脸惊慌，不时地朝身后看看，像是有什么人在追赶。李太太气喘吁吁，没有回答匡老板，只是气急败坏地说，放开我，匡老板。瘦瘦的手不停地挣扎着。

匡老板却死死地抓住李太太不放，似乎一放开，什么希望也没有了。又急迫地问道，香月在哪里？

李太太仓促地说，她说了要去月塔看白雨……快放开我，快放开我。

李太太简直在吼叫，也不晓得哪来的大力气，突然一挥手，挣脱开来，急匆匆地朝前跑去。

匡富生说，发生了什么事？

李太太似乎没听见，也没有回答，只有橐橐橐逃跑的脚步声。

李太太惊慌失措的样子，令匡富生迷惑不解，李太太又有了什么鬼事情？看她那副仓皇而逃的神情，似乎有什么人在追赶她，过了许久，并没有什么人来，街上又恢复了先前的寂静。

匡富生隐隐地感到高兴，幸亏偶然地碰到了李太太，并打听到了香月的去处。

匡富生抖落一身的疲惫和烦恼，重新打起精神，摸黑朝月塔走去。

月塔离镇上约一里路，坐落在一片荒野之中。传说是宋代所建。那为什么叫月塔？匡富生从未打听过。李太太说香月去了月塔，当时，他觉得是个希望，到现在，才又产生了惊讶的感觉，香月即使坚持要去看白雨，她却从未去过月塔看的呀。况且，这在漆黑的夜里，去那座破败的月塔，她不害怕么？况且，这夜里又能看到什么白雨呢？匡富生不由对李太太的话感到怀疑。或许，是李太太处在情急之中信口开河？或许，是香月说过要去月塔看白雨，其实是要在白天去？问题是，白天的香月一直在江太太家打牌呀。匡富生怀疑归怀疑，一双腿还是不由自主地朝月塔走去。

离开了小镇，匡富生又生出了孤寂和恐惧。荒野里，真正没有了一丝灯光，黑夜更加浓重，像铁板一样压得他喘不过气来。唯有白雨还在绵绵地抚摸着他的脸和全身。荒野里，连一点人气都闻不到了，静得让人禁不住哆嗦起来。匡富生后悔没有叫七桂陪他一起来，又想，叫七桂似觉不妥，他不想让七桂晓得。

在这漆黑的荒野里，匡富生强打起精神，一步一步朝月塔方向走去。他虽然没有去过月塔，他却晓得月塔坐落的方向和位置。镇上有许多人去过月塔，并登上塔顶去怀古，或玩耍。匡富生没有去过，他不想怀古，也不想玩耍。他只听人说过，月塔是用硕大的青色火砖砌成的，有九层。塔内的梯子绕塔身而上，木质楼梯十分破旧了，踩一脚，便发出吱吱呀呀老鼠似的声音。

白雨是一点也看不见了，只能感觉得到。匡富生被看不见的白雨一丝一缕地裹住，如一只被绵密的蚕丝包围了的蛹。想想，在这茫茫黑夜绵绵白雨的荒野中，唯有独自一人行走，一丝惧怕又涌了上来。匡富生又想，香月一个女人都不怕，我又害怕什么呢？这个男人，现在就是以这种念头来支撑着自己。

尽管夜色浓重，匡富生还是终于看见了那座朦朦胧胧的月塔。他站住了。他感觉月塔也和他一样，孤零零地站在荒野中，一动不动。

匡富生开始有点兴奋，想走进月塔，登上塔去叫香月。当他准备挪动脚步时，又犹豫了。万一香月反感他这种跟踪的做法呢？若是反感，即使在没有落白雨的日子里，也不再理睬自己了呢？而且，永远像落白雨时那样忧郁那样沉默不语呢？匡富生十分害怕这种令人窒息的后果。本来，连落白雨时香月的这种神态他都承受不下了，如果香月永远变成了这样的忧郁和沉默，那简直是不堪想象。

匡富生想象着这种可怕后果，立即变得小心谨慎起来，生怕惊动了香月。他静静地站在荒野里，睁大眼睛，仰望着月塔顶上，希望能够看见香月。只要看上一眼，看见香月，匡富生也就可以放心了。而他什么也看不见，只能看见模模糊糊的圆锥形的塔身。

香月在塔上么？她在看白雨么？这黑咕隆咚的夜晚，又能看见什么呢？

此刻，匡富生盼望月塔上的香月能够咳嗽一声，哪怕仅仅只轻轻的一声，他也就放心了。或者，发出另外一点什么人为的响声也好。而这种盼望，并没有什么结果，月塔像一个沉默的人，也像他匡富生一样，静静地，一点声响都没有。

香月若在家里，夜里也有观望白雨的习惯，她总是把一盏油灯摆在窗台上，那是可以看见飘飘忽忽的白雨的。尽管不如白天那样尽兴，终归还是可见的。而在这周围一片漆黑的月塔上，她能看到什么呢？

匡富生百思不解。他只是觉得，香月越来越怪异了。

匡富生呆呆地站在荒野里，希望塔中能够响起香月下楼的吱吱呀呀的声音。如果这种声音响起，他准备马上离开。在没有发现香月与白雨之间或香月与徐大少爷之间的奥秘之前，他决不暴露自己的行动。问题在于，那座建于宋代的月塔里，自始至终，投有发出一点哪怕是十分微弱的响声。

匡富生又开始有了怀疑，难道香月不在月塔之上？或者是，香月曾经对李太太说过要去月塔看白雨，却不是今夜？即使在今夜，香月也不可能在月塔上呆上一晚上呀。即使待上一晚上，香月也不可能连一点响动都没有呀。或许有响动，自己没有听见？

夜有点深了。荒野之中的寂静和黑暗，使匡富生再也待不下去了。他终于最后望了月塔一眼，然后，简直是踉踉跄跄地朝小镇走去。

当匡富生万分懊丧地回到家里时，他惊呆了，发现香月竟然和衣静静地睡在了床上。

匡富生迅速地下楼来，推醒七桂，轻轻地说，太太是多久回来的？

七桂揉着睡眼，说，我也不晓得。我看你们都出去了，就留着门的。

匡富生的心咚地响了一声，觉得事情越来越复杂化了。匡富生叫七桂睡觉，然后，又走上楼来，呆呆地望着那着一身白衣裤的香月。

香月肯定睡熟了，身子微微地起伏着。匡富生想，香月肯定没有去月塔，况且，又不跟江太太李太太在一起，那么，跟徐大少爷睡觉的那个女人一定是她了？而听那笑声以及那叫床声，怎么也不像呀。如果排除她跟徐大少爷睡觉这一条，那么，她又去了哪里？或许，去了月塔早就回来了？或许，还没到月塔，只因天黑害怕，又中途转了回来？

无论如何，凭匡富生的思路，只有香月跟徐大少爷睡觉，这条线索可能性大一些。如果是这样，尽管今天没有可靠的事实和证据，那么，到明天，他绝对能够有把握抓住铁一般的证据。

匡富生闷闷地躺在床上，辗转反侧，一夜无眠。

第二天，香月仍然坐在窗台边静静地看着白雨，姿势也完全跟平常一模一样。匡富生发现，她那双眼里，依旧流露出忧郁的目光。

匡富生不露声色地坐在太师椅上，一声不响地耐心地守候着。他猜想，徐大少爷那家伙又会来喊香月打牌的。匡富生决定，再不会放过这次机会了，所以，时时提醒自己，再不能有任何细小的疏忽了。他觉得，只要发现香月和徐大少爷之间有不可见人的丑事，那么，再去打探香月与白雨之间有什么奥秘，也就毫无意义了。

有些微微激动的匡富生，已经没有一点心思像平常那样凝视香月美妙的背影了。他巴不得，让命运中应该来到的事情早点到来，哪怕是残酷的打击，以便早日结束心中痛苦的煎熬。

这时，徐大少爷果真又边喊边上楼来了，叫香月去打牌。香月仿佛没有听见，连头也不转过来，仍然默默地凝望着窗外飘荡的白雨。

徐大少爷显然有些尴尬，惊讶地望了望匡富生，哦一声，自语道，那我再喊别人去。说罢，就匆匆下楼去了。

匡富生完全没有料到，香月竟然与昨天截然不同，连理也不理睬别人了。匡富生不免糊涂起来，感到这事情越来越令人摸不清头绪了。他突然焦躁不安，五心不定，平时那份磨炼出来的耐心，此刻一点也没有了。他像一只关在铁笼子里的野兽，来回地在楼上走来走去，一股莫名的冲动直往上涌。他捏紧双拳，望着香月的背影，恨不得几拳打过去，打她一个呼天喊地，却又明白，千万打不得，一打，又违背了自己的诺言。而不打呢，匡富生实在无法出气。

这时，匡富生只觉胸口憋得慌，总想痛快淋漓地做出一件事情来，以尽快地平息内心的狂躁与不安。他不断地搓动着双手，却触到了那只残缺的小指。突然，他明白自己应该做一件什么事情了。

匡富生无奈地望了一眼那谜一般的香月，又看一眼那朦朦胧胧如丝绸样的似乎永远也飘荡不定的白雨，转身咚咚地下楼来，冲进灶屋。他用左手摸起一把锋利的菜刀，伸出右手的那根小指头，然后，放在砧板上，咬咬牙，一横心，高高地扬起了那把闪闪发光的菜刀……

飞翔的姿势

1

你没事吧?

没事，哥。

你要忍着。

我忍，哥。

哥哥每次见了我，就要说这两句。

我在一家叫香香的足浴房，我哥哥在一家小小的汽车修理厂，厂叫光辉修理厂。离我这里有两三里路。我一般是晚上两点下班，哥哥就会提早蹲在足浴房的门外等我，然后送我去住地。哥哥总是孤零零地蹲在足浴房外面，怯怯地不敢进来，张大着眼睛，不时地望望大门，生怕错过了我似的。我曾经多次劝他不要来接我了，这样太辛苦，也误了瞌睡，我说反正还有姐妹们一起走的，况且住地又不远，只有三四百米。可是，哥哥总不放心，他说我还是来接你吧，比起做事来，这走走路又算什么辛苦?

我们洗脚妹的住地要经过一条黑暗的长长的巷子，那条巷子充满着腥臭与腐烂的气息，哥哥说他最不放心的就是那条巷子。他说那些抢劫的家伙，或是那些强奸犯，就是趁这样寂静黑暗的地方动手的。我说，你来接我，可以进来坐在大厅里等呀。可是，哥哥不愿意进来，他自卑地说，我这副样子像什么？人家一看就知道不是来洗脚的，不必让人家说闲话。所以，每晚上我一跨出大门，就看见哥哥蹲在离大门不远的地方，像一堆黑色的煤，我心里便有一种颤抖。

其实，我心里是愿意让哥哥来接我的，因为下班之后一起回住地的那些姐妹已经陆续地分化了，就像一团渐渐融化了的冰棒，最后只剩下我这根孤零零的木棍了。她们后来一下班都有人来接了，不是接去宵夜，就是接去睡觉。那些男人不是老板，就是官员，或是街上的混混。漂亮的妹子当然是由那些老板或官员接走了。他们有的是开车来的，有的是摩托。骑摩托的当然是那些小混混了。所以，无论如何，她们多少都是有点背景的，唯独我没有背景，我的背景就是我那瘦弱的哥哥。

我和哥哥本来想去广东打工，但离家里太远，我们兄妹不放心。父亲已去世了，只有娘和奶奶在家。奶奶的身体一直不好，不咳嗽时，就叽叽哼哼的，像一只发牢骚的猪崽，咳起嗽来，就像一台破烂的机器。无论她发出哪种声音，我们听了心里都十分难受，多年来不知花了多少钱，可是也没有任何效果。枯瘦如柴的奶奶总是哭着说，让我死了算了，我不想再磨你们了。可是，我们哪里会放手不管呢？奶奶对我们实在太好了，一把屎一把尿地把我们带大，她老人家现在被病魔折磨着，我们不能坐视不管。看着奶奶痛苦的样子，我们兄妹恨不得轮流来替她病着。父亲临终时，紧紧地抓着我哥哥的手说，桂明啊，这个家以后就靠你了啊，不能看着你奶奶这样病啊，要尽力给她治啊，你奶奶是个好奶奶啊。父亲去世之后，哥哥对我说，妹妹啊，奶奶的病要靠我们来给她治了啊，我们不能走得太远了啊。

所以，我们就来到了长沙。

我很聪明，哥哥也很聪明，家里如果有钱，我们以后考个大学肯定没问题，但我们家没有钱。没钱就不能再进校门了，就提前跨进了社会的大门。我和哥哥来到长沙之后，我找个事做不是太困难，来到这家足浴房就培训了，三个月，花了一千三百块（这是我和哥哥好不容易借来的，我非常心疼这些钱，可是哥哥却高瞻远瞩地说，舍不得金蛋蛋就打不着凤凰鸟），接着就上班了。倒是哥哥钻山打洞地找了半个月，后来才好不容易找到了这家修理厂。修理厂的老板姓伍，伍老板正缺人手，见哥哥生得一副聪明相，就痛快地收下了。哥哥那天兴冲冲地跑来告诉我，妹妹妹妹，我找到事做了，手舞足蹈的。我高兴极了，深深地为他松了口气，我说，这下就好了。哥哥感激地说，伍老板收下了我，我当滴水之恩，涌泉相报。

我所在的香香足浴房很大，有八十多个位置，一般上午没什么生意，过了中午十二点，生意就陆续地来了，晚上的生意则更火爆，走了一拨又来一拨。来足浴房洗脚的，什么人都有，但是，绝大多数的男人到了这里之后手就开始发痒了，喜欢往我们洗脚妹的身上摸摸掐掐的，好像不大面积地摸一把，不狠劲地掐一下，那钱出得就很不值得。那些姐妹倒是习惯了，最多只是嗲声嗲气地叫一下哎呀痛死了，或是笑嘻嘻地说老板你还不放手我就叫 110 了。我却很不习惯，无论谁摸我掐我，我都要赶紧缩回身子，把眉头皱起来，一脸厌恶。所以，惹得那些客人很不高兴，有些人甚至还骂我是性冷淡。那些姐妹悄悄地劝我说，桂红，你不要这样，客人不高兴了，以后谁还愿意叫你洗呢？

我愤愤地说，他们是来洗脚的，又不是来摸别人的，他们要摸，不是有三陪小姐么？我又不是三陪小姐。

姐妹们便取笑我，说，摸又摸不走你什么东西，肉还是长在你身上，你害怕什么呢？

她们劝是这么劝了，但我还是不习惯，肉的确还是长在我身上，但我觉得肉就不干净了。那些男人厚着脸皮往我身上摸摸掐掐时，我就感觉到自己是一只可怜的小鸡，他们则是横蛮无理张牙舞爪的老鹰。

那些男人摸了掐了之后，躺下来让我们洗脚，手脚倒是老实了，可是，嘴巴又开始不老实起来，毫无顾忌地说着痞话，简直难听死了。那一张张嘴巴就像是垃圾加工厂。那些姐妹倒是老手了，笑嘻嘻地回应着，甚至比客人还要痞上十里路，一点也不脸红。我从来不说，埋头洗脚，他们说的那些痞话，让我脸红心跳，我恨不得把耳朵死死地堵起来。

李娜娜跟我很谈得来，邵阳人，她很放得开，只是脾气有点拗。我劝她不要跟客人说痞话，一个妹子说这些话真是难听死了。李娜娜比我早来几个月，经验比我丰富，她说，桂红，你不知道这些臭男人，他们不喜欢你文明，不喜欢你温文尔雅，就是喜欢你痞，你如果像个大女流氓，他们会更高兴的，下次又会来找你，所以，我们就要比他们更痞，更流氓，你知道这叫什么吗？叫以毒攻毒。李娜娜的手指头在洁白的大腿上一字一顿地点了四下。

可是，我还是做不出来，所以我给客人洗脚时，不管他们说什么痞话，我充耳不闻，更不愿意去接那些男人的腔，我只是尽力地把客人的脚洗好。幸亏有李娜娜她们出来应战，前仆后继，让我落个默默无语。

我喜欢这样。

上面所说的还不算什么，还有更吓人的。有一回，一个喝醉了酒的中年男人，摇摇晃晃地进了包间，像一只蹒跚的母鸭子。其实，我是不愿意给这样的人洗脚的，害怕他们发酒疯。可是，当时正轮着我上点了，我不去行吗？好不容易才轮到一回哩。我端着水进去，包间里只他一个人。谁知他见我进来了，迅速地把门一关，突然紧紧地抱着我亲嘴，手狠狠地抓我的胸部，我拼命地挣扎，可是怎么也挣不脱。

我想大叫，可是我又担心老板骂我，说我影响了店子的生意。我当时多么希望能有人进来呀，如果是李娜娜进来最好，她最会处理这些事情了，可是，一时竟然没人来。我不知道最终会发生什么事情，我流着泪水，拼命地求他说，老板，请你放开我，马上就要来人了。

这个醉汉不但没放开我，一只手居然在裤裆里摸摸索索的，好像是要掏出那东西来展览。我从来还没有见过这种可怕的情况，我真的吓坏了，慌乱中便说，老板……你老婆要来了。

醉汉很可能是个害怕老婆的，突然浑身猛地一抽，像抽筋似的，口齿不清地说，你说我老婆要来了？哈哈……她来了我也不怕……我做了什么吗？我、我、我什么也没做呀……看来，他或许是已经醉得不行了，或许是真的担心老婆闯进来。说完，便松开了我，砰的一声躺在椅子上，然后呼呼地睡了。

我浑身发抖地站在一边，呆呆地看着他，心里害怕极了。只有摆放在地上的那盆用来洗脚的药水，像一只巨大的褐色的眼睛，同情地望着我。

那天晚上，哥哥来接我，他像以往一样，警惕性很高，紧紧地贴在我背挎包的那一边，眼睛不断地前后左右地扫视，他发现我的情绪十分低落，便问，妹妹，你今晚怎么啦？

我开始不愿意说，这样的事情说出来真是太丢人了。可是，哥哥却不断地问，他好像不问个水落石出就不心甘。于是我就说了，说着说着，我就哭了。

我伤心地说，哥哥，我想回家，我不愿意在这里做了。

哥哥的口气却很坚决，说，那不行。然后又苦口婆心地劝我，妹妹，你想过没有？你如果回家，奶奶的病怎么办？我们可不能因为受了委屈，就撒手不管奶奶了呀。一定要忍着，你知道吗？古人说，忍得一时之气，省得百时之忧。再说，那个男人也是酒醉了，不然也不会那样乱来的。

我没有对哥哥说那些男人的摸摸掐掐，也没有说那些男人的痞话连天。今晚上那个醉汉的事，只不过是根导火线，哧的一下爆出绿色的火焰，让我萌生出强烈的回家念头。我不喜欢那种龌龊的环境，那种环境会渐渐地让一个听痞话脸红心跳的妹子变成毫不知羞耻的人。足浴房就像一个大染缸，可以把你变成一个连自己也不敢相信的人。

哥哥真是天底下最好的哥哥了，他见我情绪仍然没有恢复，就说，妹妹，我今晚请你消夜。

我来了这么久，也没有宵过夜，那些姐妹倒是天天宵夜，我有点羡慕。

于是，我擦掉泪水说，哥哥，我听你的，我不回家了，但你也要听我的，我们就吃那种最便宜的麻辣烫。

哥哥答应了。

我们来到那条夜宵街上，那里真是热闹，不时地响起啤酒瓶子的咣当声，以及爆发出一阵阵大笑。食客们的嘴巴不停地大嚼着，说着话，那些话里充满了食物的气味。灯光顽强地抵抗着黑夜，空气中飘荡着浓厚的油烟的气息。我在人群中看到了我的几个姐妹，她们与几个男人紧紧地围坐在一起，毫无顾忌地喝着交杯酒，或是相互往对方的嘴里喂吃的。她们也看到了我，眼睛飘过一丝惊讶，我明白她们的意思，因为从来也没有男人带我来过，她们一定是把我哥哥看成了我的男朋友。

我故意离她们远一点，我们兄妹要了一些菜，什么菜花呀，海带呀，茼蒿呀，都是最便宜的，那些菜是用竹签串着的，两毛钱一串。哥哥看了看，说这不行，还要给我叫一串精肉，我坚决不肯，我说那太贵了，两块呢。

哥哥坚持要拿，我坚持不要，那个嘴巴上叼着烟的女老板悄悄地瞟了我们一眼，很看不起似的。我们于是不再争论了，羞愧地把头低下来，把一串串菜放进锅里烫着吃。

哥哥拿着竹签在锅里烫菜，说，妹妹呀，你看这菜，不能放进去马上就拿出来吃对吧，如果我们不忍着点，马上拿出来吃，菜就不会熟，不熟的菜吃了就会生病嘞。

我点点头说，哥哥，我懂你的意思。

我们那天晚上一共才吃了三块钱，但我已经心满意足了。

哥哥问我，好吃吗？

我说，好吃。

哥哥笑着说，那我下次还带你来。

我和哥哥那天晚上虽然只吃了三块钱的麻辣烫，但我们的确很愉快，我暂时忘记了发生在足浴房里的不愉快的事情。我们虽然只是吃着极其便宜的麻辣烫，却对未来有了一番美好的憧憬。我们商量，现在的当务之急是把奶奶的病治好，治好奶奶的病之后，在这里再做几年就回家，把家里的那间破烂的房子重新砌过，等到哥哥结婚之后，我再出嫁。

哥哥说，妹妹呀，我一定要把你的婚事办得非常热闹，一点也不比别人的差。哥哥看着我，然后又颇为伤感地说，妹妹，真的到了你出嫁的那天，我恐怕会舍不得你走哩。

我笑了笑说，那我不晓得经常回来看你呀?

哥哥送我到了住地之后就往回走，他好像还不放心，又叮嘱说，妹妹，有些事情不必老放在心上，忍一忍，就过去了。

我说，哥你放心。

望着哥哥单瘦的背影，在暗淡的灯光下渐行渐远，我鼻子酸了。

2

你没事吧?

没事，哥。

你要忍着。

我忍，哥。

在足浴房，只要你愿意放弃自己，你可以轻而易举地尝到一些甜头。我那些姐妹就是这样，她们来了不久，最明显的变化就是都有了手机，她们一律骄傲地把手机吊在胸部上，似乎生怕别人不知道。经常给客人洗着脚时，手机就十分音乐地响了，然后歉然地说一声对不起，赶紧把手擦了擦，喂喂地低语起来。我知道她们的手机都是男人们送的，因为谁也舍不得拿自己的钱买，你想想，一个手机，那该需要洗多少双脚啊。说实话，我心里还是有些羡慕的，但羡慕归羡慕，我却不想要男人送，我知道男人送给你手机就意味着什么。

我是唯一没手机的，有些姐妹为此看不起我，冷嘲热讽地说，桂红妹妹呀，你看你来这么久了，还没手机呢。那意思是我还没有找到男朋友，是说我没本事。

其实，凭我的长相，要找个男朋友难道还不容易吗？这不是吹牛皮，我会比她们容易多了。我只是不愿意放弃心里的主张，我希望以后能够找到一个称心如意的男人，然后结婚成家，而不是像她们那样只是玩玩而已，最后并没有什么结果。于是，我笑了笑，心里却说，我知道你们的手机是怎么来的。

但是，实事求是地说，那些姐妹的生意比我好多了。我们所有的人都是按顺序排队的，该轮到谁的头上谁就去上点。但店里还有一个规定，谁的熟客来了，如果要吃某个姐妹的点菜，那么这个姐妹就不需要按部就班了，不论她是排在多么后面的，或是刚刚做完了一个点，都可以立即上点，更为具有诱惑力的是，比排队上点的还要多拿三块钱提成。

吃点菜你们不懂吧？所谓的吃点菜，就是客人点名叫某某姐妹给他洗脚。店里的这个规定，其用意非常明显，就是鼓励我们这些洗脚妹多跟客人交朋友，一旦成朋友了，他们自然就会来照顾你的生意。你的生意好了，最终还不是店里的生意好么？精明的老板懂得水涨船高的道理。

所以，我来这么久了，也没有人吃我的点菜，这让我感到很委屈，也很无奈，我明白这是我自己的原因，我不愿意跟男人交朋友。我知道我的足浴技术是不错的，因为我比她们悟性高，这包括了穴位的准确性、指法的轻重、每个穴位的作用等。我甚至可以一口气把头部肩部手上脚上的穴位一个不漏地背出来，许多姐妹就不行，结结巴巴地背上十几个就再也背不出来了，有些甚至连足底有七十二个反射区都不知道。我不愿意像她们那样靠交朋友来多挣钱，我决心以我高超的技术来争得更多的客人。可是，让我感到非常失望的是，几乎没有客人欣赏我高超的技术。我明白，这都是因为我不喜欢摸摸掐掐以及说痞话造成的。

说来也是巧合吧，我和哥哥居然是同一天发工钱。所以，每到发工钱的那天，哥哥就小心翼翼地把钱送来让我存着。他把工钱都放在我这里存着，因为我们的住房比他们的安全，我们住的是民房，他们住的是破烂的棚子，他害怕把存折丢失了。然后，我们便商量给家里寄多少，寄钱也是由我去寄的。再然后，哥哥便要兴奋地问我拿了多少，我告诉他之后，他还要不厌其烦地问别人拿多少，我就如实地说谁谁谁多少，他问最多的拿了多少，我说最多可以拿到一千二。

哥哥一听，眼睛瞪得很大，惊讶地说，别人怎么那么高？你怎么只有八百呢？

我苦恼地说，没人吃我的点菜。

哥哥当然知道吃点菜是怎么回事，他每晚上来接我，看见有许多的小车以及摩托停在外面，只有他，孤零零地蹲在一边等着我。他知道那些在外面等着的是些什么人。

哥哥嗫嚅地说，算算吧，你一个月比她们少了几百，一年下来就是几千啊。哥哥张开五个手指头，像一把突然展开的扇子。

我说是的，可是，哥哥你愿意有人吃我的点菜吗？你知道一般吃点菜的男人是什么人吗？

哥哥沉默了，但我从他的眼神可以看出来，他并不反对我跟男人交朋友。

不知怎么了，我心里隐隐地痛了一下。

哥哥没接着我的话说，便来安慰我，妹妹，其实你比我赚得多啊，我一个月才三百哩，惭愧啊。

我说，哥哥，你惭愧什么，又不是因为你偷懒，只不过是做事的性质不一样。

其实，要让人吃我的点菜也不困难，但我就是不愿意。我这个人很拘谨，怎么也放不开。有个姓杨的男人就曾经问过我，小妹妹，愿不愿意跟我交个朋友？我只是微笑，摇摇头。

这个男人说他是公司的老板，人长得也不错，脸色白净，也很斯文，三十来岁的样子，他来洗脚，不像别的男人在我身上摸摸掐掐的，也愿意对我说真话，他说他老婆不在身边，一个人很寂寞，他说他早就注意到我了，见我很老实，单纯，不像别的妹子那样疯。他说他不喜欢那种疯疯癫癫的妹子。他还说我的技术是最好的，这让我听了非常高兴，因为还没有一个客人像他这样夸过我。他还说，他注意到我是唯一没有手机的，如果我想要，他可以马上送我一个。

我们这里虽说是足浴，其实也包括按摩，按头部肩部手臂腿部。这都是因为竞争激烈所增添的服务项目，让客人感到物有所值。我尽心尽力地给杨总洗脚按摩，这个男人不胖，身体匀称，很好按摩。现在像这种身材的男人已经不多了，绝大多数的男人都是大腹便便的，胖得像头猪，难看死了，好像是吃饲料催胖的，给这些人按摩很费力气。而且这个男人又非常规矩，从不乱动手动脚的。我给他洗脚按摩时，他总是不断地说很舒服舒服。

我对他颇有好感。

不过，他所说的话让我心里很矛盾，我如果答应他，不但有了手机，也有人吃我的点菜了，收入也提高了，下了班，也会有人来接我去消夜了。好处肯定会一个接着一个的。我也不会在那些姐妹面前矮人一等了。可是，我又不愿意这样做，我知道一旦答应了他，上床是迟早的事情。那些姐妹谁没有跟男人上过床呢？可是我还小，我害怕那种事情提前到来，况且，这也与我历来的主张相违背。

这个姓杨的男人还不错，见我没有答应，也不勉强，临走时，轻轻地拍了拍我的肩膀，和颜悦色地说，小妹，你再考虑考虑吧。

我本来不想把这件事情对哥哥说的，但又不便与其他人商量，虽然李娜娜对我好，但这种事情总让我难以启齿，不过，如果不跟人商量，我又害怕一不小心就掉进了可怕的陷阱。

我唯有跟哥哥说，于是，我就遮遮掩掩地说了，哥哥听罢，眼睛一亮，兴奋地说，那好啊，只要人不坏，交交朋友也无妨嘛，俗话说，在家靠父母，在外靠朋友。

我心里于是有些动摇了，就像一道坚固的大坝渐渐地出现了一条小小的裂缝，河水悄悄地渗透出来。可是，我又不愿意承认心底的这条无声的裂缝。

后来，足浴房发生了一件大事。

就是那个叫李娜娜的，她脸上生着青春痘，苦恼极了，不知买了多少药膏，也没有任何效果，所以，心情一直不好。

有天晚上，足浴房里突然轰轰烈烈地闯来了七个男人，他们看来都喝醉了酒，一进来就骂骂咧咧的，痞话连篇。跌跌撞撞地进了一间大包间，叫喊着把电视机打开，声音很大，包间里一片嘈杂。

我和李娜娜还有五个姐妹便端着水进去了。李娜娜跟其中的一个光头男人洗。他们躺在椅子上，先是对我们七个姐妹用极其粗俗的语言品头论足一番之后，那个光头突然无聊地问李娜娜，喂，你脸上生着什么东西呀？是不是想男人了？

李娜娜的心情本来就不好，加之她那天上班迟到了，被生生地扣了五块钱，心里更是烦躁，所以，闷着头没理睬。其实，如果在平时，除了脾气有点拗之外，李娜娜是最放得开的人了，什么痞话都说得出来。

见李娜娜没说话，那个光头又阴阳怪气地重复了一句，李娜娜这时甩了甩手上的水，生气地说，我想男人也用不着你来说。

光头一怔，他肯定没有想到李娜娜会用这种傲慢的态度对待他，顿时愤怒起来，眼露凶光，咬牙切齿地大骂一句，你今晚肯定想找死了。然后，突然抓起茶几上的玻璃烟灰缸，狠狠地朝李娜娜头上砸去。

李娜娜尖叫一声倒在地上，顿时鲜血满面。

我们另外六个姐妹吓死了，纷纷躲在角落里，害怕光头还会发作伤着了自己，一脸惨白，哇哇地吓得哭了起来。电视里正在播连续剧，里面也有几个女人痛哭流涕地哭着一团。

光头鼓眼暴睛，还在喷口大骂，我担心李娜娜不及时抢救就会死去，便悄悄地移到了门边，将门轻轻地推开一条缝，立即溜了出去，然后惊惶失措地去叫张老板，我结结巴巴地说张老板，不好了……李娜娜被人打了。

张老板把烟一丢，立即跟我进来，嘴里说着对不起对不起，看了看倒在地上的李娜娜，马上叫人迅速将她送医院，然后再问原因。

那七个男人看来是一帮混混，出言不逊，凶狠狠地说，老板，你怎么招这样的妹子呢？一点礼貌也没有，问她脸上长着什么东西，难道也问不得吗？又不是问她胯里长着什么东西。

张老板一听，也觉得李娜娜过分了，在足浴房，客人说这样的话实在也算不了什么，再说，他知道这一帮人也不好惹的，他们是当地人，店子要开下去，还得希望他们常来。于是，马上发烟，堆着笑脸说，对不起对不起，她不懂事，还得请各位朋友原谅，今晚上让各位朋友受了惊，就算兄弟我请客了。

那七个家伙无话可说了，便大着舌头说张老板，你很会做人，我们以后还会来照顾你的生意的。洗罢脚之后，便扬长而去。

一场惊心动魄的流血事件就这样过去了。可我后来再次走进那个包间时，仍然感觉得到浓烈的血腥味。我甚至觉得鲜血沾满了四周的墙壁。关于这件事，我觉得张老板的忍功真好。其实，依我的看法，张老板也应该让那个光头也放点血，教训一下也不为过。我知道张老板也是有一帮人的，其中还有公安的朋友，要摆平那几个小混混简直是小菜一碟，但他为了把店子长久地开下去，讲究一个和气生财，便生生地吞下了这口鸟气。李娜娜头上缝了八针，医药费是张老板出的。张老板冷着脸对我们说，你们到我这里来做事，就是要没脾气，有脾气的就走人。

我没说话，但我的确是想走人了，这样的地方也太恐怖了，如果那个家伙的手脚再重一点，李娜娜很可能连小命也没有了。说实话，我又想回家了，不想再在这样的是非之地待下去了，回去帮着娘做点事，还可以照顾我那可怜的奶奶，另外，把砌房子的材料慢慢地买回来，时机一到，就把房子砌起来，让哥哥结婚时，不要让别人看不起。再过上几年，我就要嫁人了。我这人其实没有什么更高的理想，我的理想就是嫁个男人，这个男人对我好，我替他生个崽女，安安生生地过日子。

我惊魂未定地把李娜娜挨打的事情对哥哥说了，哥哥一听，并没有指责那个行凶的光头，却责怪李娜娜，说，这个李娜娜也真是的，别人问你脸上生的什么东西，你就说是美丽青春痘好了，问你是不是想男人了，只说我又想嘞又不想。你看，这样回答既幽默，又巧妙，客人哪里还有脾气呢？好了，你看，她不忍着点，不是吃了大亏么？你们的店老板有背景又怎么了？还不是也忍了吗？

哥哥语重心长地说，妹妹啊，如果你也碰到了这种事情，你一定不要发脾气啊，就老笑着，俗话说，伸手不打笑脸人。如果你有个什么三长两短，我怎么向娘和奶奶交代？她们不气死才怪呢。

我点点头，说，哥我知道了。

哥哥担心我没听进去，又说了他自己碰上的事情。他说，昨天，来了一个修车的老板，牛气得很，一进来就大喊大叫，喂，快点给我修车，老子还有急事。当时，已经有三部车在修了，人手根本就忙不过来，我便赔着笑脸说，老板，你下午来拿车可以不？这个家伙一听，竟然破口大骂，说也不看看他是谁。我不敢说我不知道他是谁，但也不敢吱声。像这样蛮不讲理的人，就让他骂骂好了。谁知那个家伙越骂越来劲了，好像他不是来修车的，是专门来找人吵架的，说如果还不给他修车，他就要叫人来砸场子。幸亏这时伍老板进来了，一见这场合，马上递烟赔笑，还恶狠狠地骂我，喂，你还发什么呆？还不马上给这位老板修车？

我能够想象得到哥哥当时的那副模样，他一定是低着头的，搓动着油污的双手，脸上流露出一丝胆怯，任凭人家劈头盖脸地骂。

哥哥极其担忧我忍受不了这种担惊受怕的生活，便对我说，妹妹，你在这里做，比那些专做按摩小姐的强多了，那才不是人做的事哩。

哥哥生怕我顶不住，叫着要回家，便费尽心机去买了两个小小的坠子，坠子是细细的红色绸带，下面吊着一个桃形的有机玻璃，里面嵌着一个“忍”字，他自己戴一个，另一个叫我也戴上。他说他只要低头看看它，什么委屈的事情也忍下来了。

他还经常不厌其烦地举了许多例子，说伍老板也是奇怪，以前对他还是不错的，现在却经常挑他的岔子，说他这也没做好，那也没做好，他开始心里也想不通，很是感到委屈，但仔细一想，有些事的确也没做好，没做好就重新做一遍，或是下次注意一点就是了。有些事伍老板虽然说错了，但也没关系呀，我到底错没错都在那里摆着的，何况伙计们心里也有数的。

我说，哥哥，我能忍。

3

你没事吧？

没事，哥。

你要忍着。

我忍，哥。

我几乎什么事情都对哥哥说，委屈也罢，高兴的事也罢，只有一件事我不便对哥哥说，那就是我痛经。每回来月经都让我痛苦不堪。可是，痛得要命也要上班呀，也得要忍着呀，总不能够每次来了月经就不上班了，那损失该有多大呀。一想起哥哥每次问我有多少工钱时，我心里就很难过，很惭愧，因为比起人家来，我的确算不了什么。所以，我每月都要忍受着痛经的痛苦，坚持上班。我也去买过药吃的，可是没什么效果，照样疼痛。于是我就不再吃药了，没有效果吃什么吃？难道说那些药不用花钱的吗？

每次痛经，我的脸色就特别难看，蜡黄蜡黄的，没有了笑容，也没有任何兴趣与客人说话了，最多只是懒洋洋地说一句，敷衍一下而已。而且手上的功夫也很差劲，没有什么力道了，甚至连穴位都按不准确了。痛经严重地干扰了我的情绪。肚子里像有无数把刀子在搅动，搅呀搅呀，好像把肠子都搅烂了，我甚至感觉到鲜血汩汩地往下流着。我有时仿佛看见一摊一摊的鲜血，顺着大腿触目惊心地无声地流在了地上。

有些客人的态度还算不错，说小妹妹你怎么啦？我便强装笑容，说，没什么。其实，这时候我心里特别的不安，特别的愧疚，这样的服务的确对客人不起，人家来洗脚，就是要图个舒服，图个高兴，不然，人家怎么愿意把钱丢在这里？所以，我又说，对不起，我今天身体不太舒服。通情达理的客人便会说，哦哦，知道了，那你就慢慢洗吧。

当然，也有凶神恶煞的客人，刚给他洗了一阵，他就感觉不对头了，见我既不说话又不笑，也没有什么力道，然后，便不分青红皂白地大骂起来，换人换人，他娘的你的手是不是泥巴做的？而且还像个哑巴，怎么你们老板连哑巴也招来了？我很想发脾气，可是，我低头看见脖子上吊着的那个小坠子，想起小坠上嵌着那个“忍”字，便紧紧地闭着嘴巴，不让脾气从嘴里冲出来。

有许多次，我上了点又立即被那些客人换下来了。被换下来的那种感觉有多难受，你们是不知道的，那几乎是快要到手的工钱又突然飞走了。每回从包间里走出来，沮丧的我总是低着头不敢看人，泪水满满的，差点掉下来。我的情绪极其低落，独自坐在椅子上默默无语。那些暂时还没有上点的姐妹，不是在兴味盎然地看电视，就是在吆三喝四地打麻将。可是，我一点心思也没有了，只是感觉到一张一张的钱从我眼前无声地飞走了，然后消失了。

我痛经的毛病姐妹们都知道，她们有同情的，说桂红你怎么有这个毛病呢？你看你少上了多少点。当然也有幸灾乐祸的，巴不得我天天痛经才好，那么，她们便可以轻而易举地取代我。这我不怪人家，只怪自己怎么偏偏有这个毛病，她们为什么没有呢？听那些姐妹说，痛经的毛病一般是治不好的，想要治好，只有一个办法，那就是结婚，结了婚，这毛病就自然消失了。

这话倒是无意中点化了我。我想，要等到结婚，那还不知道等到什么时候呢，难道说我还要忍受几年吗？哦，对了，不结婚也是可以的——我的那些姐妹有几个是结了婚的呢？——那无非是跟男人上床，上了床，就不会再痛经了。于是，我想到了那个杨总。杨总不像别的男人那样粗鲁，看来是个有修养的人，只是老婆不在身边，想交个女朋友而已。

于是，我心里暗暗地盼望那个杨总来，他不是说了让我考虑考虑吗？可是，好些天了也不见他来，我便有些失望。是不是他认为与我交朋友没戏了？于是就不再来了？不过，盼望归盼望，我心里还是感到十分的害羞，我怎么也有这个念头了呢？我不是一直在固守着自己吗？同时也有点害怕，我不知道与他交朋友会有怎样的后果。

有一天晚上，我刚做完一个客人，甩甩酸痛的手，然后端着木盆走出来，走到大厅，刚想拐弯去换水间，这时，有人轻轻地叫我，小妹。

我抬头一看，原来是杨总，他穿着一身银灰色西装，锃亮的皮鞋，手里夹着黑色的包，朝我微笑着。

我也笑了，说，杨总，几天没见你来了。

他说，是呀，刚出差回来。

他叫我给他洗脚，这等于是我第一次有人吃点菜，我可以继续上点。当时，我心里的那种高兴就别说了。我看见一些姐妹向我投来了复杂的光芒。

杨总要了一间只有两个位置的小包间，这就等于是单间了，别的客人是不会再进来了，我问他要不要开电视，他说不要，他说他喜欢安静。我说我也喜欢安静。

那天晚上，我的情绪特别高涨，一边认真地给杨总洗脚按摩，一边兴致勃勃地跟他说话。他说他刚从北京回来，在北京也洗了脚，可是比我的技术差多了，他笑逐颜开地说，两者怎么比较呢？可以说一个在天上，一个在地上。

我笑着说，杨总，你可不要奉承我哟。

杨总说，狗骗你，而且价格又贵，六十块。他伸出大拇指和小指头晃了晃。

见他这么大的人了，还说小孩子话，我于是咯咯咯地笑起来。杨总又一次夸我的技术，这让我不能不高兴。我是有这个自信的，我的技术在香香足浴房是最好的，可是除了他，并无人夸奖。我知道这是为什么，许多男人就是通过洗脚的方式，来这里寻求合适的女朋友，他们并不在乎你的技术如何，他们在乎的是洗脚妹至少比妓女干净，保险，安全，一般不会出什么事情。

我那天发挥了自己的水平，力道不轻不重，穴位准确，脸上总是微笑着。杨总不时地赞叹说，哎，真是太舒服了。

对于这样的人，我那一刻竟然产生了一种念头，我宁愿不收一分钱。

杨总这时说，小妹啊，我还没问你叫什么呢？

我说我姓汪，汪桂红。

杨总便笑了，信口说，桂花有金桂银桂，也就是说有金黄色的，还有白色的，你怎么是桂红呢？

我笑着说，父母取的，我也不知道啊。

哎，杨总欲言又止。

我瞟了他一眼，说，杨总想说什么呀？

杨总好像下了很大的勇气才说，今晚上我请你宵夜好吗？

我毫不思索地说，好啊，不过，我起码要一点半才下班。

他说，没关系，我等你。

我一边给他洗脚按摩，一边抬头看了看墙壁上的挂钟，现在才十点半哩，还有三个小时哩。我便说，要不改天吧？你太难等了。

不，他突然非常果断地说，就今晚。又说，我的车就停在大门外，是白色的，接着他好像担心我记不住那几个数字似的，仅仅把牌号后面的两个尾数告诉我，36。

我死死地记住了这个牌号，36、36，我好像生怕忘记了，给他穿袜子时，还暗暗地在他的脚上写了一遍，他肯定没有意识到。

洗罢脚，我从衣帽架上取下西服，给他穿上。杨总临走时，轻轻地拍了拍我的肩膀，说，说好了，我等你。

送他走了之后，我一时没有上点了，也无心看电视或是看别人打麻将，心里老是挂记着杨总，他会真的在外面等着我吗？等三个小时？我甚至有点怀疑。趁着闲时，我便悄悄地走到窗口偷看，果真有一辆白色的车子停在坪里，从我的这个角度看去，刚巧能够看见车的牌号，不错，是36。我还隐约地看到车里有一团暗红色的火光，那一定是他在抽烟吧？

我想，也许他等一下便会走的，谁哪能等这么久呢？他说请我消夜肯定是没有问题的，但他绝不可能在车里待上三个小时。他或许可以先回家，到我快下班时再来，这样似乎符合逻辑一些。

不过，我静静地看着大厅里的挂钟，心里焦急死了，希望它能够快点转动，我还恨不得瞒着别人把时针拨快。可是，那挂钟却像是故意跟我闹别扭似的，走了老半天，秒针才转了几个圈。

那天晚上，我又上了一个点，做完之后，我禁不住又走到窗口看，发现他还在等着。我心里于是怦怦地跳了起来，盼望着早点下班。

好不容易终于下班了，我兴冲冲地走出大门，哥哥也来了，他蹲在地上，看见了我，马上站起来说，哦，下班了。

我轻轻地说，哥哥，今晚上你用不着送我了。

哥哥惊讶地说，我不送你谁送你？你难道不害怕么？他好像不送我已经不太习惯了。

我下巴一抬，朝停靠在坪里的那辆白色的车看了一眼，羞涩地说，那个人送我，就是我以前对你说过的那个人。

哥哥听罢，嘎嘎地笑了起来，说，好啊好啊，妹妹，还看不出来呀，把哥哥我也哄了，好啊，那我就放心了。

哥哥不再说什么了，向我招招手，就飞快地走了，好像他如果还待在这里会碍了我的好事。

我说，哥哥，你要注意安全啊。

看着哥哥走了之后，我的心又突然怦怦地跳了起来，怎么控制也控制不住。我轻轻地走到36跟前，以为他会打开车门让我进去。可是没有任何动静。我从前窗仔细一看，才发现他歪着头睡去了。

我满怀感动，边敲门边喊，杨总杨总。

喊了一阵，他才醒过来，马上打开车门，连声说对不起，快进来。他揉了揉眼睛，突然就兴奋起来了，非常得意地说，哈哈，我终于把一个来自益阳桃花江的叫汪桂红的妹子等到了。说罢，马上把车开动了，高兴地说，我带你到一个最好的地方去消夜。

他带我到了南门口，那里场面更大，灯火通明，人声嘈杂，热闹非凡。烧烤的烟雾急匆匆地奔向天空，可是，食客们一点也不觉得呛人，吃得兴致勃勃。揉成了一团的纸巾、骨头、筷子的塑料套，简直是遍地开花。我不知道还有这样热闹的消夜的地方，比我到过的那个地方不知热闹了多少倍。我为我的孤陋寡闻感到羞愧。

杨总很大方，他让我点菜，他说你喜欢吃什么就点什么，不必客气啊，你不必担心我钱包里没钱啊。于是，我也不客气了，点了鸡翅膀鸭脖子鸭掌等等一大堆。

杨总叫我喝啤酒，我说我从来也没有喝过的。他说，喝习惯了，就好了。于是，我小心翼翼地喝了，谁知我还能够喝几杯。我曾经听人说过，女人如果喝不得酒的一点也不能喝，一喝就醉，而喝得酒的女人一点也不让男人。我可能就是属于那种天生能喝的吧。

我一杯一杯地喝着，杨总惊讶不已，他啧啧地赞叹说，桂红，你是喝酒的高手啊。他还说，你的脸最好看了，红得像一朵花。我知道我的脸红了，因为脸上发烧。

我们吃得很开心，杨总告诉我他叫杨欣，欣赏的欣。我一边吃着心里一边想，今晚上杨欣肯定会把我带到某个地方去，我会躺在一张陌生的床铺上。一想起这个，心里便十分紧张和害怕，又有点激动，一句话，复杂极了。我想，大概我十七岁的洁净身子，今晚就要与眼前的这个男人融于一体了。想着想着，浑身不由得颤抖起来。

杨欣很敏感，惊讶地说你怎么啦？我遮掩地说没什么。我嘴上是这么说，可是，还是抑制不住颤抖。

杨欣看来是个很会体贴女人的男人，吃完之后，他便搀着我上车，然后就在马路上飞奔。他开得很快，车子简直像一条泥鳅在街上穿梭，两边的房屋以及那些灯光洪水一般地向后面退去。我觉得很刺激。我活到了十七岁，还是第一次坐小车啊。他也很兴奋，他说以后我要经常带你来。

我说，那好啊。

开着开着，杨欣忽然侧过头问，桂红，你住哪里？

怎么？他难道不带我去他住的地方吗？我一怔，稍稍有点失望，但我赶紧把少女的大胆掩饰住了，没有流露出一丝。于是，我便告诉他我的住处。我说就在西长街对面的巷子里。他把我送到我住处的巷口之后，没有下车，说，明天见。

我向他招招手，然后呆呆地站在那里，一直等到车子终于消失了，我摸摸发烫的脸，这才头重脚轻地往屋里走去。

那是一截狭窄的长长的巷子，散发出浓厚的腥臭味以及腐烂味，黑暗笼罩着一切。

4

你没事吧？

没事，哥。

你要忍着。

我忍，哥。

李娜娜上次被打之后，没法在香香足浴再待下去了，张老板也劝她离开，说是担心那些小混混以后看到她不顺眼再次闹事。所以，李娜娜出了院就离开了。是我送她走的，当时两人都很伤感，她对我说，桂红呀，如果你还想在这里做下去，你一定要忍着啊，不要像我这样吃了大亏，要吸取我的教训，我们的命也是命啊。我问她是否到别的地方去，她没有回答，好像是没听见。我说，你一定要与我联系。她含着泪水点了点头。

李娜娜走了之后，其实再也没有跟我联系了，我不知道她是否还在这座城市。我打她的手机，已是空号。我不知道她漂流到了何处。我们这些人，就像天空中斑斑点点的星星，散落在这座城市的各个角落里，看似很是热闹，其实是非常孤单的。

现在，跟我最要好的算是欧阳明花了。她跟我是老乡，长得胖乎乎的。欧阳明花早就跟上了一个小混混，那个小混混很有点手段，开始对她不错，还送她手机，经常请她消夜，后来就突然变了，竟然厚着脸皮问她要钱花了。我们都知道了她的事，劝她离开那个小混混，可是她忧虑地说，她怎么不想离开呢？可是她害怕挨打呀，她说那个家伙现在紧紧地缠着她不放，把她当成了一棵摇钱树，说如果不给钱，就要把她丢到湘江去。她说她不想死啊，她的父母还盼望着她寄钱回家哩，她的两个弟弟还在读书哩。

我怪怨她太不慎重了，怎么交了这么一个流氓呢？我虽然跟杨欣还是刚刚开始来往，但我还是情不自禁地对她说了，言语之中，不由得流露出了一丝得意。她抹着眼泪，羡慕地说，桂红，你的命运怎么就这么好呢？我给她出主意说，你不如干脆离开长沙，到另一个地方去，难道他还会盯着你？像我们这几个辛苦钱，哪里经得起像这样的臭男人花呢？他如果吸毒，那你就更惨了。欧阳明花绝望地说，她已经跑不掉了，她说那个家伙警告说她如果跑了，就要到她乡下的家封门抄斩。

我听罢，心里害怕极了，我想，希望杨欣千万不要是这种人啊，不然我就惨了。

哥哥自从没来接我之后，我一般趁着上午没事，就去看他。我顺着街道走去，再拐个大弯就到了。

哥哥所在的那家修理厂的伍老板，是个矮胖子，肚子突起，活脱脱像个孕妇。伍老板一见我去，就色眯眯地看着我，说，桂红啊，你真是越来越漂亮了。我只是笑笑。况且男人说女人漂亮，并不是一件什么坏事。

不过，我对他这个人十分反感，因为他曾经对我哥哥说过，叫我不如跟着他，以后用不着再替人洗脚了，他甚至可以把我包养起来，生活上无忧无虑。我哥哥不答应，但他也不敢做生气状，哥哥笑着说，伍老板，你手里有那么多的钱，你要什么样的女人没有啊？我妹妹她还小哩。伍老板说，她还小么？十七岁了还小么？你难道不知道有十二岁的小女孩就生崽了的？

我后来才明白，伍老板为什么要经常找我哥哥的岔子了。根子就在于我。

所以，我希望去看哥哥时，伍老板不在厂里，可是，他平时经常不在，也不知道是什么鬼，好像他的鼻子很灵敏，能够闻到我身上的气味吧，我一去，他就悄悄地出现了，也不知道他忽然是从哪里钻出来的，简直像一只肥胖的地老鼠。

修理厂充满着一种刺鼻的味道，到处都是油污污的，遍地灰尘，包括那些椅子桌子。所以，我一般是不坐的，站着看哥哥他们修车。我很羡慕哥哥他们，坏了的车子送到了他们手里，用不了多久，就修好了，又像新车一样呜一声开走了。

那个伍老板喜欢向我献殷勤，赶紧拿来一张报纸垫在椅子上，说，桂红，我们这里脏兮兮的，不是宾馆，你可不要嫌弃啊。嘴里发狠地嚼着褐黑色的槟榔。

我不想得罪伍老板，因为哥哥在他手里讨饭吃。而且，见识了一些事情之后，我的忍功现在也强多了。于是，就坐下来。

修车的有四个人，一个是四十多岁的陈师傅，整天阴沉着脸，不吱声，好像有一肚子的痛苦在里面沤着，而且在不断地发酵。一个叫小中，郴州人，跟我哥哥年龄差不多，他很高兴看到我，一看见我来了，就哈哈大笑说，桂红，到哪天我才能够帮你修车呢？我修车的技术不是吹牛皮的，是全城最好的。还有一个绰号叫方块字的，十五六岁吧，十分单瘦，无事时，就拿着粉笔在地上默默地写字，写得一地都是，聚精会神的，好像哪天还要回到学校去。

这几个人，我最喜欢小中，他单纯，开朗，无忧无愁似的。其实，我听哥哥说过，小中的命运最苦，先是死了父亲，不出一年，母亲又去世了，他是个孤儿。可是，这个孤儿一点也不悲观，没有像陈师傅一样似有满腹的痛苦，也没有像方块字一样沉默不语。他对我尤其之好，熟悉之后，总是趁人不注意，悄悄地送些小礼物给我，比如一个小坠子啦，一只可爱的玻璃动物啦，一盒胭脂啦……这一切，他都是瞒着我哥哥的，好像害怕我哥哥骂他，说他在悄悄地勾引我。我对小中说过，不必让你破费，也不要再给我买了，我很感谢你。小中却显得十分羞涩，说，这点小东西算什么？真是不好意思，有一天，我一定要送你一个大礼物。

我喜欢小中送给我的那个小坠子，也是桃形的，里面嵌的是他小小的相片，相片上的他哈哈大笑，眼睛都笑眯了，让我情不自禁地笑起来。但我没有戴它，也不敢戴，我们只是彼此有好感，但还没有到那个分上呢。

我一直戴着哥哥送给我的那个小坠子。

我还喜欢看小中那种羞涩的样子，我曾经想过，如果有缘分的话，在这个世界上，我跟小中是最好的一对了，他虽然很穷，但他对我就是这样一点一点地好，默默地好，这种看似微不足道的好，天长日久，慢慢地聚集起来，那就是一种大好了，就是一种幸福了。与他在一起，生活可能会清苦，苦点就苦点，上天又不会把所有的幸福降临到某个人的头上。

可是，我跟他有这种可能吗？

哥哥不敢恨伍老板，可他敢。每回伍老板嬉皮笑脸地跟我说话时，小中气愤的目光不时地从车子后面猛烈地射过来，像一道道刺人的闪电。可是，我哥哥却不，他埋头修车，根本不看我们这边，他好像也没听见伍老板在调笑我。

小中曾经对我说过，他想来接我下班。我笑着说，哪里还敢麻烦你哩？小中困惑地说，我知道以前都是你哥哥来接你的，可是，现在他为什么不来接你了呢？

我没有对小中说实话，我不便说已经有杨欣来接我了，我怕他伤心。于是我搪塞地说，有姐妹们一起回去了。不知为什么，说完这话，我心里却有一种愧疚。在这样真诚的人面前，是不应该说谎的，可是，不说行吗？

小中愤愤地说，我最看你哥哥不惯了，你哥哥真是太那个了，在伍老板面前忍气吞声的，我可不一样，姓伍的如果敢对我怎么样，老子无非是走人。

我欣赏小中这种敢作敢为的性格，但我又觉得小中正因为无牵无挂，才敢于这样。而我哥哥却不一样，家里的包袱很重，加上找个事也不容易，不敢轻易说走人。所以，我只是说，这是因为每个人的性格大不一样。

小中真是一个好玩的人，有天上午，他突然来找我，这也是他第一次来，我问他有事吗，他装得很神秘，悄悄地对我说，我今天装病，说是看病去了。说罢，皱着眉头，双手捂着肚子，装着生病的样子。我一时没有弄清他的意思，便问，你为什么要装病呢？

小中陡地爆发出一阵大笑，说，桂红你真是一个蠢宝啊，我不是趁机来邀请你去玩吗？

我一听，恍然大悟，高兴极了，说那好啊，我们到哪里去玩？

小中手一扬，说，我们去公园里玩吧。

说来也许你们不会相信，我到长沙这么久了，也不曾出来玩耍过，我指的是那种有意识的有一份闲情逸致的玩耍。杨欣虽然对我很好，但也没说过带我出来玩，只是夜晚来接我消夜罢了。我哥哥更没有叫我玩过，他知道玩耍意味着要花钱，他舍不得呀。

可是，小中却想到了。

我们兴致很高地去了公园，先是欣赏了各种各样的鲜花，玫瑰牡丹指甲花月季一点红等等等等，真是姹紫嫣红，芳香扑鼻。然后，我们去坐了刺激无比的碰碰车，坐了悠然旋转的大转轮，还坐了惊心动魄的过山车。我们快乐得简直像个小孩，得意忘形时，还亲热地牵牵手，拼命地拍打着对方的肩膀，真是痛快极了。每次我要掏钱买票，可是小中却抢着买，他把我用力地拨到一边，生气地说，是我请你出来玩的，怎么要你买票呢？

我们那天没有回去的意思了，好像今天要痛痛快快地玩个够。可是，我不行，我的头脑里还绷着一根弦，因为我十一点要上班，所以我不敢再继续玩了，但我知道这很败他的兴，于无奈之中，我小心地说小中我要上班了。

小中一听，非常失望，他说，桂红，你不知道请个假吗？

我说，请假要扣钱的，小中对不起呀。

于是，我们从公园里慢慢地走出来，可是，我分明还听到了我们的欢笑声似乎还在公园的上空回荡，在那些树木花丛中轻轻飘舞低回。

临分手时，看着一头乱发的小中，我从挎包里拿出梳子，情不自禁地给他梳头。小中没有拒绝，也不说话，像个听话的小孩似的，让我一下一下地梳理着。他的头发散乱枯燥，不时地卡着梳子，我梳得很费力，也很细心，而且耐烦。我是第一次给男人梳头。

梳完之后，我拿出小镜子，笑着说，小中，你照照看，你好漂亮的。

小中默默地看着镜子，泪水突然盈满了眼睛。泪水中我看见了我动荡的影子。

我惊慌地说，小中你怎么啦？

小中仍然没说话，把镜子往我手里一塞，突然转过身，朝街上发疯似的跑了。

5

你没事吧？

没事，哥。

你要忍着。

我忍，哥。

杨欣总是给我一点出乎意料的事情。

有一天晚上，我给他洗脚，我现在知道了他的习惯，他一来，就让他去仅有两个位置的包间，也不给他开电视。我们都喜欢安静。他躺下来，装着若无其事的样子，拿出手机玩。我以为他是在发信息，谁知这时候我的口袋里有了叮叮当当悦耳的声音。那声音很温柔，好像是个什么名曲。这是什么东西在响啊？好像是手机，可是我根本就没有手机。我迷惑地试着从口袋里拿出来一看，果真是个手机。

这是谁的呢？是谁放在我口袋里的？我看着手机十分迷惑。

这时，杨欣哈哈大笑起来，还能是谁的？是你的嘛。他朝我诡秘地眨眨眼。

我这才恍然大悟，原来是他趁我没注意悄悄地放进了我口袋里。

杨欣说，你喜欢这个款式吗？

我说，我喜欢。

这个款式很小巧，外壳呈银灰色，彩屏，彩屏上面是一个小女孩微笑的图案。

我说，谢谢你。

杨欣说，说谢谢，那你就见外了。

因为新鲜，所以，那天晚上消夜时，我故意让杨欣打我的电话，杨欣很理解我的心情，我们就叽里呱啦地说了半天。我们就是那样坐在一起面对面地拿着手机说话，根本不顾及邻桌的人在看着我们发笑。

我把这事告诉了哥哥，哥哥也很高兴，他拿着手机爱不释手地看来看去，说好东西，真是好东西啊。

我们试着给家里打了一个电话，我们家没有，隔壁的五岳家有，我们就叫他让我娘来听电话，我和哥哥轮流跟娘说话，问奶奶的病情，问家里的情况。我们兄妹激动极了。平时，我们也给家里打电话的，但这次是用手机打的，我们没有对娘说这是手机。

姐妹们也说，嘿，桂红你真可以呀。她们的意思我听得出来，是说我也交男朋友了，不再低人一等了。

只有一个人不高兴，那就是小中。那天我去修理厂，小中见我来了十分高兴，悄悄地说，喂，下次我们还去玩好吗？他开始没注意到挂在我胸前的手机，后来就注意到了，他睁着眼睛死死地看了一下，兴奋的光芒顿时暗淡了下去。

他皱着眉头问，是你自己买的吗？

我张了张嘴巴，迟疑地硬着头皮说，是的。

可是，小中的眼里还是泛起了怀疑的目光。当时，他好像不便再说什么，丢下我，闷闷不乐地修车去了。

我以为这事情就过去了，最多只是引起了小中的怀疑而已，但他毕竟没有什么根据。但我没想到，第二天小中找到了我，把我叫到足浴房旁边的一条小巷里，我以为他又是叫我去玩的，便笑着说，小中，你今天是不是又装病了啊？

小中没有吱声，阴沉着脸，眼睛死死地盯着吊在我胸前的手机，泪水默默地涌满了眼眶。

我惊讶地说，小中，你怎么啦？

小中的眼睛慢慢地移到我脸上，突然愤怒地说，汪桂红，你骗我，骗我。你说手机是你自己买的，其实，根本就不是你自己买的，你哥哥说了，是别人给你买的，别——人。

他的话猛然地冲击着我的耳鼓，我无话可说，怔怔地看着他，我不知道该怎样解释。我显得十分尴尬。我很后悔的是，没有提醒哥哥，叫他不要说手机是别人送的。不过，哥哥也真是的，这样的事情本来不应该说的呀。

小中含着泪水说，我以前对你说过，我以后一定要送个大礼物给你的，你知道我要送什么吗？手——机。

我浑身一震，仍然无语。看着痛苦不堪的小中，我该说些什么好呢？

小中伸手擦拭着晶亮的泪水，忽然苦笑起来，说，好了好了，既然有人给你买了，我就没有必要送你了。

小中这时又怔怔地望着我的脖子，凶凶地说，你把坠子拿出来。

我不知道他是什么意思，便把小坠子从胸沟里扯出来让他看，他看了看，冷笑说，原来你们兄妹戴的是一样的啊，不是我给你买的那个。说罢，就气冲冲地走了。

望着小中的背影，热泪顿时模糊了我的眼睛，我知道我再一次伤害了小中，我心里默默地说，小中，对不起。

我只能说对不起。

从那以后，我很少去修理厂了，我害怕看见小中。即使去了，两人也极少说话。是我给了他痛苦，给了他绝望。我深深地知道，不能饶恕的是我。

杨欣后来虽然仍旧带我去消夜，但他却不准我再喝酒了。

这又让我出乎意料。

我说为什么呢？

我说我高兴陪你喝啊。

我说你一个人喝酒没意思。

杨欣摇晃着头说，妹子喝酒可不好，你难道没听说过吗，妹子抽烟喝酒不但影响身体，而且对容貌也不利。桂红你一定要答应我，不论我是否在，你也不要喝酒了。我嘛，以后也不喝了。

我感到十分奇怪，我不喝可以，你为什么也不喝了呢？

杨欣的理由很充分，我也不敢喝了呀，我要开车呢，你不知道，出事故就是那么一秒钟之间的事情。

我说，那你不喝也好。

我的那些姐妹个个都是抽烟喝酒的高手，吞云喷雾，满口酒气，厉害得很。不过，既然杨欣不让我喝，我就不再喝了，我没有更多地去想他为什么要这样，我只是觉得这是他对我的一种关心。

我点点头说，我答应你。

杨欣是个很有耐心的人，他不像有些男人那样，与女孩子打交道时迫不及待，那些男人的脸上虽然也装着从容不迫，心里却是十分焦急和不安，好像恨不得马上跟某个女孩子上床。我高兴杨欣这样的表现，这种文火细细煮的做法，可以让我在心理上慢慢地接受他，如果他也像别的男人那样急不可耐，那只能够引起我的反感。

杨欣几乎每晚上都来接我消夜，吃罢再送我回去。他甚至没有抱过我，亲过我。他最多只是静静地看着我，然后说，桂红，你太漂亮了。

半个月之后，有天晚上，杨欣照样来接我，带我去南门口消夜之后，也没征求我的意见，直接就把我带到了他的住房。这在他看来，一切是顺理成章的，而在我看来，也是水到渠成的。两人心照不宣。我知道应该发生的事情终于要发生了。我好像觉得这一切都是命运之神在悄悄地引领着我，鬼迷心窍地固执地朝着一个目标走去，哪怕我想违背想择路而逃也是不可以的。

那是五楼上的一套三室两厅，房子很新，看来是装修不久，大概有一百三十平方米吧，屋子里收拾得十分整洁。我觉得这跟杨欣的风格相符合。他是一个十分爱清洁的男人。另外，让我心里感到更大的慰藉是，这房子里没有一丝女人的气息，连女人的一点饰物也没有。我知道，这是出于一个女人的敏感。但是，他一个人住在这宽大的房子里，我总觉得难免孤单。

杨欣看着我，笑着说，你去洗个澡吧。

我此时竟然没有丝毫的犹豫，默然地听从了他的摆布，只是脸上陡地红了，然后便乖乖地去了卫生间。在热腾腾的淋水下，我一遍遍地抚摸着自己光洁细嫩的身子，知道它今晚上就要跟外面的那个男人共处一床了，于是，浑身上下便有了莫明其妙的颤抖，也有了莫明其妙的激动，心情忽然复杂起来。我知道哥哥是不会反对的，可是，我娘我奶奶如果知道了，肯定会狠狠地骂我，无比地痛恨我。

当我走出卫生间，谁知杨欣就在门口等着，他见我打开了门，便突然抱起我向床上走去，把我轻轻地放在宽大柔软的床铺上。他没有迫不及待地亲我抱我，而是拿起我的右手，小心翼翼地抚摸着大拇指和食指上两个坚硬的茧，那是像两颗蚕豆般的硬茧，那是我在足浴房磨炼出来的痕迹，是我用青春的力气拼出来的结晶，也是我甜酸苦辣的见证。

杨欣一声声叹息着，仔细地看着它，久久地抚摸着，似乎要将我手上的硬茧一层层抚去。他的抚摸，使我感到了无比温馨，还没有人这样注意到我手上的硬茧，即使是我哥哥也没有，小中也没有，我就是被他的这种贴心贴肺的抚摸彻底地击垮了，感动的泪水突然像泉水一般涌了出来。

然后，杨欣把灯熄灭了。

我终于叫出了平生第一次尖厉的声音，我仿佛看见那声音是粉红色的，在这个黑暗的空间张狂地蔓延。

我再次悄悄地流泪了，哽咽着，杨欣说，你哭什么？

我没有回答。

答案只有我自己清楚，因为我早已想过，我的第一次应该是发生在铺满鲜花的婚床上的，应该是给我丈夫的。可是，现在睡在我身边的这个男人，是我的丈夫吗？

这也是我第一次在外面睡觉。我觉得自己的胆子大得不可思议。不过，在外面睡觉我倒不必担心什么，跟我同屋的那些姐妹，经常是通宵不归，彼此都心照不宣。所以，也没有谁笑话我。因为大家都把交了男朋友看成是一种骄傲，一种荣耀。我当然也有了这种感觉，只不过是我不像她们那样外露罢了。

6

你没事吧？

没事，哥。

你要忍着。

我忍，哥。

自从跟杨欣上床之后，也真是像姐妹们所说的，我居然不再痛经了。多年来的痛苦突然消失，这让我快活不少。我用不着再担心出现每月那几天的痛苦了，不必再忍受那种难以忍耐的折磨了，我可以舒展着眉头给客人洗脚了。

可是，也许是由于我不懂，也许是因为杨欣的疏忽，终于，我后来发现自己怀孕了。我心里慌张极了，幸亏我的反应不大，不然，不知怎么向姐妹们解释。她们也许会嘲笑我的无知和幼稚，本来应该避免的事情却没有避免，这会无端地造成许多的痛苦。

无论如何，我十分害怕。

有一天夜晚，我们宵了夜，来到了杨欣的房子，我担忧地对杨欣说，月经没来，我恐怕是怀孕了。

杨欣却没有丝毫的担心和惊讶，他居然非常高兴，咧开嘴巴笑着说，真的吗？那太好了。他重重地拍着大腿说。

我不明白他为什么说好，这不是幸灾乐祸吗？于是我生气了，好什么好？你得赶快陪我去打掉。

杨欣说，不能打，坚决不能够打。

我鼓着惊慌的眼睛，说，难道说让我生下来吗？

杨欣哈哈大笑起来，说，就是要生下来，为人类增添一个花朵。

休想，我气愤地说，我是你什么人？让我给你生崽女？

杨欣没有生气，仍然大笑，说，对对对，没错，干脆就生下来吧。

我这时突然警惕起来，死死在盯着他说，你说什么？要我生下来？

杨欣看着我，严肃地点点头。

我吼了起来，你不是发疯了吧？

杨欣冷静地说，我没疯。

你们怎么也想不到，杨欣原来是想让我给他生个崽，可是我哪里会答应呢？他见我执意要去打掉，无奈之下，他跪在了我的跟前，泪流满面，可怜兮兮地说，他家三兄弟都是生的女，乡下的两个哥哥已经生了三个女，再生已无力负担，他的老父老母整天嘀嘀咕咕，为这事情发愁叹气，说怎么也得给杨家留下一根香火啊。他说他也是没有办法呀，三兄弟仅有他还有这个条件，他说，桂红，你要理解我，你帮了我，我会一辈子记得你的恩情啊。

我也是乡下人，我知道乡下的风俗，没有崽就做不起人，人家动不动就会骂你家是绝兜户，一辈子抬不起头。

我伤心极了，妥协地说，既然如此，你可以离婚，跟我结婚呀。

杨欣可怜地说，桂红呀，如果可以离，我就早已离了，哪里还会拖到今天？

可是根本就离不脱啊，我一提出离婚，我老婆就要死要活的，甚至还威胁说，要连我和五岁的女儿一起杀掉，然后她就自杀，那是一个很恐怖的丝毫也不讲理的女人。他仍然跪在地板上，冰冷的双手扶在我的膝盖上，不断地发抖。

我再也说不出什么话来了，我还说什么呢？我还有什么可说的呢？只有泪水老是流呀流呀，流个没完。我心里好后悔啊，我没有想到自己最终陷入了这个圈套，我原先只是以为交个男朋友，能够有人来吃点菜，多增添一点收入，可是哪里想得到，居然有这么可怕的事情落到了我的头上。

杨欣也一直哭着，说，桂红，我不会亏待你的，生了崽以后，我会给你一笔钱。

我一听这话，气愤地说，你怎么就没想过我的感受呢？我不明不白地替你生崽，我算什么呀？如果我把他给了你，那我一辈子也见不到他了，一个做娘的再也见不到她的崽了，你又理解她的心情吗？她会为此痛苦一世的。说着，泪水叭叭地往下掉。

我知道哥哥会怎样说的，可是，我还是找哥哥说了。我伤心地说我要去把胎打下来。哥哥听罢，沉默了一下，说，妹妹，千万不要打，事到如今，也只好这样了，何况他还有一笔钱给你哩，你知道他会给多少？

我冷漠地说，我没问。

哥哥却显得很精明，说，那你一定要问清楚，免得他到时候说话不算数，哦，对了，还要跟他签个合同，一定要签，有了合同，就不怕他反悔了。哥哥一边说一边很有力量地挥动着手。

我默默地站立着，脸上充满了悲伤，我感到这座城市也在为我悲伤。前方不远，那巨大的广告牌上微笑着的女人，此时好像流出了大颗大颗的眼泪，大街上白色的塑料袋随风飘荡，就像一只只送葬的幡。我一个没结婚的女人，竟然就要给人家生崽了，而且以后永远也见不到他了。

当时，我真是绝望到了极点。

哥哥肯定明白我的心情，他安慰说，妹妹，这种事情也要看开一点，说白了，他不就是想借你的肚子生崽么？我们乡下也不是没有这样的事，更何况他有钱给你的。

我突然发疯地叫喊道，我不要这样的钱，我不要！

挂在胸前的那个小坠子这时忽然从衣服里跳了出来，我恨不得狠狠地一把扯掉它，将它丢到下水道里，永远也不想再看到它了。

哥哥一时呆了，马上又清醒过来，小心地把坠子放进我的衣服里面，制止道，妹妹，你要冷静，你要理智，想到奶奶的病你就想通了，你就会想，你这样做是值得的。

我没说话，但我的确想到了可怜的枯瘦如柴的奶奶，当然，我还想到了哥哥未来的新屋，还想到了自己以后的嫁妆。

于万分伤心和痛苦之中，我最后还是答应了杨欣。

不过，我还是听了哥哥的话，与杨欣签订了一个合同。其内容是，我在怀孕期间，一切费用由杨欣负责；我用不着再上班了；生小孩之前，杨欣要拿两万块钱给我，生下小孩之后，再给我一万。对于我的要求是，怀孕期间，不准喝酒（我忽然想起了杨欣以前为什么不准我喝酒了，看来他早已有了预谋，他担心喝酒对胎儿不利）；对于我来说，最残酷的一条是我生下小孩之后，小孩立即被他接走，以后永远也不准提出见小孩的要求，也不准打听小孩在何处，或是由谁在带着；如果是女儿，他不要，流产的一切费用由他出。

杨欣痛快地签了字，然后催促我签，他似乎担心我突然不签字了，你签吧你签吧。可是我却流泪了，望着桌子上的笔，好像它是在判我的生死。我半天才拿起来，颤动的手怎么也写不好字，我似乎已经听见了我的孩子哭泣的声音，看到了他抖动的小小的四肢。我多么希望肚子里是个女儿啊，那么就可以流掉，我就不再有了那份永远的牵挂。

杨欣见我签了字，简直欣喜若狂，他当然高兴，因为一切都在按照他的计划进行。他马上叫我辞掉了工作，搬到他那里去住。他似乎生怕我反悔，痛快地拿来了两万块钱，他说你数数吧。我没有数，我怔怔地望着那些钱，我这辈子还没有见到这么多的钱，按理说，我应该高兴才是，我应该欢呼雀跃才是。可是，我一点高兴都没有，好像手里拿着的是两块坚硬的砖头，它们正准备狠狠地痛击我脆弱的心脏。

我离开了香香足浴房，我曾经在这里送李娜娜走的，现在却轮到欧阳明花送我了，我对欧阳明花说，我要回家招呼我奶奶，我奶奶病得很厉害，可能要很长的一段时间。欧阳明花以为我真的离开了这座城市，哭得十分伤心，说不知道时候才能够见到我。我说很快会见面的，我说你一定要想方设法离开那个小混混。

从那天起，我就住到了杨欣家里。杨欣还请了一个五十来岁的女保姆，据说是他一个远房亲戚，专门来招呼我。他的确对我很好，什么事情也不让我做，他回到家，总是默默地双手合十，望菩萨保佑他生个崽。后来，他又通过熟人，悄悄地给我做了个B超，结果真是个崽。我看了结果之后，心里非常失望，我多么希望医生能够悄悄地帮我改一下啊。我的希望终于落空了。可是，杨欣当时那个高兴啊，眉飞色舞，手舞足蹈，说要叫我哥哥来，好好地庆祝一番。我知道我哥哥一定会来的，可我坚决不答应。

杨欣惊讶地说，你为什么不答应？

我没说话，杨欣是个聪明人，悄悄地看了我一眼，然后就说，既然你不愿意让他来，那就不叫他好了。

杨欣那天在家里喝得烂醉，笑啊哭啊唱啊说啊跳啊，他不断地抱着我亲，满嘴酒气地说桂红我感谢你啊感谢你啊，然后哇哇地呕吐一地，沉沉地昏睡过去。

我觉得他很可怜。

事已如此，我也没有多少想法了，我不愿意天天痛苦和忧郁，我无数次地拿出挂在胸前的那个小坠子看，看那个鲜红的“忍”字。我之所以这样做，是因为我不想让我的崽生下来之后有任何残缺。我曾经听说过，孕妇如果不调理好情绪，烦躁、牢骚、忧伤、痛苦，对于小孩将会有很大的影响。虽说我以后再也见不到他了，可我作为一个母亲，却希望他永远是健康的。

我当然也有过悄悄逃走的念头，既拿了他的钱，又可以把胎打掉，然后和哥哥远远地离开这里，我相信他寻找不到。但我觉得这似乎不道义，要么开始就不要答应他，既然答应了，你还有什么可说的呢？再说，杨欣也不是一个吃素的人，很警惕，他似乎也提防着我突然出走，落个鸡飞蛋打，人财两空。所以，他总是叫保姆紧紧地盯着我，即使我在楼下的那个广场上散步，我也能够发现窗口有一双警惕的眼睛在悄悄地盯着我。

杨欣担心我在家里憋得难受，就租来许多的光碟，那都是一些十分搞笑的片子，我说我喜欢看恐怖片或是枪战片，杨欣却摇晃着头说，桂红你这就不知道了，怀孕的人要多多地看喜剧片，这样对胎儿的发育才有好处，你如果老是看那些鬼怪呀或是炮声隆隆的片子，给我生下个恐怖分子怎么得了？

肚子一天天大了起来，尽管我过得很优裕，但是，我老是觉得心里空空荡荡的，尽管足浴房有许多让人不高兴的事情，但我却怀念那个闹哄哄的地方。在足浴房，我只是一个洗脚机器，而在这里，我却成了一个生育机器。做一个洗脚机器，有烦恼也有痛苦，但无论如何，也没有做一个生育机器这般痛苦啊。

这里的清静，总是让我感到一种莫名其妙的恐慌。

当然，我有时也外出走走，尽管杨欣不准我外出，他担心我会出什么意外，一不小心造成流产，或是担心我出走，但我总不可能一天到晚都待在屋子里。离楼下不远是一个广场，那里有许多的鲜花，看着那些五彩缤纷的鲜花，又让我想起小中来，我和他曾经在公园里尽情地欣赏过鲜花，品味过那浓郁的香气。他如果知道我现在居然是在为别人生崽，不知道他还会痛苦吗？还会朝我吼叫吗？

我喜欢在那些弯曲的小径上慢悠悠地散步，有时竟然忘记了自己是一个孕妇。我老是在想，如果杨欣是我的丈夫，那该多好啊。我要让他挽着我的手，慢慢行走。我现在腆着肚子，接受着行人羡慕的目光，可是我一点也高兴不起来，我知道，肚子里的这团血肉一旦来到这个世界之后，我却要永久地与他分离了。我幻想着他永远地能够留我的肚子里，默默地吸吮着营养，静静地陪伴着我。可是，这毕竟只是幻想。一想到这里，我的心情就彻底地败坏了，然后怏怏不乐地回家。

我一般不敢在广场上逗留许久，因为我害怕碰到我熟悉的姐妹，我不愿意看到她们嘲笑的目光。

她们会嘲笑吗？

有一天，我又在广场上散步，突然看见一个妹子走着走着，便一件一件地将衣服脱下来，赤身裸体地疾走。她一边走一边狂笑，让路人惊讶不已，当然，也有许多贪婪的目光狂舔着她雪白的身体。她一定是疯了。当这个妹子经过我跟前时，我仔细一看，这不是李娜娜吗？天老爷啊，她怎么变成这个样子了？

我忽然大叫，李娜娜——

可是，她好像没有听见，继续疾走继续狂笑。我想追上去，把衣服给她穿上，不要让她在大庭广众一丝不挂，可是我跑不动啊，笨重而臃肿的身体蛮横无理地拖住了我。这时，幸亏有三个好心的女人冲了上去，紧紧地将她拖住，七手八脚地把她的衣服迅速地穿上。

我站在簇簇鲜花旁边，眼泪唰地流了出来。我能够猜测得到，李娜娜之所以变成了这个样子，因为她是一个不愿意忍受的女人，那次被人惨打，就是因为她不能忍耐。她现在成了疯子，肯定也是因为她不愿意忍受。我知道她的性格，虽然她放得开，但她的骨子里是很拗的。可是，想想我自己，像我这样忍受了一切就好了吗？就不悲哀了吗？我想，我甚至比她还要悲哀。像我这样的事情，如果摊在她的头上，她一定不会答应的，她会偷偷地吃药把胎打下来。

我那天的心情简直坏透了，回到家里，默默地坐在沙发上。杨欣高兴地回来，带回了我最喜欢吃的酱板鸭，他提着酱板鸭在我眼前晃了晃，说桂红你看这是什么？

可是，我一点也高兴不起来。我甚至没有看他一眼。

杨欣放下酱板鸭，皱着眉头说，桂红，怎么不高兴了？这可对胎儿不利呀。他现在就是千方百计地让我高兴，而让我高兴的目的不言而喻。

许久，我才忧郁地说，我今天看见了李娜娜。

李娜娜？哪个李娜娜？杨欣一怔，显然已经忘记了她。

我说，就是以前跟我在一起做事的，她还给你洗过脚哩，她脸上有许多的青春痘。

哦，记起来了，杨欣点点头，说，她怎么啦？

我伤心地说，她已经疯了。

杨欣赶紧走过来，坐在我的身边，轻轻地抱着我，安慰说，桂红，疯了的就疯了，死了就死了，可是，我们还要好好地活着。

我尖锐地看他一眼，说，我这也叫活吗？

杨欣吃惊地看着我。

7

你没事吧？

没事，哥。

你要忍着。

我忍，哥。

在我的肚子还不太显形时，我曾经去看过哥哥一回。那天走进修理厂，却没见到哥哥。只有小中一个人在修车。陈师傅和方块字不知道哪里去了，也许是外出给人修车去了吧？有些车坏在了路上，便来电话叫人赶过去修理。伍老板那天也出人意料地没有出现。

小中自从上次发了我一通脾气之后，再也没叫我去玩了，我知道关于手机的事情已经深深地伤害了他，还有我胸前挂着的那个小坠子。但他不知道我早已离开了香香足浴房，也不知道我的肚子里已经有了别人的血肉。我和哥哥早已说好了的，绝对不能让修理厂的任何人知道。

因为像我这样的一个女人已经无法面对小中。

小中现在对我的态度不冷也不热，看我时，眼神里有了一丝冷嘲。我觉得这样更好，我这样的女人已经不值得他付出更多的感情了，就让他死了心吧，不能再让他对我存在着丝毫的幻想了。

我问小中，我哥哥呢？

小中钻在车子底下说，刚才还在这里的呀，是不是上厕所了？

我便等了等，还是没见哥哥进来，就觉得奇怪，修车他到哪里去了呢？小中在咣当咣当地修着车，声音在厂房里嗡嗡地回响。于是我走出来，四处望望，没见到哥哥。修理厂有扇后门，我就从那扇后门走了出去，那里是一块不大的空坪，坪里丢着乱七八糟的杂物，什么破轮胎破鞋子啦，废弃的车盖车门啦，锈迹斑斑，杂草丛生。

我终于看见了哥哥。

只见哥哥蹲在地上，双手捂着脸。他的头深深地勾着，像一个断掉的瓜。他背后面的衣服上，有一块特别醒目的油污，那形状，好像一条被水淋透的狗。我轻轻地走过去，站在他身边，他也许是太专注了，根本就没有发觉有人来了，双肩耸动着，好像是在哭泣。

我叫道，哥哥。

哥哥惊慌地松开手，转过头来仰看我，哎呀，他居然一脸湿亮的泪水。

我焦急地问，哥哥，出什么事了？

哥哥赶紧把泪水擦了擦，擦得一脸油污，站起来，突然像变脸似的，嘴巴一咧，无声地笑了起来，说，没什么事啊。

我说，哥哥，你哄我，没事你怎么哭呢？是不是奶奶的病又复发了？我从挎包里拿出纸巾递给他，说，再擦擦，像个大花脸哩。

哥哥用纸巾把脸迅速地擦了几下，还是没有擦干净，我又拿出纸巾给他擦了擦。哥哥也没说到底是不是因为奶奶的病，看来他不愿意说流泪的缘由，只说，咦，你怎么来了？

我说，我来看看你。

哥哥轻轻地哦了一声，又擦了擦脸，似乎要将泪痕彻底地抹去，说，我修车去了。然后朝我的肚子看了一眼，犹豫地说，你最好还是不要来了。

我朝修理厂指了指说，他们知道吗？

不知道，我哥哥说。

然后，我跟着他进了修理厂。

这时，小中从车子底下爬出来了，一脸油污地笑着对我哥哥说，喂，桂明，你是去北京上厕所了啊？我哥哥淡淡地笑了笑，没说话。

小中轻轻地对我哥哥喂了一声，说没多少事了，你把车子擦擦吧，我去一下网吧。他朝隔壁一指。

哥哥点点头，便开始擦车。我看哥哥在忙着，就说我走了。

哥哥赶紧送我出来，叮嘱说，妹妹，有什么事情，你一定要忍着。他指了指我的胸部，又指了指他的胸部，说有什么想不通的，就看看它吧。他指的是挂在胸部上的小坠子。

我点点头，看着哥哥进去之后，我并没有立即回去，而是悄悄地走进了隔壁的网吧，我找到了小中，问我哥哥到底怎么啦？我没说我哥哥躲在后面坪里哭。

小中在网上跟人打牌，想了想，说，哦，厂里丢了一把扳手，伍老板硬说是你哥哥拿走了，你哥哥说他没拿，伍老板却说肯定是他拿了，叫他赔，还威胁说，不赔就走人。

我气愤地问，那不是冤枉我哥哥吗？我哥哥根本就不是这号人。

小中一边出牌一边说，我们也知道是冤枉的，但也不好站出来替你哥哥说话，你是知道伍老板那个人的，历来蛮不讲理，哼。

我说，我哥哥呢？他赔了吗？

小中低声地说，赔了。

我忘记了这是什么地方，大声地说，赔了那不就是等于承认他拿了吗？我的声音很大，除了小中没有看我，网吧里的人都将惊讶的目光投向我。

我一腔怒火地跑出来，又回到修理厂，我哥哥正蹲在地上拿着一把崭新的扳手发呆，我把哥哥拉起来，说，哥哥，我有话对你说。

哥哥说，你说呀。

我怒火万丈地说，哥哥，你没拿扳手你为什么要赔？你哪里这样蠢呀？

哥哥先是一惊，然后激动起来了，站起来说，妹妹，你以为我蠢吗？你以为我不生气吗？我恨不得杀了这个狗娘养的家伙哩，可是，我不值啊，我如果不赔，他就会赶我走的，我吃一点小亏没什么。

我说，走就走，此处不留爷，自有留爷处，到哪里不是卖力气？长沙这么大，又不是只有他这一家修理厂。

哥哥搓动着双手，说，妹妹，你不要太幼稚了，现在找个事做不容易啊，你不知道，每天来我们这里找事做的不知道有多少，你说得也对，我是可以走，也可以去别的地方找事做，可是，如果万一没找到呢？如果有几天没找到事做呢？不是少挣了钱吗？你想想奶奶吧，想想她老人家的病吧，你就会像我一样想通了，没什么想不通的了。

我觉得哥哥的话也不无道理，就像我吧，没结婚就替杨欣生崽，这种事情摊在谁的头上谁又想得通呢？可是，我不是也想通了吗？如果想不通，我会让肚子里的这团血肉渐渐地大起来吗？

哥哥看着我，说，妹妹，你要好好的啊，你也用不着担心哥哥。又说，伍老板最近老是说怎么好久没见你来了，我就说你太忙了。

8

你没事吧？

没事，哥。

你要忍着。

我忍，哥。

日子过得既漫长又短暂，我过早地尝到了十月怀胎的滋味。

我终于给杨欣生下了一个八斤的崽，他又给了我一万块钱，然后，我就抹着泪水离开了那个地方。

当我还躺在产床上时，我就已经给我的孩子取好了名字，叫汪海，这个名字的含义是，我从来没有见过真实的汪洋大海，可是，他以后又会像汪洋大海一样无时不刻地不出现我眼前。当他从我的肚子里慢慢地挣扎着来到这个世界上时，我没有因为疼痛而哭泣，我是因为再也见不到他了而流泪。我没有叫喊，只是默默地哭泣。医生感到十分奇怪，问我你难道不痛吗？你叫一叫吧。我摇晃着头，没有说话，也没有叫喊，我其实是心里痛，像刀子在剧烈地切割。

我会永远地记得那一天——二〇〇四年八月十八日。

在医院里住了几天回来，我的崽就立即被杨欣叫人抱走了，我那天痛哭了一场，紧紧地抱着汪海不放，疯狂地亲着他细嫩的脸。我大声地叫喊，崽啊，我再也见不到你了，你永远也不知道你的娘是谁。他在我怀抱里睁着明亮的眼睛，困惑地看着我，不知道这世界上究竟发生了什么。

我是坐完月子才离开杨欣的，你说这世界上有谁像我这样坐月子啊，没有崽睡在旁边。我闻不到崽的奶香气，尿臊气，听不到他哇哇的哭声，看不到他那可爱的样子。那一个月，我每天以泪洗面，披头散发，茶饭不思。我想，我不如像李娜娜那样癫了的好，那我以后就什么也不知道了。不知道在这个世界上还有我娘我奶奶和我哥哥，还有我那个永远也见不到了的崽。我也可以像李娜娜那样，把身上的衣服一件一件地脱下来，像撕纸片一样，即使赤身裸体也浑然不觉，根本不知道什么叫羞耻了。

坐完了月子，我知道我必须离开了，我要离开这个伤心之地。我清点好东西之后，杨欣也没有要留我，他说，桂红，你找到了事做之后，一定要告诉我，我会来捧你的场。

我拖着浑身的伤痕和心中的悲伤来到了大街上，泪水盈眶。阳光懒洋洋地照耀着我，像一个慵懒的孕妇。我没有再去香香足浴房了，我没有脸没有勇气向她们说明我这几个月的消失，我顺利地找到了一家叫康康的足浴中心。可是，我没有告诉杨欣，我甚至把手机号码也换掉了，我不想再见到他了，因为一见到他，我就会想起我的崽，那个白白胖胖的可怜的叫汪海的崽。

我想让他在我的记忆之中永远地忘记。

上班之后，我才抽空去看哥哥。我好久没有去过了，哥哥很高兴，小中呢，好像也成熟了不少，似乎没有再记恨我了，他不断地问我，喂，桂红你到哪里去了？怎么这么久没见你来了？小中还说，他到过香香足浴房问过我，他们说你已经离开了。

我心里为之一动，小中仍然还挂记着我的。我说，是呀，我奶奶一直病得不行，我娘又招呼不过来，我就回家招呼奶奶去了。

这是我早已跟哥哥商量好了的，只说我回家照顾奶奶去了。

哥哥对小中说，你现在应该相信了吧？我妹妹这不是又来了？

伍老板那天也在，大大咧咧地说，桂红，你怎么好久不来了？他眼睛色眯眯的，看来他仍然对我不死心。

趁哥哥他们在修车时，伍老板将一嘴黑牙凑在我的耳边，轻轻地说，桂红，我请你去吃西餐。

我笑着说，谢谢伍老板，我吃不惯西餐。

那我请你吃海鲜？

海鲜也吃不惯，我皮肤过敏哩。

那吃湘菜如何？

我说，我的肠胃不好，什么都吃不得。

伍老板听罢，很不高兴，沉着脸，狠狠地嚼着槟榔，像牛嚼草似的，哼一声便背着手走开了。

我现在每晚下班，杨欣不会来接我了，我也不需要他接。我已经渐渐地将他忘记了，可是，那个崽我怎么也忘记不了，他在我醒着时，或是睡着时，都会悄悄地闯入我的大脑，哭泣着，或是大笑着，实在是让我挂牵，让我伤感。

我不想再交什么男朋友了，跟杨欣的来往，已经让我伤心欲绝，心力交瘁，好像死过了一回，我害怕再次掉进一个陷阱，再次让我痛苦。我想清静，我不再想陷入这种感情的纠缠。所以，现在又是哥哥来接我了。每到我下班时，两兄妹肩并着肩，像无声的幽灵没入了那黑暗的巷道里。我不再羡慕那些跟着男人们去消夜的姐妹了，我的心像一颗核桃，被紧紧地包裹起来了。

哥哥那段时间非常高兴，说，妹妹，你看这一下子就搞到了三万块钱，我高兴得很哩，你自己想买点什么就买吧。

可是，我却高兴不起来，我说哥哥，千万不要把这事告诉了娘和奶奶，她们如果知道了，肯定会气死的。

哥哥说，我会这么愚蠢吗？哎，妹妹，我们有这么多的钱了，你一定要把存折保管好，千万不要丢掉了，这钱弄得不容易啊。又说，唉，我这个做哥哥的真是无能，赚的钱比你还少。

我劝他说，哥哥，你千万不要这样想，钱是赚不完的。

我又说，我不想买什么东西，不过，哥哥，我倒是想给你洗个脚，我曾经给那么多的人洗过脚，却不曾给你洗过呢，很舒服的。

哥哥苦笑道，洗个脚三十五块钱，何必呢？我没有那个福分。

我说，我出钱。

哥哥很舍不得，说，还是省着点吧。

我固执地说，那以后你一定要答应我给你洗个脚。

以后再说吧。哥哥笑着说。

一天晚上，哥哥照例来接我，走着走着，他忽然不走了，停下来，也不说话，好像有了什么心事，目光怪怪地看着我。

我感到很奇怪，便说，哥哥，你怎么啦？

哥哥叹息一声，说，妹妹啊，我实在是不想说给你听。

我说，蠢哥哥，我们兄妹还有什么不可以说的呢？

哥哥考虑了半天，才吞吞吐吐地说，妹妹，是这样，伍老板……他想跟你……交朋友哩。

这话伍老板以前也曾经对哥哥说过，哥哥没答应，看来现在哥哥已经妥协了。我却毫不犹豫地说，那绝对不行。

说罢，我气冲冲地往前走。那已是深夜了，路上没有了什么行人，只有三三两两的汽车亮着鬼火一般的灯光在行驶。那些店铺的灯光早已被门遮蔽了，像一具具巨大的黑色的棺材。哥哥则紧紧地跟随着，他此刻好像不是在送我，而是在追赶我，或是像个劫贼准备抢劫我。我走得很快，两脚生风，自从我生了崽之后，我还没有走过这样快的速度，我好像是在迫不及待地甩掉哥哥。

哥哥没有灰心，仍然快步地跟着我。紧接着，他忽然奔跑起来，他好像无法追赶上我，便只有奔跑起来。不一阵，他就迅速地跑到了我的前面，双手伸开，像是要阻止我的前进。我没有理睬他，我决不能在这个问题上妥协，我不能一再地忍耐了。

我看到哥哥眼里发出无奈而可怜的目光，那目光在暗淡的灯光下似乎颤抖着，像一丝丝寒风猛地吹来。我狠狠地拨开他的手，继续向前走去。

谁料哥哥竟然伸出手，死死地拖住了我，可怜兮兮地叫了一声妹妹。然后突然跪了下来，仰着脸看着我，苦苦地求道，妹妹，你就听哥哥的吧，你如果跟伍老板好了，他就会对哥哥好呀，这个道理你难道还不明白吗？他一直在找我的岔子，就是因为你呀。他还对我说了，只要你愿意跟着他，他可以加我的工钱，而且不让那些伙计知道，所加的工钱悄悄地给我。我想，他如果每月另外加我三百块，那么一年下来，就是三千六啊。三千六，我们可以做多少的事啊，我们可以给奶奶治病，可以为我们的房子添砖加瓦，我们可以叫娘来玩，娘说了，她这辈子还没有走出过大山，她想出来看看世界啊……再说，你反正已经是……

没等到哥哥说完，我眉毛一耸，大声吼道，你说呀，我反正怎么啦？是不是说我反正是个烂货了是吗？我勃然大怒，真想狠狠地踢哥哥一脚。

哥哥没再说话了，胆怯地低着头，双手却紧紧地抓着我的裙子。我站住默默地流泪了，我没想到哥哥竟然会是这样，他明明知道我刚刚与杨欣分了手，心里的痛苦还没有完全消失，况且，我跟姓杨的也是迫不得已，现在又叫我跟伍老板，我怎么能够做得出来？我不想再次陷入那种痛苦之中了。更让我感到痛心的是，哥哥居然从嘴里说出了你反正已经是什么什么的话来了。

我不想理睬他，但低头看着哥哥一直跪在地上，我的心顿时软了下来，他毕竟是我的哥哥呀。于是，我去扶他，他却不肯站起来，十分固执。我知道，他这次非要我答应不可了。

可是，我能答应吗？

我哽咽地说，哥哥，不行啊，为了多挣钱，我听了你的，现在我已经成了这个样子了，我已经忍受了许多的痛苦了，如果再让我跟姓伍的好，这是万万做不到的。

我没有答应哥哥。

可是我不答应，哥哥竟然就不站起来，他的双膝好像死死地粘在了地上，或是像被电焊焊紧了。

此时，我痛恨他，也可怜他。

我狠狠地甩掉他的手，走出了很远，回过头来一看，哥哥仍然跪在地上，像一尊雕像。我心里难过极了，我和哥哥之间，从来没有出现过这种让人极其难受的局面。我们兄妹都是为了一个目标，为了多挣些钱，一忍二忍三忍，忍忍忍。哪怕是奇耻大辱，我们也都默默地忍受了。

可是，哥哥也太忍了啊，忍得让人不可思议。

9

你没事吧？

没事，哥。

你要忍着。

我忍，哥。

来长沙的这些日子里，为了生存，除了没答应跟伍老板之外，我几乎什么都忍着了，甚至连回家看娘和奶奶也忍着了，只是偶尔给家里打个电话。可是，哥哥他自己最终没忍着。

自从哥哥求我跟伍老板好而我没有答应之后，哥哥的情绪一落千丈，每晚上来接我时，几乎是沉默不语，警惕性似乎也不像以前那样高了，眼睛不再四处扫视，把我送到住地之后，又默默地转身。只有几次，他实在是憋不住了，才愤愤地对我说，伍老板现在总是不断地找他的岔子，其实有些事情并非是他的错，可是硬是说他的错，然后就扣他的工钱。

哥哥说的这一切我自然明白，一定是伍老板见我不答应跟他，所以，就暗暗地报复哥哥，逼哥哥。其实，伍老板自从见到我那天起，就对哥哥软硬兼施步步紧逼了。

哥哥闷闷不乐地说，现在，四个人只有他的工钱最少，可是，出的力气却一点也不比他们少。

我知道哥哥受了很多的委屈，便劝哥哥，少点就少点，没什么了不起的，要么，你再换个地方？

哥哥沉默半天，说，妹妹，哪里是这么好换地方的？找个饭碗实在是不容易啊，城里那么多失业的人，还有那么多的大学生，找个饭碗都难上加难嘞。

我说，那你就忍着点吧。

对，忍。哥哥狠狠地一字一顿地说。又说，我每晚上睡在床上，就拿着这个小坠子看，看上一阵，心里就平静一些了。

其实，看着可怜的哥哥，看着忍辱负重的哥哥，我曾经想不如答应跟着伍老板算了，按照哥哥的说法，我反正是这么一个女人了，那就当成烂船划吧，至于船上多坐一个男人和少坐一个男人，又有什么区别呢？何况我如果跟了他，哥哥的日子也会好过一些。更何况，伍老板曾经对他许诺过，另外再悄悄地给他加钱。

可是，我能够这样做吗？一是我自己不想陷进这种不明不白的感情之中了，二是伍老板那副龌龊的样子简直让我作呕，我不是那种随随便便就会跟男人上床的女人。况且，还有小中呢，我不愿意让小中亲眼看到我是这么一个女人，我不愿意当面再次伤害那个羞涩单纯的小中。

我那天在路上意外地碰见了杨欣。

我当时并没有发现他，孤单地在路边走着，是他把车子突然停在我跟前的。我一看是他，不想再理睬，他实在让我太痛苦了。可是，我又犹豫起来，我毕竟给他生过一个崽啊。虽然早已有约在先，但我起码也要问问我崽的情况吧。

杨欣责怪我为什么不再跟他联系了，为什么要把手机号码换掉。我没有回答他，他是一个聪明人，知道我为什么要这样做。

我问，我崽还好吗？

他笑着说，很好，你放心吧。

我很想问我的崽现在放在何处带，由谁在带，但想到合同上的条款，又忍了下来。

于是我准备走，杨欣却不准，他说，上车吧，这么久没见面了。见我不动，他轻轻地连推带拉把我拖进了车里，然后，好像是漫无目的地在街上行驶。我再也没有坐车的那种激动的感觉了，我显得麻木而迟钝。

我不知道他要带我到哪里去，我明白自己再也不会跟他有什么关系了。我已经心灰意冷了。不过，我倒是暗暗地希望他能够带我去看我的崽，那我会感激不尽。

可是，我知道这只是一个幻想而已。

杨欣把车终于在一家商场停了下来。他高兴地说，走，进去看看。

商场里的人像一群群鱼涌进来游出去，我板着脸跟随着他，他领着我很有耐心地在各个柜台转来转去，并且不时地反过头来看看我，好像是担心我会突然消失。

他说桂红，我给你买件衣服好吗？

我的心突然微微一动，我知道他的话击中了我天性中的脆弱之处。这真是女人的弱点啊。女人与商场之间有一种天生的联系和感情，女人的许多烦恼和痛苦，竟然可以在商场里得到释放和消解，以至暂时地忘记。杨欣大方地给我买了一件衣服，你们猜猜多少钱？八百八十块。不但价钱贵，而且色彩款式尺寸都合我的意，我稍稍地高兴起来，心情这才慢慢地好转。

走出商场跟杨欣分手时，他问我要手机号码，我说我到时再给你打电话吧。他没有勉强我，无奈地说，那好吧，我等着你的电话。又说，你哥哥还好吗？哦，到时候我给你哥哥买个手机。

杨欣坚持要送我，我没叫他送，我不想让他知道我现在的地方。我就像一只受伤的兔子，悄悄地潜伏在这座城市里的某个角落里。等到杨欣走了之后，我就把衣服穿在了身上，见离上班的时间还早，便迫不及待地想去告诉我哥哥，让他欣赏欣赏。我想，他一定也会高兴的。我还要告诉哥哥一个好消息，杨欣答应了给他买手机——尽管我不可能再与他有什么感情上的纠葛了——他说，你们兄妹这么好，真是难得。他说他很羡慕我们。

我走到修理厂门口一看，哥哥他们都不见了，也没有人来修车，厂里空空荡荡的。据我估计，小中肯定是趁机到隔壁的网吧里玩去了。但是，我知道哥哥是不会去的，那需要花钱。哥哥是一个很节省的人。那哥哥到哪里去了呢？还有姓陈的师傅和方块字哪里去了呢？他们是不是都外出修车去了？我想，哥哥还有小中这些人也真是的，没人来修车，那也得有个人守着呀，不然，让伍老板看见了，不骂人才怪呢。

这时，我突然听见厂里的那间小屋子里发出轻微的响动，那声音很短暂，便走过去看了看，这一看，我顿时蒙了。小屋里站着我哥哥。他手里拿着一把大扳手，呆呆地望着躺在地上的人。

哥哥好像根本没有发觉我进来了。

倒在地上的是伍老板。他的脑袋已经开了花，血肉迸绽，鲜血涂满了脸。眼睛呆呆地睁大着，像死鱼的眼睛。我明白发生了什么事情，马上吓得哭泣起来。

我抓着哥哥的手，惊恐万状地说，哥哥呀，你为什么要这样啊？

我知道哥哥一定是让伍老板给逼的，哥哥曾经告诉过我，伍老板见我没有答应他，恼羞成怒，他不但无理地扣哥哥的工钱，而且已经两个月没给他发工钱了，哥哥问他讨了几次，也没有讨到。看来，哥哥是被逼上梁山了。修理厂的生意近来不好，加之伍老板又不发给他工钱，哥哥肯定是担心伍老板突然哪天消失了，那么，一分钱也没有了。这样的事情，现在屡屡发生，害得那些打工的人讨债无门。可是，哥哥你怎么也要忍着呀，你不是一直叫我忍着吗？你自己不是一直忍得好好的吗？怎么就忍不住了呢？你的忍功到哪里去了？怎么做出这样骇人的事情来了呢？

你们不知道，我此时是多么地后悔呀，如果我答应跟了伍老板，他哪里会让我哥哥不断地受委屈呢？哪里会出现这个无法收拾的局面呢？

哥哥没吱声，咣当一声丢下手中的扳手，然后面无表情地走了出来，伸长着脖子深深地透了一口气，好像什么事情也没有发生过一样。我也赶紧跟着出来了。小中一定还在网吧里兴味盎然地玩牌，姓陈的师傅和方块字也没有回来，他们都不知道修理厂已经发生了惊天大案，而凶手，就是我那一贯忍气吞声的哥哥。

哥哥似乎非常冷静，把小屋的门咔嚓锁了，然后走出了修理厂，朝街上走去。

哥哥在街上匆匆地走着，我不知道他要走到哪里去。我一边流泪，一边紧紧地跟随。我与哥哥的反差极大，他一身油污，双手肮脏，脚上的鞋子也是油乌乌的，我则穿着崭新的衣服。所以，许多人朝我们投来异样的目光。但谁也想不到，我哥哥刚才杀死了人。他们一定认为我们是在吵架。

我说，哥，你为什么不忍着？

我说，哥，娘和奶奶知道了该怎么办？

我说，哥，他不发你的工钱我手里有啊，我对你说过的呀。

一路上，我就是这样喋喋不休地说着。

哥哥一句话也没说，脸上也没有多少恐慌，似乎很镇静，好像这是夜晚，他是带着我去消夜似的。风吹起他的头发，使他看起来有几分飘逸。

哥哥就是这样默默无语地走呀走呀。路过一个巷口时，我知道那就是夜宵街，我和哥哥曾经在这里吃过一次。我还记得哥哥说过，还要带我来消夜的，可是我们却没有再来了。紧接着，又路过我曾经所在的那个香香足浴房，我想起了欧阳明花，我不知道她是否甩掉了那个小混混，是否还在过着忍气吞声的日子。我们走过了一家家宾馆和商场，在一群群的行人中穿梭。然后，就到了我现在所在的康康足浴中心，门前空寂无人，霓红灯管像一条条弯曲的黑白色的蛇，难看死了。我曾说过还要给哥哥洗个脚呢，可是一直也没有实现。还有我那些新结识的姐妹，她们肯定不知道我现在心急如焚地跟随着我那杀了人的哥哥。

那条大街很长，像老是走不到头。我们走了很久，像走在时间的隧道里。我走得一身大汗，汗水把我的头发粘在了额头上。我不知道哥哥要去哪里，我想，他或许是想逃跑吧，那我就跟随他一起逃。我不愿意哥哥孤单地逃跑。可是，我们身上都没带钱，怎么逃？存折在我那里，至少要让我把存折拿来吧？

我说，哥，我决定跟你一起走。

我说，哥，你让我先去拿存折。

我说，哥，我们可以逃得远远的。

哥哥仍然一声不吭，他对我所说的话充耳不闻。我不知道他心里究竟是怎样打算的。我想，出路不外乎两条，一条是逃跑，一条是自首。

这时，一个赤身裸体的女人迎面而来，大声地狂笑着，手里扬着肮脏的衣服，哦，这不是李娜娜吗？她再次出现在我的眼前。我来不及喊她了，她也认不出我了，我继续追赶着哥哥。

前面就是湘江大桥了。过了大桥就是车站。我想，哥哥一定是想坐车逃走。

可是没钱怎么走？我赶紧伸手摸了摸挎包，只有十块钱。

十块钱能坐到哪里去？

我们已经走到了大桥上，河风很大，似乎要将我们吹了起来。大桥很长，所以，两旁几乎没有行人。只有我紧紧地跟着哥哥。这时，哥哥突然反转身来，一边疾走一边迅速地看了我一眼，那眼神很平静，明亮，澄洁，好像什么事也没有发生似的，平静得简直让人生疑。

突然，哥哥便疯狂地奔跑起来了，他跑得很快，像一只在草原上奔驰的矫健的野马。

我大喊，哥，你跑什么？

我大喊，哥，我跑不动了。

我大喊，哥，你慢点走呀。

哥哥没理睬我，继续撒开双腿疯狂地跑着。这时，他一只手在脖子上狠狠地一扯，于是，我看见那个嵌着“忍”字的小坠子从他手里飞了出去，像一只折翅的小虫飘落在地上。然后，哥哥双手往灰色的栏杆上一撑，身子陡地越过了栏杆，一只脚有力地搭在栏杆上，双手突然一松，整个人就迅速地掉下去了。一切完成得是那么流畅，简直是一气呵成。当我明白是怎么回事，拼命地奔跑上去想死死地拖住他时，可是，一切都太晚了。

于是，我看见哥哥像一只黑色的大鸟，展开有力的翅膀在低空飞翔，他的背景不是蓝天白云，而是缓缓流动的浑浊的河流。阳光静静地照耀着，像一面巨大的镜子，似乎穿透了哥哥的躯体。我愿意哥哥永远这样展翅飞翔，像一只不知疲倦的鸟，永不落地。

而我，则会永远地伏在栏杆边上注视着他，泪眼模糊地看着我的哥哥。

游手好闲

舅舅打了一世单身，作为一个男人来说，是有点悲哀的。舅舅却不悲哀。再说，打单身并不意味着没有尝过女人的味。在高沙镇上，有哪个男人能够跟我舅舅比？只要一讲起舅舅，谁都会羡慕得眼珠子像贼样的发光，都会说，猪弄的玉生，即使砍脑壳砍八回都抵得了，他这一世，猪弄的。

这些议论就有些意味，说这些话的男人都比较遗憾地认为，自己还够不上哪怕砍一回脑壳的资格。平时，舅舅自己也这样夸海口，说，我成玉生这一世，死八道都抵得了。一只瘦长的手板，一下一下很有劲地拍打着同样清瘦的胸脯。舅舅胸脯的确没有什么肉，只有两排搓衣板样的肋巴骨。而那些有胸脯肉的男人，却没有勇气夸这个海口。所以，舅舅就一张马脸嘿嘿地笑起来，一条腿踩在茶馆里的板凳上，手抹抹油光发亮的头发，居高临下地扫视着茶馆里所有的男人。那些男人就一律捧着茶碗，不好意思地栽下脑壳。所以，茶馆里，只有舅舅一张马脸在不无得意高高地仰着。悬挂在茶馆门外的蓝布缀白边的店幌，独自领略着春天妩媚的阳光。

道理是这样讲的，没有讨过婆娘的人，并不见得没有崽女，不然，人世间那么多的私生子，是从哪里拱出来的？天上掉下来的？石头缝里跳出来的？我舅舅反正死了，现在，由我来叙述他的一生，就没有了什么顾忌，也不怕他的阴魂来找我打官司。我公正地说吧，舅舅虽然睡过不少女人（具体数字不好统计），却单单没有留下一根种。镇上的习俗是，凡不属于明媒正娶所生下的骨血，都列为私生子一类。不像现在，若没结婚的人有了骨血，好像也没有什么了不起的。就是说，舅舅连个私生子都没有，简直活得干干脆脆，利利索索，在这个人世上，一点牵挂也没有。

假若舅舅有私生子，那外公也不会认的。外公是什么角色，高沙镇以及方圆百十里哪个不晓得？外公家业很大，乡里有大片的田地山林，在镇上开的一家药铺，每天滚进来的银洋就哗哗啦啦像流水一样。药铺有个很好听的名字，叫春庆堂。初到高沙镇来的外头人，听到春庆堂，还疑是高官雅士给自己的院子号的名字，或以为是酒馆粉楼。

一九四四年秋天，日本鬼子松井小队长带领一班人马进占高沙镇的时候，问我舅舅家住在哪里，舅舅回答说在春庆堂。春庆堂？松井小队长一手托着尖瘦的下巴，皱着眉毛，琢磨着这个春庆堂，突然像悟出了什么，咧开嘴巴笑起来，哈，成，你的很幸福。舅舅灵泛的脑壳一时没有转过来，我幸福什么？松井小队长泛出满脸淫笑，说，天天跟花姑娘在一起，不幸福吗？我舅舅便觉得这个日本鬼子蠢得像猪卵子，嘴巴上却小心地解释道，春庆堂是个药铺，不是堂板铺。

我外公是个讲脸面的人，成家又只有舅舅这样一炷香火，原想靠舅舅承继这份家业，舅舅却天生一个闲人的烂坯子，一天到晚，一年三百六十天，只晓得吃喝嫖赌，吊儿郎当，逍遥自在。至于由谁来承接成家这份显赫的家业，似乎不关他的卵事。所以，用外公的话说，玉生宝是稀牛屎糊不上壁，成家十八代出了这么一个报应。报应的含义，在我家乡的语言中是十分丰富的，家出忤逆子，只是其中的一个内容。舅舅就是一个忤逆子。外公心明如镜，晓得靠我舅舅已经靠不住了，就企图叫这个忤逆子生出一个不是忤逆子的小孙子来，不然，成家偌大的家产，不都给我娘做了陪嫁？那时候，外公显然还没有开明到这种地步。

到了我舅舅适合成亲的年纪，具体地说，十七岁，外公就非常积极地四处托人做媒。当然，也有许多媒人不召自来，谁都晓得，若把这根红线牵牢实了，媒人的那份酬礼肯定是相当可观的。所以，成家的门槛，被这些进进出出不辞辛苦的媒人，至少踩矮了两至三分。愿意上门给我舅舅做老婆的妹子家，简直牵线线，那些妹子家又长得乖态，个个像根嫩莲藕，或像作坊里刚打出的嫩豆腐。问题是，舅舅蠢卵一样，生死不肯，只要听到有媒婆进了屋门，忤逆子舅舅就不晓得躲到哪个屁眼里去了，外公只得派人四处寻找。即使把人找得半死不活，也看不到舅舅的尸身。

外公一向是个十分谦和脾气温顺的人，却被忤逆子舅舅反反复复地气，就气得变了一个人。一把锃亮的铜质水烟壶，整天搂在怀里，叭一口，就独自在院子里骂一句，成家出报应了嘞，出化生子了嘞。外公每次开骂，情绪就坏到了极点。这个时候，我外婆、我娘、佣人和店员们就像个哑巴或老鼠子，不敢接腔，甚至，不敢贸然地撞进我外公的眼里，生怕成了我外公发泄的对象。所以，一个老大的院子，似乎只有外公一个大活人，虾公样地在蠕蠕游动。

无论怎么说，我这一辈子最遗憾的事情是没有能够见我舅舅一面，或跟他生活一段时光。舅舅死于一九四八年十一月初三，终年五十一岁。那天，寒风像刀子样切割着高沙镇，满世界发出呼啸刺耳的鸣响。我曾经为此问过我娘，舅舅生的什么病？娘的回答令我惊讶和困惑：我们都不晓得你舅舅生的什么鬼病，落气前五天，很少在家过夜的你舅舅突然回到春庆堂，笑笑地对每个人打招呼，还专门走进你外公外婆睡房，轻轻地喊了一声大人，然后，就进了自己的屋里，和着一身崭新的衣裤睡在床上，不吃也不喝。你外公先要佣人去喊，喊不动，佣人说，少爷说肚子根本不饿。你外公急了，亲自去喊。却见你舅舅并无什么异样，也不痛苦，还笑着喊你外公，要你外公不要操心，他没有什么事。你外公还是不放心，虽然你舅舅这一世没听过你外公一句话，却毕竟是自己的骨血，他不愿意白头发人送黑头发人去阴间地府。所以，你外公请了镇上最好的郎中来，你舅舅却生死不肯让郎中探脉，大声说他根本没什么鬼病。你外公动了狠心，喊几个店员捉住你舅舅的手脚，让郎中看病。那个郎中姓张，张郎中相当有名气，看了半天，没作声，最终把你外公扯到走廊里，一脸迷惑地说，成老爷，你公子看不出有什么病呢，我看了几十年的病，还没碰到你公子这样的人，不吃不喝，一切都很正常，真是怪事。你外公焦急不过，问他还有什么招数没有，张大夫猛摇脑壳，无奈地说，唉，只有靠菩萨保佑了。你舅舅一连躺了四天，茶水都没有喝一口，脸上毫无痛苦。第五天上午，也就是十一月初三，你舅舅突然坐起来，笑着说，我这一辈子活得有滋有味，抵得抵得。说完，就轰然倒了下去，一下子落了气。

当时，我娘早就嫁到了宝庆城里，外公派人给我娘报信，我娘才晓得她唯一的哥哥，已经于十一月初三上午离开了人世，便一路哭哭啼啼跟着报信的人，匆匆地往那个叫高沙镇的地方赶去。

我问娘，是否保存着舅舅的照片，娘左右摆动着花白的脑壳，不无遗憾地说，那时候，镇上还没有照相馆，哪来的照片？只有宝庆城里才有，而高沙离宝庆这么远，怎么照？你舅舅死了之后，请人画了一张像，摆在灵柩前面。我听罢，心里始终充满着某种希望，舅舅这张画像还在么？我娘说，也不晓得哪里去了，这么多年了，不晓得了。当时，我只记得你外公叫人挂在你舅舅的那间屋子里。我娘苍老的脸上，眼角里开始闪起两粒晶莹的泪珠。我说，还有希望找到吗？我娘说，不晓得。又说，老家都没有什么人了，到哪里去找？我娘伸出皱巴巴的类似鳄鱼皮的手，擦拭着眼角里浑浊的液体。

舅舅的确是个化生子，上不得正路。满十三岁上头的某一天，舅舅突然独自逃学不见了。学堂的高先生匆匆忙忙地跑到春庆堂，惶惶地给外公报信，外公当时急得像掉了魂。他老人家就只有舅舅这一炷香火，况且，人又灵聪，书读得令春庆堂和学堂的人都大为惊讶，简直是过目不忘，倒背如流。所以，外公对他寄予了一肚子的厚望。外公亲自带头，率众人四处寻找。把高沙镇的街街巷巷都找遍了，竟然也不见舅舅的踪影。外公吓得一身冷汗，以为舅舅不小心掉到河里喂鱼，或跑到宝庆城看世界去了，心里便惊惶不安。后来，外公毫无希望地经过镇子边上时，忽然看见一个用烂竹篾围成的茅厕棚子外面，有个细把戏正斜着脑壳蹲在地上，伸一根竹篾，往烂洞里不断地戳动，就听见茅厕里有个女人惊叫一声，在厉声大骂，少家教的，是哪个化生子？那细把戏一手捂着嘴巴偷笑。外公眯起眼睛再一看，肚子里的火就嘭地燃烧了起来，那个化生子，竟然就是自己的崽。他既没有掉到河里喂鱼，也没有跑到宝庆城里看世界，竟然在这里做戳女人屁股的痞事。春庆堂的人居然做这样下作的事，我外公怒不可遏，也不作声，一把把我舅舅抓起来，像拖麻包一样，赶紧往春庆堂拖去。当时，外公从烂洞里看到了一个白屁股。所以，外公生怕那个拱着大白屁股的女人扯着裤子出来追骂，扫了他的面子。幸亏那个大白屁股的女人可能还没屙完屎尿，没来得及追出来。

外婆和春庆堂的人看见外公突然把舅舅从旮旯里寻了回来，除惊喜，都纷纷地问外公是哪里寻到的，外公愤愤地说，化生子在河边耍水。舅舅申辩说，我没有耍水，我在茅厕外面戳那个女人家的屁股。旁人一听，忍不住噗一声笑起来，外公的脸上立即气成了猪肝色，羞怒不已，一耳光扫在舅舅的脸上，说，混账东西，扯白都扯不像。舅舅偏偏伸着细鸭公颈根，说，我没有扯白。外公又一耳光子扫过去，这时，舅舅就呜呜呀呀地哭号了起来，哭丧一样。

外婆到底是女人，心软一些，生怕外公把舅舅打出内伤来，害了他一世。所以，就在一旁暗暗地扯着外公的长衫子。外公正在气头上，一手挡开外婆的手，喝道，扯什么卵？去关起大门。外婆晓得外公怕街上人看到，便去关了大门。这时，外公又喊店员来，把舅舅绑在太师椅子上。自己挥起一把笤帚，狠狠地朝我舅舅抽打。外公一边打，一边吼，你想做个什么人？说。你想做个什么人？说。舅舅嫩皮细肉的，哪里经得起这般毒打，身上被打得青一绺，红一绺，边哭边喊，我没想过要做个什么人嘞……没想过嘞……外公气急败坏地说，没出息的，书包呢？舅舅说，丢到河里喂鱼了嘞。外公说，那刚才我说你在河边耍水，你怎么不承认？舅舅满面汗水，说，我真的没有耍水，我把书包丢到河里之后，就去戳别人的屁股了。

外公自从讨了外婆开始发家起，到舅舅十三岁之前，成家一直是平安无事的，没有出现过什么丢人现眼的事情。舅舅十三岁这年私自逃学，并且痞到去戳茅厕棚子里女人的屁股，这就开始预示，外公家必然要出一个化生子。外公开始并没有意识到，认为舅舅只是一时贪玩罢了，便叫人重新买书包和课本纸墨，又派一个叫红莲的年轻女佣每天接送，以防舅舅再次逃学。红莲才十七岁，心思倒是谨慎得很，生怕我舅舅再次逃跑，自己担当不起责任，便整天守在学堂门口。外公这一辈子成家立业，计谋生意，都是不曾出过什么闪失，或失误的，唯独对唯一的崽始终估计不足，所以，造成了终生遗憾。舅舅落气的那天，外公独自躲在自己睡屋里紧闭房门，彻底地干号了一番，那哭声像在咳嗽，震得人心尖尖上出血。

红莲陪着我舅舅上学的那天说，少爷，你千万不要再逃学了，不然，我怕老爷打骂我。我舅舅说，我是什么少爷？喊我玉生。红莲说，我哪里敢呢？我舅舅说，又不是叫你上刀山，有什么不敢的呢？喊。红莲就小心朝街上看了看，四周没有人，就怯怯地喊了一声玉生。我舅舅竟然像老屁股似的点点头，一连声说，好，好，好。红莲就有些怕惧，不知我舅舅这个少爷是说真好呢，还是说假好。即使外公派红莲接送（其实是监视）舅舅，也并没有取得预期的效果。舅舅的鬼聪明一般人是望尘莫及的，何况，还只是个小小的佣女红莲。

舅舅并不考虑红莲是否会遭到外公的叱骂，一心只顾自己快活，把个红莲耍糯米粑粑一样，她哪里是我舅舅的对手。

第一天，舅舅由红莲陪着去学堂，倒是不曾再有逃学的迹象，所以，外公和高先生以及红莲都为此舒了一口长气，至少舅舅没有再逃学去戳女人的屁股了。问题是，舅舅并不持之以恒。大约那天屁股坐麻了吧，第二天再去，走到半路上，舅舅眼珠子一转，把书包往红莲怀里一塞，急促地说，我闹肚子，要上茅厕了。红莲以为我舅舅真的闹肚子，只说，快去快来，我在这里等你。我舅舅装着急不可待地情急状，兔子似的朝巷子里蹿去。当时的大街上，没有现在分男女的厕所，一律是那种用竹篾搭成的破烂不堪的茅厕棚子，而这样的茅厕棚子，大都不会设在街面上，那样太显眼，所以，一般都搭在那些同样破烂潮湿脏兮兮的小巷里。所以，我舅舅救火一样地朝巷子里冲去，并不会引起红莲什么怀疑。这样，红莲就受骗上当了。她一等再等，总不见我舅舅从小巷里出来。红莲就嘀咕，少爷屙粪莫非屙到天黑点灯？就怀疑地往小巷的茅厕里寻找，又不敢贸然地掀开竹篾进去，所以，看见一个茅厕便喊几声少爷，七弯八拐地一路喊着，喊着喊着，眼泪就扑扑地掉了下来。

舅舅这天半路逃学，没有再去用竹篾戳别人的屁股，若那样，情节就显得重复，逗不起读者的阅读兴趣了。舅舅躲在人群里蹲着，嘻嘻哈哈看了一天走江湖的在耍猴子把戏。他觉得太滑稽了，看到半下午才回春庆堂。一进大门，就看见红莲被我外公罚在大厅站着，低着头，呜呜咽咽，很可怜。舅舅笑着说，红莲，哭什么？我不是回来了么。红莲一见我舅舅，委屈得哭声更大了，两手捂着眼睛，哇哇地哭起来。我舅舅大度地从太师椅上拿起那根曾经绑过他的棕绳索递给红莲，说，把我绑起来，你就没事了。红莲哪敢绑我舅舅，死人都不肯接那根小指般大的棕绳索。我舅舅就丢了绳索，说，你不肯绑我，我又绑不起我自己，那就不绑了吧。

外公这回没有派人去寻找舅舅，听红莲回来如实地一说，只是摇头大叹，家门出孽子，乃成家不幸。此时，外公大约已预感到了舅舅愚顽不化，已是不可教也。恼怒之下，还是叫红莲饿着肚子罚站一天，骂红莲连个少爷也守不住。外公见舅舅回来，一没叫人绑缚于太师椅上，二也没有拿笤帚歹毒地抽打。他把舅舅叫进自己睡房里，说，玉生，今天你去做了什么？舅舅见外公态度平和，兴致勃勃地说，我看了一天猴子把戏。外公说，看猴子把戏有味么？舅舅直言不讳地说，比念书有味多了。外公嗯了一声，也没有恶言责骂或凶狠怒打，手一挥，让舅舅退了出去。

舅舅哪里料到外公另有一手。第二天早上醒来打好算盘，准备扒完早饭又上街去看热闹把戏。去开房门，竟开不开，再一看，门上吊着一把大铜锁。就叫喊起来，开门开门。外公早早就跟大家打过招呼的，谁也不敢理睬我舅舅，一任这个化生子撕开喉咙喊。饭还是按时送，舅舅绝没有蠢到绝食的地步。照例咕咕咕嚼得很香，只是像坐牢的犯人。舅舅喊得喉咙有点痒痛，就不再叫喊，晓得再喊再叫，也没有什么卵用。外公这回是下了狠心的，打不起效，骂也不起效，就关它个效果出来，妄图把我那个化生子舅舅一颗野马样的耍心坚决关回来。舅舅走到窗口，想从窗口逃出去，一看，两层楼高，下面一色的青石板，跳下去即使不死，也会脱层皮。舅舅惊讶地伸了伸舌头，把脑袋从窗口缩了回来。书桌上摆着书和纸墨，这是外公早先就考虑到的，把化生子关在屋里，他不念书不写字，又做什么？那时候，又不像如今，细把戏除了念书写字，屋里还有许多各式各样的玩具。那时候有什么卵？卵都没有一条。外公暗喜自己这一手很高明，又见舅舅叫喊一阵再不叫喊了，就料定这个化生子坐在书桌前念书，或写字无疑。外公心里有点小得意，就喊红莲去看看我舅舅到底在做什么。红莲上楼一看，竟然慌慌张张地走回来告诉我外公，少爷不在念书写字，是在……外公一听，从太师椅上呼地站起来，在做什么？红莲的手抖抖地一指一指，少爷像只猴子。外公凶着红莲，放肆。外公深知百闻不如一见的道理，亲自冲到楼上从门缝里一看，不由也呀的一声。我那个化生子舅舅裁了一个用纸做的猴子面具，上面用墨画了黑毛猴子丑陋无比的脸，眼部抠了两个大洞，眼珠滴溜溜地转得灵活。舅舅正在像个猴子一样，手脚乱抓乱蹦，从地板上跳到床上，从床上又跳到桌子上。忽一下，一个金鸡独立，忽一下，又来它一个漂亮的跟斗。嘴里还发出吱吱的叫声，活像一只不知疲倦的真猴子关在屋里。外公颓然地扶墙而立，没有再说“孽子化生子”或“愚子不可教也”之类的话，陡然像苍老了许多，醉酒一样，踉踉跄跄地下楼去了。

外婆见外公急成一截朽木样，立即采取了我们民族最为崇尚的办法。请了几个师公来做法术。外婆认为，我那一贯读书发狠聪明伶俐的舅舅，突然像个化生子，那肯定是在某天某时掉了魂。外婆请师公们来春庆堂，其目的是叫师公们帮我化生子舅舅收魂。厅堂里顿时烟火缭绕。师公们当然是尽心尽力，忽而拨动法器，口念咒语，忽而舞蹈一般，鬼喊鬼叫，个个累得老汗淋漓。外婆他们满脸的虔诚和肃穆，我那个化生子舅舅呢，却站在一边吃吃发笑，像在看耍猴把戏一样。无论外婆怎样皱着眉头盯他，他也乐此不疲。师公们从上午一直做到下午，累得龟孙子一般，接了银洋，赶紧收兵回朝。师公们或许从来没看见过我舅舅这样的卵人，不仅没有一点虔诚之心，反而把他们看成跳来跳去的猴子一样。当时，舅舅死人都不肯吞下那把据说能够收魂的香灰，外婆明白，如果喊人下蛮逼舅舅吞下去，又会被舅舅统统吐出来的，不如来软性的。所以，外婆含着饱满的泪水对舅舅说，崽呀，千句万句话不听，今天你要听娘这一句话，把香灰吞下去。外婆亲自一手端着装了一撮香灰的碗，一手端着一碗清水。舅舅看见外婆情深意切的样子，忍不住扑哧地笑起来，说，娘，那又何必呢？

我吞了就是。舅舅以无比痛快的心情和干脆利索的动作，一口把香灰吞了，嘴边沾满了一圈香灰，像生了一嘴灰色的胡子。外婆一手抹眼泪，连连说，好崽，好崽。

舅舅这个曾经被外婆称为好崽的人，终于没有成为一个好崽。法术做了，香灰也吞了，舅舅的魂却一直不曾收回来。所以，外公还是固执地坚持他的老原则，天天把舅舅锁在楼上。舅舅也不觉得枯燥乏味，独自在屋里蹦上跳下，学着猴子，动作变化无穷，简直是出神入化，活了一般。春庆堂的店员和佣人纷纷上楼窥视，一律被外公骂得狗血淋头，他们又贼一样地溜下楼梯。外婆哭着对外公说，玉生宝再关不得，再关，真的会变成一只猴子。外公只有叹气，又有什么卵办法呢？干脆打死埋了。外婆说，你那样狠心？好歹也是一条命。外公被舅舅搞得心竭力衰，极其失望，说，那你说怎么办？外婆倒像主意很多的女人，劝外公不必太焦急，家出化生子，也是个命，认了。其实，外婆也想做最后的努力，又喊了红莲，提着香烛和供品，带着银洋，徒步去十五里外的山庙里，烧香拜菩萨，连轿子也不要，以示虔诚，还往功德箱里塞了十块银洋。一一做罢，我外婆还不甘心，麻起胆子，给舅舅抽了一支签，这样，怪事就来了。和尚把签一看，竟然说我舅舅是个绝好的命，一世不愁吃穿，在世上如鱼得水，要上天就上天，想下地就下地，左也左得，右也右得，没有亏吃，没有什么人奈得他何。和尚又说，此人的命大得很，方圆百十里，上下数百年，难得出这么一个人。外婆听得满脸惊喜，愁云一扫而光，禁不住又问，他不念书，管不管？和尚说，此人素无定法，千万不要束缚他，他想做什么，就随他去做好了。

外婆迈着三寸小脚，赶紧兴冲冲地回到春庆堂，把红莲甩了好远。外婆一五一十把和尚解签的话告诉外公，外公也陡然来了精神，逼视着外婆，眼睛像鹰鹫一样，生怕外婆讲假话。逼视一阵，觉得外婆句句是真，丝毫也没有怀疑之处，手一摆，说，去放了他吧。

所以，舅舅从十三岁那年起，就开始了游手好闲无拘无束的生活。那天，外婆亲自开锁把他放出来时，舅舅说，逼我去念书么？外婆说，不是。舅舅说，要拿笤帚打我？外婆又摇头。外婆说，玉生宝，随你呢，这是你的命。舅舅拼命地眨着两道疑惑，眨着眨着，疑惑便立即一跑而光，哈哈地大笑起来，扯下猴子面具，一路飞脚朝热闹的街上跑去。

舅舅再没有去戳茅厕里女人的大白屁股，或独自跑到宝庆城里去看世界。

他的活动区域仅仅限于高沙镇。舅舅简直像一只鸟，只要能飞去的地方，都飞去，并不害怕有什么人拿弹弓或鸟铳打他。茶馆里、赌馆里、酒楼里、戏院里，甚至堂板铺（妓院）里都有我舅舅的踪迹。有人看见我舅舅这么小小年纪也来堂板铺，便讥笑说，成少爷，你鸡巴还没长毛，来铺子里做什么？我舅舅也不觉得狼狈，笑着说，你怎么晓得我鸡巴没长毛？你刚才睡的青秀才多大？也是十三，我看也没有长毛，你怎么也睡她呢？难道我来看看都不行么？把那个睡青秀的男人堵得再也吐不出一个字来，满脸的尴尬。

舅舅除了去上述的馆里楼里院里铺里，还特别喜欢到街上看走江湖的卖狗皮膏药、耍猴卖艺、算八字看相、写字绘画、拉琴卖唱、死人做道场唱丧歌、红喜事唱喜堂歌，还有耍魔术弄刀枪的，诸如此类。舅舅简直是百看不厌。舅舅肯定是一个有天分的人，脑壳灵泛，什么东西看一样，学一样，学一样，会一样。也有些卖艺的人不肯教他，舅舅就大方地先作个揖，再递上几块银洋，坦然地说，请师傅尽管放心，我成玉生学这个把戏，并不是以此为生，以恐抢了师傅的饭碗，我只是为了好耍，没有别的意思。那些走江湖的人见我舅舅人小话大，又慷慨大方，不像那些刁钻之徒，便都手把手地教我舅舅，跟我舅舅都很合得来。

所以，舅舅无论去那些馆里楼里铺里院里，还是到街上看那些走江湖的诸位师傅，钱是要大大地花的。

哪里来，天上掉下来吗？

老实说，外公听外婆关于在山庙抽签的话之后，放了舅舅这只鸟出去，已是极不容易了。外公可以想象得到，高沙镇上是怎样议论舅舅这个化生子的。虽说和尚师傅讲了舅舅的命是个绝好的命，而舅舅那些伤风败俗吃喝嫖赌的种种行为，会给街坊们是个什么鬼印象呢？外公是个死要面子的人，一张老脸又往哪里放？放到胯下面吗？所以，外公从那以后很害怕上街，他害怕那些指责讥讽冷嘲的目光和言语。子不教，父之过。外公害怕担当不起舅舅这个化生子给他带来的责任，干脆像乌龟般躲在春庆堂不出去。乡下有什么事，店里有什么事，都打发下人出去办。

外婆自从去山庙抽签之后，态度与外公截然不同。该上街就上街，该去哪里就去哪里，没有一点顾忌。若有人跟外婆嘀咕舅舅的种种劣迹，外婆必定把戴着金银首饰的手在阳光下悠闲地一摆，十分骄傲地笑着说，那你就不晓得，我家玉生宝是个大命，山庙的和尚说过，方圆百十里，上下数百年，难得出这么一个人。对方听了一时哑然，脸上涌出许多的悔意。外婆就安抚对方说，这也怪不得你，我又不曾对你说过这些，对么？不怪你。若恰巧碰见舅舅咿咿呀呀哼着曲调，一副小嫖客样子地走过来，外婆就喊，玉生宝，身上还有钱么？舅舅说没有，外婆就说，娘身上有。从衣里痛快地摸出几块银洋，给我这个地方上数百年难出一个的舅舅。

外公是绝对做不到外婆这个分上的。按现在的话说，一个本来就不争气在家待业的崽，竟然还给钱让他去潇洒？外公把这个整天在屋里装猴子的蠢崽放了一马，已是看了山庙里的菩萨天大的面子，哪里还会把钱给舅舅吃喝玩乐？外公坚决不给，外婆却照给不误。外婆似乎很有远见地说，我们今后肯定要搭崽的福。外公说，搭他那个化生子的福？河里的水怕是倒流起了。外公和外婆争论的结果是这样的，外婆经常给我舅舅钱花，外公的态度是开只眼，闭只眼，装宝。若不装宝，又怎么办？吞老鼠子药？或悬梁上吊？

舅舅花钱不当数，崽卖爷田心不痛。亮晃晃的银洋刚进他的口袋，就好像不堪重负一样，立即要把它们丢出去，让全身轻松起来。即使在赌桌上赢了钱，也似乎不是他自己的，那么看的陪的，甚至包括输家，舅舅一概打发。舅舅边撒银洋边哼戏文一样地唱道：要钱做什么？人反正要死的；要田做什么？人反正要死的；要屋做什么？人反正要死的；要崽做什么？人反正要死的。抑扬顿挫的唱腔，唱得满堂哄然大笑，都说，成少爷是天塌不忧地陷不愁的快活人。

舅舅年纪不大，而他的所作所为令三教九流的男人都十分佩服，女人也很佩服，所以，舅舅的朋友也就渐渐地多起来。

准确地说，舅舅像一只鸟飞出春庆堂之后的一年把时间，夜里无论到什么时辰，都要敲门回到自己那间睡屋困觉。这只鸟在那段时间里，还认自己的屋，晓得收翅回巢。后来就不行了，老是觉得夜路难走，大门难敲，赌完钱或喝罢酒，就搂着个比他小或比他大两岁的妓女，睡到堂板铺销魂。然后，一觉睡到第二天晌午，再起床赌钱或喝茶，或上街看江湖艺人卖艺。

以前，舅舅只去堂板铺看看那些妓女，或粉浓脂淡的，或高高矮矮胖胖瘦瘦的，或大大小小乖丑不一的，并不真的去弄。他一直没有忘记那个卵男人对他的讥笑，说他的鸡巴还没有长毛就来铺子里。舅舅觉得，那个卵男人简直是天底下最可耻的男人，一点都看人不起。所以，当舅舅十四岁上头，有一天在茅厕蹲着，突然发现下身长出稀稀的几根毛时，便兴奋不已，嗬呀呀地叫了起来。舅舅陡然觉得，自己有本钱有资格去堂板铺睡觉了。如果还碰到那个卵男人用那种不屑的口气嘲讽他，舅舅早已做好了心理准备，他要当众掏出把戏来验证。

按世俗的观念讲，舅舅从那天开始起，就算是个真正的小男人了。那天夜里，舅舅走进一家叫春色楼的堂板铺，把身上的银洋全部码到桌子上，银晃晃一堆，把老板娘惊喜得眯了一双鱼泡眼，说，成少爷，你今天准备死一回了？舅舅虽然没有真正泡过窑子，行话还是晓得的。舅舅二郎腿一架，老屁股一样，手拍着桌子，说，死一回。

春色楼的老板娘把一个最乖态的妹子喊过来，问我舅舅满意不。我舅舅一看，那个叫翠芹的妹子生得极乖态，一笑，甜得眼睛出水。我舅舅走拢去，老嫖客样的掂掂翠芹的下巴，问她十几岁。翠芹说，十五。我舅舅笑着说，嘿嘿，比我还大一岁，下面长毛了没有？翠芹只笑不语，引着我舅舅走进香味十足的房里。

老嫖客样的舅舅一旦动了真家伙，谁料比鸡崽崽还不如，一下子就露了马脚。手忙脚乱，浑身臭汗。就像骑马，马本身没有什么问题，马鞍缰绳也一应俱全，无奈骑手毫无经验，惊讶、羞怯、慌张。先不知如何上马。后来又经不起颠簸，三五几下，就被颠下地来。我舅舅羞愧不已，又不肯失了面子，一边又跃跃欲试，一边又喋骂不休。舅舅绝对不是骂翠芹，是骂冲天娘。一是掩饰自己的无知，二是狼狈地发泄。那个翠芹倒也好，静静地仰卧着，不讥笑我舅舅这个初试锋芒的骑手，只是默默地柔情无限地扶我舅舅重新上马。

那天，舅舅终于变成一个真正的小男人，他走出春色楼时，翠芹送他出门。这时，舅舅再也不像个老嫖客样的说话了。舅舅说，翠芹，你是我师傅嘞。翠芹只望着我舅舅微笑，一只白白的小手朝舅舅小摆小摆。舅舅觉得，翠芹那只小手简直像一柄白羽毛扇子。舅舅从那天夜里起，突然觉得这世界还叫人活得下去，又有吃，又有喝，又有玩，还有像马一样起波浪的女人。当时，舅舅既疲惫不堪，又心旷神怡。舅舅回到春庆堂，躺到自己的床铺上，心里还在想，若是早几年长毛就好了，就至少不至于像今夜这样狼狈不堪。

舅舅就这样成了小男人。用今天的话说，舅舅就这样一步步走向了彻底的堕落。这样，舅舅问外婆要钱要得更凶火了，他毫不心痛地把银洋一大把一大把丢进那些堂板铺。我之所以说那些堂板铺，是因为舅舅绝对是个喜新厌旧的人，他决不肯吊死在一棵树上，天天骑翠芹那匹马，也决不因为翠芹是他的进门师傅，而把银洋只花在她一人身上。舅舅想骑各种各样的马。这一点，翠芹很伤心。从第一回学徒之后，舅舅还继续去她那里拜了几天师傅。除了应该给老板娘的银洋，翠芹却拒绝接下舅舅这个骑手给她的钱。她暗暗地爱上了我那个化生子舅舅。问题是，舅舅这个不称职的骑手只管骑马，并不爱马。翠芹摇头不肯收钱，舅舅惊讶地说，怎么不要呢？骑马收钱，天经地义，是不是嫌少呢？嫌少，我明天再补点来。翠芹坐在床沿上栽着头，老不说话。舅舅干脆把钱一丢，独自走了出来，心想，怎么是匹哑巴马？我这个很聪明的舅舅，就这么蠢得像猪样地喃喃自语。

舅舅并没有把翠芹放在心上，却仍然来春色楼，只是不再骑翠芹这匹相对来说比较稚嫩的马了。舅舅从那天真正成为小男人起，就开始酝酿了一个长远的骑马计划。他是在春色楼拜的师傅，那就从春色楼开始，一家一家地骑过去。且春色楼的位置又位于所有堂板铺之首，这样，就似乎有点顺理成章了。可以计算一下，每家堂板铺有那么多的马，舅舅要把每家所有的马全部骑过一遍之后再换另一家，你想想，那该花费多少银洋和消耗多少精气。舅舅身上一直不长肥肉，盖源于此。所以，他长着那扇搓衣板样的胸脯，又有什么奇怪的呢？

堂板铺的妓女几乎都很喜欢舅舅，觉得舅舅还像个男人，又有味得很。耍杂技玩魔术算八字看相唱戏拉琴，样样都来得，比那些只晓得睡觉的男人有意思得多。唯有舅舅的师傅翠芹很不喜欢这个徒弟了，若在街上碰到，眉眼生气地一扭，不认得样的。舅舅觉得奇怪，思忖这匹哑巴马怎么不齿我呢？舅舅追上去，伸出年轻老嫖客的手，捏一下哑巴马的粉脸，同时，嘻嘻一笑，却不料，被翠芹一巴掌重重地打下来。舅舅轻骂一句，婊子婆崽。一边怔怔地望着师傅的背影，一边抚摸着被打痛的手背。

舅舅十七岁那年，就在堂板铺里锻炼成了名副其实的骑手了。像他这样的人，外公要给他找婆娘他哪里会愿意？即使打死他，都不会答应。像现在这样子没有人管，多么快活，一天换一个口味，简直比神仙还过去三里路。这时，外公就找外婆吵，你不是说和尚师父讲他是个大命人么？方圆百十里上下数百年，难得出这么一个人么？卵话、屁话、婊子崽的话。外公气起来，两条乌黑的眉毛打抖，也不管是否亵渎了菩萨。外婆有苦难言，只是一味地劝，玉生宝还只十七岁，一世人还早着呢，兴许还没有到时辰，时辰一来，我看是门板都挡不住的。外公一腔火气，依我看，是方圆百十里，上下数百年，难得出这么一个化生子。外公那个样子，像要吐血，一只脚猛烈地跺着地砖。

如果按外婆几年前给舅舅抽的签来看，至少，在目前还看不到有任何出息的迹象，纯粹给人是吃喝玩乐嫖赌逍遥的不佳形象。在高沙镇上，舅舅几乎是个人人皆知的浪荡公子。用舅舅自己的话来评价，我是个耍人子。耍人子的概念，有点类似如今的待业青年或无业游民，内涵却又不尽一样。待业青年或无业游民是无事可做，又没有这么多的票子潇洒。舅舅则不然，一是有事做都不想做，二又有大把的钱耍。外公那份家产供舅舅一个耍人子潇洒，还不至于陷入拮据的地步。其实，即使舅舅不愿意接外公的手，不去掌管春庆堂和乡下大片的田土山林，他自己要自食其力，也是完全可以的。比如卖狗皮膏药、耍猴卖艺、算八字看相、写字绘画、拉琴卖唱、耍魔术弄刀枪等。舅舅也不是不晓得一二，也不是弄饭不到手，也不是看这些行当不起。而舅舅就是不做。他学那些七七八八的东西也就是为了一个“耍”字，也就是说，这一世耍得更丰富多彩更快乐一些。

外公肯定是个毫无远见的男人，在对待舅舅的这个问题上，比起外婆来简直大为逊色。外婆一直抱着一个信念，山庙和尚的话迟早会兑现的。外公没有耐性，认为舅舅一辈子是个化生子，毫无办法。所以，在外公千方百计托媒人给舅舅牵线，而舅舅又生死不肯之后，外公便彻底地失望了。外公明白，舅舅不愿意成亲生崽继承家业，所以，外公就决定自己生崽。外婆生下一崽一女之后，已没有了生育能力。所以，外公吵着要讨小。那天，外公提出这个问题时，外婆便哭着恶吵起来，骂外公没有良心，良心被黄狗叼走了。外婆说，你如果讨小，我就要把春庆堂和乡下的田土山林全部收回来，你讨米当叫花子去。

在这一点上，外婆无疑是理直气壮的。这些家产原来都是外婆家的，外公原先并不富裕，他却愿意做上门女婿，所以，才堂而皇之地接下了这份家业。外公明白，他是沾了外婆不少光的，所以，凡事让外婆三分，也就是这个道理。那由谁来接这份家业？那个化生子是靠不住的。外公被外婆一哭一骂，不由低声了许多。外婆用手绢边揩眼泪边说，随便哪个，我家的这份产业，不也是由你和我接下来了么？怕什么？玉生宝实在靠不住，我们还有个女么。我外婆把鼻涕一段一段抹下来，又说，只是玉生宝今后有出息也难讲的。外公再不接腔，眼珠子老往街面上瞟。外婆怕外公讨小的念头不死，竟然从厨房拿来一把锋利闪亮的菜刀，一刀斫在桌沿上，说，你若要讨小，我就死给你看。外公赶紧收回目光，说，我讲都讲不得？外婆说，讲不得。外公蔫蔫地说，那莫讲就是了。

总之，外婆凡是在大事上从不让步，小事让一让也无碍大事，外公毕竟然是他男人，毕竟是一家之主，该给的面子，外婆还是要给的。比如他们两人吵架，外婆从不当着店里人的面吵，要吵，两人关在睡屋痛痛快快地吵。出了睡房，有人在，外公发什么脾气，外婆会装着忍气吞声的样子，让这个一家之主发点蠢脾气。所以，外公尽量当着众人甩甩威风，把脸色给外婆看。外婆便暗自觉得好笑。

外婆的确是个少有的女人。外婆也要面子，却不像外公或其他女人那样急功近利。外婆把要面子的事情放得非常长远，这一点，几乎无人可以比及。没有一点眼光和胸怀，拿着舅舅这么个化生子崽，哪个做娘的做得到？怕是早就气得上了吊，或投了河。

所以，因为心境的不同，日久月长，在外公和外婆身上发生了明显的，甚至是很滑稽的变化。外公原先是个稍胖的人，渐渐地就瘦得不成了样子，像只虾米。外婆本来很瘦很瘦，却慢慢地胖了起来。可见心境对人的影响很大。外公脾气越来越躁，每天像一堆干柴，遇火就燃。外婆只是抿着嘴巴笑，说，你急么子？只要我们不老（死），玉生宝到底如何，我们是看得到的。

外公脾气明显地变坏了，乡下和店铺的事情却还是照管不误，除了出门的事情叫下人去办，可说是事必躬亲。若是非得外公亲自出去办不可的事情，外公就喊轿子抬他去，把帘布放下来，严严实实地罩住他，免得被人看到，一张生了个化生子的老脸，经受不住那些讥笑嘲弄或责怪的眼光。

外婆除了管管佣人们侍弄茶饭之外，唯一的兴趣都放在舅舅身上。她把舅舅看得很贵气。我娘那时在读书，外婆并不怎么看重。我娘问过外婆，怎么哥哥不上学？外婆说，他不是个念书的命。我娘说，那他是个什么命？外婆说，他是个耍命。我娘说，那我也不念书了，我也耍。外婆就拍我娘的脑壳，宝女，你以为哪个都有这个命的吗？

外婆把舅舅看得很贵气，表现在毫不心痛地甩给舅舅大把的银洋之外，还不断地请裁缝给舅舅做各种衣裤，把衣柜塞得满满的，那都是一些上好的绸缎。又叫佣人不断地给我舅舅做鞋子，单鞋棉鞋，十几双十几双地做。外公说，你要给他做这么多做什么呢？浪费了。外婆振振有词，玉生宝正是吃长饭的时候，一天一个样子。外婆虽然没有见过什么大世面，连宝庆都没有去过，这却不影响她的审美能力。在选料在颜色在样式上，她都有一套完整的构想。所以，舅舅的四季衣裤，甚至包括鞋子，没有一件或一双是雷同的。有些粗粗一看似乎雷同，并无异样之处，仔细一看，就辨出味道了。外婆常常站在衣柜前，细细地观赏那些衣物和鞋子，一件件或一双双地拿出来看，看一阵，又一一地叠好放回柜子。外婆丰腴的脸上，洋溢着构想者的满足和得意，也寄托着对舅舅一片深切的期望。所以，舅舅一回来，总是喜欢喊外婆，不大喊外公，也是顺理成章的事情。当然，舅舅在落气前跨进春庆堂的大门时，的确是恭恭敬敬地喊了外公的。那一声喊，可能是舅舅平生最充满深情的，最不含糊或勉强的，当时，声音在外公外婆的睡房里竟然发出音乐般的嗡嗡回响。外公被舅舅这声喊，除了感到浑身舒畅之外，还伴以一种不可思议的疑惑。当时，他并不晓得这个化生子崽大限已到，还以为舅舅有了回心转意的念头。后来的几天里，舅舅像个神仙般不吃不喝，直至落气时外公才明白，这个化生子崽五天前那亲热的充满感情的一声喊，原来竟然是在人世间最后的一次。所以，外公独自干号，那极为复杂的心情，也是可以理解的。

一直到舅舅十八岁那年，有些迹象竟然在他身上渐渐显露。那时候，地方上开始有土匪吵事了，以王青山为首的土匪盘踞青龙山，时不时到高沙镇上来打抢。王青山不抢穷人的，专门把眼睛盯着富人家。王青山晓得，高沙镇有钱人不少，就叫手下人暗暗地摸底，然后，一家一家地排着来。外公的春庆堂自然也不例外。当然，在高沙镇上，包括所有店铺，以及酒楼堂板铺都在名单之列。

王青山也并不是一味地动武，他讲究先礼后兵。通常的做法是，头天深夜叫手下人用匕首叼着一张纸条，戳到某家的门板上，上面写明交银洋多少，或粮食多少，或布匹多少，或药材多少，并限令第二天某时辰送到何处。若是交了，平安无事。若谁敢违抗，王青山就不讲客气了，带着一伙人，持枪操刀寻到家中来吵事。客气话也没有了一句，闯进大门，发一声喊，抢。这一来，损失还要大些。所以，那些有钱人，虽然恨王土匪恨得咬牙切齿，最后还是忍气吞声，乖乖地如期如数地交去。

其实，高沙镇历史上并没有闹过土匪，现在这土匪一吵，外公就急得跳，像一只饿慌了的麻蝈，生怕这份家业被土匪吵个一干二净。外婆就劝他，你急什么呢？镇上又不是我们一家，他们交得出，我们也交得出。外公说，交呢是交得出，只是被土匪抢了很不甘心。外婆说，那有什么办法？你捡石头打天？

外公还是不心服，那一段时间，暂时也没顾得上骂舅舅那个化生子，居然天天躲在春庆堂里骂土匪，骂王青山生崽没屁眼。外婆就笑，说，你有种，就寻到青龙山当面对王青山骂，躲在屋里骂，白骂。

当然，紧张的还有另外那些富人家。穷人一概不紧张，晓得王青山不抢穷人的，再说，穷人有什么卵抢？其实，那个王青山也是穷人出身，只是穷怕了，穷得已无出头之日，便一狠心二咬牙做了土匪。王青山有了些财产之后，到底耐不住山中的寂静，就喜欢化装下山来高沙镇耍一耍。其实，高沙人谁也不认识他，他又不是镇上的人。平时，偶尔来镇上抢那些违抗的有钱人家，他也是化了装的。这说明，王土匪是非常谨慎的，生怕别人认出他来，一刀子捅了他的性命。

王青山化装来镇上喜欢赌牌。一赌一赌，也就认得了我舅舅。王青山自称是在宝庆做生意的，身边只带着一个保镖。我舅舅就喊他王老板，王青山还有个习惯，每回只带二十块银洋下山，若输了，拍屁股走人。若赢了，三天三晚不眨眼珠子。有一回来镇上，王青山手气不佳，屁股还没有坐热，转眼工夫，二十块银洋就掉进了舅舅口袋里。这样的手气，对于王青山来说，的确是第一次。若打发手下人回青龙山拿钱，路又太远；就这样走人吧，心里又实在不乐意，所以，那张黑脸上就流露出为难的神色。舅舅见了，晓得王老板没有带足钱，便眼睛都没有眨一下，把桌上赢的亮晃晃的钱一一地码整齐，往王青山面前推去，说，王老板，刚才是试手，不算，重新来。桌上的人和围观的人都晓得我舅舅的脾性，所以，并不觉得惊讶。王青山却很感激，见我舅舅年纪不大却是个大气之人，心里便有意结识我舅舅。喝茶休息时，赢了钱的王青山硬要把我舅舅甩给他的银洋退回来，我舅舅生死不接，说，王老板也是太认真了，那一盘是试试手的么。王青山便不再坚持，就问我舅舅是不是镇上人，家是哪个店铺。我舅舅顺口说是春庆堂药铺。王青山便暗暗地把“春庆堂”三个字记死了。回到青龙山，他叫手下人放过春庆堂药铺。还着重吩咐说，谁要是动了春庆堂一根毫毛，我就斫下他的卵脑壳。

舅舅万万没有料到，与他赌牌的经常穿着鸭青色长衫的王老板就是土匪头子王青山。也万万没有料到，高沙镇所有的大小店铺被土匪梳了一遍之后，唯有春庆堂安然无恙，毛都没有拔一根。这件事情，立即成了高沙镇的头号新闻。那些被土匪敲诈过的大大小小的老板一齐拥进春庆堂，问我外公究竟是怎么回事。那一段时间，外公和外婆也觉得颇为蹊跷。外公对众人说不晓得呀。而见众人眼里充满着疑惑之色，齐齐地望着他，外公的瘦脸上也稳不住了，像是自己真的通匪，又摇摇头，说，我也觉得奇怪。众人却以为是我外公不肯说，或不敢说。又问，这其中是否有什么奥妙。外公急得说出了一句粗话，卵奥妙。

春庆堂每天这么多人不厌其烦地踩进踩出，把外公搞得烦躁不过，没有那时许多媒婆走进走出给舅舅做媒时的好心情了，便顺口说，你们要问，就问我那个化生子崽去。其实，外公外婆也问过舅舅的，说，独独春庆堂没有被土匪梳过，好不奇怪。舅舅大大咧咧地说，奇什么怪？打一网鱼，也会漏走几条么。我这个化生子舅舅完全没有意识到，春庆堂之所以能保住，完全应该归功于他。

只是外公轻松的一句话，又给舅舅带来了不少麻烦。那些店铺老板天天寻到我舅舅缠，硬要他说出其中的奥妙来，以便效法。不然，一点家产经得土匪几下梳呢？就像女人梳头发，也不是用梳子梳一下就罢手的。这一来，就好看了，我舅舅进堂板铺，屁股后面有人跟着问。赌牌呢，也围着一片人。搞得我舅舅心烦心躁，想去骑马都骑不成，硬着头皮打牌，又老是输。嘴里只是反反复复说一句话，我要是晓得不说，绝子绝孙。那些老板晓得，我舅舅一世不讨婆娘的，他发这个誓等于白发，不顶用。后来，我舅舅也意识到了这一点，就笑着说，那我不得好死，五马分尸，树上吊，水里泡，这该可以了吧？

王青山也听到过我舅舅在牌桌上对缠着他的老板们发誓，心里暗暗发笑，觉得这个人有点意思，便有心要告诉他。有一回，趁周围一时无人，做事小心谨慎的王青山便悄悄地对我舅舅说，成少爷，其实，你最清楚其中的奥妙，只是你不愿说罢了。我舅舅瞪大两只眼睛，茶杯一放，王老板，你莫乱讲，我的确不晓得。王青山不想瞒他，他凭感觉觉得我舅舅是不会乱说的，告诉他实情也无妨。所以，就拍拍胸脯，说，成少爷，我就是王青山。我舅舅听罢，一下脸色惨白，蠢卵一样，怔怔地半天没有说出话来，平时的潇洒和机灵一下子消失得无踪无影。王青山又拍拍我舅舅的肩膀，说，这件事你也不要说出去，心里有数就可以了。我舅舅这才醒过来，连忙啄着脑壳，不会，不会。

舅舅到底还是憋不住话，半夜回家，就把事情的来龙去脉告诉外公外婆，并说千万别传出去。外公虽然有点庆幸，却还是指责舅舅不应该跟王土匪打交道。外婆听了这话很不高兴，就呲外公说，要不搭帮玉生宝，春庆堂经得土匪梳得几梳子？这是我玉生宝的造化，连土匪头子都得让他几分。又说，依我看，恐怕是和尚师父的话开始显灵了。所以，外婆又赶忙喊下人给舅舅煮冰糖莲子汤，而且，执意要亲自动手，一调羹一调羹地喂舅舅。外公看不惯，说，他自己不晓得吃？外婆白外公一眼，说，娘喂崽，你也眼珠子发胀吗？舅舅也不怕丑，怡然自得地把二郎腿架起，听任外婆用小调羹往他嘴里送。舅舅边嚼边唱，正月里呀过新年，妹子送到我面前……外婆笑呵呵地说，玉生宝的喉嗓子，硬是像涂了油样的。

后来，若有人再问外公外婆，春庆堂为什么没有再被土匪梳过，两个老人家一律采用舅舅的标准答案来打发，说，一网鱼打上来，总会漏走几条么。有人又怂恿舅舅去跟王青山求情，不要来梳梳子了。舅舅说，为什么要我去？你去不行么？我还想留个嘴巴吃几年酒饭。接着，双手做了个扒饭的姿势。

我到现在还弄不清楚，外婆给舅舅抽的签是否可以相信，我历来对算命看相之类没有兴趣。尽管如今看相算命的如海如潮，我仍然毫不动心，不愿意把原本不多的钱送到那些枯瘦的长指甲的手里。而从舅舅的一生看来，他十八岁之后，有些事情真的令人不可思议，以致叫我不得不对外婆抽的那支签有所思考。与王青山打交道的事情，只是其中一桩。王青山除了动乡下那些土财主的梳子，眼睛主要盯住高沙镇，镇上毕竟富足些，富人的密集度高些。所以，那把毫不怜悯的大梳子，就间七间八地来来回回地梳。唯有春庆堂丝毫无损。镇上的那些有钱人再也憋不住了，细一想，也是有道理的，怎么老是漏你春庆堂一条大鱼呢？若不是私下与土匪有什么瓜葛，那才有鬼呢。便暗暗商量派人去县里告官，他们不告外公外婆，晓得他们也是实在人，所以，就单告我那个令人生疑的化生子舅舅。

县官老爷抽空看了那张盖了许多手印的状纸，加之暗地收了不少的银洋，便有心来办这件事。他立即打发手下一个麻子前往高沙镇，麻子叫杜之前，负责调查此案。杜之前虽然脸上长着一片均匀的麻子，却并不影响他做个书法爱好者。在县里无事时竟然日日练，去高沙镇调查我舅舅通匪一案，还忘不了带上文房四宝，由此可见，此人练书法颇为持之以恒。杜之前到高沙镇的那天，在客栈住下之后，一面铺纸磨墨练字，一面喊人叫我舅舅去问话，努力做到公事私事两不误。

舅舅听说是县里来人查案子，开始心里还打乱鼓，浑身打着寒战。这也不怪舅舅没有胆量，毕竟是第一回跟官府打交道，弄得不好，脑壳就咔嚓一下落了地。况且，你的确与王青山有染。一进房门，舅舅看见杜麻子倚案挥笔，不像上堂那么严肃吓人，心里也就松了不少气，便情不自禁地走拢去看。

杜麻子写了几个字，抬起麻脸问，你是哪个？

舅舅堆满一脸笑，说，大人，我就是你要找的成玉生。不等对方开口，又说，你的柳体写得真是见了风骨。

杜麻子微微一怔，看舅舅是个书法内行，不由来了兴致，竟然把叫我舅舅来的目的抛置于脑后，说，咦，看来你还晓得一手。舅舅谦虚道，我纯粹是图个好耍，哪像大人这般用功。当然，依小人之见，冒昧地说一句，大人的笔力似可还要遒劲一点才好，尤其在撇捺上面，还可下点功夫。杜麻子顿觉我舅舅眼力不差，句句说得在理，便忙重新铺纸，递过毛笔，硬要我舅舅露一手。我舅舅也不再谦让，抓起毛笔，一挥而就，写了“高沙镇”三个大字。杜麻子一看，赞赏不已，大叫，好字，好字。我舅舅也是故意想在杜麻子面前显显水平，高沙镇三个字用的柳体颜体欧体，一体一字，字字如得了真传般。杜麻子当即佩服得五体投地，甩甩衣袖，双手抱拳，要拜我舅舅为师。连连说，能在高沙镇上遇见这般高人，乃三生有幸。

舅舅把毛笔放在笔架上，直言不讳地说，有人告我通匪，大人怎么可以拜我这样的人为师呢？

杜麻子眨眨眼睛，方才记起此次来高沙镇的任务，不是拜书法师傅，便不得已把兴致暂时藏进麻子凼凼里面去了，叫我舅舅在椅子上坐下，他自己也在椅子上坐下，架起腿，问，你说说，到底是怎么回事？

舅舅自然不会愚蠢得说是在赌桌上认识王土匪的，脑壳里转了几下，便信口开河地说，我的确也不晓得。只是我细细一想，可能是春庆堂的风水不一般吧。我曾经亲耳听见，土匪半夜用刀子叼着条子扎在大门上，不知为什么，怎么也扎不稳，一眨眼，刀子就咣当地掉落在地。那次之后，土匪就再不来了。我舅舅怕杜麻子不相信，硬要拖他去春庆堂看看。两人过街穿巷，来到春庆堂。那扇朱漆大门上年长日久，哪里没有一些疤疤痕痕的？我舅舅就伸手乱指着门上那些浅浅的痕迹，说，就是这些，就是这些。杜麻子也蠢卵样地深信不疑。不由退了两步，神色庄重地凝视着春庆堂，眼里满是敬慕，足足伫立了五分钟之久。我舅舅却把笑声闷在肚里嗤嗤嗤回响。

按说，杜麻子可以马上回县衙门交差了，他却并不急于走人，觉得私事比公事重要些，他拖着我舅舅在客栈里天天切磋书法，连酒饭都由他包了。我舅舅见杜麻子对书法这么执着，也就信马由缰地把肚子里的存货全部抖出来。杜麻子佩服得五体投地，瞪着牛卵大的眼睛专注地听着，嘴巴里同时又不断地依嘻依嘻地惊叫着。其实，我舅舅如果不是应付杜麻子，他哪有什么闲心跟他扯什么卵书法？扯着扯着，我舅舅就心不在焉起来，想赌牌，又想去堂板铺骑马。而这个死麻子老缠着自己脱身不得，眼珠子滚珠似的一转，果断地对杜麻子说，我不能奉陪了。杜麻子问为什么。我舅舅说，他每个月要定时抽出三天时间去敬列位书圣。杜麻子说，我愿意陪你一起去敬。我舅舅摇晃着手，说，那绝对不能有第二个人在场的，这是规矩。杜麻子若有所悟地说一声，难怪你的字写得这么好呀。所以，也就善解人意地依依不舍地离开了高沙镇，并把我舅舅写的那三个字也带走了。他回去向县官老爷报告，春庆堂之所以没有遭到土匪所梳，是因为风水实在太好了，镇得土匪不敢下手。杜麻子没有汇报春庆堂的少爷跟他一样，有业余书法的爱好。

其实，舅舅哪里有敬列位书圣的虔诚之心？根本想都没有想过。他又不是什么专业书法家，靠书法讨饭吃的。所以，杜麻子前脚走，他后脚就跳进了一家堂板铺里。憋了几天，舅舅再也憋不住了，随便点了一匹马便骑起来。骑罢，又回春庆堂，告诉外公外婆，说虽然有人在后面戳屁股，春庆堂还是安然无事的。外公瞥一眼舅舅，虽然板着脸，内心却不由大大地松了口气。外婆抓住舅舅的手，惊喜地催问舅舅，你到底是怎么打发那个死麻子的。舅舅轻描淡写地说，那还不容易吗？就写了几个字。外婆问写了几个什么字？舅舅说，“高沙镇”三个字。说罢，便把外婆拖到走廊上伸手要钱。外婆忙不迭地把银洋塞到舅舅手里，说，崽呀，你只管来拿。舅舅笑着说，那我不像土匪一样了吗？外婆说，蠢崽，土匪哪里跟你比得？

所以，春庆堂有通匪之嫌的传闻被舅舅写的“高沙镇”三个字轻轻地镇了下去之后，没有人再放一个屁，认定春庆堂是风水太好了。此后三十年间，春庆堂越来越红火。土匪王青山的队伍也越拉越大，却始终没有梳过春庆堂一回。就可见王青山说话还是比较算数的，不反悔。春庆堂陆续地吞并了隔壁几间铺子，铺面十分恢宏。外公又在乡下买了许多田土山林。其时，我娘早就嫁到宝庆城里去了，只逢年过节，才回来看望外公外婆。外公也是个有意思的人，他一边不断地吞并铺子买进田土山林，一边又唉声叹气，忧心忡忡，说，置起这么多的家业做什么呢？所以说，他老人家的后顾之忧，还是显而易见的。因为舅舅几十年过去了，仍然是人一个，卵一条，毫无成家的迹象。土匪王青山重情重义，从不来梳春庆堂，舅舅却像个土匪样的，贪婪地不断地梳着春庆堂。当然，春庆堂实在是家大业大，并不怕我这个化生子舅舅败。赫赫有名家底厚实的春庆堂，是经得起舅舅这个土匪败的。

舅舅虽然四十好几了，瘦也瘦点，竟然很不显老。长年四季一脑壳油光水亮的头发，往左右两边分开梳着，活脱脱像多年前电影里看到的叛徒形象。

几十年来，舅舅除了随心所欲地过着逍遥自在的生活之外，只有一桩事坚持雷打不动，那就是每天早上必须练一个时辰的武功。他深知，赌牌也好，骑马也好，诸如此类的事情也好，是需要旺盛充沛的精力的，若没有一个好身体，就奈何不得。他添置了许多的刀枪棍叉放在春庆堂宽敞的后院里，整整齐齐地在木架子上排列着，像一个开武馆的场合。舅舅把学来的那些刀枪拳脚的功夫日日练，加之舅舅天性聪慧，在那些功夫的基础上又有所改进和发展，几乎达到了出神入化的境界。所以，别看舅舅只有搓衣板样的肋巴骨，浑身上下没有什么肉，似乎身体内的精血都被牌呀或女人呀吸去了，其实，那只是一个假象。舅舅的身体看似虚弱单薄，却实在强劲有力。上来三五个人跟他打，都拢不得他的边。

外婆呢，还是一如既往几十年如一日地疼着舅舅，不断地喊裁缝给舅舅做样式各异的四季衣裤，喊佣人做鞋子。一如既往地拿钱给舅舅潇洒。她老人家对舅舅一直没有失望过。这点令我佩服不已，至少来说，外婆对自己的信念没有动摇过，没有发生过怀疑。只是外公仍是对舅舅耿耿于怀。原因不外乎两件事，一是成亲生崽，二是接手家业。在这里，我还要披露春庆堂一个重大的却未能得逞的事件，那就是外公曾经动过大胆的念头，在我娘出嫁不久，他竟然想抛妻弃子，然后，带着大量的钱财，偷偷地逃出高沙镇，逃到一个比宝庆城还远的地方重新生活。他老人家实在是无法忍受无人继承家业断后的痛苦，同时，也忍受不了不能讨小的痛苦。

我在思索一个问题，如果外公真的把想法化为实际行动，那么，我这篇小说就不能像现在这样写下去了，很可能是另一个故事了。外公的这个想法，自从我娘嫁人之后就开始萌发了，并且，在肚里酝酿了一段相当长的时间。他是想把事情做得万无一失，滴水不漏，牢实可靠。所以。他老人家对自己的一言一行小心而谨慎，生怕万一不幸被外婆发现。问题在于，外婆虽然是一个目光长远心胸宽广的女人，同时，又非常敏感。她发现外公在那段时间里不急也不躁了，脸上还荡漾着春风般的微笑，也不再对舅舅嘀咕什么了，完全是一副返老还童风和日丽的怡人神色。

所以，外婆暗暗颇为惊讶，而聪明透顶的外婆从不把惊讶愚蠢地显露在脸上。她照样有条有理地做该做的事情，似乎春庆堂平安无事一样。就在外公准备采取出逃行动的时候，我那伟大的外婆，当场揪住了外公提着钱财的箱子，迅速地一举粉碎了外公的阴谋诡计，并派人赶紧叫舅舅回来，当面打开箱子，人证物证俱在，外公罪责难逃。外婆又催舅舅，喊王青山打发几个人来，把外公捉到山里喂老虫去。她说，她跟这个老东西的缘分已尽，不想跟他一起安度晚年了。

当时，外公的表情非常狼狈，顺势倒在床上，垂头丧气，浑身发抖，摇着双手，哀求道，崽呀，喊不得嘞，喊不得嘞。

舅舅一手撑着下巴，看猴子把戏样，嘿嘿嘿地站在一旁发笑，晓得外婆舍不得外公真的被王青山捉去喂老虫，只是吓吓这个老东西而已。外婆真不愧是巾帼强人，眼泪都没有落一滴，踢了一脚箱子，对外公说，还走不走？外公的脸对着墙壁，说，不走，走的是猪狗马牛。又说，玉生宝得成家了嘞。舅舅嘿嘿一笑，说，我都不急，你又急什么？再说，娘也不急。外婆接着说，娘不急，那都是缘分管到的，急有什么用？

一场险些发生在春庆堂的、而且会震动方圆百十里的重大出逃事件，就这样悄然地被我英明的外婆粉碎并按了下去，连春庆堂的店员和佣人都一概不知，远在宝庆城的我娘也有所不知。春庆堂的许多秘密，只限于外公外婆和舅舅三个人晓得，保密范围十分有限，类似今天的绝密文件。

舅舅是天生的化生子，是无忧无虑的人。从他手里流来流去的银洋实在难以统计，被他骑过的马也无法计算。他自从成了小男人之后所制订的那个长远的骑马计划，早已被他在几十年中实现了好几回。当然，这需要时间和精力还有银洋。所以，今天的一些沉溺于酒色之中的大款若跟舅舅比起来，简直是小巫见大巫。那个引导舅舅入色门并成为他师傅的翠芹，多少年来，一直不搭舅舅的腔，而且再不让舅舅骑她。这曾经令舅舅大为光火，老子出钱，你不让老子骑，老子偏要骑。奇怪的是，每去一回，翠芹都不幸来了红。

舅舅曾经听春色楼那个长着鱼泡眼的老板说过，翠芹几次说要走人，不愿意待在高沙镇了，说是要去宝庆。问她为什么要走，在这里不是好好的么，她却总不肯作声，只默默哭泣。亏得老板娘左劝右劝，才继续留在春色楼。舅舅对这位师傅却毫不留恋，说她要走就走吧，天下的马不多得很？老板娘说，翠芹是她最心疼的一个，她在春色楼生意才会有这么好。许多男人想赎她出去，我都舍不得，翠芹自己也死活不肯。我舅舅蠢卵样地说，那为什么我一来骑她，她就来红了呢？老板娘笑着说，那是女人家的事情，你管得到的？

翠芹年纪大了之后便不再在春色楼了，她却没有离开高沙镇，而是悄然地在一条小巷里住下来，也不曾嫁人，独自生活着。舅舅也在街上见过翠芹几回，明明是迎面而来，翠芹却偏着一张脸，视而不见。岁月虽然在她妩媚迷人的脸上打上了些许印记，而那种风韵依然楚楚动人。舅舅想，你不齿我，我又为何要齿你呢？两人擦肩而过之后，舅舅又总是觉得，翠芹的眼睛在反过来注视自己，背脊骨上有隐隐的一阵发麻。舅舅便强迫自己猛地转身去看，却只见翠芹的背影早已袅袅地远去，便生发出一种淡淡的失望。

舅舅这一辈子，可以说基本上没有什么事情能够牵动他无拘无束的浪荡心。说是完全没有，也不十分正确。舅舅四十岁那年的一天早上，他刚从赌桌上下来，满眼血红，一晃一摇想进茶馆喝茶，准备喝点茶，再去练练功。脚刚跳进茶馆的门槛，只见春色楼的老板娘急匆匆地跑来，连声喊，成少爷成少爷，快跟我来。那副焦急的神态，像春色楼起了大火。

舅舅不知发生了什么事情，立即把脚收回来，然后，懵懵懂懂地跟在老板娘的后面走。七拐八弯，走进一条清静的小巷，来到一户人家，院里好像无人。小院坪里栽着两棵石榴树，上面结着红红的果实。然后，老板娘领着我舅舅走进卧房，只见床上躺着的竟然是翠芹。

翠芹像是睡熟了，仰躺着。眼角上似有几道泪痕。身上盖着薄薄的绿绸被。

舅舅看一眼，问老板娘，她病了么？

老板娘哀哀地说，她死了。说罢，扯下手绢嘤嘤地哭起来。哭几声，忽又想起什么，从翠芹那苍白的手里，抽出一张两指宽的黄毛边纸条。

舅舅小心翼翼地接过一看，浑身一震，那纸条上写有李翠芹和成玉生的名字，而且，竟然是自己的笔墨，皆为行书。

我舅舅呆呆地望了一阵子，拼命地打开记忆之门，这才记起第一次去春色楼时在翠芹房里写的。当时，舅舅问翠芹姓什么，翠芹说姓李。舅舅看见桌上有纸有笔墨，就顺手挥毫写下，又接着写了自己的名字。那完全是出于好耍的，并无什么其他的意思。谁料多年过去，风尘之中的翠芹竟然还把它仔细地保存着。那纸张完好如新，不曾有一点旧痕。从来不知感动为何物的舅舅，顿时唏嘘不已，一个劲地叹气摇头，泪水在眼眶打着转转，连连说，天下少有的痴情女子，太痴，太痴。联想起先前种种的情景，心里又顿生许多的愧意。我这个化生子舅舅直到今天，才晓得翠芹对他的一片痴情，可惜明白得太晚了。

翠芹的丧事全部由舅舅出资，张罗得热闹非凡。翠芹留下的积蓄，舅舅一个钱都没有动用。他把翠芹的金银细软和那张写有两人名字的纸条郑重其事地放到棺材里。金银细软放在翠芹的两侧，那张纸条贴在翠芹的心房上。外公听说舅舅出面给一个用现在的话来说已经退了休的妓女操办丧事，又气得在春庆堂骂娘，这像什么卵？这像什么卵？外公这回生气，并非没有道理。按照当地的风俗，未婚男子是不能做主给别的女人操办丧事的，更何况，是一个曾经做过妓女的人。若这样，那男子往后讨老婆大为不吉，讨一个，死一个；讨两个，死一双。其实，舅舅有什么鬼顾虑？反正一辈子不打算讨女人的。我那个固执的外公，却仍然还对他存有一丝希望。倒是外婆豁达开朗，劝我这个曾经想出逃的外公，说，哎呀，玉生宝想做什么，就随他去做。她一直牢记着和尚师父的那些话，并坚信不疑。

翠芹的家里似乎没有什么亲人来，也可能没有亲人了。春色楼的老板托人带信给翠芹家里，只来了一个自称是翠芹表哥的人。这个人精瘦，穿着蓝粗布衣，肩膀上还打了两个大补丁。看样子，是个地道的乡里人。翠芹的表哥言语不多，做事却十分卖力。而且，非常注意我舅舅，眼睛老是盯着我舅舅。虽然没有很多交谈，我舅舅却对他有些好感。买棺材、买纸钱、请法师、挖墓穴，一应诸事，都是由我舅舅划算的，再由他去一一落实。丧事办完之后，翠芹的表哥客气地把我舅舅喊到屋里，关上门，对我舅舅说了一番感谢的话，又说，成少爷，你是个有良心的人……翠芹的表哥欲言又止，注意着我舅舅的表情。

那几天，舅舅累得浑身发痛直喊哎哟，只想早早回去休息，便对翠芹的表哥说，你有什么话，只管放心说好了。翠芹的表哥沉吟半晌，终于郑重地告诉我舅舅，他是游击队的人，现在急需一些药品，请我舅舅务必帮忙购置。

舅舅脑壳顿时清醒过来，浑身的疲累和疼痛一下子消失了，呆呆地望着翠芹的表哥。他听说过游击队，也晓得是专门跟国民党部队作对的，却没料到，游击队现在就在自己的眼皮底下，而且穿着不整，像个乡下人。镇上如今都是国民党的队伍，那个高连长天天喊要抓游击队，说是谁抓到一个，奖赏一百块银洋，谁提供可靠线索，奖赏三十块银洋。街上还到处贴满了告示。舅舅当然不会去留心抓，自己又不缺钱花。游击队的人现在就坐在自己面前，他没有去报告高连长，而翠芹的表哥，竟然还要托自己给游击队买药品。舅舅又不是弱智细把戏，明白这件事情危险性极大，搞得不好，脑壳就不晓得掉到哪个土眼里了。一向痛快的舅舅此刻踌躇不定，只是哦哦地应着，心里在发抖，两只手搓来搓去的，并没有立即答应。他没有什么想法，只是还想着那个油光水亮头发开叉的脑壳，能够多活几年光景，多打几回牌，多骑几回马，如此而已。

翠芹的表哥看出我舅舅顾虑重重，就开导说，游击队是不会忘记帮助过我们的人，这个天下不需要多久就是我们的了。成少爷，到那个时候，我可以为你和春庆堂作证。翠芹的表哥真诚而耐心，一只拳头在空中挥动着，显示着一种力量和信心，也令人深信不疑。煤油灯被他的拳头舞得不停地摇晃起来。

舅舅不晓得这个天下最终到底是哪个的，他一个化生子，从不考虑这个极其严肃的问题。他虽然很聪明，由于不像我们现在经常学习开会念报纸读文件，懂得了许多严肃的问题和大道理，所以，他那时候对严肃问题的思考水平，肯定大大低于如今那些学前班的儿童。他只是觉得，这个翠芹的表哥态度也还恳切，尤其是听他说，那些伤病员因无药可治，伤势日趋严重，或奄奄一息，他深感可怜。所以，他终于心动了，微微地点着头，答应了对方的要求，甚至，连翠芹的表哥要给买药的银洋都被他拒绝了。他又马上申明，我只做这一回，下不为例。

舅舅用自己的银洋从春庆堂买走了游击队所需要的药品，他本来想到别的药铺买，又担心被人发现，到春庆堂吧，又怕给家里带来麻烦。踌躇一番之后，还是决定回家去买。他是深夜回到春庆堂的，喊醒外公，只说是有个朋友急需买药。外公说天亮再买不迟，舅舅却执意不干，说人家是要等着坐船走的。外公见这笔生意不小，况且，又有现钱，也没有喊醒店员，亲自去柜台称药拿药，如数卖了。舅舅把药品用布包好，装着一副醉酒的样子，摇摇晃晃地来到翠芹住的那间屋里，亲手交给翠芹的表哥。翠芹的表哥紧紧地握住我舅舅那汗津津的手，直摇晃，半天没有说话，非常激动，把我舅舅也摇得浑身激动起来。他望着翠芹的表哥拿着布包轻轻地开门，沉着而机智地看看一眼外面，然后，迅速地消失在茫茫的黑夜之中。

后来，外公偶然问起舅舅买药品的这件事情，说那到底是个什么朋友，买点药显得那么急匆。当时，外婆也在场。所以，像很多类似绝密文件的事情，只有他们三个人晓得，别人一概不知。绝对不像如今什么再大的秘密，也能够泄露出去，全世界人民一下子就晓得了。舅舅原本不想说的，反复考虑了一下，还是照直说了。外公这回从太师椅上一跳而起，一根枯瘦的手指直指舅舅的鼻子，崽，你怎么这样蠢呢？游击队的药是万万不能卖的，要是国军晓得了，会砍脑壳的嘞，你有几个脑壳？外婆一听，也明白事关重大，弄得不好会有杀身之祸，她却闭嘴不埋怨舅舅。由此可见，我外婆的这种袒护，也是很固执的。

舅舅就学着翠芹表哥的话说，游击队的人对我说了，这个天下不久就是他们的天下，到那时，他可以为我们做证，还说不会忘记帮助过他们的人。

舅舅的记忆力竟然如此惊人，简直是一字不漏。外公听罢，重又坐下，沉思不语，觉得也有道理，只是一再叮嘱舅舅，千万漏不得风呀，要斫脑壳的呀。

一只枯瘦的手架在自己的脖子上，连砍几下。外婆不失时机地翘着嘴巴，呲我外公，哎呀，你以为天底下只你灵性呀？

不幸的是，舅舅倒是没有因为醉酒泄露出买药品的秘密来，而是听说那个翠芹的表哥被抓住了。风声顿时紧张起来，高沙镇上的几个出口都被岗哨封住了，来来往往的人都要盘问搜查。更有些麻烦的是，还听说，翠芹的表哥是在半路上抓获的，那些药品也落入了国军之手。国军百般拷打他，问他药品是哪里买的，是通过何人之手，翠芹的表哥坚决不开口，任凭种种严刑拷打，至死也没有说。国军开始大面积搜捕，以抓住翠芹表哥的那个地点为中心，向四周辐射开去，值得怀疑的并能够买到这些药品的地方计有高沙镇、黄桥镇、雪镇、石江镇四个镇子。其中，高沙镇最大，药铺最多，最为繁荣。国军虽然同时向四个镇子开始撒网，却明显地把重点放在高沙镇。

这时候，表现得最可笑最胆小的是外公。他老人家在大门紧闭的卧房里，像只老猴子屁股被火烧了一样地转来转去，火急火燎，又不敢高声，这如何得了？这如何得了？春庆堂会全部败在这个化生子手里，还要赔上几个脑壳。急一阵，又老泪纵横低低地哭上一阵。外婆坐在一旁，正在查看裁缝师傅送来的舅舅的几件衣裤，嘴角上还挂着一根咬下来的余线，说，吃了几十年饭了，要掉脑壳就掉，人呢，反正是个迟早。亏你还是个男人家，我女人家都不怕。外婆的话虽然说得比较硬扎，其实，心里头还是怦怦跳的。其实，这也并不奇怪，斫脑壳的事，再狠的人，心里也会像打鼓一样，哪个不怕？

查药品的难度不是很大，只需查那些药铺就是了。高沙镇上的大小药铺凡二十多家，国军把那些药铺老板全都抓起来，一一审问。负责高沙镇搜捕的就是那个高连长，年纪三十左右。高连长是个北方佬，生得高大壮实，嫖瘾也很大。他早已跟我舅舅认识，都是老嫖客，这家堂板铺不见，那家堂板铺见，哪里有不认得的？而且，嫖客大致上可分为两大类，一类是只嫖不说，另一类是又爱嫖又爱说。恰恰我舅舅和高连长都属于后者。

高连长带着队伍驻扎高沙镇时日已久，除了偶尔带兵去打一下游击队，或打一下土匪王青山，一般都按兵不动。没有什么事，高连长就一身便装几乎天天去堂板铺。我舅舅也是个离不开女人的人。而且，无论在嫖龄或嫖技上，他肯定在高连长之上。后来，两个人干脆常常同进一家堂板铺。完了之后，就互相吹嫖经，交流经验。高连长在这方面吹牛皮哪里是我舅舅的对手，舅舅只要把自己从十四岁起就开始逛窑子，就开始做那个长远的骑马计划说出来，高连长就操着北方口音，伸着大拇指，连连喊，操，佩服，佩服，老哥，操。

他们两人要么在高连长房子里，要么在客栈找间房子，躺在床上，中间的小方桌上摆一壶米酒，几包纸烟，几碟猪肚猪肠子牛肉干下酒菜，滔滔不绝，两人的嘴角上堆着兴奋的白泡子。两个大痞子成了一堆，就尽讲超级黄色语言，眉飞色舞。我舅舅告诉他，百个女人百个味。高连长竟然像还没有启蒙的小学生一样，老问这个“味”字该怎么解释。舅舅说，你高连长还体会不到么？其实，高连长也不是不晓得，而他这般追根刨底，是乐于喜欢听人家说，是求个心理上的另一种快意。加上我舅舅也喜欢吹几壶，所以，这一对流氓分子的关系融洽得不同一般，颇似现在的同性恋。

舅舅把烟叼在嘴巴上，说，女人么，简单地说，有几个不一样。比方说，叫床不一样，亲嘴不一样，动作不一样，奶子和下面那个东西也不一样，加之胖瘦不一，高矮不一，美丑不一，那各自的味道就有很大的差别了。

高连长眯着一双淫眼，说，那为什么有的婊子你一摸她就不得了呢？浑身电麻一样呢？

舅舅俨然像个教唆犯，不急不忙地说，有的婊子是为了逗男人对她感兴趣，佯装那样的。有的婊子的确不是佯装的，根本撩她不得。无论是接触她的手也好，腿也好，脸也好，嘴也好，无论哪个地方，一摸就来瘾。这种女人天生长了一身痒经，是与生俱来的。

高连长说，操，那怎么分别？

舅舅淫笑起来，把烟在烟灰缸里敲两敲，嘿嘿，这就靠你自己体会了。那时候，舅舅显然还不晓得讲“感觉”两个字，不像现在，“感觉”一词满天飞，无论什么人，都晓得把这个词挂在嘴巴上头，只要一开口，就是“感觉”这个词。

高连长打破砂罐问到底，成少爷，那你说这镇上有那种全身长了痒经的女人么？你碰到过么？

舅舅收敛了笑容，叹着气，说，唉，如今没有了。我曾经碰到过，她却不在人世了。

高连长非要缠着我舅舅说说不可，舅舅这才悲伤地把翠芹的事情说出来，并说，翠芹是镇上唯一的全身长了痒经的女人，可惜那时年少，并不看重。两个男人接着一阵唏嘘，一时无语。后来，高连长还要我舅舅带他去了翠芹的坟墓。

在荒草萋萋的翠芹坟墓前，舅舅点了三炷香烛，烧了一沓纸钱。高连长站在一旁，对我舅舅发脾气，说，这样痴情的女人你都不要，你他妈的还算是个男人？

舅舅蹲在坟墓前，任高连长骂。他伸出手，一根一根地拔着枯草，久久不语。高连长骂着骂着，突然抽出短火，朝天砰砰砰地放了三枪。舅舅猛地惊了一下。几只山雀惊恐地尖叫几声，扑地展翅飞走了。

高连长虽说是个老嫖客，荒淫无度，办起案子来却一点都不含糊，那一段时间连堂板铺都不去了，军装穿得整整齐齐的，坐在桌子后面，亲自审问那些吓得战战兢兢的老板。

那天，舅舅见高连长突然没有来堂板铺，暗自颇感奇怪。这个老色鬼可是从来都没有失过约的。他们两人早先已经约好的，一起去快乐楼喝酒骑马。快乐楼是新开张的堂板铺，场合很大，设施也很好，又说是从宝庆招来了一批乖态女子，相当不错。舅舅在快乐楼等了一阵，见高连长还没有来，就起身去军营喊他。

军营设在镇上的小学堂里面。舅舅经常去的。舅舅走着嫖客步子，时而看看两边的热闹。他还蠢宝一样的，不晓得高连长已派人把二十几家药铺的老板全都抓到了小学堂的操场上审问，包括他的老子。走到半路上，碰见春庆堂的一个女佣急匆匆地走来报信，我舅舅才明白，高连长这个老嫖客为什么没有来快乐楼，所以，也就性急了，晓得此事马虎不得，生怕我外公那个胆小鬼经不起审问，把秘密全部吐露出来。

舅舅虽然是个很不成器的男人，凡事也还算清白，不怎么糊涂。他听说翠芹的表哥不幸被捕，心中无限叹惜，同时，又担心翠芹的表哥说出春庆堂。现在，高嫖客把药店老板全部喊了去，那至少说明，翠芹的表哥没有出卖他成玉生。

舅舅稳了稳心，走到镇小学一看，当兵的荷枪实弹，把那些瑟瑟发抖的药店老板围在中间，像一地风吹的野草。舅舅一眼就看见外公那部滑稽的翘胡子。当舅舅把脚伸进学校大门时，突然，又想抽身退回，理智却告诉他千万退身不得，舅舅心中却在暗暗叫苦。

高连长那张宽脸上凶得很，全无了嫖客的厚脸与嬉笑，蒲扇大的巴掌在桌面上咚咚地一拍一拍，嘴里骂着痞话，口水飞溅。情况比较严峻的是，那个翠芹的表哥被五花大绑，绑在一人一马高的木桩子上。脸上血迹斑斑，身上伤痕累累，衣裤稀烂，如一团布筋。

舅舅晓得，高嫖客这一手十分毒辣，叫翠芹的表哥和药店老板们面对面，这样是很容易查出来的。看样子，翠芹的表哥还没有供出春庆堂，不然，外公此刻肯定会被抓起来的。高连长肯定明白，从翠芹的表哥嘴里已经得不到任何油水了，就气势汹汹地恐吓老板们，骂一句，又拍一巴掌。后来，觉得拍巴掌不过瘾，不威风，又把短火扳在桌子上。

舅舅当然极为担心翠芹的表哥把他供出来，内心十分恐惧，像一只怕见猫的老鼠子。当看到翠芹的表哥装着不认识他的样子，便觉得这个游击队员还讲义气。

高连长一眼瞥见我舅舅朝自己走来，粗声大嗓地说，成少爷，有什么事？

舅舅把高连长拉到一边，一手窝着嘴巴，凑到他的耳朵边，悄悄地说，你怎么把好事都忘了呢？我们是约好今天去快乐楼的呀。

高连长双手卡在皮带上，说，我哪里忘记？你没有看见我在执行公务？操。

舅舅不高兴地说，你执行公务我不管，你怎么把我老子也抓来了？

高连长看我舅舅一眼，说，你不提，我还真的忘了。我问你，你春庆堂是不是卖药品给游击队了？

舅舅说，高连长，你说话也不怕把朋友吓死，我的胆子有多大，你还不晓得？充其量，只有去堂板铺骑马的胆子。

高连长嘿嘿地笑起来，成少爷，你狗日的三句话不离本行。

舅舅说，那我老子怎么办？说不定屎尿都吓出来了嘞。

高连长转身望一眼垂头勾脑的人群，说，我不会把春庆堂怎么样，老人家却要暂时委屈一下，站一站。高连长又怒目圆睁地指着翠芹的表哥说，主要是这个小子生死不说，给我们添了不少的麻烦。

舅舅稍稍放了心，跟高连长说了声那我先走了，然后，从镇小学堂走出来，一人也无了心思再去快乐楼骑马，所以，忘了走嫖客步子，一飙，便梭回了春庆堂。外婆担心地问学校那边的情况，舅舅安慰说，没什么事了。嘴上虽然这么说，心里还是害怕翠芹的表哥供出来。

一直到大晌午，外公他们才被放回来。舅舅问，到底后来的情况如何。吓得汗水精湿的外公惊魂未定，坐进太师椅里，只顾一味地呼呼喘气。半天，外公才说，那个游击队死死不肯说，被打得要死，听说，又转到石江镇去了。药店的老板们每人打了二十鞭子，罚三百大洋。轮到我的时候，高连长说这个人年纪大了，算了吧。手一挥，叫我走，连罚也没罚了。

我的外公呷口茶，突然问道，你跟高连长是什么交情？

舅舅望外婆一眼，笑着对外公说，什么交情？骑马的交情。

外婆尤其高兴，说，我家玉生真是大命，春庆堂全靠他在保着。

舅舅见外公安全归来，春庆堂又闯过一道难关，不由彻底地松了口气，然后，又迈着嫖客步子，到镇小学堂喊高连长。高连长见案子没有查个水落石出，正一脸沮丧。我舅舅说，人急不经老，走走走，今天我请客，去快乐楼开个苞。

高连长一听我舅舅这样大气，兴致来了，嘿嘿嘿地笑起来，说，你今天要我死一回？操。

舅舅也笑了，说，死一回就死一回，你牛高马大的，怕什么卵？

开苞跟平时随便睡妓女概念上有所不同，开苞是指那些黄花女头一回跟男人上床。那么，嫖客所需的银洋就不是平时那样只需几块或十几块，至少是八百银洋以上，也有嫖客大方的，一出手就是上千。这其中，包括给黄花女买绸缎衣裤，买金银首饰，还包括请酒等，很有些讲究。

高连长从来没有去开过苞，主要是花费太大，舍不得。一个小连长有什么卵钱？见我舅舅这样大方请客，高连长的眼睛喜得再没有睁开过，嘴巴笑得没有再闭拢过。舅舅对这号事轻车熟路，把高连长弄得晕晕乎乎的。高连长第二天从快乐楼出来，兴冲冲找到我舅舅，拖着我舅舅到他房里听他吹牛。

关于药品事件，舅舅后来听说，高沙镇、石江镇、黄桥镇和雪镇的所有药店老板屁股上都挨了二十至五十鞭子。有个药店老板连屎尿都打了出来，因为臭气熏人，因此少挨了三鞭子。罚银洋在三百至六百块不等。那个翠芹的表哥至死不说，最后，被三发子弹打死在他被抓的那个地方。舅舅一阵怆然，对这号至死都不出卖春庆堂的重情重义的人，怀有深深的敬意。

总之，春庆堂在几十年间，连续躲过土匪、县衙门以及国军的三次灾难，钱没有刮走一厘，毛没有拔走一根，在地方上引起了强烈的震动。无论男女老少，都晓得春庆堂能有今天，是搭帮我那个化生子舅舅。所以，舅舅的形象一时在众人眼中高大起来，成为一个了不起的人物。当然，也有人说，春庆堂是风水太好，这属于一种不很新鲜的说法。也有人说，舅舅行贿是把好手，送得自然，收得也自然。这显然属于嫉妒之心。比较公正的说法还是占绝对优势，那就是，都承认我舅舅有一身本事，天上的晓得一半，地上的事全知。要文文得，要武武得，要痞痞得，加之人又绝顶聪明，所以，在这个人世上转得灵活，总是没有亏吃。当然，舅舅本人还是比较谦虚，他说，我没有什么本事，春庆堂之所以没有受损，还是那句话，风水好。他一贯坚持这种比较陈旧的说法。

其实，外公心里还是承认春庆堂能有今天的辉煌，其中，舅舅的功劳是不可抹杀的。他嘴巴上却硬得像块铁，从不表扬舅舅，时常翻出给游击队买药品的事来说舅舅，玉生啊，那回险险掉了老命呢，春庆堂险险败在你手里了呢。外公这种令人讨厌的做法，就像如今某些领导，只闭着眼睛看部下的长处，睁着眼睛看部下的短处。舅舅反正像个游手好闲的待业者，既不需要什么口头表扬，也不需要评什么职称，也不需要晋级加工资分房子，外公的话就权当放屁，香也罢，臭也罢，一概不闻，只顾自己快活。

如今，外婆绝对听不得外公的那些屁话了。以前她还忍耐着性子听，是因为舅舅还无任何有出息的迹象。在后来几十年的光阴中，舅舅鲜明地应了和尚师父的话，为春庆堂一立功，再立功，三立功，土匪衙门丘八都一一地被他玩弄于股掌之中，像如来佛的圣手，在地方上能有几人？外公也学得狡猾了，不再当着外婆的面数落舅舅的种种不是了，因为只要他一嘀咕，外婆就皱着眉头吓唬他，你再讲，我就要玉生宝喊兵喽喽来抓起你。

外婆在对于舅舅这个问题上，充分体现了一个旧时妇人对崽的拳拳之心，舐犊之情，以及目光短浅的妇人难以企及的那种长久期待。她除了每年徒步去十五里外的山庙烧一次大香，每逢初一、十五坚持在春庆堂烧香拜菩萨，求菩萨保佑舅舅。即使舅舅能够在乱世中立于不败之地，外婆仍然照常不误。这是令人非常钦佩的。她并不因为年纪已大就废弃长年坚持的习惯，以及渐渐淡化心中的那个信念。

可以这么说吧，舅舅在过去几十年遇到的那些事情，其情节并不十分惊险，无非是有赌牌书法和嫖女人贯穿其中，使紧张的故事有所松弛，这是因为那些事情，并没有显示出舅舅的武功水平，基本上属于文功之类。我一直没有让舅舅显露他高超的功夫，主要是他与王青山也好，与衙门的杜麻子也好，与游击队翠芹的表哥也好，以及与高连长也好，都不必用武力来打交道，所以，舅舅的功夫一直没有得到应有的发挥。

一九四四年秋天的一天上午，日本鬼子松井小队长带领人马进占了高沙镇。高连长带着队伍头三天就开拔走了，都没来得及跟他的流氓兄弟我舅舅打个招呼。从那天上午开始，高沙镇就鸡飞狗跳，门户紧闭，避瘟疫一般。有些早就逃到山里或乡下去躲难的人，大门上一律挂着一把大锁。所以，原本十分热闹的高沙镇，一时间显得冷冷静静，空气中，顿时弥漫着紧张和惊惶不安的气氛，充满着杀气。外公原来也准备带着家人去乡下躲一躲的，舅舅却说，躲什么？一条命反正是有天数的，躲过了今天，躲不了明天。外婆说，玉生宝，你的命大，日本鬼子这一关，也巴望你让春庆堂顺顺当当地过去。说罢，赶忙烧香拜菩萨。

松井小队长是憋了一肚子火闯到高沙镇的。他带领人马从宝庆方向开来，一路上竟然遭到三次袭击，一死两伤，有个士兵的鸡巴上还挨了一枪。而对方连个人影也没有看见，所以，枪都不晓得朝哪个方向打。来到高沙镇，松井发誓要狠狠地报复一下，叫士兵们每家每户搜查，凡是可疑的人，或敢于违抗的人，一律格杀勿论。

高沙镇无人不陷入天难当头的绝望之境。唯有我那个化生子舅舅还生死不知地躲在堂板铺，搂着一个叫花莲的妓女睡觉。花莲听见街上混乱的声音，早已吓得浑身乱颤，哪里还有心思与我舅舅寻欢作乐？舅舅轻轻地拍着花莲滑溜溜的背，说，慌什么呢？既然慌也是死，不慌也是死，那又何必慌呢？花莲上牙打着下牙，望着我那沉着得惊人的舅舅，说，成少爷，我不慌。我舅舅笑着说，那就好。

松井小队长亲自带着人马搜查，不放过任何一个角落。当他踢开花莲的房门时，只见我舅舅从床上伸出一只脚，突然飞起一踢，把床边的一条长板凳呼哨一下踢向门边。

松井八格一声惊叫，抽枪想打。却见疾迅飞来的长板凳，落在前面两尺远的地方，竖立着，并开始前后一摇一摆，竟不倒地。松井身旁的眼镜翻译凶狠地恶道，你想找死啊？

这时，舅舅慢慢地坐起来，露出搓衣板般的肋巴骨，笑着说，这你就有所不知了，谁想死呢？我是看到你们来了，又一时起不来，况且，这光着身子又不雅观，那么，只好让这条凳子先代表我，欢迎皇军的到来。

眼镜翻译马上把这话告诉尖瘦巴巴的松井，满脸愤怒的松井一时消了气，鼓着眼睛，惊讶地看着脚下那仍在摆动的长板凳，哟西哟西地咧开嘴巴笑起来，并要眼镜翻译问我舅舅这是什么功。我舅舅穿好衣裤，说，这叫凳子摆头。

对于松井来说，来到中国几年，虽然听说过中国武林有许多高手，功夫甚是了得，却从来无缘亲眼见识过。谁知刚到高沙镇，我舅舅的这一招就叫他大开眼界，当即就要我舅舅不要再离开他，他决心要学几手中国功夫。

舅舅又不是条蠢卵，眼睛一眨一眨地听完，居然马上开价，同意教松井几手，却要松井保证春庆堂的安全。松井问，春庆堂是什么地方？舅舅说，我家开的铺子。松井便蠢猪样地淫笑起来，以为是个粉楼什么的，并说我舅舅你的很幸福。我舅舅就在心里骂道，这个松井蠢得简直可以卖娘老子了。

松井痛快地答应了我舅舅的要求，并叫一个士兵马上传令，不要搜查春庆堂。然后，他指着仍在前后摆动的长板凳，问我舅舅，它什么时候能够停止呢？

舅舅听完眼镜翻译的话，左手向板凳一指。那板凳果然不再摆动了，静静地竖立着。

松井和眼镜翻译惊讶半天，又一齐说，了不起，了不起。舅舅比较谦虚地笑着。只有花莲躲在被窝里，浑身仍然像打摆子，抖个不停。

松井的人马也住进了镇小学堂。他叫我舅舅也住在里面，舅舅虽然是个化生子，却特别爱干净。他喊春庆堂的佣人把房子打扫得一尘不染，又叫佣人搬来床铺，等等。为防止我舅舅逃跑，松井派个士兵整天守着。就可以想见，舅舅这时肯定是很痛苦的，每天只能在操坪里转转，不能走出学堂大门。街上，时不时传来女人或细把戏的哭号声，以及慌乱的奔跑声。学堂大门两旁，站着两名日本兵，上着刺刀的长火，斜斜地横着，在阳光下发出耀眼的银光。天空中，断断续续飘过黑色的烟雾，大约是哪家店铺遭了灾祸。阳光呢，在这时候总显得格外凄惶。

舅舅觉得这个松井很讨厌，学功夫就学功夫么，何必把他像关贼样地关在这里呢？牌也赌不成，马也骑不成，没有了自在快活。这种处境，令我舅舅很自然地想到了小时候被外公关在屋里的情景。松井要我舅舅教他功夫，并迫切地要我舅舅教他凳子摆头，还问我舅舅，需要多少时间才能学得到手。

舅舅望一眼这个比自己还秀气的松井，笑了笑，伸出两个指头。

两个月？松井问。

我舅舅摇摇头。

两年？松井又问。

我舅舅还是摇摇头。

二十年？松井的眼睛瞪大了。

我舅舅点点脑壳，松井似有受了嘲弄的感觉，一脸羞怒，咬牙切齿地说道，八格。

舅舅说，中国人有句俗语，叫作喝稀饭也要拜师傅，还有一句是，心若不诚，菩萨是不会给面子的。如果太君觉得学凳子摆头难度太大，那么，我就教太君学点容易的。

松井一只手抵着下巴，点点头，同意了，并说，他在高沙镇的时间不会太久，希望能在这段时间学到一手。

舅舅就叫松井找来一副扑克，一颗小钉子，他要当众表演一番。除了那两个站岗的士兵，其余的人都拥到一间教室里，看我舅舅的功夫。我舅舅叫眼镜翻译洗牌，又叫一个士兵洗。然后，让眼镜翻译背着我舅舅，从中随意抽出一张牌来，并给松井他们看了看，要他们记住就行，不要作声，然后，又塞进牌里。舅舅并不晓得这是张什么牌，然后，又请眼镜翻译乱洗一通。

这时，只见舅舅嘴里含着那颗小钉子，接过眼镜翻译手中的那副牌，站在离黑板三米远的地方，背对着日本兵，突然，只见左手快速挥动，如刀削斧砍，把右手中的扑克一张张削下，响声急遽，纸牌如雪花在空中飞舞，令人眼花缭乱，目不暇接。那动作之快，似天上霹雳闪电。日本兵屏气凝神，个个目瞪口呆。突然间，只见一张牌直直地竟然朝黑板上飞去，瞬即，又听见舅舅嘴里发出噗的一声。再一看，那张牌已被小钉子牢牢地钉在了黑板上。满脸充血的舅舅叫眼镜翻译去取下那张牌给大家看，松井和士兵们定睛一看，惊奇地大叫起来，拼命拍手。那是一张红桃 K。

松井走上前来，笑哈哈地猛拍着我舅舅的肩膀，又伸出大拇指，一个劲地夸我舅舅了不起。那些日本鬼子也都拥了过来，抓着我舅舅的一双瘦手，翻来覆去地看，像要研究出一番什么名堂来。

教室里热闹了半日，士兵们还不肯离去。这时，松井挥手叫部下通通出去，只剩下眼镜翻译。

舅舅摸出手绢，擦着额头上的汗。

松井说，成，你就教我这功夫吧。又说，需要多长时间？

我舅舅说，八九七十二天。

松井嗯嗯地点着头，一根指头抹着小胡子，表示愿意学。

我舅舅一脸正经地说，太君既然要学，那我有言在先，练功时，一切都得听我的，不得有任何怨言，否则，前功尽弃。

松井又嗯嗯地点头。

自此，舅舅每天叫松井口含一颗小钉子，往黑板上吹三百次。松井那家伙倒也自觉，叫士兵搞来一大堆小钉子，站在教室里，一次次反复地练。不出几日，嘴巴练得皮开肉裂，肿得像个葫芦嘴，连吃饭都十分困难，皱着眉头，丝丝地抽冷气。那种痛苦状，舅舅看了心里发笑，嘴上却说，太君这样练就有希望。

松井练归练，有时，那眼里也流露出对我舅舅的一丝怀疑，却又如白云飘过。舅舅交代松井独自在教室练习，自己又不能上街玩耍，便在自己的那间睡屋里自娱自乐。舅舅无疑是个多才多艺之人，只是不走正道罢了。所以，在这种类似软禁的时期里，舅舅开了一张单子，叫外婆让佣人送来纸墨笔砚、二胡和刀枪之类，轮番着玩耍，倒不觉得难过和寂寞。况且，士兵们无事时都爱围着观看。那字写出来，那画画出来，那二胡拉出来，那刀枪耍起来，都能够博得一阵阵喝彩。

这期间，我外婆来看过舅舅两回。外公那个老鼠胆子，是不敢来小学堂的。他说他害怕看见日本鬼子。外婆倒是不怕，还带来许多吃的东西，只是问舅舅危险不，难受不。舅舅安慰外婆，又指着在教室里费着满肚子劲在吹钉子的猪样的松井，低声地说，危险什么？松井太君都被我搞得团团转。

松井虽然学艺心切，却还是对我舅舅有点戒备，担心武艺高强的舅舅突然要了他的性命，所以，他要我舅舅单独住间房子，也是鉴于这个考虑。另外，他决不单独与我舅舅在一起，除了眼镜翻译，还叫一个士兵陪着。

有一次，松井突然出其不意地问我舅舅，你是什么人？

舅舅坦然说，我么，是一个耍人子。他不晓得眼镜翻译叽里咕噜怎么把这个意思翻给松井听的。

松井虽然每天练功，却时刻没有忘记叫士兵们抓些人来拷问。高沙镇上，家家户户几乎都被日本鬼子搜查过，或被抢被打，或女人被轮奸，唯独春庆堂平安无事。操坪里，常常有人被打得死去活来，哭喊声令人心悸。然后，被拖出小学堂大门，丢麻布袋样地丢在石板街上。其中，有两个中年男人被活活打死。

每逢这个时候，舅舅都躲在屋里不忍去看，心里直骂松井这些日本鬼子只晓得在老百姓面前逞威风。其实，凭舅舅的一身功夫，出其不意地搞翻他几个人然后逃走，是没有什么问题的。有问题的是，舅舅倒是能保住一条性命，那外公外婆的性命呢？那几十年越来越发达的春庆堂呢？

有一天，舅舅心血来潮，独自在操坪的角落里弓着膝，呈马步，站起桩来。那天，也正好没有抓人来拷打。所以，日本鬼子都走上来看，互相猜着舅舅到底能站多久。有的说半小时，有的说一小时，最多的说可以站一个半小时。舅舅双腿盘弓，上身挺直，双手合十，目光炯炯，平视前方，整个身体纹丝不动，雕塑一般，如入无人之境，不听不言。

日本鬼子先是议论纷纷，指指点点，后来，估料舅舅一时半刻不会收功，便散了开去。或上街寻欢作乐，打砸抢抄；或者在坪里洗刷衣服。舅舅从早上站起，一直站到日落西山。这种功夫，又轰动了小学堂。日本鬼子都大叹不可思议。唯有那个松井领悟到这可能是我舅舅给他做了个示范，以此说明，苦练才能有所收获。所以，什么嘴肿皮裂，枯燥单调，都是必须要忍耐的。其实，舅舅哪里想到这么多？他完全是凭着自己的兴之所至。

有一天，松井练完功，走出教室，提出要与我舅舅较量一番刀功。松井是想让我舅舅也晓得他的功夫，免得老是让我舅舅当师傅。较量自然是在操坪上进行的。松井挥着银光闪闪的军刀，舅舅拿一把春庆堂送来的吊着红绸子的大刀。眼镜翻译当裁判，他喊一声开打，两人便砍来杀去的，只见空中一片白光闪闪，扣人心弦；却又势均力敌，不相上下。其实，舅舅一开始就没有把松井放在眼里，想空手对刀，又担心松井面子上挂不住，便答应拿大刀相对。只是舅舅觉得这样很不过瘾，即使赢了松井，也没有多大的意思。所以，杀着砍着，舅舅突然故意哎呀大叫一声，只见大刀脱手，如一道银光，飞落在五尺之外。松井惊疑了一下，稍有停顿，有让我舅舅去捡回大刀的意思。谁知舅舅并无捡回大刀的意思，连看也没看一眼，便挥动着空手，直朝松井冲来。舅舅想来一个漂亮的空手夺刀。

松井显然有些恼怒，倒想看看我舅舅如何空手赢他，所以，也丝毫不敢怠慢，咧嘴龇牙，左劈右砍，上刺下挑，直向我舅舅杀来。此刻，舅舅这个荡浪子，哪里还像轻荡一生的耍人，他身捷如燕，眼明手快，左躲右闪，下避上跳。无论松井怎样砍杀，却不曾伤他一根毫毛。眼镜翻译和那些鬼子看得眼珠瞪得老大，牛卵一样怔怔地看着。

这时，外婆正好来给我舅舅送衣服，走到学堂门口，只见舅舅左腾右挪，赤手空拳面对着呼呼砍杀的松井，不由惊叫一声。那天，也是该归舅舅赢战。松井听见有人忽叫一声，扭头看了一眼，不料，舅舅趁着这极其难得的一瞬间，飞身跃了过去，把松井手中的军刀夺了过来。

操坪上立即响起噼噼啪啪的掌声。松井嘴肿的瘦脸上泛起许多的难堪，摸出手绢老是擦汗。舅舅连忙把军刀送给松井，说，不算不算，若不是我娘叫了一声，太君走了神，我哪里赢得到呢？又对围观的人说，以太君练功之刻苦，我保证在他七十天之内练出一手绝招来。舅舅给松井下了台。

所以，从那天起，舅舅又叫松井练习用手削扑克牌。这时，松井的嘴唇已起了硬痂。松井怀疑地说，我吐出的钉子还不能钉在黑板上，就练削扑克牌，行不行？

我舅舅说，可以的。这削牌么，每天要坚持削一百次，功到自然成。

松井每天练功，练得腰酸背痛，手脚疲累，就很少亲自外出捣蛋抓人了，只叫士兵们每天去镇上看看情况，回来再告诉他。松井每天夜里躺在床上，就要扳着指头算日子，看着离成功的日期越来越近，心里不免沾沾自喜。

谁料到了七十一天那天上午，松井突然接到命令，要他立即率领部队回到宝庆，说宝庆战事紧急，速去支援。舅舅听罢，不由松了一口大气。其实，他也不晓得到了明天，松井的功夫成不成功。其实，舅舅早已暗暗地做好了丢命的准备。别看舅舅在那段日子里无事一样，仍是十分轻松的样子，心里实在紧张万分。他思量，这辈子与土匪与衙门与游击队与高连长都打过交道，也都轻易地溜过来了，而这回与日本鬼子打交道，大约是过不了这个鬼门关的。万一过不了这道关，也就死了算了。人生长短一条命，好歹一条命，何况，自己这辈子过得还算不错。当然，松井硬是要他的命，舅舅是准备拉几个人垫背的。他教松井练功，心里其实也没有什么底，因为练功一靠刻苦，二靠悟性。谁晓得这个松井有悟性没悟性。舅舅之所以多才多艺，主要是有悟性，刻苦还谈不上。在舅舅还没有听到松井要走的消息之前，心里还在想，万一明天松井钉不上牌，自己的脑壳还保得住么？

松井当即发出命令整装出发。他十分无奈地带着队伍离开了高沙镇。他那张嘴上结着紫黑色的硬痂，瘦瘦的脸上，鲜明地流露出许多的沮丧。本来只差一天他就可以大功告成了，无奈军令如山，实在奈何不得。

我舅舅跟在松井后面，陪着松井走了一段路。两人默默无言，突然，松井转过身来，阴沉沉地望着我舅舅，狰狞地笑了一声，旋即从腰间抽出短火，举起来对准了我舅舅。

舅舅浑身哆嗦，冷汗直冒，想不到，这个猪弄的松井并不放过自己，在这家伙离开高沙镇的最后一刻，竟然要结束自己的性命。

松井久久地举着短火，瞄着我舅舅那个头发开衩的脑壳。那一刻，整个世界寂静无声，走在前面的眼镜翻译和士兵们停止了前进，不知所措地回头望着。

砰，一声枪响。

舅舅一身颤抖，却并没有倒下去，他惊恐万分地摸摸脑壳，竟然完好无损。再转身看看后面，只见一粒苦楝树上的橘黄色果实掉落在地，如粉末一般，与秋天的太阳的颜色一样。

舅舅竟然奇迹般地活了下来。

至今，我还觉得舅舅的死一直是个谜。他到底生的什么病？或者喝了什么闹药？据我母亲所提供的情况来看，他一切都是好好的，也看不出有什么令人怀疑的地方。他是不是觉得，在这个人世上活够了？或者活腻了呢？或者觉得没有什么意思了呢？谁也不清楚。即使舅舅是出于以上的考虑，那么，究竟是用什么手段，使自己的心脏停止跳动呢？

我又突然悟到，我为什么要这么固执地寻找舅舅的画像做什么呢？我只要了解到舅舅真实的一生也就足够了。至于他是否像外婆给他在和尚师父那里抽签说的一样，说舅舅命大得很，方圆百十里，上下数百年，难得出这么一个人，那我就不敢说此话对还是不对了。

窑　　火

太阳呢，太阳是一日一日上了又下，
下了又上，年年岁岁，转着圈子。

——题　记

工棚里落了一片寂静。

唯有鼾声起起伏伏，像一排排冲过来又退回去的波浪。还有蚊虫，一团团嗡过来，又嗡过去，如一只只会出声的幽灵，在黑暗中舞动。那嗡嗡之声若是小了些时，就必定叮在了窑牯佬那一瓣瓣结实的肌肉上了，尖起利针，去戳那松弛了的却依然铁紧的皮肉。当然，也一定有许多背时的蚊虫，一点血也捞不到，吸到的只是残存在窑牯佬身上的岩石气味和汗臭气。当然，也有幸福的蚊虫戳了一个软处，那似乎被煤炭浸黑了的血，便顺那利针走了出去。

工棚里黑得出奇，如黑了灯在漆黑的窑洞里一般。唯那一根根放在地上的用山草绞起的蚊蝇，闪出极其暗淡的火星，眨着眼，像被风吹进了几粒沙子。

其实，风是没有的。

这年的夏天，也是走了样的。不像往年，山坳里的风，一股一股地吹过来，在结实或单瘦的人们身上，在那破破烂烂的工棚上，在一大堆沉默不语的煤炭上，撩一下，就走了过去。接着，后面的风又过来撩一下，就撩出了一个舒服惬意的睡梦来。这年夏天，却不见了风。那轻轻飕飕的风，就不知什么原因，藏到哪里去了。窑牯佬们就颇觉奇怪，都说，这猪弄的风，怎么都不肯出来了呢？就说，大约是风生了病呢。便一齐附和，大约。

上夜工的窑牯佬，嘴里叼了一盏油灯，把煤炭一担担挑上来，又下去。远远看，就似一只只忙碌不堪的萤火虫。平素年间的夏天，窑牯佬最喜欢上夜工了。出来没有太阳晒，又有风，就很凉快。一凉快，就生生地消去了许多的疲惫。那山风一撩过来，就明显撩走了身上的一层汗水、煤灰和劳累。这年却不同了呢，走了样了呢。热得舌子一条条如狗一样，长长地伸出来透气。透口气，就骂一句娘。骂天气。骂这鬼夏天的夜。

灵生不上夜工。

一棚子的人都呼呼睡熟了，抑或发一句梦话来。然后，巴巴嘴，又无了声息。灵生却睡不着，不是怕热，不是热得睡不着。灵生怕自己睡熟了误事，灵生便不时把手伸进铺边上的那个瓦钵里。瓦钵里装了一钵井水。手沾一点水，便㞞在眼睛上，企图㞞走瞌睡。看看要疲了，又伸手㞞，很轻很轻，轻得只有灵生自己听见。若不轻，怕吵了别人。别人就会问你灵生，用凉水㞞眼睛做什么。瞌睡来了又走，走了又来，都很固执。窑主娘子也很固执，非要他去。灵生说，我走窑走累了呢。窑主娘子说，不管，累也要去。灵生就不再说话了。灵生不敢固执。灵生一看窑主娘子那双水亮的眼睛，就不敢说不去了。窑主娘子说，还是老规矩，月亮看看卡在煤坪上的那棵老槐树的枝杈上，就去。

灵生躺在铺上，把靠着脑壳的工棚的篾墙上，撕得很隐蔽的口子轻轻一掀，便容易看见煤坪上的那棵老槐树。灵生看见了那饼白黄的月亮。灵生责怪那饼月亮像粘在了天上不再动了样的，便极想伸手去把那饼月亮轻轻地挪一下，挪到那棵老槐树的那个枝杈上。那样，灵生就可以起身去了。灵生一手扇着蚊虫，眼睛便看那饼白黄的月亮。

灵生刚满二十，走窑不到半年。来窑山，也是没有办法的事情。屋里太穷，老父老母，还有三个妹妹。都老，又都小。一副担子就灵生挑了。灵生原本不想来窑山的。走窑是个苦功夫。灵生早就听人说过，是崽的不走窑，不撑船，不当兵。这三行是最容易出人命的。不来又怎么办？一屋的小，要吃呢，要穿呢。所以，灵生就来了。灵生就把还算结实的身子，塞到那黑黢黢的狭狭长长的煤窑里了。每日让乌黑发亮的煤炭涂黑一身，下了工，又用水一㞞一㞞，让身子还原。灵生不在垱头挖炭。他挑。挑一担，就领一块竹筹码。一日下来，就用那一把筹码换银洋。银洋晃晃地亮在手上，灵生就硬了心，在窑里走下去。

灵生本来只想来试试，若不行，就回家。一试，一试，就硬了心。灵生的父母是舍不得他来走窑的。弄不好，婆娘都讨不到手。不是说么，有女不嫁走窑汉，有女不嫁撑船佬，有女不嫁兵棍子。又是一个独子，若是一家伙走窑送了命，断了手脚，或是别的女人不肯嫁，岂不是活活地断了香火？只是屋里灶膛间常不见火星子，父母就再也硬不起来了。就说，只试试就回来。灵生也说，我试试就回来。谁料，一试，一试，灵生竟然不肯回来了。父母哭得成了泪人，也劝不回。就不明白灵生究竟为哪样不回了。或许，天生就是个走窑的命？

灵生不肯回，怕是一个魂被窑主娘子素池勾住了呢，所以，回不去了呢。

素池是窑主老七的婆娘。素池比老七小十八。素池二十二。素池那天看到灵生进窑山，就水亮起一对眼望他，望得灵生一脸绯红。灵生不明白，窑主婆娘为什么这样死看自己。那目光似穿进了心里。灵生赶紧勾起脑壳，提着一个包袱，钻进工棚。又怯怯地向外面偷一眼，便见女人眼睛还落在工棚的门口上。似乎在盼呢，盼灵生走出来。灵生就不敢出来。一个人坐在棚子里发呆。

灵生很少见过窑主老七。只见过两回。一回是灵生来的第二天。灵生看见老七摇摇晃晃地走回来。见了灵生，小眼一眨一眨的，又抹一把山羊胡，便问，刚来的？灵生点点头。灵生看见窑主那刮瘦的脸上充满了疲惫，一副没有睡觉熬了大夜的样子。窑主又说，吃得消么？灵生又点点头。窑主嗯嗯几声，便走开了。还有一回，灵生刚挑一担煤炭上窑来，恰恰撞见了窑主。窑主竟然伸出一个大拇指，淡出几丝笑来，说，好力气，好力气。就一摆一摆回屋里去了。

仅见过两回，就不知窑主整天不在窑山去了哪里。灵生想问，又不便问。后来，灵生听窑牯佬们说，窑主整天整夜在镇上嫖赌，时不时才回窑山打一转，把个女人放在窑山守空房。说着，说着，就说痞话了。又不敢大声，怕人听了去，到窑主婆娘那里告状，好弄几个赏钱。就边说边低低地吃吃笑。灵生不笑。当时，灵生只觉得窑主也太那个了，把个女人丢在这山坳里，自己却去图快活，心里便涌起一丝对女人的怜悯来。

早来的窑牯佬说，也怪呢，窑主老七总是没有什么脾气，对谁也不凶，只轻轻细细地说话。每回来打一转，问一问账房古先生，窑里如何如何，就一摆一摆地走了。倒是那个窑主婆娘素池脾气躁得很，动不动就骂人，发火。一下骂古先生是老糊涂，一下骂伙房的人混账，一下骂窑牯佬讨厌。其实，什么事情做得糊涂或混账或讨厌，那女人又都说不出个初一十五。只一跳一跳的，发一通火，就跳进自己屋里，一闩子把门闩了。

窑牯佬们却并不厌恶窑主婆娘。窑山只这么一个女人呢。虽然亲不得，摸不得，弄不得，总比没有的好。饱饱眼福么。窑山除了男人就是煤炭，枯燥无味呢。有了个女人，有了个生得有几分姿色的女人，那种枯燥无味的日子，就稍许变得滋润点，生动点。

窑主婆娘素池的确生得好，圣白的肤色，一双眼，一只鼻，一张嘴，亮亮的，巧巧的，柔柔的。尤其那双黑眼睛灵圆的，又大，亮水水的，真是好看不过。有人说，窑主婆娘那双眼生得倒是好看，只是生得太大，应该生小一点，那真的就绝了。生得大，就有些不妙。大眼睛的女人会克夫。也有人不服气，替窑主婆娘打抱不平。她克什么夫？娘的脚，老七娶了她，就把人家丢在这山沟沟里，守活寡一样。还克夫？说老七克妻，恐怕还有点道理。哪天这女人会被他老七克死的。有人又说，我讲素池会克夫的，若是不信，可以看，看一些日子。倒看哪个克哪个，有人就接话说，看就看，娘的脚。

有一点，窑牯佬们倒是一致的。那便是喜欢看窑主婆娘骂东骂西，发脾气。在窑山，一跳跳到这里，一跳又跳到那里，那样子实在有味，像一只焦躁不安的黄鼠狼。窑牯佬们就各自暗笑，便觉得窑山居然有了些生动。痞话也就滑出嘴来，嘞，嘞，又发骚了。

若是不见窑主婆娘一跳一跳地发牢骚，文文静静的，像一只温温顺顺的羊崽崽，窑牯佬们便觉得那天少了一点什么，心里空荡荡的，窑洞里和煤坪上也是空荡荡的。一身力气就明显减了几分，人也没有了精神。就一个个巴不得窑主婆娘立即发起燥火来。哪怕是用手戳着大家的黑鼻子骂，也无怨言。

窑主婆娘不发火的那天，必定是老七头天断黑边回来了一趟。回来了，又过了一夜，素池便消了火，了无脾气。脸上就漾出一丝笑来，轻唱着什么歌子。就能文静地过几天。即使老七第二天一早又去镇上，素池也不来火。

不来火，窑牯佬们便觉得窑山太安静。白天，上夜工的困觉。挑炭的一个一个弓着腰背出来，又弓起腰背下窑洞。没有什么声音，最多是在煤坪上倒炭时所发出的那点短促的声音。最多还有来买煤炭的人，往筐里往车上扒煤的声音，以及扁担那吱吱的响声，板车轮子那嘎嘎的干涩的声音。也偶尔有几句话声，以及噗一下的吐痰声。除此之外，就别无声音。山上的那些鸟叫声尽管婉转动听，却又隔得远了些，所以，那原本很是活泼悦耳的声音，就比较模糊了，就仍然品不出许多的味来。又尤其到夜里，连买煤炭的那些声音都没有了，连那些模糊的鸟叫声也消逝了，那寂静很过分，并且，蒙上了一种令人恐惧的黑幕，静得就有点害怕。所以，窑牯佬们便渴望窑主婆娘那骂骂咧咧的声音。而且，觉得那女人的骂声斥责声，简直好听不过，似唱歌一样。同时，也巴不得老七不要回来，永远不要回来。在镇上，吃喝嫖赌，花天酒地。若是钱吃光了，赌光了，嫖光了，只需带个口信回来，窑牯佬们宁愿去镇上送。若那样，就可以日日听到素池那如歌一样的牢骚声了。

窑主老七是个很想得开的人。晓得有口煤窑开在这里，煤源又多，而且，有古先生给他管账，就放心得很。每日只管松松活活图快活，卵事不探。

老七在镇上专门包了一个院子，很方便。每日不是吃，就是赌。不是赌，就是嫖。在酒桌上也罢，在赌楼上也罢，在床铺上也罢，每回该他数银洋的时候，老七总爱讲一句生不带来死不带去的话，然后，砰一声，把银洋派出去。一副很慷慨很潇洒的样子。恨不得一下就把银洋全部花光。全然不像有些男人，又想吃喝嫖赌，又想省几块银洋，猥猥琐琐的样子，像生了阳痿病，一点都不带爱相。而且，一旦与老七碰面，便一律埋下脸来，顿生出自叹弗如的心情来。

老七心胸也自然宽阔，从不与这些委琐男人计较，也不背后讲他们难听的话。若是赌牌，对方少了几块银洋，老七便眯着被烟熏窄的眼睛，一只手在空中挥几挥，说，算了，算了。很慷然。

故而，镇上的人都跟老七合得来。酒鬼喜欢他，赌棍喜欢他，妓女喜欢他。老七的人缘可见是极好的。

老七时不时回窑山，那是回来拿银洋。银洋花光了，老七便回来了。每次一回来，便叫古先生把进的银洋全部拿出来，然后，给窑山留一点，给婆娘素池留一点，其余的就对不起了，统统拿走。

古先生曾经劝过老七，说，要多积存点才好。恐怕有个万一，那就真的是无钱逼死英雄汉了。这世上之事，此一时，彼一时的。

卵。

老七讲一句痞话。说，生不带来，死不带去。又说，车到山前必有路。看看古先生那张皱纹纵横的老脸，又说，你古先生一生节俭，发了大财么？

说得古先生一脸羞赧，老是摇脑壳。说，我哪有窑主的富贵命呢？哪有呢？又赶忙替老七包银洋。

老七原本也想把素池接到镇上去住。一考虑，又觉得有诸多的不便。想想，一个女人跟着自己，看见自己那样吃喝嫖赌花钱，不会天天寻着他哭哭啼啼吵吵闹闹才有鬼呢。况且，女人又爱吃醋，若跟别人打起来，岂不添了许多烦恼？不必。大可不必。若那样，钱是花了，却不痛快。何必？便决定把素池留在窑山，让她眼不见为净，落得一个安静。老七最不喜欢看见哭啊吵啊闹啊的打斗场面。一看见，就烦，就皱眉头，就把原本充溢在身上的那些快活驱走了，就一口一口叫起来，哎呀呀，哎呀呀，何必呢？

当然，老七有一点又是别人做不到的。老七每回只烦一阵子，就不再烦了，忘一个彻底。那些快活，又立即回到了身上，脸上，眼上，嘴上。又照样赌，照样嫖，照样有好胃口吃吃喝喝。还间或自言自语几句，人生一世，草木一秋，何必呢？

素池寻着老七吵哭了好几回。

素池不愿一个人待在这窑山，冷冷静静，鬼打死人。那种寂寞的滋味，是不好品尝的。素池便吵着要跟老七住镇上去。

老七说，这就是你的不对了，吵什么呢？夫妻之间，有什么话不好说呢？

又说，我们男人家不比你们女人家，你们只管吃穿，那怎么可以呢？你看，我要管这个窑，在镇上呢，又要做生意。那生意上的事情，总不能叫人家跑到这窑山来与我做吧？况且，有些生意是不好当着女人家的面说的。

素池问，什么生意不好当着女人家的面？

老七笑着说，看看，又来了。不是说当不得女人家的面说，而是生意人的一种忌讳，怕不吉利，怕生意做不成。比方说，这窑洞，女人就去不得。为什么去不得？还不是一种忌讳？你又不是不晓得。

说得素池没有了话讲。

素池不相信老七一个人待在镇上光做生意，便招呼也不打，几次偷偷去了镇上。摸进老七包的那个院子，走近一看，男人果真跟人在谈生意上的事情。什么布匹、药材、大米等。谈得很认真。间或，又为价钱争得面红耳赤，声音老大。

素池便相信了。又悄悄溜回窑山。

素池却不晓得这是老七耍她的，哄她的。老七早就防了素池这一手。老七自从到镇上那天，就雇了一个叫水水的光棍，叫他每日守在进镇上的那座小桥上。一旦发现素池来了，就起飞脚报信。老七一听，不论那时候在赌桌上也好，床帐里也好，便赶忙起身，一口一个失陪，匆匆回到自己的厅堂坐着。那光棍水水，也早早换上老七给他备的一身好衣裤，生意人一样，与老七隔着茶几坐下，装模作样地侃侃而谈。

等到素池有点失望却又放心地一走，老七又急脚急手地去赌桌上，或去床帐里。大家对老七的半途突然退场虽然有点扫兴，又很原谅他。都晓得他老七并不是一个无赖，用钱又大方，所以，并不与他计较。况且，老七也是很懂礼性的，一转身回来，便连连说，久等了，久等了，抱歉，抱歉。

而且，老七早又跟古先生说死的，要他绝对不要跟素池说，自己每次回来带去了不少银洋。

又说，你若是说了，莫怪老子不饶你。

古先生说，我怎么敢呢？浑浊的老眼一眨，一眨，又一眨，就眨出一丝嘿嘿的笑来。

老七想想，光对古先生来硬的不行，便又说，你每月多加四块光洋。

古先生忙一拱手，说，谢窑主。又一拱手。

古先生当然晓得，窑主老七在镇上做些什么好事，他的确从不敢对素池漏出半句。只是有时看见素池在屋里屋外跳上跳下，猫婆子叫春一样，便有些不忍。好几次话到嘴边边上了，又咽了下去。古先生怕惹出祸来，吃不消。或者素池一时想不开，上了吊呢？或者，老七脾气来了，辞了自己呢？如果辞了，那还算轻松的。或者，一家伙叫窑牯佬把自己绑了，丢进大山里喂老虫呢？

所以，窑主婆娘素池即使是对古先生乱骂三千，古先生只敢唯唯诺诺，低着一副瘦脸不作声。而且，古先生把嘴巴闭得铁紧铁紧，生怕不小心，一下漏了话。素池便更加恼火，说，你是哑巴？你怎么不说话？你这个老骨头。

古先生呢，生死不作声。只想，老七为此每月多加了他四块银洋。两只手便藏在衣袖里，各自摊开四个指头，以此来坚定自己的嘴巴。

窑牯佬们晓得老七在镇上的事情，自然也是因为走窑走累了，去镇上赌一下，嫖一下，喝一下，松松筋骨。所以，也就晓得了，只是从未看见过。窑主老七肯定不会像走窑人，去那些很邋遢的地方，他去的地方自然高档一些，无论是做什么。只是窑牯佬们还是听说了，听说了，也不敢跟窑主婆娘说。也是怕惹事。再呢，那个女人从不跟窑牯佬们来往，平时也不齿人，骂人的时候例外。平时，都不齿人，若是陡然对她说了，那就有好戏看了。

其实，窑主老七也明白，窑牯佬们晓得自己在镇上的所为，他却从不去向他们封口。老七谅他们也不敢，也没有这个胆量。所以，没有必要。也所以，老七每次回窑山，只朝窑牯佬们看一看，窑牯佬们呢，也小小心心地看一眼他。男人们的事情，其实，是不用多说话的，只需互相看一眼，就足够了，就都心照不宣了。话是显得多余的。而且，老七还并不是很令人讨厌的。比如，乱打骂人，乱扣工钱之类，老七还未曾有过。只要窑牯佬们每日走窑，不寻事闹，做事弄钱，老七便不管的。若是窑主老七是个讨厌的东西，那么，窑牯佬们会不会把他在镇上的事情告诉素池，故意挑起他们斗气呢，就很难说了。

窑主婆娘素池虽然去镇上几次，没发现老七有什么可疑之处，却仍然烦躁不已。素池长在大户人家，父亲又是读书人出身，故而，对女儿的婚事管得很严。他不许女儿嫁给一个吃喝嫖赌的人，怕坏了名声。所以，曾经有许多人来提亲，都被她父亲婉言退了回去。当时，老七刚刚开煤窑，听说素池生得俊俏，又听说她父亲有颇多的规矩，便不服狠，也去提亲。老七故意装得十分老实。一去，素池父亲喊他抽烟，不抽。喊他喝酒，又摇摇头，不喝。又喊他打牌。老七一摆手，不打。

老七一连几个不，令素池父亲大为惊讶。如今这世道，像这样的男人实在罕见。虽然人长得不怎么出众，年纪也稍微比素池大了些，品行却是盖一的，老先生当即便答应了。老七暗自惊喜，脸上却装得很自然，一声一声，感激不已。老先生仍不放心，要老七立个字据。意思是娶了素池，不打骂她，夫妻间和和睦睦。还有，不抽烟喝酒，不嫖赌，不讨小。素池父亲看罢，说，嗯，不错，不错。当然，一个男人抽点烟，喝点酒，还是可以的。只是不要过分。老七却硬起颈根说，不会的。不会的。还扎实地在字据上按了个手印。素池父亲又说，我若是晓得了你有什么不是之处，我是要寻你算账的。老七直啄脑壳，说，不敢，不敢。

就是这样，老七把一个嫩嫩白白小小的素池讨到了手。一到手，老七的确不曾打骂过素池。至于抽烟不，喝酒不，赌不，嫖不，老七就自有安排了，把素池蒙在鼓里头。反正那老先生又不晓得，隔了好几百里。就都觉得这老七的确不错，像个男人，讲话也算数。

让窑牯佬们感到惊讶的是，自从灵生来到窑山，素池竟然不再骂东骂西发脾气了，像变了个人。

窑牯佬们起先怀疑，是老七可能每夜里回来了。仔细观察，并没有。就说，这真的奇怪了。

素池也不再板着脸不齿窑牯佬了。间常在煤坪站站，过秤棚里看看。与窑牯佬们说说话，与来买炭的人讲一讲。一脸笑，很和气的样子。还时不时独自去山上摘点花来，煤堆上、工棚门边、过秤棚上、自己屋门口、伙房的墙上，都插上一两朵。

其实，窑牯佬们巴不得素池像现在这样和气，所以，说话也随便了许多。

就说，窑主娘子，这花蛮好看。

就说，好看么？那我过几天还去摘。

就说，你一个人去山里不怕老虫么？

就说，怕什么？大白天呢。

又说，老虫把你巴了去，窑主问我们要人，我们赔不起呀。

又说，赔不起，把你婆娘赔给他么。

就哄哄地笑起来。

素池也笑，笑出一嘴白牙。太阳一晃，竟然晃出许多白光，把个黑乎乎的窑山衬得更加黑了。

其实，窑牯佬们也觉得惑然。夜里便一起说，窑主娘子怎么突然变了一个人呢？好怪的嘞。莫非也是想通了，每日起火发脾气，短阳寿，自己吃亏。不如快活一些，大约是跟老七学的。

说来说去，弄不出个究竟。弄不出瞌睡便上来，一个哈欠，就困了。唯有灵生从不插嘴，说长道短。也打不起哈欠，困不落。眼前只有素池那双水亮的眼睛在老晃，痴痴地看他。也怪，从进窑山那天起，那双水亮的眼睛便时时跟着灵生。即使是在窑里，灵生也能够感觉到，一双水亮的眼睛在漆黑的洞子里发亮，又一眨，一眨。间或，又不眨，直直地痴望。灵生也弄不懂这到底为什么。越来越觉得，那双水亮的眼睛迷人，钻心，却又具有某种可怕。其实，可怕什么呢？又不吃人，又没有一口把他灵生咬了去。灵生却觉得，似乎有点吃人。而且，正在慢慢逼近他，要一小口一小口舔他，吃他。

灵生总觉得害怕。所以，刚来不久便想走，不挖窑了。又不好说出理由来。难道就说，自己害怕她那双水水亮亮的眼睛么？岂不会令人笑话？别人不说你灵生大约发癫了才怪呢。

素池独自去山上摘了两回花。有一次，竟然慌慌地跑下山来，一脸苍白的样子。说，吓死了，吓死了。

窑牯佬们问，碰到什么了？

她说，不晓得是什么东西，一身黄毛，只生了一只眼睛。有猪那般大。老看着我，又不走，只低低地吼叫，牙齿老长，利利的。

窑牯佬们想半天，也想不起是什么野物。便劝她，不要去了，万一出事不好办。

谁料素池不肯，很执拗，说，要去。

窑牯佬们有点担心，说，要去，也叫个人陪你去。不然，野物伤了你，如何好呢？

素池竟然答应了。一手点着满脸炭灰的灵生，说，叫他陪。

灵生怯怯地说，我要挑炭。

素池啧一声，喊古先生来，说，灵生陪我去摘花，照样给他工钱。

见古先生点了头，灵生才说，那我去。

灵生第二天便陪素池上山摘花。灵生怕万一蹿出野物来，专门拿了一根结实的长长的柞木棍，并把一头削得尖尖的。

那天，窑牯佬们都骂灵生是条蠢卵，这样的清福都不晓得享。其实，他们不晓得灵生的心思。灵生不是不想去。灵生是怕素池那双水亮的眼睛。害怕自己一不小心，就会被那双眼睛吃了进去。

所以，灵生跟着素池上山摘花，只是低着头，或望着别的地方，总不敢直视素池那双水亮的眼睛。

素池若问他这是什么花，那是什么花，灵生总不抬头，低斜着眼，瞟一下，又低低地说，我们喊萝卜花。或者是，我们喊斫脑壳花。

那神态逗得素池又好笑，又好气。摘了花，又把花一把丢了。

灵生说，窑主娘子，你为什么又丢掉？

素池气呼呼地，一脸涨红，不为什么，不为什么。一个人扭着屁股，径直往山上冲。

冲到一块草地上，便坐下来，喘着气。不作声，也不齿灵生。

灵生弄得很紧张，赶忙跟上来。又唯恐有野物冲出来伤人，便双手紧握柞木棍，四周小心地走，四周看那幽深深的树林和草丛。若是野物伤了自己，还随它去。若是伤了窑主娘子，那了得？

四周很寂静。唯有风低微的喘息声，以及小鸟清脆的啼叫声。这些声音，便把个大山衬托得更寂静了。

谁料这时，素池又咯咯大笑起来。在草地上手脚畅畅地拍打着。笑着，笑着，又干脆全身摊在草地上，左一翻，右一侧，把一地绿草也拨弄得快乐起来。

灵生却吓坏了。转过身，怔怔地看素池。灵生不知素池为什么笑。莫非是突然癫了？灵生立即透出一层汗来。只觉那笑声不正常，在天上，在树林里，在草地上，一阵阵走过来，又一阵阵走过去。那双眼睛便更加水亮起来，闪闪的，像无数的针，却柔柔的不刺人。

灵生憋不住，问，笑、笑什么？

素池坐起来，仍笑喘着气，上身一仰一俯的，指着灵生，说，我，我笑你，你真是个蠢……人……

灵生莫名其妙。看看自己，却看不出什么蠢的地方。

素池说，这哪里有什么野物呀？昨天，我是哄你们的呢。

灵生有些迷惑，说，为什么哄？他仍抓着柞木棍不松。

素池说，我要你陪我耍，还不把棍子丢掉？

灵生松了手。他觉得柞木棍咬住了皮肤。咬一阵，才掉落在草地上。然后，惊讶地说，陪你……耍？灵生发现，素池那水亮的眼睛死死地咬了过来，便赶忙低了脑壳。

素池又气起来，说，过来，坐下。

灵生自然不敢违抗，颤颤地走过去，坐下来。

素池又说，是不是地上有金子捡？老望着地做什么？抬起来，看我。

灵生不得不慢慢地抬起脑壳，眼睛抖抖地望过去。望素池，望素池那双并不凶却愈发水亮的眼睛。灵生便觉得，那眼睛开始吃自己了。那是一双怎样的眼睛呵，晶闪闪，水亮亮。自己的脸，也清清晰晰地印在里面。灵生从没有发现，这世上还有这样一双迷人的女人眼睛。又立即觉得，窑主娘子的这双眼睛并不吃人呢。咬在身上，并不痛呢。不痛，一点也不痛。只麻，是那种麻悠悠的感觉。一阵，一阵，很舒服。灵生彻底放松了平时积蓄的那种胆怯，痴痴地望着素池。

素池被灵生望得一脸粉红，便骂，蠢看。就骂去了灵生眼里的一些痴。灵生这才从痴迷中醒过来，嘿嘿地羞笑着。

素池说，陪我耍，还不好么？又不是天天要你陪。难道挑炭还轻松些么？蠢人呢。

素池的确不是天天上山去摘花。若去的那天，才叫灵生陪。那根柞木棍，素池没有让灵生丢掉。只是上山去拿一下，下山来拿一下，做个样子而已，做给人们看。灵生觉得也难拿，所以上山，便放在山路旁边的草丛里，回来时，再拿。素池便说，你不蠢呢。灵生听罢，就笑，嘿嘿嘿一阵。

每回灵生跟着素池上山或下山，窑牯佬们都张着眼睛和嘴巴，蠢看，极羡慕。也有羡慕得过分的，就一线一线的口水流出来，带走了粘满下巴的一些煤灰。那下巴上，就滑稽地显出两绺黄色的痕迹来，与那满脸的黑色，实在极不和谐。就都说，这猪弄的灵生，硬是一个耍八字。原本来走窑，是个最苦的差事，却苦不到灵生。就又说，那灵生的脸相生得不一般，不是个卖苦力的相，是个耍人的相。眉目清秀的，单单条条的。窑山有谁长了这副脸相？没有。肯定是个耍八字。不然，来窑山不几天，就被窑主娘子喊去陪着摘花了。天底下哪有这般松活的差事？

一到夜里，窑牯佬们便忍不住问灵生。好耍么？灵生？碰见了野物么？灵生？爬山累人不？灵生？

灵生开始很老实，如实回答。只说，好耍。只说，还没有碰见野物。只说，不累人。

又问，你和窑主娘子只摘花么？

灵生点点头，只摘花。

还问，没有做其他什么事？

灵生说，没有。

没有么？没有么？

都问。又颇有兴趣地大笑起来。那笑声里，明显地含了许多的意味深长。一只只充满着饥渴而又疲惫的眼睛，猛盯住灵生。

灵生这才觉出了什么，似有不安。望望那些紧盯着自己的，似乎非逼自己说出一点什么秘密来的眼睛，灵生的火冲上脸来，腾地从铺上站起，说，你们再说，我告诉窑主娘子去。

竟然要走，且一只脚伸到了地上。窑牯佬们吓坏了，急忙伸出一只只永远也洗不净的手，拖住灵生，张张嘴里一律换了口气。何必呢？我们也是随便问问么。何必呢？即使讲句笑话，也不要当真么。何必呢？老弟。

灵生便软了下来。

一软，便再也硬不起来了。火气也渐渐地消了。

灵生在走窑人中年纪最小。不像那些人，三十几，四十几，五十几的。又常年的挑炭，把一个好腰背都挑驼了，永远也直不起来了，像一根根挑炭用的弯弯扁担。连肩膀都弄成斜斜的一个。只需一看，就晓得是个走窑的人。

灵生还不至于到这一步。灵生刚刚来。那沉重的黑炭和陡陡的窑路，还来不及把灵生变形，把灵生和那些走窑人融为一体，融到一眼分辨不出你我的地步。也许，那个素池正是看中这一点，才叫灵生陪她去摘花的吧。

灵生倒在铺上。工棚里一片鼾声。灵生又后悔自己真不该发脾气。自己年纪最小，别人说一说，问一问，开一开玩笑，又算什么呢？当他看见人们都向自己赔礼讲好话时，当他看见那一双双害怕自己告状的哀求眼睛时，灵生真的恨不得喊醒他们，向他们赔礼。也许，是当初真不该答应去，又无法不答应。自己果真是像人们所说的是个耍八字么？祖祖辈辈也没有一个呢。想都不敢想呢。吃的都没有，穿的都没有，哪还有耍的福分呢？难道到了自己这一辈，就成了令人眼红的耍人了么？

灵生很久困不落。灵生想跟窑主娘子讲讲，还是去挑炭。

灵生跟着素池上山，便想讲。望着她那快活的样子，又讲不出口。讲不出，那话便堵在嘴巴上，显出一肚子的心事。

素池说，咦，你今天怎么啦？

灵生想说大家在笑他，还想说去挑炭。素池一问，却又讲不出了。那些堵在嘴上的话，竟然一行一行溜走了。溜进肚子里了。唯独留下几个字，没怎么，灵生说。

素池那天也怪，一路上竟然一朵花也没有摘。只走。好像在赶路，要到一个地方去。

灵生说，不摘呀？

素池不回答。一走，一走。走到平素歇气的草坪上，就坐下。又奇怪地老望四周，好像怕有什么人来，或者，怕野物冲出来。

灵生也跟着一起看，却没看出什么。

就怀疑地问，看什么？

素池说，看你。

灵生说，我有什么好看的？

素池柔笑起来，一双眼睛格外地水亮起来。突然说，来，亲亲我。又一翘手，指自己嫩白的脸。

灵生恐慌起来，不，不。

哪料素池凶了，说，亲。眼睛死盯着灵生。

灵生手脚发抖，晓得躲不过。便也慌慌地四周望望，然后，闭着眼睛，飞快地亲了一下。他感觉到了那嫩白而喷香的皮肤。想赶紧离开那片柔嫩的地方，却突然被素池两手紧紧地箍住了。素池像发疯样地亲他。亲着，亲着，又倒在了草地上。

灵生惊恐不已，只晓得蠢蠢地喊，窑主娘子，窑主娘子。

素池竟然不听见，把一身柔软紧贴着灵生。又把灵生的手放在自己的胸脯上，示意灵生揉它。灵生不知所措。便乱揉，重一把，轻一把。灵生唯恐素池会因发痛而来火。却不，素池只是轻轻地叫起来。竟然把她揉出一个无限的舒服，一个惬意的稀软。

素池终于松开了箍得死紧的手，摊在草地上，闭着双眼，微微地喘气。

灵生急忙坐起来，又警惕地看四周。四周无动静。又看素池，就发现有泪珠从那眼缝里走出来，然后，牵成了一条水线，走进草地里。

这时，灵生急慌了，不知窑主娘子是发脾气了，还是其他什么意思。灵生急急地说，窑主娘子，你千万莫发火呀，莫哭呀，不是我要亲你的呀。要是窑主晓得了，我可是没命了呀。说着，灵生竟然急得哭起来。单单条条的身子一抽，一抽，却抽出无限的悔恨和痛苦。

素池似乎到了另一个世界。她仍然静静地摊着。一身柔柔的无了气力。泪水还在走。高耸的胸脯一起一伏，气出得匀了些。她着一身荷藕色绸衣裤，镶嵌在凉凉的翠绿的草地上，似一节嫩藕，不知被谁随意弄到了绿色的山上，依然鲜润，依然脆生。她那被灵生亲过的嫩脸上，泛出一种娇媚，一种慵柔，一种无法表述的温馨。长长的睫毛安详地卧伏着，又时不时颤动。她没有睁开眼睛看可怜的灵生。似乎没有听见，似乎周围没有另一个人。没有灵生，没有树林，没有鸟。

灵生呜呜地哭许久。又一口一个哀求，一口一个悔过。窑主娘子，你莫发火呀，莫呀。

素池越没有动静，灵生越害怕。灵生担心窑主娘子马上会怒火万丈，会一跳而起，首先花他几个耳巴子，然后，去告诉窑主。这时，灵生竟然跪了下来。跪得山草发出一耳的嚓嚓的断裂声。

好久，素池才缓缓地睁开大眼。看看天，看看地，又看看四周的树林。最后看灵生。

惊讶地问，哭什么？你？

居然并无发火。灵生赶忙揩了泪，不跪了。手撑着草地，屁股往后一拱一拱，远远地坐着。一副很惊恐的样子。

素池咯咯大笑起来，说，蠢人哪，又不是你下蛮，我火什么呢？是我喊你的，我火什么呢？从腋下扯出白手绢，抹去泪水，又揩了揩脸。

灵生长长地松了口气，一身也软了下来。软得像简直无了骨头。紧张和惊惶一点一点往下溜，溜进草地里去了。灵生很想说，你把我吓死了。又想说，你为什么变成了那样？还想说，你为什么哭呢？

终究什么也没有说。望见素池那畅快的笑，那惊恐刚消的脸上便也有笑一丝一丝爬上来。不一下，爬满了整个脸上。嘴里也陆陆续续地吐出三五个嘿嘿来。接着，又一串。

素池又娇嗔地说，你一个嫩秧子，手不晓得轻重。说罢，把白手绢一飞。那一方白便在偌大的绿色里一飘，飘到了灵生手里。

见灵生用手绢揩了揩脸，又说，这白天还不好耍，夜里肯定好耍些。我要你夜里陪我出来耍。

灵生急忙摇头，说，来不得，窑主娘子，山上夜里有老虫。灵生想吓她。其实，是灵生不想出来。

素池咯咯笑，说，哪个那样蠢呢？我们到河边去。

灵生又说，河边也去不得，河里有水猴子，很恶的，吃人。

素池不高兴了，说，你是想吓我啵？有什么鬼的水猴子，我看你是人小鬼大，去不去？

灵生怯怯地望素池一眼，说，我，我不去。

素池凶起一脸，又有笑，说，若不去，我就跟窑主讲你今天对我下蛮，到时候，莫怪我无情。

灵生便说，我去。

灵生觉得，已经走不出素池的手心了。顿时，灵生觉得四周的树林和草地失去了原有的绿色。

那饼月亮白黄白黄，渐渐地就要被煤坪上的老槐树的枝杈卡住了。一卡住，灵生就要蹑手蹑脚地去了。去河边，去陪那个窑主骚婆娘耍。

灵生不明白，这骚女人白天耍了还不算，为什么还要夜里去耍。夜里有什么耍的呢？又不像白天还可以在河里捉鱼，或洗澡。夜里难道去捉鱼么？洗澡么？不可能。那么，她要自己陪着去做什么呢？何况，又是三更半夜。哦，莫非是窑主娘子想要自己困她？在窑山怕别人发现，到了两里多路的河边，就谁也不晓得了。

这时，灵生真正吓起来了。

白天，在山里要他亲一下，就亲一下。反正别人看不到，而且，没有上她的身。这夜里去，不是明摆着要他困她么？

这个猪弄的骚婆娘。灵生咬牙切齿地在肚子里骂一句。她真是害人不看日子，为什么不要别人去，却偏偏叫自己去？灵生怕出大事。灵生想走。灵生真的想一下用煤炭把自己压弯，像个驼子，或像挑炭的弯弯扁担一样。若那样，那个骚女人就不会喊他了。灵生又咒窑主娘子，咒她突然生病。而且，是一种奇奇怪怪的病，白天夜里都出不得门的怪病。

又怪。灵生却不想真的变成驼子，又不想咒那女人真的生一种奇奇怪怪出不得门的病。尽管惊恐紧张超过那种与那女人接触的滋味，而那种在慌乱中感觉到的滋味依然未逝。本来微弱的一丝，又一丝一丝，渐渐地强烈起来，总是不散。弄得灵生浑身不安。弄得灵生更加充满巨大的好奇与冲动。灵生尽量克制自己，脸上身上显得十分冷静，他害怕别人看出来。看出他与以往有所不同的神情。他从山上下来，就佯装得无事一样。素池也是。手里摘了一把花，这里插一朵，那里插一朵。灵生便不声不响地走进工棚，把柞木棍子放在床边，就倒在铺上困觉。心里却跳得老高，许久许久也静不下来。

月亮终于卡在老槐树的枝杈上了。灵生在漆黑的工棚里轻轻地起身，溜了出来。外面也热，也无一丝风，也黑。其实，月亮的光亮很微弱。看它在天上闪起白黄的一饼，到了地上，就是极朦胧的散淡的微光了。

窑口那边，断断续续牵一线极其细小的如豆的光来，昏黄。来来去去地亮在窑口至煤坪之间。像雨天即将到来，一窝蚂蚁在忙忙碌碌。

灵生像贼一般，捡黑的地方走。走得很轻，生怕弄出声响来。灵生紧张至极，早已一身水汗。灵生四处张望，又一边想，若是被人撞见了，只说是起来屙尿，或说肚子不好。灵生沿着那条通向河边的小路轻走快走。越离窑山远一步，浑身的肌肉便松一点。当灵生走到河边时，竟然感到河风丝丝吹来，拂凉了一身的汗热，顿时无限地惬意。灵生长长地透口气，那条河像一根长长的银洋做的带子，无声地亮在黑色的世界里。

哎，有个女人的轻喊。

灵生吓一跳。

哎，又一声。

灵生便不吓了。灵生朝河边上看。看见一条嫩白的肉，摊在十几米远的地方。肯定是窑主娘子。只是她为什么穿一身白衣裤呢？在夜里，好显眼。

过来，素池在喊。

灵生走过去。走到素池身边，一看，差点惊叫起来。窑主娘子竟然是一个裸体，衣裤乱在一边。灵生就感到自己预料对了，窑主娘子要自己困她。

灵生赶忙背过身，说，窑主娘子，你怎么……

素池笑着说，凉快呀。素池摊在一块老大的青石板上。

又说，你也脱了。

灵生支支吾吾。素池便催，快。灵生一横心，脱了。素池便叫灵生走拢来，也躺下，然后，迫不及待地抱住灵生。抱一抱，又把灵生扳上身来。灵生一边惊慌地喊窑主娘子，一边惊讶这女人竟然有如此大的气力。而且，为这女人歇斯底里的疯狂感到震惊。一切都不顾及。一切都已忘记。她熟练地告诉灵生如何动作。又间或为灵生的手脚笨拙感到气恼。她哼哼嗯嗯地呻吟着。灵生不知窑主娘子到底是痛苦，还是舒服，还是气恼。灵生战战兢兢，又不得不竭尽全力。稍一松懈，或缓慢，素池的手便要气愤地打他的背，打得生疼生疼。若灵生顺了她，那手又死命地掐他。灵生感觉到，那尖尖的指甲掐进皮肉里去了。既有一种莫大的快意，又有一种说不出的痛苦。素池在他的身下剧烈地颤抖着，像一条在油锅里煎熬的可怜的小鱼。灵生就陡然生发出一种男人的自豪和对女人的一种怜悯。就终于大叫了一声。灵生惊讶自己的这声叫。灵生从未这样叫过。灵生发现这叫声是自己跑出喉咙的，彻底而惬意。灵生突然一身全空了。似乎没有了五脏六腑，只剩下空空的一个肚皮，浑身一点力气也没有了。

整个世界陡然寂静无声。那饼黄白的月亮一声不响地走着。那条小河也无声无息地走着。那丝丝的风，默默地打扫着青石板上这两个人身上的汗水。

灵生和素池也静静地并排躺着，似乎睡着了。尽情地让夜色和河风轻柔地抚摸着。抚摸那彻底松弛了的身子。

许久，灵生才醒过来。一看，极其惊恐。飞快地慌张地穿好衣裤，气也出不匀了。又喊，窑主娘子，窑主娘子，你醒醒。

又摇。摇半天，才摇醒。

又说，窑主娘子，你没事吧？

素池睁开眼说，从今夜起，你以后不准喊我窑主娘子。要喊，喊素池。

灵生说，那怎么行呢？当着人也这样喊么？

素池咯咯一笑，蠢人，当然是没有人的时候。

又说，灵生，你要记住我的好处。是我让你尝到了女人的味道，是我让你真正成了一个男人。你说，要如何谢我呢？

灵生说，我是个穷走窑的，又无钱，有什么东西谢你呢？

素池伸一指，戳一下灵生的脸，说，我贪你的钱你的东西么？我的钱用不完。我呢，只要你听我的，叫你来，你就要来。

灵生乱摇双手，说，来不得呢，要是被人看见了，被窑主晓得了，我，我就没有命了嘞。

素池哼一声，说，怕了？还是个男人呢。这地方，鬼晓得。万一被人晓得，有我挡着。大不了，一起逃走。

灵生后怕极了，说，我还是怕。

素池竟然凶起来，怕你娘，怕怕怕。

凶得灵生再不敢作声。

不多久，就只有那块青石板孤零零地躺在那里了，躺在河边了。

灵生没有去山上时，就去挑炭。那一担担沉重的煤炭，虽然压在肩膀上，灵生心里却感到无限地轻松。灵生愿意每日挑炭，这样没有负担，没有害怕，没有担心。更不怕被人看见，更不怕被抓着。只是花点力气，花力气挣来的钱落心，而且实在。

有时，灵生极怕看见窑主婆娘。怕她喊自己陪她去山上摘花，更怕她喊自己夜里去河边。只要一喊，灵生就有点心惊胆跳。上山摘花呢，比起来，也就罢了，不算什么。尤其夜里去河边，灵生总是提心吊胆的。为什么这女人硬要夜里去河边呢？不去不行么？硬是要自己困她，白天在山上不是也很好的么？灵生几次想问素池。没料到她却先说了。她说，她不喜欢白天做那号事。又说，她不愿意夜里叫灵生到她屋里去睡。还说老七的鼻子像狗一样，很灵。怕老七万一闻出另一个男人的气味来。

有时，灵生又极想看见窑主婆娘。极想素池喊他去山上，或去夜里的河边。那种念头灵生想压下去，却压不下。压下去了，又嗞嗞地冒出来。就想，这人就怪了，不可思议了。既怕，又想。既想，又怕。灵生还时时感觉到，那些走窑人的眼睛在盯着自己。那一双双本来就很钦羡嫉妒的神光，似乎多了一些诡秘。所以，灵生尽量装得轻松点，老实点。绝不让人们看出半点破绽来。就连夜里看月亮的那个篾壁上的小洞，灵生也是绞尽脑汁，小心且又技巧地弄开的。他还是像平常一样，发了银洋，每月回家一次。这点，素池并不为难他。让他回家。只是灵生的父母很惊讶，灵生身上并无留下走窑人的那种沉重和艰辛，脸上手上，并无深嵌着煤炭的黑痕。难道说，走窑并不像人们说的那样苦么？老人那浑浊的眼睛，无论如何，也看不出在崽身上发生的意想不到的事情，看不出那一肚子说不清的故事。

素池唯有身上来了的那几天，才安静得哪里也不去。一个人坐在屋里，几乎不出屋门。那几天，也是灵生最轻松的几天，连心理上的担心和害怕，也没有了。他又极想看看她。看看她身上来了又是个什么样子，与平时又有什么不同。遗憾的是，看不到。素池不出门。素池那几天就像黄花女一样，深居闺门。

老七还是间三隔四地回窑山一趟。灵生见老七回来，便暗暗地紧张。即使在挑炭，也无了那份轻松。生怕老七看见自己，生怕老七从素池身上闻出一点什么不同的气味来。素池不是说过，他的鼻子比狗鼻子还灵么？

实在也没有发生什么事，老七每回住一夜，又回镇上去了。后来，老七也晓得女人叫灵生陪她去山上摘花的事情。那天，正好碰见灵生跟着素池下山来，灵生又紧张起来。

老七问了问素池，便笑笑说，好么好么，很有雅兴。又对灵生说，你要好好看着你的窑主娘子，若是她被野物伤了，我就要找你算账。口气里无一点凶，灵生便松了一身，老实地点点头。老七又看看灵生手里的柞木棍，就哈哈大笑起来。这东西能做什么用呢？若是跳出一只老虫呢？

下一回，老七回窑山时，竟然买了一杆崭新的铳。对灵生说，上山就带这个。

又问，晓得用不？

灵生说，不晓得。

老七很耐心，告诉灵生如何用。然后，又装好铁砂和火药，递给灵生，说，开一枪试试。

灵生麻起胆子，朝天一举，猛一勾，砰——，声音震耳。窑山久久地回荡着那种声音，空气中弥漫着浓重的硝烟味。

老七很满意，拍拍灵生的肩，说，嗯，不错。还有点胆量。男人就需要一点胆量。说罢，就洒洒脱脱地走了。

灵生就又生出许多的愧疚来。老七不仅没有从自己女人身上闻出另一个男人的气味来，也没有从自己身上闻出他女人的气味。其实，灵生每次都要站在河里，洗个彻底，洗去那些属于女人的气味。灵生觉得，很对老七不起。自己一个走窑人，就这样轻易地困了他的女人。困了他那嫩嫩白白的婆娘。他却还蒙在鼓里，还一点疑心都没有。他怎么连一点属于男人的敏感都没有呢？灵生还不明白，素池为什么连自己的男人（况且，这么有钱）都不喜欢呢？

老七毫无觉察和怀疑，灵生也就放了一点心，没有了先前的那样紧张。窑牯佬们也因了老七的豁达，也没有了许多的议论。女人是他的，他窑主都允许灵生陪着去摘花，还特意买回一杆铳，那谁还能说什么呢？说也是白说。愿打愿挨的事呢，关别人卵事呢。所以，素池喊灵生上山就更随意了。素池看见灵生背着那杆铳，就想笑，笑老七。柞木棍都用不上，铳便更加用不上的。灵生不敢把铳再像柞木棍那样放到路边的草丛里了。怕丢。万一丢了，老七问起来了呢？便一直背着。

素池若是想去河边了，就说，今夜。

灵生点点头，说，今夜。

说罢，便痴望素池。灵生发现素池的眼睛比先前更水亮了。令人迷醉。尤其是夜里，尤其是在那黄白的月光之下，那双眼睛似乎溢满了水，盈盈的，荡荡的。似乎只要稍微一动，那两汪水便要荡出来。灵生每回都看得痴痴地。总忍不住想去亲那双水亮的眼。又怕一亲，把水亲出来。灵生再不是笨手笨脚的了。灵生再不是先前的那个灵生了。灵生是一个男人了。一个真正的男人。

那年夏天，的确和往常不同。走了样了。热得一点风都没有了。窑山简直如同蒸笼。唯有这夜里的河边，风一丝一丝的，可惜又无人享受。当然，除了素池和灵生。

在后来的一个夜里，素池和灵生的秘密终于被人发觉了。

这个人是管账的古先生。

那天夜里，当素池和灵生正困在大青石板上时，突然几下咳嗽声从河边的一棵柳树后面响起。吓得两人惊慌至极，急忙穿衣。一看，有人走到了面前，再一看，竟然是古先生。

古先生嘿嘿笑起来，说，白天在山上，夜里到河边，蛮会享福啊。

素池气得跳，说，老古，你老不死的，怎么像个贼一样？

古先生不紧不慢，说，我像贼？你要灵生讲讲，看哪个像贼？

灵生的魂早已吓走了，一身发抖，四肢冰凉。他暗暗叫苦，坏了坏了，一条命也恐怕到现在为止了。牙齿抖得说不出话来。

古先生说，灵生不讲，好，那我明日去镇上问窑主，看哪个像贼。

就转身要走。

素池忙说，不必就走，有话好讲。便走上去，拦住古先生。把柄在人家手里，激不得，只能软。

古先生一身苍瘦，望着素池，说，我要是转去十年八年就好了，如今呢，也奈何不了。只是你们想瞒住人家，却瞒不住我。当然，也怪不得，窑主把你一个人丢到这山沟沟里，也过不得。我是入土半截的人了，家里大小十几个，你就时不时给几块银洋吧。

素池连忙答应，说，好，好。谢谢老古。又喊灵生，还不谢老古？

灵生也赶紧说，谢谢古先生。

古先生嘿嘿一笑，说，这男女之事，如同天与地，阴与阳，原属于自然的事。只是不可太滥。滥为淫，淫为祸，到头死无葬身之地。到时候，只怕悔之已晚。又呢，这当着天地做事，亵了天，渎了地，不讲时，不讲境，只怕也会有祸。

说罢，就走了。渐渐，便看不见了。

灵生急得直摇素池，说，万一古先生说了呢？

其实，素池也吓出一身冷汗。却说，他不会讲，他要钱。

灵生说，万一呢？要不，杀了他。竟然凶狠狠地说。

素池很冷静，说，那倒不必。我看这老死鬼刚才说的那番话，也许不错，这当着天地做事可能不好。

灵生问，那到哪里？

素池说，我屋里。

灵生说，不怕？

素池说，不怕。你怕？

灵生说，不。

古先生果真没有对窑主说，也没有对任何人说。只是时不时便进素池的屋，伸一只苍皱的薄手，扬几扬。素池便三两块银洋地给他。古先生收了便走，走时笑一笑。并不多要。

其实，素池最担心古先生敲诈，每回口开得天大。若那样，就真的坏事了。说不定，真的要叫灵生下手了。

古先生见到灵生时，灵生总是脑壳低低的，不敢看古先生。古先生有回见旁边无人，就对灵生说，何必呢？我讲话是算数的，不讲就不讲。其实，我也晓得不是你的不是，一个窑牯佬，哪里敢吃那块嫩肉？还不是素池勾的你？

说得灵生很感动。就想起那天夜里自己说要杀死他的话来，便不由一阵愧意。

古先生嘿嘿地干笑着，又上上下下地望灵生一身结实的身板，说，我年轻时，也有你这样结实。如今呢，老了，不行了。咳几声，摇摇头，便走。

灵生望着衰老的古先生，仿佛一下看到了几十年以后的自己，就很伤感地叹一声。太阳烈烈的，也好像叹了一声，突然颤动了一下。

在窑山，除了窑主婆娘素池，灵生和古先生三人，窑牯佬的确都不晓得。老七也蒙在鼓里。窑牯佬们还间常逗灵生，或讲点痞话。见灵生那一副卵样子，始终逗不上劲，便也猜想，的确无多少趣话可讲了，便不再逗，不再笑。只是羡慕这猪弄的后生，捡了一个轻松。便一起打牌，喝酒。喊灵生，灵生也不来。灵生独自摊在铺上，闭着眼。

如今，灵生不必再偷偷地掀开那个隐蔽的小口子，看天上那饼白黄白黄的月亮了。窑主婆娘素池说，只要等工棚里的人困熟了，就去。又说，门反正没有上闩的，来就是了。轻一点手脚就是了，不要被人看见就是了。

虽说不必走很远的路去河边了，而且，就几步路，很方便；而且，床铺上也软软的，不像青石板硬硬的；而且，也无人晓得（当然，古先生除外），灵生却不知怎么了，惶恐得很，生怕再有人撞见。所以，常常手忙脚乱，紧张得出一身老汗，全不像河边的那样沉着和从容了。

为此，素池很生气，低低地吼灵生，你怎么啦？撞见鬼了么？你看，这一身汗。又一手一手地在灵生背上抹，抹得两手水湿。

灵生气咻咻地说，我、我也不晓得为什么，总觉得有人来。

窑口和煤坪偶尔发出一点响声，灵生都要颤抖一下。

素池说，哪个来？哪个来？鬼来。

壮他的胆。

即使壮一下胆，那胆量倏忽之间又没有了。其实，灵生也很恼火自己这样怯场。所以，每每总想找回在河边的那种从容和胆量。尤其是每次来素池屋里之前，灵生摊在自己的铺上，千百次鼓励自己，不要心怯，不要心怯，这回一定要有胆量。这么暗暗给自己鼓气，当时，也真的无了害怕，一身胆量。而一摸进素池那黑黑的屋里时，贮藏在全身的那份从容和勇气突然一下消失得无踪无影，似乎只留下了光秃秃的几根骨头，和一张薄薄的肉皮。灵生拼命地想把它们寻找回来，一切都是徒然。所以，也极懊丧。

素池开始老怪灵生，恼火灵生，同时，也骂着给他壮胆。后来，老见灵生鼓不起胆子来，一身总是汗得像个水猴子，老见灵生间或提心吊胆地说有人来吧，素池自己竟然也有了些怕惧，手脚也不免慌张起来。嘴里尽管还在喃喃地说怕什么呢，怕什么呢，身子实在是在不断地颤抖。水亮的眼睛，还不时左右地朝屋角落里看，似乎黑暗中躲着什么人。

其实，什么也没有。外面，依然是一饼白黄的月亮，静静地走着。不远处的工棚里，隐隐约约发出一片鼾声。窑口那边，煤坪那边，只响起极其微弱的脚步声，倒煤声。另外呢，就是大山偶尔响起一两声野物凄厉的叫声。那声音显得很遥远。

素池渐渐地变得有些惶慌起来，灵生便更加。

灵生只要看见素池水亮的眼睛左右地乱看，灵生便翻下来，去四个屋角落看。看一看，又上床。过不久，又要屏着心跳去看。

素池也怪，见灵生间或去看是否有人，也不烦躁了，耐心地等着灵生看罢再上来。甚至，还轻轻问灵生，没有什么吧？

灵生说，没有。

又问，看清楚了？

就答，看清楚了。

两人都怕什么，却又要来。来了，又怕。

灵生有一回就说，干脆还去河边。

素池说，去不得。古先生的那番鬼话，恐怕还是有些道理的。不讲时，不讲境，怕会有祸的。

灵生说，鬼祸。

灵生话虽这样说，却还是依了素池的。不再执意去河边。这里也有这里的好处，方便。

也怪，灵生离床去了工棚，素池便顿时轻松起来，一个人躺在黑屋里，却再也无一点害怕。便问灵生是不是这样。灵生说，是。灵生说，他只要一出屋门，就不感到什么害怕了，一点也不。

就问素池，不晓得这是为什么。

素池就咯咯笑，一手一手地打灵生。

灵生疑惑地问，你笑什么？

素池说，做这种事就是有一种吓味。没有一种吓，就没有了味道。越吓，越有味；越有味呢，就越吓。你不信，如果你以后讨了婆娘，就没有了这种吓了，没有吓，也就没有味了。

灵生说，大约是的。

素池有时想想，也觉得自己有点好笑。其实，怕什么呢？古先生不会说，他拿了银洋的。窑牯佬们又不晓得。再说，哪个会怀疑呢？再说，老七绝不会夜里回来的。自从他去了镇上，没有一次是夜里才回来的。而那种怕，依然弥漫在漆黑的屋里，叫素池和灵生时常不安。

老七仍然是隔三岔五回窑山。素池生怕男人在屋里闻出异样的气味来。其实，这种担心实在多余。老七根本没有那种敏感。所以，素池装出加倍地亲热，使男人觉不出一点异样。老七像平时一样，歇一夜，然后，去古先生那里拿银洋，再回小镇。

看着老七那副逍遥模样，古先生心里暗自觉得好笑。你老七娘的脚在镇上嫖赌吃喝，你婆娘在窑山偷人，两个谁也没有吃亏，各有其乐。其实，古先生自己也有一乐，两边拿暗钱，发点小财。发人家的隐私财，对于这点，古先生并无什么觉得亏心。亏什么？亏卵。你两人晓得图快活，又要堵我的嘴巴，我拿几个算什么？

其实，古先生也想劝老七，还要劝素池灵生，你们都洗手算了，怕有祸。又觉得，他们都已经深陷进去了，谁也劝不听的。即使劝，也是白劝。不如听便拿几块银洋算了。古先生望着窑牯佬一担担把煤炭挑上来，乌黑一身，喘着大气；看着老七把一堆堆银洋提走；看着素池和灵生寻快活，就独自一声声长叹。那几根白长的胡子，便充满了许多忧郁。就摇干瘪瘪的脑壳，自言自语，会败在哪一天的，会败的。

说罢，又赶忙四周看，生怕有人听见。又一手把嘴巴捂了。捂得铁紧。唯恐再漏出什么话来。

窑主老七每次回窑山，照例要很随便地问古先生，说，窑山还好么？

古先生说，还好，还好。

老七便说，那就好。

谁也没有料到，有一回，老七竟然是深夜一人回到了窑山。古先生没有料到，素池和灵生也没有料到，两人正在床上呼呼地喘气。其实，连老七自己也没料到深夜回来。一回来，竟然撞见了一桩令人不敢相信的事情。

老七从来没有夜里回来的习惯。起因是镇上来了一个宝庆有名的赌王晏瞎子。晏瞎子一来，不两天，镇上所有的赌汉输个精光，个个魂都赌飞了。那两天，老七正与一个娼妇在屋里要死要活，顾不得赌楼上的事情。那些输红眼却又无奈的赌汉，望着不可一世的晏瞎子，猛然记起还有一个老七。便急急忙忙地拖老七去与那猪弄的一赌，杀杀他的威风。

老七是个不服狠的人。越赌得大，他越兴奋，越要继续。当时，赌楼的人水泄不通，看老七与那晏瞎子斗法。斗到半夜，晏瞎子果然赌技高超，终于把老七携带的银洋统统赢走。赢走不算，竟然还嘿嘿地嘲笑老七，怎么样，老兄是否先歇歇，明天再来？

卵。

老七一拍桌子，不走，就大叫，水水。想打发水水回窑山拿银洋。又一想，叫水水去拿银洋，恐怕古先生不肯给，自己先前也曾经对古先生讲过，谁来拿钱都不要给，除非他自己来。

就对晏瞎子说，你等着，先呷杯茶，我就来。

老七叫了水水，在一片喝彩声中匆匆地走出小镇，一路飞脚往窑山走，径直走到古先生房里，把古先生推醒，要他把所有的银洋清出来。古先生几个哈欠过后，觉出老七今日有些异样。

便劝，窑主，赌博赌博，只赌不博可以。俗语说，不怕赌，只怕博。若是赢了还好，若是一输，可能会倾家荡产。

老七正处于亢奋中，哪还听得进古先生的话，一手老在空中晃，快点，快点，不要啰唆。

见古先生慢慢吞吞开钱箱，便有点不耐烦，想起去看素池一眼，再来提银洋。就对水水说，你帮帮古先生。说罢，抬腿出了屋门，去自己的房子。

古先生大喊，窑主……

老七牙齿也不齿，只管走。

就正好撞见老婆和灵生在里面。素池惊叫一声。老七一看，脸变了色气，吼道，你们在做好事啊。

灵生吓得浑身颤抖，趴在地上，战战兢兢地说，窑主窑主，我，我……又看素池。灵生盼素池站出来说话。

素池尖叫一声之后，就完全惊呆了。她没有料到，男人竟然半夜闯回来了。素池怔怔地望着老七，突然哗一声哭起来，说，是灵生下的蛮呀，呜呜呜。一阵号啕大哭。

灵生简直不相信，便急了，哭丧着说，不是我下蛮……不是不是。

素池陡一下跌下床来，又向老七猛扑过去，哭喊着，是灵生下蛮呀……叫我怎么做人呢……双手松开老七，身子一扑，竟然想撞墙。亏得老七眼疾手快，一下挡住。说，何必呢？何必呢？

又对灵生凶道，灵生，你这个猪弄的，竟然欺到我脑壳上来了，我不把你丢到深山里喂老虫，算我没本事。老七浑身冒火，冲上去扇了灵生两耳巴子，又一绳索把灵生绑了。再把灵生拖到杂屋，绑到柱子上。然后说，等我回来再捡你的场。咔嚓。一铁锁把杂屋门锁死。

灵生大叫，冤枉——，冤枉——

老七大骂，叫叫叫，叫你娘。

灵生仍然大喊。

窑牯佬们被闹醒了，纷纷赶来看。上夜工的窑牯佬丢下弯弯扁担，也匆匆走来。一路走，一路说，出什么事了？出什么事了？

又一齐围了老七，问，窑主，灵生怎么啦？

老七骂了一句娘，说，猪弄的灵生，对我女人下蛮。

窑牯佬们惊住了，说，那个猪弄的，怎么有这个贼胆？

老七凶凶地说，难道我眼睛瞎了么？你们不要站在这里，该困的去困，该挑炭的挑炭，我回来再捡他的场。

又朝着杂屋大骂，灵生，我捅你的娘。

又凶着窑牯佬们散开。

然后，叫水水提起一包袱银洋，便走。

素池死活要跟着去镇上。老七恶骂一句。骂得素池不敢作声。老七骂完，便匆匆回到镇上。老七怕那猪弄的晏瞎子没了耐性等他。

古先生对着杂屋长叹一声。又摇摇脑壳。

窑牯佬们都说，这灵生猪弄的，真是看不出，竟然骚到窑主娘子身上去了。这一下，连命都会骚掉。

讲罢，又一呼一呼困觉，又一步一步挑炭。那夜里，热得又格外不同。蚊子一团团嗡嗡叫，又格外猖狂。

灵生被绑在杂屋的柱子上，十分绝望。灵生没有想到，素池那个骚婆娘竟然血口喷人，反倒说是自己下蛮。灵生恨自己瞎了眼，轻易便让素池当蠢卵耍了。灵生欲哭无泪，只是一个悔。想想，若是老七真的把自己一家伙丢进深山喂了老虫，老父老母该如何作想？灵生没有料到，自己一进人世，便输在了一个贼女人手里。灵生真想一刀杀了她。杀了那个无情无义的骚女人。

我要杀死她——灵生突然歇斯底里地号喊。

门这时响了。有人抖抖索索地在开门。

灵生陡地充满了生的希望。低声问，哪个？

来人不回答。开门走来，一摸，一摸，摸到了灵生。灵生感觉是古先生。便十二万分感激地喊，古先生。

古先生低沉地嗯一声，急急忙忙解绳索。然后说，快走，快走。

又说，记住，女人呢，惹不得的。

灵生感激涕零，一下跪在地上，喊，古先生。

古先生说，快走。

一手把灵生推出门外，古先生照例把杂屋的门锁了。

月亮仍是白黄白黄，风也不见一丝。灵生一身水汗，猫一样匆匆地溜逃。不知古先生的钥匙，是在哪里弄到手的，灵生边跑边想。

灵生跑着，跑着，又禁不住远望窑山。窑山什么也看不见。唯那一只只如豆的窑灯忽忽闪闪，如一只只孱弱的蚂蚁。煤坪那边上的工棚，以及窑主和古先生的房子，已融成了一团黑色的模糊。灵生就想起那个骚婆娘还在屋里。灵生心里便起了杀心。是那个骚婆娘害了自己，我要杀死她，我要叫她死个好看。

灵生又转身往窑山跑。

灵生跑到窑山，忽一下轻了脚步，摸进工棚，摸到自己铺边的那杆铳，以及一袋火药。然后，又摸到素池的屋子。灵生不敢重手重脚，轻轻地推门，门竟然没有关。那个骚婆娘哪里去了呢？难道没有在么？

灵生满屋里寻找，竟然不见人。一腔杀气便转到了老七身上。猪弄的，你女人发骚反赖到我身上。你猪弄的，不分青红皂白，竟然要捡我的场，丢我去深山喂老虫。好么，我今天叫你的窑开不成。

灵生起了横心，一切都不顾了。灵生又摸进杂屋，把所有的灯油一桶桶偷偷地运近窑口，然后，端着那杆铳，冲到窑口。拼命大喊，都出来，都出来。

上夜工的窑牯佬吓死了，一看是灵生，便喊，灵生，你要做什么？

灵生红了眼睛，只顾乱叫，我做什么不要你们管，快走开，哪个动我，我就铳了他。

窑牯佬们一哄而散，怕灵生真的开铳。工棚里的人也惊醒了，古先生也来了。一看，都呆住了。只见灵生一手端铳，一手把那些灯油全部灌进窑洞里去。便劝，灵生，千万不要做蠢事啊——

灵生就骂，蠢你娘。边骂，边做。动作快得令人不可想象。然后，望着一坪瑟瑟发抖的人们，忽然哈哈大笑。那笑声令人不寒而栗，在夜空中轰然回响。

灵生笑罢，对着窑口里就是一铳。

轰——

只见大火跃然而起，整个窑口吐出一条条火龙。那大火把整个窑山照得通亮，也把天空映得通亮通亮。

灵生走了。灵生笑一笑就走了。那杆铳丢在煤坪上，孤零零的。

窑牯佬们和古先生都蒙了。束手无策。一切都发生得这么突然。这么叫人来不及想想。火光映在一张张惊愕的脸上。

半天半天，窑牯佬们才问古先生，怎么办？

古先生叹一声，说，没办法了。

有人说，古先生，要不要去给窑主报个信？

古先生摇摇头，说，不必了。即使报信，窑主也不会回来的，他如果回来就回来了。

这时，伙房里有个女人的哭声传来。一看，竟然是素池。

古先生问，你怎么躲在这里呢？

素池直哭，说，我怕，我怕……

古先生说，到如今了，还有什么可怕的呢？

老七一直到第二天夜里才回来。

回来时，后面跟着水水，另外还有一个瞎子，那便是晏瞎子。

窑火仍在呼呼燃烧。老七脸上跳了一跳，然后，对晏瞎子说，煤窑和婆娘都输给你了，我却没有料到窑起了火，怎么办？

晏瞎子倒很大度，说，赌桌上的规矩你也晓得，天灾人祸属意外之事，可以不必硬要。那么，女人呢？

老七叫水水喊素池出来。素池一见老七，又大哭。说那火是灵生放的。说灵生走了。老七说，还哭什么呢？还说什么呢？跟他走吧。老七一指晏瞎子。

晏瞎子一手牵了素池，哈哈大笑，说，这婆娘不错，不错。

素池明白了。素池拼命挣脱晏瞎子的手，猛地朝老七扑去，大叫，你这个没良心的啊——

哭声惊天动地。

窑牯佬们和古先生闻声而出。见窑主老七回来了，便一口一个窑主，怎么办？怎么办？

老七嘿嘿笑了几声，说，烧了就烧了，走了就走了，输了就输了。等我发了财，再开口窑，请各位再来，如何？

又嘿嘿笑了笑。

窑火不知烧了多久，也不知是哪天熄了的。一团团火焰猛地往外面喷。喷得满天空的灼热。所以，那个夏天也更热了。当然，再热也无妨。窑主走了。素池跟晏瞎子走了。灵生走了。古先生也走了。窑牯佬们也就一哄而散。散之前，仍在争，老七和他的女人，到底是谁克谁呢？唯有太阳，唯有太阳升上来，又下了去。无限循环，似有满脸的骄傲。